KB026897

살인해
드립니다

이 수 현

번역가, 소설가. 신화, 인류학, SF, 판타지, 추리물에 주로 관심을 두며 옮긴 책으로는 어슐러 K. 르 귄의 『빼앗긴 자들』, '서부 해안 연대기' 시리즈, 테리 프래쳇과 닐 게이먼이 공저한 『멋진 징조들』, 조너선 래티머의 『처형 6일 전』 외 『꿈꾸는 앵거스』, 『이 책이 당신의 인생을 구할 것이다』, 『유리 속의 소녀』, 『환상소설가의 조수』, 『피버 드림』, '노인의 전쟁' 3부작, '다이버전트' 시리즈, 그래픽 노벨 '샌드맨' 시리즈와 '젠틀맨 리그' 시리즈 등이 있다.

HIT MAN
by Lawrence Block

Copyright © 1998 by Lawrence Block
All rights reserved.
Korean translation copyright © 2015 by Elixir, an Imprint of Munhakdongne Publishing Corp.
This Korean edition was published by Elixir, an Imprint of Munhakdongne Publishing Corp. in 2015 by arrangement with Lawrence Block, c/o BAROR INTERNATIONAL, INC., Armonk, New York, U.S.A.
Through Danny Hong Agency, Seoul, Korea.

이 책의 한국어판 저작권은 대니홍 에이전시(Danny Hong Agency)를 통해
Lawrence Block, c/o BAROR INTERNATIONAL, INC.와 독점 계약한 '엘릭시르'에 있습니다.
저작권법에 의하여 한국 내에서 보호를 받는 저작물이므로 무단 전재와 무단 복제를 금합니다.

이 도서의 국립중앙도서관 출판예정도서목록(CIP)은 서지정보유통지원시스템 홈페이지(http://seoji.nl.go.kr)와
국가자료종합목록 구축시스템(http://kolis-net.nl.go.kr)에서 이용하실 수 있습니다.
CIP제어번호: CIP2015023440

HIT MAN

살인해 드립니다

로런스 블록

이수현 옮김

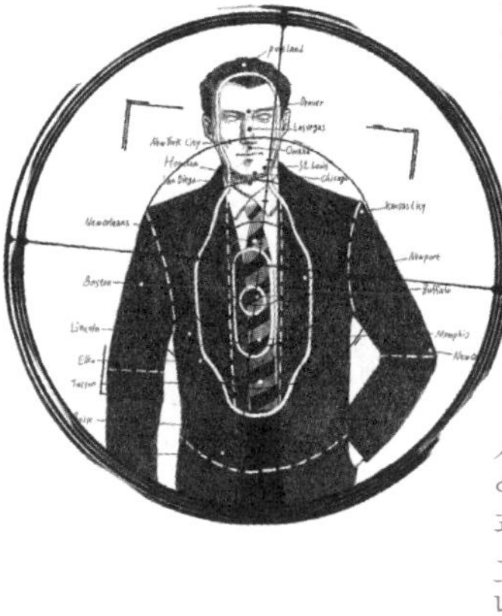

살인과 그녀와 개, 그리고 킬러

엘릭시르

차례

011 001 솔저라고 부르면 대답함

041 002 말을 탄 사나이 켈러

087 003 켈러의 상담 치료

141 004 개를 산책시키고 화분에 물을 줍니다

179 005 켈러의 카르마

225 006 빛나는 갑옷을 입은 켈러

273 007 켈러의 선택

317 008 현장의 켈러

357 009 켈러의 마지막 피난처

411 010 켈러의 은퇴

466 작가 정보

476 해설 – 박광규

에번 헌터에게 바침●

—

● 로런스 블록의 절친한 친구이자 '87 분서' 시리즈로 이름높은 추리작가 에드 맥베인의 다른 필명이자 본명.

HIT MAN

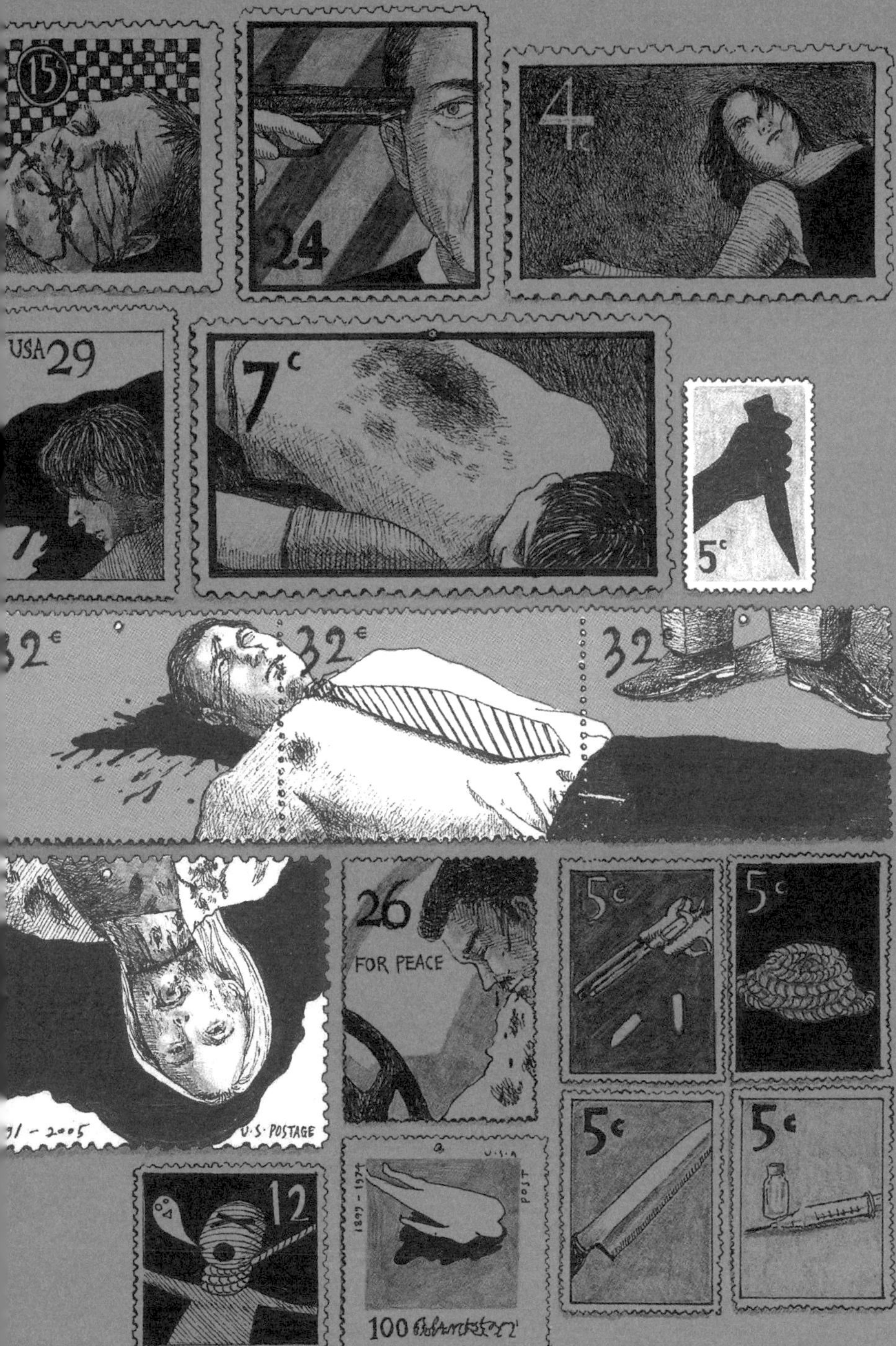
15¢
24
4¢
USA 29
7¢
5¢
32¢
32¢
26
FOR PEACE
5¢
5¢
U.S. POSTAGE
5¢
5¢
12
U.S.A
POST
100

001

솔저라고 부르면 대답함

Hit Man

Lawrence Block

켈러는 유나이티드 항공으로 포틀랜드까지 날아갔다. JFK 공항에서 오헤어 공항까지는 잡지를 읽었고, 지상에서 점심을 먹은 후 시카고에서 포틀랜드까지 직항 노선에서는 영화를 보았다. 가방을 들고 비행기에서 내렸을 때는 현지 시각으로 2시 45분이었는데, 한 시간만 기다리면 로즈버그까지 가는 연결편을 탈 수 있었다.

그러나 비행기의 크기를 본 켈러는 허츠 렌터카 데스크로 걸어가서 며칠 동안 차를 빌리고 싶다고 말했다. 운전면허증과 신용카드를 보여주자 오천 킬로미터를 달린 포드 토러스를 빌려주었다. 굳이 포틀랜드-로즈버그 비행기표를 환불하지는 않았다.

허츠 직원이 I-5 고속도로에 진입하는 길을 알려주었다. 그는 토러스를 정확한 방향에 두고 속도 조절기를 규정 속도보다 시속 오 킬로미터쯤 빠르게 맞춰놓았다. 다른 사람들은 그보다 몇 킬로미터는 더 빠르게 달리고 있었지만, 급할 것도 없고 누가 운전면허증을 자세히 들여다보는 사태도 바라지 않았다. 그래도 별문제는 없겠지만 굳이 말썽을 일으킬 필요 없으니까.

로즈버그행 두 번째 출구로 빠져나갔을 때는 주위가 아직 밝았다. 그는 스티븐스 스트리트의 베스트 웨스턴 더글러스 인에 예약을 해두었다. 어려움 없이 찾을 수 있었다. 모텔 측에서 지상층 앞쪽에 있는 방을 배정해두었는데, 그는 2층 뒤쪽에 있는 방으로 바꿨다.

짐을 풀고 샤워를 했다. 전화번호부에 로즈버그 시내 지도가 실려 있었다. 지도를 들여다보며 대강의 지리를 익힌 다음, 그 지도를 뜯어서 주머니에 넣고 산책을 나갔다. 작은 인쇄점은 잭슨 스트리트를 따라 몇 블록만 가면 있었다. 모퉁이에서 두 번째 집으로 담뱃가게와 창문에 결혼식 사진을 가득 붙여놓은 사진관 사이였다. '퀵 프린트'의 창문 안에 청첩장 특별가가 걸려 있었다. 아마 사진관에 예약하러 온 커플의 눈을 사로잡기 위해서이리라.

퀵 프린트는 물론 닫혀 있었다. 담뱃가게와 사진관과 사진관 옆 보석상, 그 밖에 눈이 닿는 다른 모든 가게도 마찬가지였다. 켈러는 근처에 오래 머물지 않았다. 두 블록을 걷자 믿을 만하다 싶게 낡은 멕시코 식당이 나왔다. 그는 식당 앞 무인 판매소에 동전을 넣고 산

지역신문을 읽으며 치킨 엔칠라다를 먹었다. 음식은 훌륭한데다 어처구니없을 정도로 쌌다. 이 가게가 뉴욕에 있었다면 음식값이 서너 배는 비싸고 가게 앞에는 줄이 늘어서 있었을 것이다.

웨이트리스는 호리호리한 금발로, 멕시코와는 거리가 멀었다. 짧은 머리에 할머니 같은 안경을 썼으며 앞니에 교정기를 끼고, 약지에는 작은 다이아몬드가 박힌 약혼반지를 끼고 있었다. 켈러는 약혼자와 둘이 보석상에 가서 고른 반지일지도 모른다고 생각했다. 어쩌면 그 옆집 사진사가 두 사람의 결혼사진을 찍을지도 모른다. 어쩌면 청첩장을 찍으려 버트 잉글먼을 찾을지도 모른다. 최고급 인쇄, 합리적인 가격, 믿을 수 있는 서비스.

켈러는 다음날 아침 퀵 프린트로 돌아가서 창 안을 들여다보았다. 갈색 머리 여자가 회색의 금속 책상 앞에 앉아서 전화 통화를 하고 있었다. 소매 없는 셔츠를 입은 남자가 복사기 앞에 서 있었다. 동그란 뿔테안경을 쓴 그는 달걀형 머리에 머리털을 짧게 잘랐다. 머리가 벗어지고 있어서 나이가 더 들어 보였지만 켈러는 남자가 서른여덟밖에 되지 않았음을 알고 있었다.

켈러는 보석상 앞에 서서 웨이트리스와 그녀의 약혼자가 반지를 고르는 모습을 그려보았다. 물론 그들은 반지 교환식을 할 것이고, 결혼반지 안쪽에는 다른 사람은 아무도 볼 수 없는 말을 새겼을 것이다. 그들이 아파트에 살까? 켈러는 한동안, 그러니까 첫출발용 집의 계약금을 모을 때까지는 그럴 거라고 생각했다. 부동산 광고에서 흔히 볼 수 있는 표현인 말이 켈러는 마음에 들었다. 첫출발용 집이라. 익숙해질 때까지 연습용으로 쓰는 물건 같은 표현이다.

그는 다음 블록에 있는 약국에서 무선 보드지와 검은색 사인펜을 샀다. 보드지를 네 장 버린 후에야 만족스러운 결과물을 얻었다. 퀵 프린트로 돌아간 그는 갈색 머리 여사에게 보드지를 보여주며 설명했다.

"개가 달아났어요. 전단지를 찍어서 붙였으면 좋겠는데요."

그는 이렇게 적었다.

개를 찾습니다. 독일 셰퍼드 잡종. 솔저라고 부르면 대답함. 연락은 555-1904로.

여자가 말했다.

"찾으셨으면 좋겠네요. 수컷인가요? 솔저라고 하니까 수컷일 것 같긴 한데, 아닐 수도 있겠죠."

"수컷 맞습니다. 명확하게 해두는 게 좋으려나요."

"큰 문제는 아닐 거예요. 보상금을 거시겠어요? 보통들 그러더라고요. 솔직히 그런다고 차이가 있을지는 모르겠지만요. 저라면 다른 사람 개를 찾았을 때 보상금에 신경쓰진 않을 거예요. 그냥 주인에게 돌려주고 싶어 하지."

"세상에 양식 있는 사람만 있는 건 아니니까요. 보상금에 대해 한마디할지도 모르겠네요. 생각도 못 했습니다."

켈러는 책상에 손을 짚고 종이를 내려다보며 몸을 앞으로 기울였다.

"모르겠어요. 집에서 만든 전단지 같죠? 제대로 타이프 쳐서 만드는 게 나을지도 모르겠네요. 어떻게 생각하세요?"

"전 잘 모르겠네요. 에드? 이리 와서 이것 좀 봐줄래요?"

뿔테안경을 쓴 남자가 오더니 잃어버린 개를 찾는 전단지라면 손글씨가 최고라고 생각한다고 했다.

"제가 타이프를 쳐드릴 수도 있지만, 사람들은 이대로에 더 좋은 반응을 보일 것 같네요. 물론 누가 개를 발견해야 말이지만요."

"어차피 그렇게 중요한 문제는 아닙니다. 그 녀석에게 애착이 강한 건 제 아내고, 저도 가능하다면 되찾고는 싶습니다만 녀석이 발견되지 않을 것 같아서 말이에요. 그나저나 제 이름은 고든입니다. 앨 고든."

"에드 반더미어입니다. 이쪽은 제 아내 베티고요."

"만나서 반갑습니다. 전단지는 오십 장 찍으면 충분하겠죠. 좀 많은 것 같기도 하지만 오십 장으로 하겠습니다. 찍는 데 오래 걸릴까요?"

"당장 해드리지요. 삼 분 정도 걸리고, 가격은 삼 달러 오십 센트입니다."

"좋습니다."

켈러는 대답하고 사인펜 뚜껑을 열었다.

"보상금에 대해서 한마디만 덧붙이고요."

모텔방으로 돌아간 그는 화이트 플레인스의 전화번호로 전화를 걸었다. 여자가 받자 그는 말했다.

"바꿔줄래요?"

몇 분이 걸렸다.

"예, 왔습니다. 그 남자 맞아요. 지금은 반더미어라고 하더군요. 아내는 여전히 베티라고 하고."

화이트 플레인스에 있는 남자는 켈러에게 언제 돌아올지 물었다.

"오늘이 무슨 요일이죠, 화요일? 금요일 비행기를 예약해두긴 했지만 조금 더 걸릴지도 몰라요. 서둘러서 좋을 것도 없고. 맛있는 식당을 찾았거든요. 멕시코 식당인데요. 모텔에 HBO 채널도 나와요. 느긋하게, 제대로 하겠습니다. 잉글먼은 아무데도 가지 않을 테니까."

켈러는 멕시코 식당에서 점심을 먹었다. 이번에는 모둠 요리를 시켰다. 웨이트리스는 그에게 빨간 칠리가 좋은지 녹색 칠리가 좋은지 물었다.

"더 매운 걸로요."

켈러가 대답했다.

그는 이동 주택은 어떨까 하고 생각했다. 싸고 괜찮은 연결 이동 주택이라면 웨이트리스와 그녀의 약혼자에게 괜찮은 첫출발 집이 될 것이다. 아니면 두 가구용 연립주택을 사서 반은 세를 놓고 살다가 더 괜찮은 집으로 옮길 수 있게 되면 나머지까지 세를 놓는 게 좋을지도 모른다. 순식간에 돈을 벌충하고 진짜 부동산에 살면서 시세가 올라가는 것을 지켜보게 되겠지. 그녀는 더이상 손님 시중을 들지 않아도 될 테고 남편은 제재소에서 뼈빠지게 일하던 것을 그만두고 불황이 닥쳐와도 해고될까 걱정할 필요가 없어질 것이다.

얼마나 더 할 작정이야. 그는 스스로에게 말했다.

그는 오후 내내 걸어서 시내를 돌아다녔다. 총기상에서는 맥라런던이라는 이름의 주인이 라이플과 산탄총 몇 대를 벽에서 내려서 만져보게 해주었다. 벽에는 '총은 사람을 죽이지 않습니다. 겨냥을 아주 잘하지 않는 한은'이라고 적혀 있었다. 켈러는 맥라런던과 정치와 사회경제 이야기를 나눴다. 맥라런던의 입장을 간파하고 맞장구를 치는 일쯤은 어렵지 않았다.

켈러가 말했다.

"내가 정말 사고 싶었던 건 권총인데 말입니다."

"자기 몸과 재산을 지키고 싶으신 거군요."

"바로 그거죠."

"사랑하는 사람들도 지키고요."

"그럼요."

그는 맥라런던이 권하는 총을 샀다. 이 지방에는 '냉각기간'이라는 것이 있었다. 처음 방문했을 때 총을 고르고 서류를 작성한 뒤, 나흘 후에 다시 찾아가 구입하는 제도였다.

맥라런던이 물었다.

"성질이 급하십니까? 집에 가는 길에 차창 밖으로 몸을 내밀고 경찰에게 총을 쏴대고 싶어요?"

"그럴 것 같진 않군요."

"그러면 편법을 써보죠. 이 서류의 날짜를 며칠 앞당기면 손님은 이미 냉각기를 보낸 게 됩니다. 내 보기에 손님은 충분히 냉정해 보이는군요."

"사람을 잘 파악하시는군요."

남자는 씩 웃었다.

"이런 일을 하려면 그래야죠."

소도시는 좋았다. 차를 타고 십 분만 달리면 시골이었다.

켈러는 토러스를 길옆에 세우고 시동을 끈 다음 창문을 내렸다. 한쪽 주머니에서 총을, 반대쪽 주머니에서 총탄 상자를 꺼냈다. 맥라런던이 줄곧 '무기'라고 부르던 총은 총신이 오십일 밀리미터인 38구경 리볼버였다. 맥라런던은 더 무겁고 강력한 총을 팔고 싶었을지도 모른다. 켈러가 원하기만 했다면 바주카라도 팔면서 좋아했을 사람이었다.

켈러는 총을 장전하고 차에서 내렸다. 이십 미터쯤 떨어진 곳에 맥주 캔이 누워 있었다. 켈러는 한 손에 총을 들고 맥주 캔을 겨냥했다. 몇 년 전부터 TV에서 경찰이 양손으로 총을 쏘기 시작한 후로 최근에는 그 모습밖에 볼 수 없게 됐다. 텔레비전에 나오는 경찰들은 현관을 박차고 나와서 모퉁이를 돈 후, 양손에 단단히 총을 움켜쥐고 소방 호스처럼 앞으로 내민다. 켈러는 바보스럽다고 생각했다. 총을 그런 식으로 들면 부끄럽지 않으려나.

방아쇠를 당겼다. 손에서 총이 튀었고, 총알은 맥주 캔에서 꽤 떨어진 곳을 때렸다. 총성이 꽤 오래 울렸다.

그는 다른 것들을 겨냥해보았다. 나무, 꽃, 주먹만 한 크기의 돌. 하지만 다시 총을 쏘지는 못했다. 총성으로 또 한 번 주위의 고요를 깨뜨릴 엄두가 나지 않았다. 게다가 이런 연습이 무슨 소용인가? 총을 쓴다면 빗나갈 수 없을 만큼 가까이에서 쏠 텐데. 바싹 붙어서 겨누고 쏜다. 이건 로켓 과학이 아니다. 뇌수술도 아니다. 누구든 할 수 있는 일이다.

그는 사용한 약실을 교체하고 장전된 총을 자동차 글러브 박스에 넣었다. 나머지 탄환은 손바닥에 쏟은 뒤 길가에서 몇 미터 걸어가 팔을 옆으로 해서 멀리 던졌다. 빈 상자도 집어던지고 차로 돌아갔다.

여행은 가벼운 몸으로 해야 한다.

시내로 돌아간 켈러는 퀵 프린트가 아직 열려 있는지 확인하기 위해 걸음을 옮겼다. 그런 다음에는 지도에 표시해둔 길을 따라 카우슬립 1411번지로 가는 길을 찾았다. 시내 북쪽 가장자리에 네덜란드 이민자들의 건축양식으로 지은 집이었다. 깨끗하게 다듬어진 잔디밭은 선명한 초록빛이었고, 인도에서 현관까지 이어지는 길 양옆으로 장미 덤불이 있었다.

모텔에 있던 광고물에서는 장미가 지역 특산이라고 했다. 그러나 도시 이름은 장미가 아니라 지역 정착민이었던 에런 로즈의 이름을 딴 것이라고 했다.

잉글먼이 그 사실을 알고 있을지 궁금했다.

그는 블록을 빙 돌아서, 잉글먼이 사는 집 맞은편에서 두 집 떨어진 곳에 차를 세웠다. 인명부에는 에드워드 반더미어라고 적혀 있었다. 특이한 가명이었다. 잉글먼이 직접 골랐는지 아니면 연방경찰이 골라주었는지 궁금했다. 후자겠지. 그들은 이렇게 말할 것이다.

“이게 당신의 새로운 이름이야. 여기가 당신이 살 곳이고, 당신은 이런 사람이 될 거야.”

이런 독단성에는 켈러의 마음을 움직이는 구석이 있었다. 마치 상대에게서 결단의 짐을 덜어주는 것 같은……. 이게 당신의 새 이름이고, 이건 새 이름이 들어간 운전면허증이야. 새로운 인생에서 당신은 구운 감자를 좋아하고, 벌 알레르기가 있어. 제일 좋아하는 색은 파랑이지.

베티 잉글먼은 이제 베티 반더미어였다. 왜 여자 쪽은 이름을 바꾸지 않았는지 의아했다. 잉글먼이 제대로 할 거라고 믿지 못한 건가? 실수를 잘하는 남자라 적절치 못한 순간에 "베티"라는 말이 튀어나올 거라고 여긴 건가? 아니면 그냥 우연이나, 연방 경찰의 너절한 일 처리일까?

6시 30분쯤이 되자 잉글먼 부부가 집으로 돌아왔다. 그들은 지역 번호판이 달린 혼다 시빅 해치백을 몰았다. 집에 돌아오는 길에 식품점에 들러서 장을 본 모양이었다. 잉글먼이 진입로에 차를 세우자 여자가 뒤에서 식료품 봉투를 꺼냈다. 잉글먼은 차를 차고에 넣고 아내를 따라 집으로 들어갔다.

켈러는 집안에 불이 켜지는 것을 지켜보았다. 아직 움직이지는 않았다. 그는 주위가 어두워지기 시작한 후에야 더글러스 인으로 돌아갔다.

켈러는 HBO 채널에서 은행을 털러 텍사스의 작은 마을로 간 범죄자 집단을 다룬 영화를 봤다. 범죄자 한 명은 여자였는데, 다른 범죄자와 결혼했으면서 또 다른 범죄자와 바람을 피우고 있었다. 켈러는 재앙을 부르기 딱 좋은 방법이라고 생각했다. 끝에 가서는 길고 긴 총격전이 벌어지더니 모든 사람이 느린 동작으로 죽어갔다.

영화가 끝나자 텔레비전을 끄러 간 켈러의 눈길이 잉글먼이 인쇄해준 전단지 뭉치에 붙잡혔다. 개를 찾습니다. 독일 셰퍼드 잡종. 솔저라고 부르면 대답함. 연락은 555-1904로. 보상 있음.

훌륭한 경비견이지. 아이들한테도 좋고.

조금 후에 다시 TV를 켰다. 그는 늦게까지 잠들지 않았고, 한낮이 될 때까지 일어나지 못했다. 그는 멕시코 식당에 가서 우에보스 란체로스•를 주문한 후 핫소스를 잔뜩 뿌려 먹었다.

그는 음식을 내올 때, 빈 접시를 가져갈 때 웨이트리스의 손을 보았다. 작은 다이아몬드가 빛을 발했다. 어쩌면 웨이트리스와 그 남편은 카우슬립 골목에 살게 될지도 모른다. 물론 당장은 아니다. 하지만 우선은 연립주택으로 시작한 뒤 가고 싶은 곳은 그쪽일 수도 있으니까. 특이한 지붕이 달린 네덜란드풍의 주택 말이다. 그런데 그런 지붕을 뭐라고 부르더라? 망사르드 지붕이었나? 아니 그건 다른 지붕인가? 맞배지붕일지도?

켈러는 언젠가 이런 것들을 배워야겠다고 생각했다. 단어를 보고도 무슨 뜻인지 모르고, 집을 보고도 제대로 묘사할 수가 없다니.

그는 식당으로 가는 길에 신문을 한 부 샀고, 지금은 안내 광고란으로 넘어가서 부동산 광고들을 읽고 있었다. 집값이 무척 싸 보였다. 여기에서라면 이번 일주일 일한 값의 두 배만 주면 싼 집을 한 채 살 수 있겠다.

그에게는 아무도 모르는, 다른 목적으로 쓴 적 없는 이름으로 빌린 은행 대여금고가 하나 있었는데 그 안에는 이 동네에서 좋은 집을 살 수 있을 만큼의 현금이 있었다. 요새도 현금으로 집을 살 수 있다면 말이다. 최근에는 사람들이 현금에 대해 우스꽝스럽게 굴었다. 자기들이 마약 자본 세탁에 이용되는 건 아닌가 의심스러워하는 것이다.

그렇지만 아무려면 어떤가? 그는 여기 살지 않을 것이다. 웨이트리스는 여기 살 수 있겠지. 망사르드 지붕과 맞배지붕이 달린 작고 예쁜 집에서.

켈러가 퀵 프린트로 걸어 들어갔을 때 잉글먼은 아내의 책상 위로 몸을 굽히고 있었다.

"여, 안녕하세요. 솔저 찾는 일엔 행운이 따랐습니까?"

켈러는 잉글먼이 그 이름을 기억하고 있다는 데 주목했다.

"사실은 개가 저 혼자 돌아왔어요. 그놈이 보상을 받고 싶었나 봐요."

베티 잉글먼이 웃었다. 켈러는 말을 이었다.

• **우에보스 란체로스** _ 토마토를 곁들인 멕시코식 달걀 요리.

“이 집 전단지가 어찌나 빨리 통하던지 붙이기도 전에 개를 돌려보냈지 뭡니까. 뭐, 전단지도 어딘가 쓸 데가 있겠죠. 늙은 솔저는 가만있질 못해서 언제 또 나갈지 모르니까요.”

“그래도 계속 돌아오겠죠.”

베티가 말했다.

“오늘 들른 건 말이죠, 눈치채셨겠지만 제가 이 동네에 막 왔거든요. 벤처 사업을 하나 시작하려고 해요. 인쇄기가 필요할 텐데 같이 앉아서 이야기 좀 할 수 있을지 싶어서요. 커피 한잔할 시간 있습니까?”

안경 뒤에 자리잡은 잉글먼의 눈에서 표정을 읽기 어렵다.

“그럼요. 왜 안 되겠어요?”

그들은 모퉁이로 걸어갔다. 켈러는 얼마나 기분 좋은 오후인지 떠들고 잉글먼은 맞장구만 쳤다. 켈러는 모퉁이까지 가서 말했다.

“흠, 버트, 커피는 어디로 마시러 갈까?”

잉글먼은 얼어붙었다가 겨우 말했다.

“그럴 줄 알았지.”

“나도 그런 줄 알았어. 걸어 들어가자마자 알았지. 어떻게 눈치챘지?”

“전단지에 적힌 전화번호. 어젯밤에 걸어봤어. 고든이라는 사람은 모른다더군.”

“그러니까 어젯밤에 안 거군. 잘못 걸었을 수도 있잖아.”

잉글먼은 고개를 저었다.

"번호를 외운 게 아니야. 전단지를 한 장 더 뽑아서 보면서 걸었어. 고든 씨도 없어진 개도 없었어. 어쨌든 그보다 더 전에 알았지. 당신이 처음 가게에 들어온 순간에 알았던 것 같아."

"커피나 마시러 가지."

켈러가 말했다.

그들은 레인보라는 이름의 작은 식당에 들어가서 구석의 테이블에 앉아 커피를 마셨다. 잉글먼은 커피에 인공감미료를 넣고 하얀 가루가 다 녹을 때까지 휘저었다. 동부에 있을 때 회계사였던 그는 켈러의 전화를 받았던 화이트 플레인스의 남자를 위해 일했다. 연방 경찰이 잉글먼의 상관을 공갈 협박과 부정행위로 옭아매려 하자 잉글먼은 압박을 받을 수밖에 없었다. 그는 사실 범죄자도 아니고 별로 한 일도 없었지만, 연방 경찰은 입장을 바꾸고 증언을 하지 않으면 감옥에 가게 될 거라고 말했다. 자기들이 하라는 대로만 하면 새로운 이름을 주고 안전한 곳으로 보내주겠다고. 그러지 않으면 한 달에 한 번 유리를 사이에 두고서만 아내와 이야기할 수 있을 것이고, 십 년 동안 그런 생활에 익숙해져야 할 거라고.

"날 어떻게 찾았지? 워싱턴의 누군가가 흘린 건가?"

알고 싶어 하는 잉글먼에게 켈러는 고개를 저었다.

"별난 일이지. 누가 길거리에서 당신을 보고, 정체를 알아보고는 집까지 따라간 거야."

"로즈버그에서?"

"아닐걸. 일주일쯤 전에 시외에 가지 않았나?"

"하느님 맙소사. 주말에 샌프란시스코에 갔었는데."

"그때인 것 같군."

"안전할 거라고 생각했어. 샌프란시스코엔 아는 사람도 없고 평생 가본 적도 없으니까. 베티의 생일이어서, 그보다 더 안전할 순 없다고 생각했는데. 샌프란시스코엔 아는 사람이 없어서."

"당신을 아는 사람이 있었어."

"그리고 여기까지 따라왔다고?"

"나야 모르지. 번호판을 보고 찾아봤을지도 모르고. 호텔 명부를 봤을지도 모르고. 어느 쪽이든 무슨 차이가 있어?"

"그야 그렇지만."

잉글먼은 커피를 들고 잔 안을 노려보았다. 켈러가 말했다.

"어젯밤에 알았다고? 자넨 보호를 받잖아. 누굴 불렀나?"

"누굴?"

"모르지. 증인 보호 프로그램이잖아. 이런 일이 생겼을 때 부를 수 있는 사람 없어?"

"있지."

잉글먼이 대답하고는 잔을 다시 내려놓았다.

"그렇게 훌륭한 프로그램은 아니야. 들을 때야 굉장하지만 실행은 한참 미진해."

"그렇다고들 하더군."

"어쨌든 아무도 부르지 않았어. 불러봐야 뭘 하겠어? 우리집과 인쇄소에 감시를 배치하고 당신을 잡겠지. 만약 그놈들이 당신을 어떻게 한다고 해도 나한테 좋을 게 뭐 있겠어? 어차피 우린 또 이사해야 할 텐데. 당신이 못 하면 다른 사람을 보낼 테니까. 아닌가?"

"그렇겠지."

"난 아무데도 안 갈 거야. 놈들은 우릴 세 번이나 이사시켰는데 난 이유조차 몰라. 아마 첫해나 둘째 해까지는 몇 번 이사시키는 게 정해져 있는 프로그램이겠지. 여긴 우리가 떠난 후에 처음으로 제대로 정착한 동네야. 이제 인쇄소로 돈도 벌기 시작했고, 마음에 들어. 이 도시도 좋고 일도 좋아. 옮기고 싶지 않아."

"좋은 도시 같더군."

"그래. 내 생각보다 더 좋아."

"회계 사무소를 내고 싶진 않았나?"

"전혀. 그 짓이라면 충분히 했어. 덕분에 어떤 꼴이 됐나 좀 봐."

"꼭 악당들을 위해 일하진 않아도 되잖아."

"누가 악당이고 누가 아닌지 어떻게 알지? 어쨌거나 늘 다른 사람 사업이나 들여다보는 일은 하고 싶지 않아. 그보다는 아내와 작은 가게에서 일하는 게 좋아. 길거리에서 바로 안이 들여다보이고, 사람들에게 필요한 편지지나 명함이나 화물 송장을 찍어주는."

"일은 어떻게 배웠지?"

"프랜차이즈 같은 거야. 모든 준비가 갖춰진. 누구든 이십 분이면 배울 수 있어."

"설마."

"아니, 정말이야. 누구라도 할 수 있다니까."

켈러는 커피를 마셨다. 아내에게 언질이라도 줬는지 물었더니 그러지 않았다는 대답이 돌아왔다.

"잘됐군. 아무 말도 하지 마. 난 벤처 사업을 하려 하는 남자야. 인쇄기가 필요하고 현금 유동성 문제가 없게 준비해둬야 하지. 여자들 앞에서 사업 얘기하는 건 쑥스러우니까 가끔 우리 둘이서만 따로 커피를 마시는 거지."

"당신 말대로 하지."

겁은 먹어가지고, 불쌍한 녀석 같으니. 켈러는 그렇게 생각하고 말했다.

"당신을 해치고 싶진 않아, 버트. 해치려고 했다면 이런 대화도 하지 않겠지. 당신 머리에 총부터 대지 않았겠어? 총이 보이나?"

"아니."

"문제는 말이야. 내가 안 하면 또 다른 사람을 보낼 거라는 거야. 내가 빈손으로 돌아가면 이유를 알고 싶어 할 테고. 어떻게든 수를 내야 해. 당신은 도망치고 싶어 하지 않고."

"그래. 도망은 질렸어."

"흠, 뭔가 수를 내보지. 며칠 시간이 있으니까. 생각해볼게."

다음날 아침을 먹은 후 켈러는 광고에서 본 부동산 중개 사무소로 차를 몰았다. 베티 잉글먼과 비슷한 또래의 여자가 그를 데리고 다니면서 집 세 채를 안내했다. 수수하면서 편하고 보기에도 괜찮은 집들이었는데 가격은 사만에서 육만 달러 사이였다.

그의 은행 대여금고에 있는 돈으로 어느 집이라도 살 수 있었다.

여자가 말했다.

"여기가 부엌이고, 여긴 욕조 없는 화장실이고요. 여긴 울타리 친 마당이에요."

켈러는 명함을 받으며 말했다.

"연락하겠습니다. 결정이 나지 않은 일이 있는데 그 결과에 많은 게 걸려 있거든요."

켈러와 잉글먼은 다음날 점심을 먹었다. 멕시코 식당에서 잉글먼은 음식을 전혀 맵지 않게 해달라고 했다. 그는 켈러에게 말했다.

"전엔 회계사였으니 말이지."

"지금은 인쇄업자잖아. 인쇄업자들은 매운 음식을 잘 먹는다고."

"이 경우엔 아니야. 이 인쇄업자의 위장은 매운 걸 감당하지 못해."

그들은 식사하면서 카르타 블랑카를 한 병씩 마셨다. 켈러는 식사 후에 한 병을 더 마셨다. 잉글먼은 커피를 마셨다.

켈러가 말했다.

"나도 울타리 친 마당이 있는 집에 산다면 개를 기르면서 녀석이 달아날까 걱정하지 않을 수 있겠지."

"그렇겠지."

"어렸을 때 개를 키웠어. 딱 한 번. 열한 살인가 열두 살 때 이년 정도 데리고 있었지. 그 녀석 이름이 솔저였어."

"안 그래도 궁금했어."

"셰퍼드 잡종은 아니었어. 작은 개였지. 테리어 잡종이나 그런 거였을 거야."

"달아났나?"

"아니, 차에 치였어. 자동차가 무서운 걸 몰라서 그냥 차도로 뛰어나갔거든. 운전사도 어쩔 수 없었을 거야."

"솔저라는 이름은 어쩌다가 붙였지?"

"잊어버렸어. 글쎄, 전단지를 만들자니 아무개라고 부르면 응답한다고 써야겠는데 생각나는 거라곤 피도와 로버와 스팟 같은 이름뿐이었어. 호텔 숙박부에 존 스미스라고 적는 거나 마찬가지잖아? 그러다가 떠오른 거야, 솔저가. 그 개 생각을 몇 년 만에 한 건지."

점심을 먹은 후 잉글먼은 가게로 돌아가고 켈러는 차를 가지러 모텔로 돌아갔다. 그는 총을 산 날에 갔던 길로 차를 몰았다. 이번에는 몇 킬로미터 더 달려가서 차를 세우고 시동을 껐다.

그는 글러브 박스에서 총을 꺼내고 탄창을 열어서 손바닥에 탄환을 쏟았다. 언더핸드 폼으로 총알을 던지고는 손에 든 총의 무게를 잠시 가늠해보다가 덤불 속으로 던져 넣었다.

맥라런던이 알면 충격받겠지. 무기를 이런 식으로 다루다니. 그 작자의 사람 보는 눈이 어떤지 보여주는 예랄까.

켈러는 차로 돌아가서 시내로 달려갔다.

화이트 플레인스에 전화를 걸었다. 여자가 대답하자 그가 말했다.

"굳이 바꿔줄 건 없어요, 도트. 그냥 오늘 비행기는 못 탔다고 전해줘요. 예약을 바꿨어요. 화요일에 갈 겁니다. 다 괜찮다고, 생각했던 대로 시간이 조금 더 걸리는 것뿐이라고 해줘요."

여자는 날씨가 어떤지 물었다.

"정말 좋아요. 아주 쾌적하군요. 흐흠, 날씨 영향도 있는 것 같지 않아요? 비가 왔다면 벌써 해결하고 지금쯤 집에 가 있을 텐데."

퀵 프린트는 토요일과 일요일에 문을 닫았다. 토요일 오후 켈러는 집에 있는 잉글먼에게 전화해서 좀 달릴 생각 있냐고 묻고는 제안했다.

"내가 데리러 가지."

켈러가 도착했을 때 잉글먼은 현관 앞에서 기다리고 있었다. 잉글먼은 차에 올라 안전벨트를 맸다.

"차 좋군."

"렌터카야."

"여기까지 본인 차를 몰고 왔을 거란 생각은 안 했어. 사실 난 질겁했거든. 달릴 생각 있냐고 물었을 때 말이야. 달리러 가다니, 뭔가 다른 의미가 있는 느낌이잖아."

"당신 차를 탈걸 그랬나 봐. 이 동네를 구경시켜줬으면 해서."

"여기가 마음에 드나 보지?"

"아주. 생각중이었어. 그냥 여기 눌러앉으면 어떨까……."

"그러면 다른 사람을 보내지 않을까?"

"그럴 것 같나? 난 모르겠어. 그 사람도 죽어라 하고 당신을 찾는 건 아니었거든. 그야 처음에는 그랬겠지. 하지만 그 후엔 잊어버렸어. 그러다가 샌프란시스코에서 어느 열성적인 일꾼이 당신을 알아봤다니까 나보고 나가서 처리하라고 한 거지. 내가 안 돌아가면……."

"당신도 로즈버그의 유혹에 걸려든 거군."

"모르겠어, 버트. 나쁜 동네는 아니잖아. 흠, 이제 그만둘까 봐."

"뭘?"

"당신을 버트라고 부르는 거 말이야. 지금 이름은 에드니까, 그렇게 부르는 게 낫겠지? 어떻게 생각하나, 에드? 옛 친구 에드, 그럴싸해?"

"그럼 난 당신을 뭐라고 부르고?"

"앨이라고 부르면 돼. 어쩐다, 여기서 좌회전?"

"아니, 한두 블록 더 가. 근사한 길이 있어. 아름다운 풍경이 이어지는."

잠시 후 켈러는 말했다.

"많이 그립나, 에드?"

"그 사람 밑에서 일하는 거?"

"아니, 그거 말고. 도시."

"뉴욕? 난 사실 도시에 산 적이 없어. 우린 웨스트체스터에 살았지."

"그래도 통틀어서 말이야. 그립나?"

"아니."

"난 어떨지 모르겠어."

그들은 침묵에 잠겼다. 오 분쯤 지나자 켈러가 말했다.

"우리 아버진 군인, 그러니까 솔저였어. 내가 아기였을 때 전쟁에서 죽었지. 그래서 개 이름을 솔저라고 붙인 거야."

잉글먼은 아무 말도 하지 않았다. 켈러는 말을 이었다.

"어머니가 거짓말을 한 것 같긴 하지만 말이야. 어머니는 결혼했던 것 같지 않고, 아버지가 누군지도 몰랐던 것 같아. 하지만 개에게 이름을 붙일 때는 그런 걸 몰랐지. 생각해봐, 개한테 붙이기엔 멍청한 이름이지? 솔저라니. 그렇게 치면 아버지 직업을 따서 개 이름을 짓는 것도 멍청한 짓이긴 하지만."

일요일에 켈러는 방에서 텔레비전으로 스포츠 중계를 보았다. 멕시코 식당은 문을 닫았다. 그는 웬디스에서 점심을, 피자헛에서 저녁을 먹었다. 월요일 정오에 그는 다시 멕시코 식당에 돌아갔다. 신문을 들고 가서 처음 갔을 때와 같은 음식을 시켰다. 치킨 엔칠라다.

웨이트리스가 후식인 커피를 가져다주자 그는 물었다.

"결혼식이 언제예요?"

그녀는 얼떨떨한 표정이었다.

"결혼식 말이에요."

켈러는 다시 물으며 손가락에 낀 반지를 가리켰다.

"아. 어머, 약혼한 게 아니에요. 이건 저희 어머니의 첫 번째 결혼반지예요. 어머니는 끼고 다니실 때가 없어서 제가 껴도 되느냐고 했더니 그러라고 하시더라고요. 전에는 반대쪽 손에 꼈는데 이쪽이 더 잘 맞아서요."

기묘하게도 화가 났다. 그가 품고 있던 환상을 웨이트리스가 배신한 느낌이었다. 그는 언제나와 같은 팁을 남겨두고 오랫동안 시내를 돌며 창문 안을 들여다보고 이 거리 저 거리를 어슬렁거렸다.

그는 생각했다. 뭐, 그러면 내가 결혼할 수도 있지. 약혼반지는 벌써 있겠다, 청첩장은 에드가 찍어줄 테고……. 청첩장을 보낼 사람은 없지만.

둘이서 울타리 친 마당이 있는 집을 얻고 개를 살 수도 있겠지.

우스꽝스러웠다. 모든 것이 우스꽝스러웠다.

저녁 식사 시간, 켈러는 무슨 일을 해야 할지 몰랐다. 멕시코 식당에 다시 가고 싶진 않지만 다른 곳에 가는 것도 내키지 않았다. 한 번만 더 멕시코 음식을 먹었다간 총을 되찾아다가 자살하고 싶어질 것이다.

그는 잉글먼의 집으로 전화했다.

"이봐, 중요한 일이야. 가게에서 만날 수 있나?"

"언제?"

"빠를수록 좋아."

"막 식탁 앞에 앉았는데."

"흠, 식사를 망칠 순 없지. 지금 몇 시야? 7시 30분? 한 시간 후에 만나면 어때."

켈러가 사진관 앞에서 기다리고 있는데 잉글먼이 자기 가게 앞에 혼다를 세웠다. 켈러는 말했다.

"방해하고 싶진 않았지만 좋은 생각이 났거든. 가게문 열 수 있나? 안을 봐야겠는데."

잉글먼은 문을 열자 둘이 같이 들어갔다. 켈러는 계속 말을 했다. 로즈버그에 눌러앉으면서 화이트 플레인스에 있는 남자를 걱정시키지 않을 방법을 생각했다고 말했다.

"여기 이 기계 말이야."

켈러는 복사기 하나를 가리키며 말했다.

"어떻게 작동하지?"

"어떻게 작동하느냐고?"

"그 스위치는 뭐야?"

"이거?"

잉글먼이 몸을 내밀자 켈러는 주머니에서 가느다란 철사 올가미를 꺼내어 잉글먼의 목에 감았다. 교살은 빠르고 소리 없고 효과적이었다. 켈러는 잉글먼의 몸이 길에서 보이지 않는 곳에 놓였는지 확인하고, 혹시 건드렸을지도 모르는 모든 곳에서 지문을 닦아냈다. 그는 불을 끄고, 문을 닫고 나갔다.

더글러스 인에서는 이미 체크아웃을 했다. 그는 똑바로 포틀랜드를 향해 차를 몰았다. 포드 토러스의 자동 속도 조절기는 제한속도 아래로 맞췄다. 그는 삼십 분을 말없이 운전한 후, 라디오를 켜고 참을 만한 방송을 찾으려 해보았다. 어느 것도 마음에 들지 않자 포기하고 라디오를 껐다.

곧장 포틀랜드로 가서 공항 근처 엑시큐로지 호텔에 방을 잡았다. 아침이 오자 그는 허츠에 빌린 차를 반납하고 비행기 시간까지 커피를 마시며 빈둥거렸다.

그는 JFK 공항에 내리자마자 화이트 플레인스에 전화를 걸었다.

"처리했습니다. 내일 들르죠. 우선은 집에 가서 좀 자고 싶습니다."

다음날 오후 화이트 플레인스에서 도트는 그에게 로즈버그가 어땠는지 물었다.

"정말 좋았어요. 예쁜 마을에 사람들도 좋고. 눌러앉고 싶더라고요."

"아유, 켈러. 그래서 집이라도 보러 다닌 거야?"

"꼭 그런 건 아니에요."

"가는 곳마다 눌러살고 싶어 하잖아."

켈러는 주장을 굽히지 않았다.

"로즈버그는 좋은 동네예요. 여기에 비하면 생활비도 싸고. 괜찮게 살 수 있다고요."

"일주일은 그렇겠지. 그러고 나면 미쳐버릴걸."

"진짜 그렇게 생각해요?"

"말하나마나지. 오리건 로즈버그에서 산다고? 자기가?"

"도트 말이 맞는 것 같네요. 일주일이 한계인가 봐요."

며칠 후 켈러는 세탁소에 옷을 맡기기 전에 주머니를 확인하고 있었다. 로즈버그 시내 지도를 발견한 그는 지도를 보면서 모든 것이 어디에 있었는지 떠올렸다. 퀵 프린트, 더글러스 인, 카우슬립에 있는 집. 멕시코 식당과 다른 음식점들. 총기상. 보러 다녔던 집들.

너무나 오래전의 일 같다고, 그는 생각했다. 까마득히 오래전, 아득히 먼 곳 같다고.

002

말을 탄 사나이 켈러

켈러는 공항의 가판대에서 문고본으로 나온 서부소설을 한 권 집었다. 표지는 뻔하다면 뻔해서, 딱 말보로 담배 광고에 나오게 생긴 마르고 길쭉길쭉한 남자가 허리에 총을 차고 서부 마을의 먼지투성이 실서리를 걸어가는 그림이었다. 책 제목도, 저자 이름도 켈러에게 별다른 인상을 주지 못했다. 그의 마음을 끈 것은 표지에서 확 두드러져 보인 한 줄의 문구였다.

"그는 한 번도 만난 적 없는 사내를 죽이기 위해 말을 타고 천 킬로미터를 달렸다."

켈러는 값을 지불한 책을 기내용 가방에 쑤셔넣었다. 비행기가 뜬 후 책을 꺼내 들고는 대체 이 책을 왜 샀을까 생각했다. 그는 책을 잘 읽지 않는데다 읽더라도 서부소설은 고르지 않았다.

어쩌면 읽으려고 한 건 아닐지도 모른다. 부적 삼아 들고 갈 생각이었는지도 모른다.

단지 그 한 줄 때문이었다. 낯선 사람을 죽인다는 목적이 아니더라도, 어떤 목적으로든 말을 타고 천 킬로미터를 달리다니. 말을 타고 천 킬로미터를 여행하면 시간이 얼마나 걸릴까? 혈통 좋은 말은 경마장을 이 분 정도면 돌지만, 내내 그 속도로 달린다는 건 사람이 이 킬로미터를 사 분에 끊는 속도로 마라톤을 완주할 수 있다는 소리만큼이나 말이 되지 않았다.

말을 타고 하루에 얼마나 갈 수 있지? 오십 킬로미터쯤일까? 이틀이면 백 킬로미터니 대충 삼 주가 걸린다고 치고, 낯선 사람인지 친척인지는 몰라도 어지간히 죽이고 싶었던 모양이다.

땀과 가죽 냄새가 나는 사내는 천 킬로미터의 여행으로 돈을 받았을까? 이쪽 직종일까? 손에 잡은 책을 뒤집은 켈러는 뒤표지에 실린 단락을 읽었다. 별로 기대감이 일어나지는 않았다. 애리조나 지역의 방랑자, 남북전쟁의 원한에 대한 복수를 구하는 안장 위의 떠돌이에 대한 내용이었다.

용서하고 잊으시지. 켈러는 그 사내에게 충고했다.

말이 아니라 비행기를 타고, 천 킬로미터보다 훨씬 더 먼 거리를 달려가는 켈러도 아직 만나보지 못한 남자를 죽여야 했다. 그 일을 하기 위해 허공을 떠돌며 구 서부 지역으로 흘러들어가고 있었다. 처음에는 덴버로, 그다음에는 와이오밍 주 캐스퍼로, 마침내는 마틴게일이라는 마을로. 그만하면 그 책을 집어 들 이유로는 충분하지만 읽을 이유로도 충분할까?

그는 시도해보았다. 음료수 카트가 지나가기 전까지 몇 쪽을 읽고 V8 야채 주스와 소금 땅콩을 먹으면서 몇 쪽을 더 읽었다. 그러다 깜박 졸았던가 보다. 다음 순간 여성 승무원이 그가 주문한 모둠 과일이 없다고 사과하기 위해 그를 깨우고 있었으니 말이다. 그는 괜찮다고 그냥 정식을 먹겠다고 말했다.

"아니면 잘 안 팔리는 인도 요리도 있는데요."

승무원이 말했다.

머릿속에 사프란색 장삼으로 감싼 몸을 간청하듯이 내밀면서 자신을 선택해주기를 바라는 비행기 카트의 모습이 떠올랐다. 켈러는 그냥 기본 정식을 주문해 정체를 알 수 없는 고기만 빼고 대부분을 먹었다. 그 후 다시 졸기 시작해 스테이플턴 공항으로 하강할 때까지 깨지 않았다.

책은 진작 앞좌석 주머니에 들어가 있었다. 그는 비행기 멀미용 봉투와 비상구 안내도가 그려진 플라스틱 판 사이에 끼어 있는 그대로 책이 석양을 향해 달려가게 놓아둘 작정이었다. 하지만 마지막 순간에 마음을 바꾸어 책을 챙겼다.

그는 덴버 공항에서 한 시간을, 캐스퍼까지 날아가는 비행기에

쉐보레 카프리스 Chevrolet Caprice

/

1960년대부터 1970년대 초반까지

미국에서 가장 인기 있던 차종.

서 또 한 시간을 보냈다. 에이비스 렌터카에서 일하는 쾌활한 청년에게 데일 휘틀록 앞으로 예약된 차가 한 대 있었다. 켈러가 코네티컷 주의 운전면허증과 아메리칸 엑스프레스 카드를 내밀자 청년은 열쇠 한 벌을 내어주고 좋은 하루를 보내라고 말했다.

하얀색 쉐보레 카프리스의 열쇠였다. 켈러는 주간州間 고속도로에 진입하여 북쪽으로 방향을 잡으면서 이름만 빼고 전부 다 마음에 드는 차라는 생각을 했다. 그의 임무에는 카프리스라는 이름이 가진 뜻처럼 변덕스럽다고 할 만한 구석이 없었다. 만나본 적도 없는 남자를 죽이러 그 거리를 달려간다는 건 충동적으로 맡을 일이 아니었다.

기왕이면 머스탱이라거나, 브롱코 같은 차를 타고 바퀴자국을 진하게 남기며 이 차선 아스팔트 도로를 달리고 있다면 이상적일 텐데. 얼룩덜룩하다는 의미를 가진 핀토만 해도 카프리스보다는 데일 휘틀록 같은 거칠고 빼빼 마른 무법자에게 어울리는 이름 같았다.

하지만 편안한 차인데다 말을 잘 듣는 점이 좋았다. 그리고 색깔도 괜찮았다. 그러나 새하얀 색이라는 건 잊자. 그에게 이 차는 팰러미노•였다.

캐스퍼와 셰리든 사이에 있는 I-25 도로 중간쯤에 위치한, 인구 만 명 남짓한 소도시 마틴게일까지 운전해가는 데 한 시간 정도

• **팰러미노** _ 갈기와 꼬리는 크림색이고 털은 황금빛 도는 갈색인 말.

가 걸렸다. 슥 둘러보기만 해도 동부 해안 지역에서 한참 멀리 왔다는 사실을 알 수 있었다. 멀리 보이는 산맥, 광활한 하늘. 그리고 바로 앞에 보이는, 랜돌프 스콧•의 서부영화에 세트로 활용되었을 법한 목조 건물들. 사료 가게, 서부 의복점, 휴게실 테이블에서 와일드 빌 히콕••이 에이스와 8 카드를 들고 있거나 닥 홀리데이가 2층 침실에서 폐가 터져라 기침을 하고 있을 법한 쓰러져가는 호텔.

물론 슈퍼마켓 몇 개와 주유소, 상영관이 두 개인 영화관과 토요타 대리점, 피자헛과 타코존스가 있어서 지금이 몇 세기인지 확인하기는 어렵지 않았다. 켈러는 부츠에서 카우보이모자까지 젊은 시절의 랜돌프 스콧과 많이 닮은 남자가 타코존스에서 걸어 나오는 모습을 보았지만 남자는 픽업트럭에 올라 환상을 망쳐버렸다.

히콕이나 홀리데이에 대한 환상을 불러일으키는 그 호텔의 이름은 마틴게일이었다. 켈러는 널찍한 대로 중심부에 자리잡은 그 곳으로 걸어 들어가서 카운터에 신용카드를 탁 소리 나게 내려놓는 상상을 했다. 그러면 접수원이…… 영화에서는 언제나 배우 헨리 존스가 그 역할을 했는데…… 플라스틱은 받지 않는다고 하겠지.

"조, 조, 종이도 안 받아요."

헨리 존스는 눈을 피하고 총격이 시작되면 몸을 웅크릴 자리를 찾으면서 그렇게 말하리라.

그러면 켈러는 카운터에 은화 하나를 핑그르르 돌리면서 말하는 것이다.

"여기 며칠 묵겠소. 남는 돈이 있다면 거슬러줄 것 없이 멜빵이나 새로 사시오."

그러면 헨리 존스는 뭐가 잘못됐나 싶어서 자기 멜빵을 내려다보겠지.

한숨을 내쉰 켈러는 고개를 절레절레 흔들며 주간 고속도로 출구 근처에 있는 홀리데이 인으로 차를 몰았다. 방이 많은 그쪽에서는 켈러가 원하는 대로 3층 뒤쪽에 있는 금연실을 내주었다. 접수원 여성은 아주 젊고 아주 짙은 금발에 아주 기운차서 헨리 존스가 떠오르는 구석이라고는 하나도 없었다.

"지내시는 동안 즐거운 시간 보내시기 바랍니다, 휘틀록 씨."

말을 더듬지도 않았고 눈빛도 곧았다.

짐을 푼 후 샤워를 한 켈러는 창가로 가서 일몰을 보았다. 딱 영웅이 말을 타고 달려갈 법한 일몰이었다. 그 뒤에 남은 날씬한 금발 미인은 눈물을 참으면서 이렇게 외치고 말이다.

"지내시는 동안 즐거운 시간 보내셨길 바랍니다, 휘틀록 씨."

그만해. 그는 스스로에게 말했다. 현실로 돌아와. 넌 한 번도 만난 적 없는 남자를 죽이려고 몇천 킬로미터를 날아왔어. 그냥 일이나 해치워. 일몰은 널 기다려줄 테니까.

남자를 만난 적은 없지만 이름은 알고 있었다. 다만 어떻게 읽는지는 자신이 없었다.

● **랜돌프 스콧** _ 서부영화의 카우보이 주인공을 연기해 인기와 명성을 얻은 배우.

●● **빌 히콕** _ 전설적인 총잡이로 알려진 실존 인물. 에이스 카드와 8 카드를 쥐고 도박판에서 사망한 것으로 유명하다.

화이트 플레인스의 남자는 켈러에게 네모진 글씨체로 대문자 두 줄을 쓴 인덱스카드 한 장을 건넸다.

"라이먼 크라우더."

그는 처음에 그렇게 읽고 물었다.

"크로더라고 발음해야 하나요?"

화이트 플레인스의 남자가 답은 없이 어깨만 으쓱여서 켈러는 인덱스카드를 마저 읽었다.

"와이오밍 주 마틴게일. 이유가 뭡니까? 그리고 어딥니까? 와이오밍이라는 것 말고요. 마틴게일이 어디 근처죠?"

다시 어깨를 으쓱이는 몸짓에 사진 한 장이 따라왔다. 아니, 사진의 일부라고 해야 할까. 더 큰 사진에서 잘라낸 것 같았는데, 야외에서 많은 시간을 보낸 듯한 중년 사내의 상반신 사진이었다. 덩치 큰 사내였다. 켈러가 그 사실을 어떻게 아는지는 알 수 없었다. 사진에는 사내의 하반신이 나와 있지 않았고 몸집을 가늠할 만한 다른 사물도 없었다. 그러나 어째서인지 알 수 있었다.

"이 사람이 무슨 짓을 했는데요?"

다시 한번 어깨를 으쓱이는 몸짓을 보고 이번에는 켈러가 정보를 얻었다. 어떤 사람이 크로더가 무슨 짓을 했는지 모른다면, 크로더는 그 사람 말고 다른 사람에게 무슨 짓을 저질렀다는 뜻이었다. 화이트 플레인스의 남자는 이 문제에 개인적인 이해관계가 없다는 뜻이다. 어디까지나 업무였다.

"의뢰인은 누구죠?"

남자는 고개를 저었다. 누가 돈을 지불하는지 모른다는 뜻일까, 알지만 말하지 않겠다는 뜻일까? 가려내기 힘들었다. 화이트 플레인스의 남자는 말수가 적은데다가 침묵의 달인이었다.

"기간은요?"

남자는 그 표현을 즐기는 듯이 말했다.

"기간이라. 서두를 건 없어. 일주일이나 이 주일."

몸을 앞으로 내민 남자가 켈러의 무릎을 두드렸다.

"여유 있게 즐기라고."

켈러는 나오는 길에 도트에게 인덱스카드를 보여주었다.

"이 이름을 어떻게 발음하죠? 크로더예요, 크라우더예요?"

도트는 어깨만 으쓱였다.

"맙소사. 도트도 어르신 못지않게 심하네요."

"그렇게 심할 수야 없지. 켈러, 라이먼의 성을 어떻게 발음하든 무슨 차이가 있어?"

"그냥 궁금해서요."

도트가 제안했다.

"흠, 장례식까지 있어봐. 목사가 뭐라고 하는지 들어보라고."

"큰 도움이 되네요."

마틴게일의 전화번호부에 등록된 크로더는 한 명뿐이었다. 라이면 크로더, 전화번호는 있지만 주소는 없었다. 이 전화번호부는 3분의 1 정도가 그런 식이었다. 켈러는 이유가 궁금했다. 이 사람들은 이 정도 규모의 마을에 살면 누가 어디에 사는지 누구든지 알 거라 가정한 걸까? 아니면 다들 일정한 거처 없이 휴대전화만 들고 다니는 떠돌이인가?

그는 시골 사람들이겠거니 하는 결론을 내렸다. 이름 없는 길이 지나는 시골에 살면서 우체국에서 우편물을 받아간다면 무엇하러 전화번호부에 주소를 등록하겠는가?

멋지군. 그의 사냥감은 외곽을 구분할 만큼 크지도 않은 소도시 외곽의 촌구석에 살았고, 켈러에게는 주소조차 없었다. 전화번호는 있었지만, 그게 무슨 소용이란 말인가? 어떻게 하라고, 전화를 걸어서 방향을 물어보라고?

"안녕하세요, 데일 휘틀록이라고 합니다. 우린 만난 적이 없습니다만, 전 방금 천 킬로미터도 넘게 달려서……."

기각.

그는 차를 몰고 빙 돌다가 싱글트리라는 이름의 시내 카페에서 식사를 했다. 마틴게일 호텔에서 조금 떨어진 곳에 있는 낡은 목조 건물이었다. 카페 이름은 세로로 긴 판자에 밧줄을 못으로 박아서 써놓았다. 켈러는 그 이름을 보고 광활한 초원 한가운데에 튀어나온 한 그루 소나무나 떡갈나무, 카우보이에게 소중한 지표, 가차없는 태양으로부터 몸을 숨길 귀한 그늘을 떠올렸다.

그는 메뉴판을 보고 싱글트리가 말 한 마리, 또는 말 한 무리를 매는 데 쓰는 기구라는 사실을 알았다. 정확히 어떤 물건인지 어떻게 기능하는지는 분명치 않았지만 대초원 한가운데 가지를 뻗지 않았다는 사실만은 분명했다.

켈러는 특별 정식인 치킨커틀릿과 그레이비 소스를 듬뿍 뿌린 감자튀김을 먹었다. 맛은 그냥 그래도 배가 고팠던 탓에 다 먹을 수 있었다.

여기 살고 싶진 않겠는걸. 그는 스스로에게 말했다.

그 점을 깨닫고 나니 마음이 놓였다. 차를 몰아 마틴게일을 돌아다니면서 켈러는 저도 모르게 오리건 주 로즈버그를 떠올리고 있었다. 로즈버그가 더 크고 마틴게일 같은 옛 서부 개척 시대 분위기도 전혀 없었지만 둘 다 켈러가 어쩌다 방문한 작은 서부 소도시였다. 로즈버그에서 켈러는 한동안 이제까지의 자신에게서 벗어난다는 상상에 빠져들었다. 또 그러고 싶지는 않았다.

그렇다 해도 싱글트리의 문지방을 넘으면서 그는 로즈버그에 있었던 작은 멕시코 음식점을 떠올릴 수밖에 없었다. 여기 음식과 서비스가 그 정도 수준이 된다면…….

잊어버리자. 그는 괜찮았다.

식사를 마친 켈러는 박쥐 날개 모양의 문을 밀고 나가서 성큼성큼 거리 한쪽으로 걸어 올라갔다가 반대쪽으로 걸어 내려갔다. 어쩐지 걷는 방식에 특이한 버릇이 생긴 느낌이 들었다. 막 말에서 내린 남자 같은 걸음걸이랄까.

평생 딱 한 번 말을 타본 켈러는 그때 말에서 내린 후에 어떻게 걸었는지 기억할 수 없었다. 그러니 지금 이 걸음걸이는 과거와 무관했다. 영화와 TV에서 무의식적으로 받아들인 방식이겠지. 그 모든 은막과 소설 『퍼플 세이지의 기수들』을 종합한 결과랄까.

그는 여기에 정착하고 싶은 갈망이 일어날까 걱정할 필요가 없었다. 지금 그가 빠진 환상은 정착하는 사람이 아니라 지나쳐가는 사람, 떠돌이, 총잡이, 자기 일을 처리하고 가버리는 냉혹한 눈의 고독한 사내였으니 말이다.

좋은 환상이야. 그는 생각했다. 이런 환상을 품고 있으면 귀찮아질 일이 없다.

방으로 돌아가 책을 다시 잡았지만 켈러는 읽고 있는 내용에 집중할 수가 없었다. 텔레비전을 켜고 협탁에 고정된 리모컨을 이용해서 채널을 계속 돌렸다. 그는 서부극이란 경찰과 택시와 비슷해서, 정작 찾을 때는 근처에 없다는 결론을 내렸다. 전에는 케이블 채널을 돌릴 때마다 존 웨인이나 랜돌프 스콧이나 조엘 맥크리가 서부 사나이를 연기하는 영화, 아니면 드라마 〈총구의 연기〉나 〈생가죽 채찍〉의 재방송, 그것도 아니면 이스트우드나 리 밴 클리프가 나오는 이탈리아식 서부영화는 꼭 맞닥뜨린다는 느낌이었는데. 아니면 위대한 악당들, 잭 일럼, 스트로더 마틴, 〈리버티 밸런스를 쏜 사나이〉에 나왔던 젊은 리 마빈이라도.

켈러는 제일 좋아하는 배우가 잭 일럼 같은 악역 배우라는 사실이 자신에 대해 무엇인가 말해주는지도 모른다고 생각했다.

텔레비전을 끈 후 라이먼 크로더인지 크라우더인지의 전화번호를 찾아보았다. 그 번호로 전화를 걸어 누가 "크로더입니다"라고 대답하는 걸 들으면 이름을 어떻게 발음하는지 알 수 있겠지. 그러면 "그냥 확인차 걸었습니다"라고 말하고 전화기를 내려놓은 후 그 집 사람들이 무슨 일인가 생각하게 만들 수도 있었다.

물론 그렇게 말하지는 않을 것이다. 그저 잘못 걸었다는 무해한 말을 중얼거리고 말겠지만, 그 정도라고 해도 접촉하는 게 과연 좋은 생각일까? 그랬다가 크로더가 경계할지도 몰랐다. 크로더는 이미 경계하고 있을 수도 있었다. 지금처럼 표적에 대해서도, 의뢰인에 대해서도 모르는 채로 무턱대고 진행하면 문제가 될 수 있었다.

그가 호텔에서 크로더의 집으로 전화를 걸면 통화 기록이 라이먼 크로더와 데일 휘틀록 사이의 연결 고리로 남을 수 있다. 이 마을을 떠나면서 휘틀록의 신분을 벗어버릴 켈러에게는 큰 문제가 아니지만 진짜 데일 휘틀록에게 괴로움을 얹어줄 이유는 없었다.

진짜 데일 휘틀록은 따로 있는데다 켈러는 그 남자를 살인 용의자로 만들지 않고도 충분히 괴롭히고 있었으니 말이다.

화이트 플레인스의 남자가 일하는 방식은 상당히 교묘했다. 그는 흠 없는 아메리칸 엑스프레스 카드를 만들 수 있는 기계를 가진 사람을 알고 있었다. 또 진짜배기 아메리칸 엑스프레스 카드 소유자의 이름과 계좌 번호를 입수할 수 있는 사람도 알고 있었다. 그걸 이용해 그는 존재하는 카드의 복제품이라고 할 수 있는 카드들을 만들어두었다. 카드 주인이 카드를 도난당했다고 신고할까 걱정할 필요가 없었다. 도난당한 적 없이 그 사람 지갑에 들어 있으니까. 지구상 어딘가에서 그 카드로 계산을 해도, 카드 주인은 그달 계산서에 요금이 청구되기 전까지 아무것도 알지 못했다.

운전면허증 역시 진짜였다. 물론 기술적으로 따지면 모조품이었고 사진은 휘틀록이 아니라 켈러였다. 하지만 코네티컷 차량 관리부에 접속할 수 있는 사람을 이용한 덕분에 가짜 운전면허증에는 휘틀록과 동일한 면허 번호와 동일한 주소가 찍혔다.

켈러는 옛날에는 훨씬 간단했다고 생각했다. 말을 모는 데 면허증이 필요하지도, 말을 빌리는 데 신용카드가 필요하지도 않았다. 말을 사거나 훔치면 그만이고 말을 타고 마을에 들어간다고 누가 신분증을 보자고 하는 일도 없었다. 밖으로 나와서 이름을 묻는 일조차 없을 수 있었고, 묻는다고 해도 자세한 답변을 기대하지 않았다. "텍스•라고 부르시오"라고만 말하면 사람들은 그가 석양을 향해 달려갈 때까지 그렇게 부를 터였다.

금발 미녀가 이렇게 외치겠지.

"잘 가요, 텍스. 우리와 지내는 동안 즐거웠길 빌어요!"

숙소 아래층 라운지는 알고 보니 마틴게일의 인기 술집이었다. 지루해진 켈러는 가볍게 한잔하려고 아래층으로 내려갔다. 그는 은은한 조명과 훌륭한 음향 장비를 갖춘, 카펫이 두껍게 깔린 방으로 걸어 들어갔다. 방안에 있던 열다섯에서 스무 명 정도의 사람들은 모두 즐거운 시간을 보내거나 즐거운 시간을 추구하고 있었다.

켈러는 바에서 쿠어스 맥주를 주문했다. 주크박스에서 바버라 맨드럴이 바람피우기에 대한 노래를 불렀다. 그 노래가 끝나자 켈러가 알지 못하는 2인조 가수가 또 바람피우기에 대한 노래를 불렀다. 이어서 행크 윌리엄스의 옛 노래, 〈당신의 바람난 심장〉이 흘러나왔다.

교묘한 패턴이 드러나기 시작했다.

"전 이 노래가 정말 좋아요."

금발 미인이 말했다.

접수대에 있던 활발한 젊은 여자가 아니라 다른 금발 미인이었다. 이 여자는 키가 더 크고 나이가 더 들었고 몸매가 더 풍만했다. 스커트 위에 가두리 장식과 자수가 들어간 카우걸 느낌의 블라우스를 입었다.

"행크는 고전이죠."

켈러는 무슨 말이든 하기 위해 말했다.

● **텍스** _ 텍사스 사나이를 가리키는 말.

"난 준이에요."

"텍스라고 불러요."

그러자 꺅 소리나 다름없는 웃음소리가 났다.

"텍스라니! 누군가가 당신을 텍스라고 부른 적이 있기는 해요, 솔직히?"

그는 시인했다.

"흠, 아무도 없었죠. 하지만 계속 없으리라는 보장은 없으니까."

"어디에서 왔나요, 텍스? 아니, 미안해요. 그렇게는 못 부르겠어요. 목이 막히는걸요. 내가 텍스라고 불러주길 바란다면 일단 부츠부터 신어줘야겠어요."

"옷차림만 보고 내가 카우보이가 아닌 줄 알았군요."

"당신 옷차림, 억양, 머리 모양을 보고요. 당신이 동부 사람이 아니라면 나도 처녀겠네요."

"코네티컷에서 왔습니다."

"그럴 줄 알았다니까요."

"이름은 데일이고."

"흠, 그 이름은 괜찮네요. 카우보이가 되기로 마음먹는다면 말이에요. 옷 입는 방식과 말하는 방식과 빗질하는 방법은 바꿔야겠지만, 데일이라는 이름은 그대로도 괜찮아요. 거기 따라오는 다른 이름도 있나요?"

일단 시작했으면 끝을 봐야지, 하고 생각하며 그가 말했다.

"휘틀록."

"데일 휘틀록. 이런, 완벽에 가까운데요. 골짜기에 밀에 바위라니. 그런 이름을 말하면 뉴욕 대형 농협 같은 데서는 바로 신용을 얻었겠어요. 신청서를 다 채울 필요도 없었겠는걸요. 결혼했나요, 데일?"

무엇이 올바른 대답일까? 그녀는 반지를 끼고 있었고 주크박스에서는 바람피우기를 소재로 한 또 다른 노래가 흘러나오고 있었다.

"마틴게일에서는 아니지요."

"아, 그거 마음에 드네요."

그의 대답에 준은 눈을 반짝이며 말했다.

"지역마다의 결혼이라는 생각 자체가 마음에 들어요. 난 마틴게일에서 결혼을 했지만, 우리가 있는 곳은 마틴게일이 아니죠. 마을 경계선이 프론트 스트리트거든요."

"그렇다면, 내가 한잔 살 수 있을지도 모르겠군요."

"하여간 동부 사람들이란 참 빠르다니까요."

숨은 애로 사항이 있어야 했다.

켈러는 여자들과 사이가 나쁘지 않았다. 가끔 한 번씩은 운이 따랐다. 그러나 사람들이 돌아볼 정도의 외모는 아닐뿐더러 유혹을 필생의 사업으로 삼지도 않았다. 몇 년 전인가, 처음 만날 때 쓰면 분명히 통한다고 장담한다는 대사로 가득한 『여자를 낚는 방법』이라는 책을 읽은 적이 있었다. 켈러는 대사들이 바보 같다고 생각했다. 그런 대사가 통한다고 믿을 마음이야 얼마든지 있었지만 자신이 써도 통한다고 믿기 어려웠다.

그런데 이 여자는 켈러가 존재를 알아차리기도 전에 접근해왔다. 이런 일이 일어나기야 했다. 특히 주구장창 바람피우기에 대한 노래만 틀어대는 술집에서 유부녀를 만난다면 말이다. 다들 다른 모두가 그곳에 왜 왔는지 아니 꾸물거릴 시간이 없었다. 그러니까 이런 일이 일어나기는 했다. 다만 그에게는 결코 일어나지 않을 것 같던 일이라 이 상황을 믿을 수가 없었다.

무엇인가가 잘못될 게 분명했다. 집에 전화를 걸었다가 아이가 열이 높다는 사실을 알게 될 수도 있었다. 주크박스에서 〈날 떠나기 좋은 시간을 골랐네요, 루실〉이 흘러나올 때에 맞춰서 남편이 문으로 들어올 수도 있었다. 그녀가 양심에 지거나, 켈러가 방금 사 준 술에 인사불성이 될 수도 있었다.

그녀가 물었다.

"내 방으로 갈까요, 당신 방으로 갈까요, 라고 해야겠지만 이건 둘 다 답을 알죠. 방 번호가 뭐예요?"

켈러가 방 번호를 알려주자 그녀는 말했다.

"먼저 올라가요. 금방 따라갈게요. 나 없이 시작하지 마요."

이를 닦은 켈러는 애프터셰이브를 약간 뿌렸다. 그는 스스로에게 말했다. 여자는 나타나지 않을 거야. 돈을 받으려고 할지도 모르지. 의심이 좀 걷히는 것 같았다. 아니면 남편이 나타나서 미인계 공갈의 변형판을 시도할지도 몰랐다.

아니면 그녀가 형편없이 취했거나 그가 불능이거나. 아니면 무슨 일이든 일어나리라.

"휴, 당신에게 부츠는 필요가 없겠네요. 내가 부를 때 오기만 한다면 텍사스 사나이든 홀쭉이든 뭐든 당신이 원하는 이름으로 불러줄게요. 여기에는 얼마나 오래 있을 거예요, 데일?"

"확실히는 모르겠군요. 며칠 정도."

"사업차 온 거겠죠. 무슨 일을 해요?"

"대기업에서 일합니다. 회사에서 나보고 상황을 조사하라고 여기저기로 날아가게 하죠."

"말할 수 없다는 소리 같군요."

"뭐, 정부 일을 많이 하거든요. 그러니 말하면 안 되겠죠."

"그럼 더 말하지 마요. ……이런 세상에, 시간 좀 봐!"

그녀가 샤워를 하는 동안 그는 문고본 책을 집어 들고 광고 문구를 머릿속에 다시 써보았다. 그는 한 번도 만난 적 없는 여자를 타고 달리기 위해 천 킬로미터를 죽였다. 흠, 가끔은 운이 좋을 때도 있는 거지. 별들이 제자리에 맞아 들어가고, 우주를 지배하는 힘이 네게 선물을 받을 자격이 있다고 결정하고. 언제나 애로 사항이 따를 필요는 없는 거야, 그렇지 않나?

샤워기가 꺼지는 소리에 이어 그녀가 노래의 마지막 구절을 부르는 것을 들었다.

"'그리고 실리아는 잭슨 파크 인에 있지.'"

노래를 마친 그녀는 잠시 후에 욕실에서 나와서 옷을 입기 시작했다.

"이건 뭐죠? '그는 한 번도 만난 적 없는 사내를 죽이기 위해 말을 타고 천 킬로미터를 달렸다.' 재미있네요. 안 그래도 방금 내 부드러운 분홍빛 살결에 비누칠을 하면서 끝내주는 생각을 했는데."

"오?"

"비누칠 이야기는 이 스커트와 블라우스 속에 뭐가 있는지 상기시켜주려고 한 말이에요. 아, 내가 한 생각요? 흠, 당신이 했던 말, 정부 일이라는 거요. 덕분에 어쩌면 이 남자는 CIA일지도 모른다, 용병으로 오래 일한 사람일지도 모른다, 내 간절한 기도에 대한 응답일지도 모른다는 생각을 했죠."

"무슨 뜻이죠?"

"지금까지도 정말 좋은 저녁이긴 했지만요, 데일, 당신이 내 망할 남편을 죽이려고 마틴게일에 왔다면 그야말로 지상낙원이 될 거예요."

이런. 이 여자가 의뢰인이었나? 아래층에서 만난 것도 귀여운 접선 방법이었나? 하지만 남편을 죽이려고 고용한 남자를 만나러

공공장소에 찾아오다니 정말로 그렇게 멍청할 수 있을까?

그렇다고 치면 어떻게 알아보았을까? 그가 쓰고 있는 이름은 오직 도트와 화이트 플레인스의 남자만 알았다. 두 사람은 비밀을 지켰다. 그리고 그녀는 이름을 알기도 전에 그에게 작업을 걸었다. 그를 알아볼 수 있었을까? 당신 옷차림을 보고 알았다는 게 청부업자인 줄 알았다는 말인가? 그때 나온 말 중에 뭔가가 있었나?

그녀는 말을 이었다.

"야넬. 호바트 리 야넬이에요. 사람들이 자기를 바트라고 불러주길 바라지만, 모두가 호비라고 부르죠. 이렇게 들으면 어떤 사람 같아요?"

내가 죽이러 온 남자가 아니라는 점은 알겠군. 켈러는 생각했다. 그 사실을 아니 마음은 편했지만 여자가 아직 질문에 대한 답을 기다리고 있었다. 켈러가 말했다.

"자기 뜻대로 하고 살지 못하는 편이라는 건 알겠군요."

그녀는 웃음을 터뜨렸다.

"맞아요. 하지만 시도도 안 해본 건 아니에요. 있죠, 당신이 마음에 들어요, 데일. 당신은 좋은 사람이에요. 하지만 오늘밤엔 당신이 아니었어도 다른 누군가와 잤을 거예요."

"난 내 애프터셰이브 때문인 줄 알았는데."

"그랬겠죠. 아니, 내 결혼 생활이라는 게 그래요. 난 여길 많이 다녀요. 작년에만도 여기 주크박스에 동전을 많이 넣었죠."

"그래서 바람피우기에 대한 노래를 잔뜩 틀고?"

"바람도 꽤 피웠어요. 하지만 그것도 별로 안 통하네요. 여전히 다음날 아침이면 그 개자식과 결혼한 채로 깨어나니까."

"이혼하지그래요?"

"생각이야 해봤죠."

"그런데?"

"이혼을 좋게 생각하지 못하도록 배우며 자랐거든요. 그게 다라고 생각하진 않아요. 바람피우는 것도 나쁘게 여기라고 배우긴 했으니까."

그녀는 얼굴을 찌푸리더니 인정했다.

"돈 때문이기도 하죠. 시시콜콜한 이야기로 지루하게 하진 않을게요. 이혼을 하면 상당히 타격을 입을 거예요."

"문제로군요."

"그렇죠. 내가 돈을 얼마나 신경쓰느냐는 부분만 빼면요. 돈이야 한 사람에게 필요한 만큼이면 충분하고, 우리 아빠한테는 돈이 많아요. 굶어 죽게 두진 않겠죠."

"흠, 그렇다면……."

"아빠가 호비를 좋아해요."

그녀는 마치 그게 그의 잘못이라는 듯이 켈러를 노려보면서 말했다.

"호비와 같이 사슴을 사냥하고, 호비와 같이 송어와 연어를 잡으러 가고. 호비를 알게 된 게 아빠에게 일어난 가장 좋은 일이라고 생각하시죠. 그리고 이혼이라는 말도 듣고 싶어 하지 않아요. 태미 와이넷이 한 번에 한 글자씩 난어를 읊는 노래 알죠? 우리 아빠는 이혼의 '이'자가 입에서 다 나오기도 전에 방에서 나갈 거예요. 딸 아이가 이혼한다면 라이먼 크라우더의 심장이 부서지고 말 거라고요."

흠, 정말 그랬다. 입을 다물고 귀를 열고 있으면 많은 것을 배운다는 말이 있었지. 켈러는 그 이름을 크로더가 아니라 크라우더라고 읽는다는 사실을 배웠다.

이젠 어쩐다?

그녀가 떠나고, 그는 샤워를 한 뒤에 방안을 걸어 다니면서 상황을 정리하려고 해보았다. 마틴게일에 도착하고 몇 시간도 지나지 않아 같이 잔 여자가 알고 보니 표적이 사랑하는 딸이었고, 십중팔구 의뢰인인 남자가 사랑하지 않는 아내인 듯했다.

흠, 아닐지도 모른다. 부유한 사내인 라이먼 크라우더는 마을 북쪽에 거의 취미 삼아 운영하는 큰 농장에서 살았다. 크라우더가 실제로 버는 돈은 석유에서 나왔는데, 석유로 적은 돈을 버는 사람은 없었다. 파산하거나 부유하거나 둘 중 하나지. 부자들에게는 적이 있기 마련이다. 사업상 서로 다른 생각을 가진 사람들, 부자가 죽어야 이득을 얻는 사람들.

하지만 이 경우에도 야넬이 의뢰인이어야 했다. 그래야만 할 시적인 필연성 같은 것이 있었다. 그녀가 라운지에서 그를 골랐다. 그녀가 표적의 딸이라는 정도로는 부족했다. 의뢰인의 아내이기도 해야 했다. 그러면 한 바퀴를 돌아서 깔끔하게 매듭이 지어졌다.

해야 할 일은…… 흠, 그는 할 일을 알고 있었다. 몇 시간 잠을 자고 일의 통상적인 순서를 뒤집어 아침 일찍 일출을 향해 달려가는 것이다. 비행기에 올라서 뉴욕에 내린 후 작고 행복한 낭만적인 모험담으로 마틴게일을 마무리짓는다. 어쨌든 남자란 성관계를 할 수 있다는 희망만으로 그보다 더 멀리까지 여행하기도 하는 존재니까 말이다.

화이트 플레인스의 남자에게는 누군가 다른 사람을 찾으라고 하면 된다. 가끔은 그래야 할 때도 있었다. 습관으로 삼지만 않으면 비난받지도 않았다. 탈로 났다고 하면 된다.

생각해보니 실제로 그렇기도 했다. 사실상 전문가다운 판단이었다.

그는 아침에 일어나서 가방을 쌌다. 공항에서 화이트 플레인스에 전화하거나 잠시 미뤘다가 뉴욕에 돌아가서 이야기하면 그만이었다. 방에서 전화를 하고 싶지는 않았다. 진짜 데일 휘틀록이 크게 분노하여 발작하듯 아메리칸 엑스프레스 카드사에 전화를 한다면, 홀리데이 인의 출금 내역 같은 부분을 살펴볼 것이다. 어디로든 이어질 수 있는 단서를 남겨서는 안 된다.

생각을 돌려 준을 떠올리자 장난기가 솟았다. 시간을 확인했다. 8시, 동부는 두 시간 뒤인 10시일 테니 전화를 걸기 무례한 시간은 아니다.

켈러는 코네티컷 로웨이턴에 있는 휘틀록의 집으로 전화를 걸었다. 여자가 받았다. 알 만한 정치 관련 여론조사 기관의 이름을 써서 설문 조사원 행세를 했다. 그는 긴 답변이 나올 만한 질문을 던져가면서 어렵지 않게 그녀를 붙들어둘 수 있었다. 마침내 말했다.

"정말 감사드립니다. 좋은 하루 보내시기 바랍니다."

이제 아메리칸 엑스프레스에는 휘틀록이 설명하게 놓아두자. 짐을 마저 싸서 거의 밖으로 나가려는데 문고본 서부소설이 눈에 걸렸다. 가져갈까? 청소부가 가져가게 둘까? 어떻게 하지?

그는 책을 집어 들어 표지의 광고 문구를 읽고 한숨을 내쉬었다. 랜돌프 스콧이라면 이렇게 했을까? 아니면 존 웨인이나 클린트 이스트우드라면? 잭 일럼이라면?

아니, 그랬을 리가 없지.

그랬다면 영화가 없었을 테니까. 한 남자가 말을 타고 마을에 달려가서 상황을 살펴보고, 여자를 만나고, 여자와 자고, 그런 다음에 다시 달려나간다? 그런 내용을 영화로 만들었다간 예술영화관에서도 상영해주지 않을 것이다.

그렇다 해도 이건 영화가 아니다.

그렇다 해도…….

그는 책을 보았다. 그 책을 방 저편으로 던져버리고 싶었다. 그러나 한숨밖에 던질 것이 없었다. 그는 짐을 풀었다.

켈러가 마을에서 커피를 마시고 있는데 길 건너편에 픽업트럭이 서더니 두 남자가 내렸다. 한 사람은 라이먼 크라우더였다. 키가 그보다 작은 다른 사람은 십 킬로그램쯤 무게가 덜 나가고 스무 살쯤 어려 보였다. 외모로 보아서는 크라우더의 아들 같았다.

알고 보니 사위였다. 두 남자를 따라 들어간 가게에서 카운터를 지키던 남자가 라이먼과 호비라고 부르는 것을 들었다. 크라우더는 주로 켈러가 쓰임새를 이해하기 어려운 물건들로 구성된 긴 쇼핑 목록을 가지고 있었다.

가게 주인이 주문 상품을 채우는 동안 켈러는 진열된 수제 부츠들을 들여다보았다. 발가락 부분이 뾰족해서 뉴욕에서 구석에 있는 바퀴벌레를 죽이는 데 편리할 것 같았다. 굽은 키가 삼 센티미터는 커질 정도로 높았다. 그는 부츠를 신으면 처음 하이힐을 신은 십 대 소녀처럼 어색한 기분이 들까 궁금했다. 라이먼과 호비는 진열된 부츠들과 다름없이 앞이 뾰족하고 굽이 높은 부츠를 신고서도 편안해 보였고, 리본 모양으로 타이를 맨데다 카우보이모자까지 쓰고도 편안해 보였다. 켈러가 그런 옷차림을 했다간 당장 어릿광대가 된 기분이 들 것이 분명했다.

그는 두 사람이 한 쌍이라고 생각했다. 둘은 생김새도 비슷했고, 말도 비슷하게 했고, 옷도 비슷하게 입었고, 흔치 않을 정도로 서로를 좋아하는 듯했다.

방으로 돌아간 켈러는 창가에 서서 주차장을 내려다보다가 건너편에 있는 쌍둥이 산을 보았다. 몇 년 전 일 때문에 갔던 마이애미에서 만난 쿠바인은 항상 2층보다 위에 있는 호텔방을 잡지 말라고 했다. 남자는 이렇게 말했다.

"급하게 떠나야 할 상황을 생각해보라고. 1층은 아무 문제가 없지. 2층도 문제가 없어. 3층이라면 망할 다리가 부러지겠지."

그 논리가 인상 깊게 남아, 켈러는 한동안 남자의 충고에 따랐다. 그러다가 우연히 그가 호텔의 고층 방만 피한 게 아니라 엘리베이터에 들어가기도, 비행기에 타기도 거부했다는 사실을 알게 되었다. 직업상 괜찮아 보였던 방식이 이제는 공포증에 지나지 않아 보였다.

문득 켈러는 평생 한 번도 창문을 통해서 방을 나선 적이 없다는 사실을 깨달았다. 호텔방만이 아니라 어떤 방이든 마찬가지였다. 앞으로 그런 일이 절대 일어나지 않으리라는 말은 아니지만 감수할 만한 위험이라 결론 내렸다. 그는 높은 층을 좋아했다. 어쩌면 위험을 무릅쓰는 일도 좋아하는지 몰랐다.

수화기를 집어 들고 전화를 걸었다. 그녀가 받자 켈러가 말했다.

"텍스예요. 내 사업상 약속이 취소됐다는 게 믿어져요? 덕분에 오후가 통째로 비었어요.”

“내가 두고 온 곳에 있나요?”

“그 후로 거의 움직이지 않았죠.”

“음, 그럼 움직이지 마요. 바로 갈게요.”

그날 밤 9시쯤 켈러는 술을 한잔 마시고 싶었지만, 간통자들과 그들이 제일 좋아하는 음악을 벗 삼아 마시고 싶지는 않았다. 그는 팰러미노 카프리스를 몰고 돌아다니다가 마을 외곽에서 괜찮아 보이는 장소를 찾아냈다. ‘조의 술집’이라는 곳이었다. 바깥은 별 특징이 없었다. 안에서는 김빠진 맥주와 하수도 냄새가 났다. 조명은 약했다. 바닥에는 톱밥이 깔렸고 벽에는 죽은 짐승들의 머리가 걸렸다. 고객이 남자들뿐이라 켈러는 잠시 멈칫했다. 켈러로서는 이유를 상상하기가 힘들지만 뉴욕에는 이 술집처럼 보이려고 무척이나 애를 쓰는 동성애자 전용의 술집들이 있었다. 하지만 ‘조의 술집’이라는 말의 의미를 어떻게 적용해도 동성애자들의 술집이 될 수는 없었다.

그는 기우뚱한 의자에 앉아서 맥주를 주문했다. 다른 술꾼들은 그는 물론이고 서로도 혼자 있도록 내버려두었다. 주크박스는 정적을 더이상 참을 수 없는 남자들이 동전을 떨굴 때마다 간헐적으로 노래를 내보냈다.

켈러는 노래들에 일정한 유형이 있다는 사실에 주목했다. ‘술을 마셔서 여자를 마음속에서 지우려 하네' 같은 부류의 노래들이 있었고 '나에겐 불운 말고는 아무 운도 없지' 같은 부류의 노래들이 있었다. 실리아가 잭슨 파크 인에 있다는 가사도 없는데다 죄책감을 떨치면 그곳이 천국이라는 노래도 없었다.

다시 말해서 술을 마시고 형편없는 기분을 느끼기 위한 노래들이었다.

"오늘도 뭣 같은 날이군요."

켈러의 팔꿈치께에서 어떤 목소리가 말했다.

돌아보지 않고도 누구인지 알았다. 목소리를 알아들을 수 있었던 것이 아니었다. 그래, 그건 이 모든 일의 필연성에 대한 인식에 가까웠다. 아무도 다른 사람과 대화를 나누지 않는 술집에서 그에게 말을 걸어 온 사람은 당연히 야넬이어야 했다. 달리 누구일 수 있겠는가?

"뭣 같은 날이죠."

켈러는 동의했다.

"이 부근에서 보던 사람 같지 않은데요."

"지나가는 사람입니다."

"흠, 그거 제대로 생각했네요. 내 이름은 바트예요."

야넬이 말했다.

시작을 했으면 끝을 봐야지, 하고 생각하며 켈러가 말했다.

"데일입니다."

"만나서 반갑군요, 데일."

"동감입니다, 바트."

바텐더가 두 사람 앞에 나타났다.

"여어, 호비. 늘 마시던 걸로?"

야넬은 고개를 끄덕였다.

"그리고 여기 데일에게도 한 잔."

바텐더가 잔에 야넬이 늘 마시는 술이라고 부은 것은 알고 보니 물을 섞은 버번이었다. 켈러에게는 따지 않은 맥주를 한 병 내밀었다. 버티지 못한 누군가가 주크박스에 동전을 넣고 〈유리벽이 저기 서서〉를 틀었다.

야넬이 말했다.

"저 친구가 날 뭐라고 불렀는지 들었습니까?"

"주의깊게 듣지 않았어요."

"호비라고 불렀습니다. 다들 그렇게 부르지요. 당신도 어쩔 수 없이 똑같이 부르게 될 거예요."

"세상은 끔찍한 곳이지요."

켈러가 말했다.

"맙소사, 딱 맞는 말입니다. 그보다 더 좋은 표현이 없어요. 결혼했습니까, 데일?"

"지금은 아닙니다."

"'지금은 아닙니다'라니. 나도 똑같이 말할 수만 있다면 뭐든지

주겠네요.”

“말썽이 있나 보죠?”

“한 여자와 결혼하고 다른 여자를 사랑한다. 그러면 말썽이라고 부를 수 있겠죠.”

“그럴 것 같군요.”

“그 여자는 신께서 만드신 가장 상냥하고, 다정하고, 친절하고, 사랑스러운 존잽니다. 그 사람이 ‘바트’라고 속삭이면 나머지 세상 전체가 ‘호비’라고 외친대도 상관이 없어요.”

켈러가 추측했다.

“그게 부인은 아닌가 보군요.”

“설마요! 아내는 절조 없고, 비열하고, 심장이 차가운 잡년이에요. 난 못된 아내가 밉습니다. 내 애인을 사랑하죠.”

잠시 침묵이 감돌았다. 방 전체가 그랬다. 그러더니 누가 〈외로움의 결정판은 나〉를 틀었다.

“요새는 이런 노래를 쓰지 않지요.”

야넬이 말했다.

맞는 말이었다. 켈러가 말했다.

“이런 말을 꺼낸 사람이 처음은 아니겠지만, 혹시…….”

“준을 떠날 생각은 안 해봤느냐고요. 이디스와 같이 도망치고. 이혼하고.”

“대충 그렇습니다.”

"한 시간도 생각하지 않고 지나갈 때가 없습니다, 데일. 밤이고 낮이고 그 생각만 하지요. 계속 생각하고 그 생각으로 술을 마시지만, 그것만은 할 수가 없어요."

"어째서요?"

야넬이 대답했다.

"어떤 남자가 있습니다. 나에게는 아버지이자 제일 친한 친구죠. 평생 만나본 사람 중에 제일 훌륭한 남자인데 그분이 살면서 잘못한 일이라고는 딸을 두었다는 것뿐이에요. 내가 평생 저지른 제일 큰 실수가 그 딸과 결혼한 일이고 말입니다. 그런데 그분이 믿는 것이 있다면 결혼의 신성함이지요. 그분은 이혼이 제일 더러운 말이라고 생각해요."

그래서 야넬은 결혼을 끝낼 조치를 취하기는커녕 장인에게 결혼 생활이 지옥이라는 말조차 꺼낼 수가 없었다. 이디스와의 연애를 숨겨야만 했다. 마음을 터놓을 수 있는 상대는 이디스뿐인데 이디스가 몇 주 동안 마을에 없었기 때문에, 그는 외로움에 죽어가다가 처음 만나는 이방인에게 심장을 꺼내놓을 지경이 되었다. 그 점은 데일 당신에게 미안하게 됐지만…….

"괜찮아요, 바트. 모든 걸 자기 안에만 담고 있을 순 없지요."

"바트라고 불러주니 고맙군요. 정말입니다. 라이먼도 날 호비라고 부르는데, 그분은 남자가 얻을 수 있는 최고의 친구거든요. 젠장, 어쩔 수 없죠. 모두가 빠르든 늦든 날 호비라고 부르니."

"흠, 난 최대한 오래 참아보지요."

켈러가 대답했다.

혼자가 된 켈러는 선택지를 검토했다.

그는 라이먼 크라우더를 죽일 수 있었다. 사족 달지 않고 주어진 임무를 수행하는 것이다. 그러면 모두의 문제가 풀리겠지. 준과 호비는 둘 다 간절히 원하는 이혼을 할 수 있겠고.

부정적인 면을 보자면, 두 사람 모두 전자레인지에 돌리는 팝콘 이후 최고의 존재라고 여기는 남자를 잃게 된다.

그렇다면 동전을 던진 뒤 준이나 준의 남편을 제거해서 이혼 법정의 마지막 수단 역할을 해줄 수도 있다. 앞면이 나오면 준은 남은 평생 유령을 상대로 바람을 피울 수 있겠지. 뒷면이 나오면 야넬이 케이크와 이디스를 얻을 수 있겠고. 물론 이디스가 야넬을 바트라고 부르기를 그만두고 호비라고 부른다거나 홀리데이 인에 나타나 주크박스에 동전을 넣고 〈삼 등급 로맨스, 싸구려 랑데부〉를 틀기까지는 시간문제일 뿐이겠지만.

켈러에게 문득 분명히 인구를 줄이지 않는 해결책이 있으리라는 생각이 떠올랐다. 하지만 그는 그런 해결책을 제시하는 데 어울리지 않는 사람이었다.

의료 문제가 있다면 당신은 어떤 사람에게 찾아가느냐에 따라 다른 치료를 받게 될 것이다. 외과 수술 전문의에게는 척추뼈 교정을 해주거나, 약초와 관장약을 처방해주거나, 무릎 꿇고 같이 기도해주기를 기대하지는 않는 법이다. 문제가 무엇이든 외과 수술 전문의가 처음 할 일은 자를 곳을 찾는 일이었다. 그렇게 훈련받았고, 그런 식으로 세상을 보았고, 그런 일을 했으니까 말이다.

켈러 역시 외과적인 접근법을 택하는 부류였다. 다른 사람들이라면 상담이나 열두 단계 프로그램을 권할 일에 켈러는 메스에 손을 뻗었다. 하지만 어디를 절개해야 할지 결정하기 어려울 때도 있었다.

그는 매정하게 생각했다. 다 죽이고 신이 처리하게 놔둘까. 아니면 다리 사이로 꼬리를 말고 석양을 향해 달려가든가.

아침이 오자마자 켈러는 셰리든으로 차를 몰고 가서 솔트레이크시티로 가는 비행기를 잡아탔다. 항공권은 현금으로 지불했고, 존 리처즈라는 이름을 썼다. 솔트레이크시티의 트랜스월드 항공 카운터에서 그는 라스베이거스로 가는 편도표를 사고 역시 현금으로 지불했으며, 이번에는 앨런 존슨이라는 이름을 썼다.

라스베이거스 공항에서 자기 차를 찾는 사람처럼 장기 주차장을 돌아다녔다. 오 분 정도 걸어 다녔더니 글렌 체크무늬 재킷을 입은 머리가 벗어져가는 남자가 이 년된 플리머스를 세우고 트렁크에서 커다란 여행 가방 몇 개를 꺼내어 알루미늄 짐차에 실었다. 어디로 가는지는 몰라도 꽤 오래 머물 만한 짐이었다.

켈러는 남자가 시야에서 사라지자마자 한쪽 무릎을 꿇고 차체 밑을 훑어, 자석으로 차에 붙여둔 열쇠를 찾아냈다. 그는 차문을 억지로 열기 전에 늘 열쇠부터 찾았는데, 다섯 번 중에 한 번은 유이 따랐다. 켈러는 늘 그렇듯 의기양양할 결과를 얻었다. 열쇠를 찾아낸 것은 좋은 징조였다. 조짐이 좋았다.

그는 몇 년 동안 라스베이거스에 자주 들렀다. 좋아하는 도시는 아니었지만 잘 알기는 했다. 차를 몰고 시저스 팰리스로 가서 플리머스를 주차장 안내원에게 맡겼다. 그리고 8층으로 가 방문을 두드렸다. 방안에 있던 여자가 잠 좀 자자고 항의할 때까지.

그는 말했다.

"마틴게일에서 온 소식입니다, 보딘 양. 제발 문 좀 열어요."

문이 살짝 열렸지만 체인이 걸려 있었다. 여자는 준과 비슷한 연배였지만 더 나이들어 보였고, 검은 머리는 헝클어졌고, 눈은 흐릿했고, 얼굴에는 아직 어제의 화장 자국이 남아 있었다.

"크라우더가 죽었습니다."

켈러는 말하면서 "무슨 일이 일어난 거죠?"부터 "그게 무슨 상관이에요?"까지 여자가 할 만한 말을 얼마든지 생각할 수 있었다. 이 여자는 바로 본론으로 들어갔다.

"이런 멍청이. 여기에서 뭐하는 거예요?"

실수였다.

"들어갑시다."

이렇게 말하자 여자는 그를 들여보냈다.

또 한 번의 실수였다.

켈러의 플리머스를 가져온 안내원은 기쁜 얼굴로 켈러가 주는 팁을 받았다. 공항에 가보니 대머리 남자가 원래 플리머스를 주차했던 자리에 다른 사람이 토요타 캠리를 세워두어서, 그는 최선을 다해 통로 하나 건너 열두 자리쯤 떨어진 곳에 차를 끼워 넣을 수밖에 없었다. 그렇게 해두어도 주인은 차를 찾아낼 수 있을 것이다. 알츠하이머 초기 단계일까 걱정하지 않기를 빌었다.

켈러는 리처드 힐이라는 이름으로 덴버까지, 데이비드 에드워즈라는 이름으로 셰리든까지 날아갔다. 가면서 시저스 팰리스의 호텔방 욕실에 있는 이디스 보딘에 대해 생각했다. 그녀는 젖은 타일에 미끄러지는 바람에 대형 욕조 가장자리에 부딪혀 두개골이 깨진 것으로 보일 것이다. 문고리에 '방해하지 마시오' 표찰을 걸어놓고 에어컨을 최대로 돌려놓았는데, 여자가 방해받지 않고 얼마나 오래 있을 수 있을지는 짐작할 수 없었다.

그 여자가 의뢰인일 수밖에 없다고 생각했다. 세상이 라이먼 크라우더를 중심으로 돌아간다고 생각하는 준이나 호비는 둘 다 아니었다. 그러면 누가 남을까? 크라우더 본인이 몰래 자살을 꾀한다? 오래된 적, 사업상의 라이벌?

아니, 이디스가 최적이었다. 의뢰인이라면 야넬 부부처럼 우회

적으로 접촉하지 않고 주선에 따라 켈러를 만나고 싶어 했을 것이다. 아니면 모든 일이 일어날 때 확실히 현장에서 떠나 있을 것이다. 이를테면 라스베이거스로 여행을 간다거나.

이유는? 물론 크라우더의 재산이었다. 그녀는 호비 야넬을 미치게 만들었지만, 그는 크라우더의 마음을 찢어놓을까 두려워서 준을 떠나지 못하는데다 떠난다 해도 빈손이었다. 준을 죽여도 준에게는 진짜 재산이 없으니 소용이 없었다. 노인이 죽는다면 준이 재산을 상속할 테고, 그 후에는 언제든 준에게 무슨 일이 일어날 수 있었다.

어쨌든 켈러의 생각으로는 그랬다. 이디스의 정확한 논리를 알고 싶었다면 직접 물어봐야 했을 텐데 시간 낭비 같았다. 더 중요한 점은 켈러가 그 여자를 알 기회를 조금도 원하지 않았다는 것이다. 사람들을 알게 되면 모든 게 엉망이 될 뿐이었다.

한 번도 만난 적 없는 사내를 죽이기 위해 천 킬로미터를 달려간다면, 매 순간 입을 꾹 다문 이방인이 되는 편이 현명했다. 표적이든 의뢰인이든 다른 누구와든 이야기해서 좋을 게 없었다. 할말이 있다면 말에게 속삭일 수도 있겠지.

그는 셰리든에서 그날 네 번째의 비행을 마치고 다시 찾은 카프리스를 마틴게일로 몰았다. 시간이 갈수록 카프리스라는 차 이름이 점점 더 잘 들어맞는 느낌이었다. 그는 제한속도를 딱 지키다가 마틴게일까지 팔 킬로미터쯤 남은 곳에서 다른 차들처럼 속도를 늦췄다. 사람들이 북쪽으로 가는 차선에서 잔해를 치우고 있었다. 그렇다고 남쪽으로 가는 차선까지 느려질 이유는 없었지만, 당연하게도 느려졌다. 다른 사람들이 무엇을 보려고 속도를 늦추는지 보기 위해 다들 속도를 늦추었으니까.

방으로 돌아간 그는 가방을 싼 후에야 어디로도 갈 수 없다는 사실을 깨달았다. 의뢰인이 죽었다고 변하는 것은 없었다. 그로서는 그 여자가 의뢰인이라거나 죽었다는 사실을 알 방법이 없으니 임무는 그대로 남아 있었다. 돌아가서 일을 해낼 수 없었다고 말한 뒤 이제는 해치울 일이 없다는 소식이 새어 나올 때까지 기다릴 수도 있었다. 그렇게 하면 귀찮은 일에서는 벗어나겠지만 영광을 누리거나 돈을 받지는 못할 터였다. 의뢰인은 돈을 미리 지불했을 가능성이 높고 의뢰인과 화이트 플레인스의 남자 사이에 중개인이 있었다면 그자가 돈을 전달했을 가능성도 매우 높았으며, 화이트 플레인스의 남자가 죽은 의뢰인에게 돈을 환불해줄 생각을 할 가능성도, 누가 그런 문제를 제기할 가능성도 거의 없었다. 하지만 그렇다고 해서 화이트 플레인스의 남자가 켈러가 수행하지 못한 일에 대금을 지불할 리도 만무했다. 화이트 플레인스의 남자가 전부 갖겠지.

켈러는 생각해보았다. 아무래도 제일 좋은 방책은 대기 전술을 취하는 것인 듯했다. 몰래 숨어든 도둑이나 객실 청소부가 이디스 보딘을 발견할 때까지 얼마나 걸릴까? 그녀의 죽음이 화이트 플레인스에 전해지기까지는 얼마나 걸릴까?

생각하면 할수록 길어질 듯한 느낌이 들었다. 가끔 있는 일이지만 혹시 중개인이 줄줄이 얽혀 있다면 쿠바 독립을 둘러싸고 일어났던 전쟁에서처럼 영영 장군에게 전언이 닿지 않을 수도 있었다.

제일 간단한 방법은 크라우더를 죽이고 끝내는 것일지도 모른다.

아니야. 그는 생각했다. 그래, 그는 '한 번도 만난 적 없는' 이 전설적인 사내를 죽이지 않으려고 방금 천 킬로미터도 넘는 곁다리 여행을, 그것도 자기 돈으로 했다. 그렇게까지 하고 나서 지금 그 사내를 죽인다면 어이없는 일이었다.

켈러는 어쨌든 한동안 기다릴 작정이었다. 당장은 운전을 하고 싶지도 않았고 비행기에 또 타기는커녕 비행기를 보기도 싫을 지경이었다.

그는 침대에 대자로 뻗어서 눈을 감았다.

끔찍한 꿈을 꾸었다. 꿈속에서 그는 밤에 길을 잃은 채 한기에 떨면서 절박할 정도로 외롭게 사막 한가운데를 걷고 있었다. 그러다가 어딘가에서 말 한 마리가 달려왔는데 등에는 길고 숱 많은 머리를 휘날리며 달빛에 눈을 반짝이는 아름다운 여자가 타고 있었다. 그녀가 손을 내밀기에 말 위로 뛰어올라 여자의 뒤에 탔다. 그녀는 벌거벗고 있었다. 어째서인지 그때까지 깨닫지 못했지만 켈러도 벌거벗은 몸이었다.

그들은 사랑에 빠졌다. 말없이 서로에게 모든 것을 말하고 쌍둥이 영혼처럼 서로를 알았다. 그러다가 그녀의 눈동자를 들여다본 켈러는 그녀가 누구인지 깨달았다. 이디스 보딘, 죽은 사람이었다. 그녀가 꿈에 그리던 여자일 줄을 알지 못한 채 죽여버렸다. 이미 일어났고 결코 돌이킬 수 없는 일이었다. 그의 심장은 영원히 부서졌다.

켈러는 몸을 떨며 깨어났다. 오 분 동안 방안을 걸어 다니며 무엇이 꿈이고 무엇이 현실인지 가려내려 애썼다. 잠을 오래 자지 않은 모양이었다. 해가 저물고 있는, 아직 끝나지 않은, 같은 날이었다.

맙소사, 얼마나 지옥 같은 꿈인지.

TV에 집중도 되지 않고 책에도 운이 따르지 않았다. 그는 책을 내려놓은 뒤 전화기를 들고 준의 번호로 전화를 걸었다.

“데일이에요. 난 여기 앉아서…….”

준이 말을 끊었다.

“아, 데일. 전화해주다니 정말 사려 깊네요. 끔찍하지 않아요? 정말 지독한 일 아닌가요?”

“어…….”

“지금은 이야기를 할 수가 없어요. 제대로 생각할 수도 없어요. 평생 이렇게 마음이 어지러운 건 처음이에요. 친절한 전화 고마워요, 데일.”

준이 전화를 끊은 후 켈러는 멍하니 전화기를 보았다. 준이 그의 생각보다 더 좋은 여배우였다면 몰라도 전화로 들은 목소리는 완전히 감정에 압도되어 있었다. 이디스 보딘의 죽음이 그렇게 빨리 전해질 수 있다는 사실도 놀라웠지만 준이 그 죽음을 이토록 힘겹게 받아들인다는 사실이 훨씬 더 놀라웠다. 이 사건에 눈에 보이는 것보다 더 많은 요소가 있었나? 호비의 아내와 정부가 사실은 친한 친구 사이였나? 아니면 설마…… 친구 이상의 관계였나?

랜돌프 스콧에게는 세상이 훨씬 단순했을 텐데.

조의 술집에서는 지난번과 같은 바텐더가 일하고 있었다.

"손님 친구 호비는 오늘밤에 오지 않을 것 같네요. 소식은 들으셨겠죠."

"어……."

바텐더의 말에 켈러의 대답이 이랬다. 시체가 식기도 전에 온 마을이 호비를 위로할 태세가 되어 있다면 대단한 뒷골목 연애다.

바텐더가 말을 이었다.

"지독한 일이죠. 마을에 끔찍한 손실이에요. 그분 없이는 마틴게일도 예전 같지 않을 겁니다."

켈러는 조심스럽게 말했다.

"그 소식 말인데……. 내가 소식을 놓쳤나 본데요. 무슨 일이 있었습니까?"

그는 호텔방에서 항공사로 전화를 걸었다. 캐스퍼에서 출발하는 다음 비행기는 아침까지 없었다. 물론, 덴버까지 운전을 하고 싶다면…….

그는 덴버까지 운전하고 싶지 않았다. 휘틀록의 이름과 휘틀록의 신용카드를 써서 아침 첫 비행기를 예약했다.

라이먼 크라우더가 어딘가에 누워서 방부액을 주입받고 있는데 여기에 더 머물 필요는 없었다. 크라우더는 I-25 고속도로 북행 차선에서 자동차 사고로 죽었다. 켈러가 셰리든에서 돌아올 때 속도를 늦추게 만들었던 바로 그 사고였다.

장례식까지 머물지는 않겠지만 꽃을 보내야 할까? 그래서는 안 된다는 사실이야 뻔했지만 충동을 이길 수 없었다.

그는 1-800-꽃배달에 전화를 걸어서 로웨이턴에 사는 데일 휘틀록의 부인에게 장미 열두 송이를 보내고 휘틀록의 아메리칸 엑스프레스 카드로 대금을 결제했다. 그는 "그저 당신을 사랑하기에, 데일"이라고 적은 카드를 동봉해달라고 부탁했다.

그것이 최소한의 성의라고 여겼다.

이틀 후에 그는 화이트 플레인스에 있는 톤턴 플레이스에서 보고를 마쳤다. 남자는 사고는 언제나 좋은 방법이라고 말했다. 사고와 자연사가 언제나 최고였다. 아, 메시지를 전하기 위해 시끄럽게 일을 벌여야 할 때도 있기는 하지만 그렇지 않을 때는 사고만 한 방법이 없었다.

"그런 사고를 준비할 수 있었다니 훌륭해."

남자가 말했다.

그러려면 엄청난 준비가 필요했겠지. 켈러는 생각했다. 우선 라이먼 크라우더가 픽업트럭을 타고 북쪽으로 달려가게 해야 했다. 그다음에는 대니 바스코라는 이름의 실업자 양치기를 완전히 취하게 만들어서 자기 픽업트럭을 타고(맙소사, 이 사람들은 픽업트럭밖에 안 모나?) 마틴게일을 향해 돌진하게 하고, 그것도 시속 150킬로미터가 넘게 달리도록 하되 북행 차선에서 남쪽으로 달리게 해야 했다. 몇 번은 아슬아슬하게 충돌을 피하게 하기도 해야 했다. 바스코가 스쿨버스를 한 대 스치고 지나간 뒤 미니밴 한 대의 옆을 긁은 다음 크라우더를 정면으로 들이받게 해야 했다.

대단한 준비였다.

화이트 플레인스의 남자가 혹시 의뢰인이 죽었다는 사실이나, 의뢰인의 정체를 알게 되었는지는 모르겠지만, 켈러에게는 전혀 티가 나지 않았다. 나가는 길에 도트가 표적의 이름을 정확히 어떻게 발음하더냐고 물었다.

"크라우더였어요. 차우더처럼요."

그의 말에 도트가 대꾸했다.

"알아낼 줄 알았지. 켈러, 괜찮아? 평소랑은 좀 달라 보이는데."

"운명의 손길에 대한 외경심에 휩싸여서요."

"흠. 그럼 됐고."

시내로 돌아가는 기차에서 그는 운명의 손길에 대해 생각했다. 아까까지만 해도 그는 라스베이거스로 갔던 곁다리 여행은 시간과 돈과 인명의 낭비였다고 생각하려고 했다. 하루만 기다렸으면 대니 바스코가 게임판에서 말을 제거했을 거라고.

그렇게 되지는 않았으리라.

켈러가 라스베이거스로 가지 않았다면, 고속도로에 사고가 일어나지도 않았을 것이다. 하나의 사건이 다른 사건이 일어날 수 있는 통로를 열었다. 설명할 수도 없고 이해할 수도 없었지만 어째서인지 그게 사실임을 알았다.

모든 일이 정확히 일어나야만 했던 방식대로 일어났다. 바람 상대 만나기용 라운지에서 준과 맞닥뜨리고, 피곤한 술집에서 호비와 마주친 일도 그랬다. 그는 그들과 만나는 것을 피할 수 없었다. 이 모든 일의 분위기를 정해버린 문고본 서부소설을 살 수밖에 없었던 것과 마찬가지였다.

그는 휘틀록 부인이 꽃다발을 좋아했으면 좋겠다고 생각했다.

003

켈러의 상담 치료

"꿈을 꿨습니다."

켈러가 말했다.

"선생님 제안대로 적었죠."

"잘하셨군요."

켈러는 소파에 앉기 전에 재킷을 벗어서 의자 등받이에 걸어놓았다. 그래서 재킷 안주머니에서 수첩을 꺼내기 위해 소파에서 일어났다가, 다시 소파에 앉아서 꿈을 적어놓은 페이지를 찾았다. 그는 빠르게 필기 내용을 읽고 수첩을 닫은 다음 어떻게 진행해야 할지 모르고 앉아 있었다.

브린이 말했다.

"좋을 대로 하세요. 앉든, 눕든, 더 편한 쪽으로요."

"상관없습니까?"

"저에게는 상관없어요."

그런데 어느 쪽이 더 편하지? 앉은 자세가 대화하기에는 더 자연스러운 반면, 소파에 눕는 자세에는 전통의 무게가 실렸다. 이 일에 전력을 다해야 한다고 느낀 켈러는 전통을 선택하기로 했다. 그는 몸을 뻗고 누워서 발을 올렸다.

그는 말했다.

"전 어느 집에서 살고 있습니다. 그 집은 거의 성과 같죠. 끝없는 복도에 수많은 방에."

"당신 집인가요?"

"아니요, 그 집에 살 뿐입니다. 사실은 그 집을 소유한 가족에게 봉사하는 하인 같은 존재죠. 가족은 거의 왕족 같고."

"당신은 하인이고요."

"할 일이 거의 없고 동등한 대우를 받는다는 점만 빼면요. 전 가족들과 테니스를 쳐요. 집 뒤쪽에 테니스장이 있거든요."

"그게 당신이 하는 일인가요? 그 사람들과 테니스를 치는 게?"

"아니, 동등한 대우의 예로 든 겁니다. 전 아래층에서 하인들과 함께 식사하지 않고 가족과 함께 먹지요. 제가 하는 일은, 쥐예요."

"쥐?"

"집에는 쥐가 들끓어요. 전 그 집 가족과 같이 저녁을 먹고 있습니다. 훌륭한 요리가 잔뜩 쌓인 접시를 받았는데, 검은색 타이를 맨 웨이터 하나가 들어와서 뚜껑이 덮인 접시를 내밉니다. 뚜껑을 열면 안에 쪽지가 하나 있는데 이렇게 적혀 있죠. '쥐'라고."

"그렇게 한마디만요?"

"그게 답니다. 저는 식탁에서 일어나서 하인을 따라 긴 복도를 걸어 미완성의 다락방에 도착합니다. 방에는 작은 쥐가 우글거립니다. 스무 마리에서 서른 마리는 될 텐데 제가 죽여야 해요."

"어떻게요?"

"발로 밟아서요. 그게 제일 빠르고 인도적인 방법이지만 귀찮기도 하고 별로 하고 싶지 않아요. 하지만 그 일을 빨리 끝낼수록 저녁 식사에 빨리 돌아갈 수 있지요. 전 아주 배가 고프거든요."

"그래서 쥐를 죽입니까?"

"네. 한 마리는 달아날 뻔했지만 그 녀석이 문밖으로 나가는 순간에 밟아 죽이지요. 그런 다음에 저녁 식탁으로 돌아가지만 모두가 먹고 마시고 웃고 있는데 제 접시는 치워지고 없어요. 야단법석이 일어나고 결국 부엌에서 제 접시를 다시 가져오지만, 전과 같은 요리가 아니에요. 그건……."

"네?"

"쥐예요."

켈러가 말을 이었다.

"껍질을 벗기고 요리를 하기는 했지만 접시 가득히 쥐를 담아오지요."

"당신은 그걸 먹나요?"

"그때 깹니다. 그야말로 먹기 직전에요."

"아."

브린이 말했다. 브린은 키가 큰 남자였다. 팔다리가 길면서도 모양이 나지 않았고, 치노 바지에 진녹색 셔츠를 입고 갈색 코듀로이 재킷을 걸쳤다. 켈러의 눈에는 브린이 고등학교 시절에 괴짜였다가, 이제는 독특한 방식으로 출중해 보이는 데 성공한 사람 같았다. 브린은 다시 한번 "아"라고 말하더니 두 손을 포개고는 켈러에게 그 꿈이 무슨 의미라고 생각하는지 물었다.

켈러가 대답했다.

"의사는 선생님이죠."

"그 꿈이 의사는 나라는 뜻이라고 생각한다고요?"

"아니, 꿈이 무슨 뜻인지 말할 수 있는 사람은 선생님이라고 생각한다는 말입니다. 어쩌면 그냥 자기 전에 록키 로드 아이스크림을 먹으면 안 된다는 뜻일지도 모르지요."

"그 꿈이 무슨 뜻일 것 같은지 생각을 말해보세요."

"제가 스스로를 고양이로 보나 봅니다."

"아니면 구제업자로요?"

켈러는 아무 말도 하지 않았다. 브린이 입을 열었다.

"이 꿈을 아주 피상적인 차원에서 풀어봅시다. 당신은 기업의 분쟁 조정자로 고용되어 있습니다. 당신은 다른 표현을 썼지만요."

"보통은 우리 같은 사람을 공정 관리 담당자라고 부르지요. 하지만 분쟁 조정자와 마찬가지이긴 합니다."

"대부분의 시간 동안에는 당신이 할 일이 없어요. 당신에게는 취미를 즐기고 좋은 삶을 누릴 기회가 많지요. 테니스가 그런 뜻이고, 부유하고 강력한 사람들과 같은 식탁에서 식사하는 것도 그런 뜻이지요. 그러다가 쥐가 나타나면 그 즉시 당신은 할 일이 있는 하인이라는 점이 명확해져요."

"이해가 되는군요."

"이어서 설명해보세요."

"흠, 뻔하지 않습니까? 문제가 있어서 제가 호출을 받으면 하던 일을 그만두고 그 일을 처리하러 가야 하지요. 저는 돌연하고 임의적인 행동을 취해야 하고, 그 행동에는 사람들을 해고하고 부서 전체를 닫는 일도 들어갈 수 있습니다. 해야 할 일이지만, 그건 쥐를 밟는 일과 비슷하지요. 그리고 식탁에 돌아가서 식사를 받으려고 하면…… 아마 그건 봉급을 뜻하겠죠?"

"보상이겠지요."

"저는 쥐가 담긴 접시를 받습니다."

켈러는 얼굴을 찌푸렸다.

"다시 말해서, 뭡니까? 제 보상은 제가 처리해야 하는 사람들의 파멸에서 나옵니다. 제 자양분은 그 사람들을 대가로 나오지요. 그러니까 죄책감이 담긴 꿈인가요?"

"당신 생각은 어떤가요?"

"죄책감 같군요. 제 이익은 다른 이들의 불운에서, 제가 다른 이들에게 가져다주는 슬픔에서 나옵니다. 그런 것 아닙니까?"

"표면적으로는 그렇지요. 더 깊이 들어가보면 다른 관련성을 발견하게 될지도 몰라요. 애초에 당신이 이 직업을 선택했다는 점이라든가, 어린 시절의 측면들과 연결된다거나……."

브린은 양손을 움직여 깍지를 끼고 의자에 등을 기댔다.

"모든 것은 다 이어져 있어요. 아무것도 홀로 존재하지 않고 아무것도 우연이 아니지요. 당신 이름마저도요."

"이름?"

"피터 스톤. 지금부터 다음 시간까지 생각해보시면 어떨까요."

"제 이름에 대해 생각해보라고요?"

"당신 이름과 그 이름이 당신에게 얼마나 어울리느냐에 대해서요. 그리고……."

브린은 반사적으로 손목시계를 흘긋 보았다.

"아쉽지만 시간이 다 된 것 같군요."

제럴드 브린의 사무실은 센트럴파크 웨스트와 94가가 교차하는 길목에 있었다. 켈러는 콜럼버스 애버뉴까지 걸어가서, 버스를 타고 다섯 블록을 간 다음, 길을 건너서 택시를 잡았다. 그는 택시

기사에게 센트럴파크를 통과해달라고 했고, 15가에서 내렸을 때는 미행이 없었다고 자신할 수 있었다. 그는 어느 델리에서 커피를 사고 인도에 서서 주위를 주시하면서 마셨다. 그런 다음에 켈러는 48가와 49가 사이 블록에 있는, 1번가에 면해 있는 현재 거주하는 건물로 걸어갔다. 아르데코풍의 로비와 도우미 딸린 엘리베이터를 갖춘 전쟁 전 양식의 고층 건물이었다.

"아, 켈러 씨. 날이 참 아름답죠?"

엘리베이터 안내원이 말했다.

"아름다운 날이군요."

켈러는 동의했다.

켈러는 19층에 있는 침실 하나짜리 아파트에서 살았다. 창밖으로 UN 건물, 이스트 리버, 퀸스 구역을 볼 수 있었다. 십일월 첫 번째 일요일에는 뉴욕 마라톤 대회의 중간 지점을 몇 킬로미터 지나서 퀸즈버러브리지를 건너가는 마라톤 주자들의 행렬을 구경할 수도 있었다.

켈러가 놓치고 싶지 않아 하는 장관이었다. 처음에는 세계 수준의 주자들이, 그다음에는 중간 수준의 꾸준한 선수들이, 마지막으로 그중 가장 느린 사람들이 걷기도 하고 절뚝거리기도 하면서 수천 명의 마라톤 주자가 시야를 통과해가는 동안 몇 시간이고 창문 앞에 앉아 있곤 했다. 마라톤은 스태튼 섬에서 시작해서 센트럴파크에서 끝났고, 켈러가 보는 부분은 그들이 다리를 건너 맨해튼으로 가는 도중의 몇백 미터뿐이었다. 이유는 알 수가 없었지만, 그 광경은 언제나 눈물이 날 정도로 그를 감동시켰다.

이것도 브린과 이야기해볼 주제일지도 몰랐다.

그를 상담 치료 의자로 이끈 사람은 도나라는 이름의 에어로빅 강사였다. 켈러는 체육관에서 그녀를 만났다. 그들은 몇 번 데이트를 하고 잠자리도 몇 번 같이했다. 그만하면 성적으로 화합하지 않는 관계를 구축하기에 충분했다. 켈러는 여전히 일주일에 두세 번 정도 체육관에 가서 무거운 금속 물체를 들어올렸다가 내리면서 그녀와 마주치면 친근하게 대했다.

한번은 어딘가 여행에서 막 돌아온 켈러가 얼마나 좋은 마을이었는지에 대해 많이 떠들었던가 보다. 도나가 말했다.

"켈러, 타고난 뉴욕 사람이 있다면 당신이에요. 알죠?"

"그렇죠."

"그런데 당신은 언제나 몬태나 주 엘리펀트에서 멋진 삶을 산다거나 하는 환상을 품고 살죠. 가는 곳마다 그곳에서의 삶을 꿈꾸고요."

"그게 나쁜가요?"

"누가 나쁘대요? 하지만 그 문제를 주제로 상담 치료를 하면 재미있을 것 같네요."

"나에게 상담 치료가 필요하다고 생각해요?"

도나가 대답했다.

"당신은 상담 치료에서 얻을 게 많다고 생각해요. 저기, 당신은 여기 오잖아요, 그렇죠? 계단형 러닝머신을 오르고, 노틸러스 기구를 이용하고요."

"대부분은 웨이트 운동만 하는데요."

"뭐든 간에요. 이런 운동을 하는 이유가 육체적으로 엉망이어서는 아니죠."

"몸을 유지하기 위해서 합니다만."

"기분이 좋아지기 때문이기도 하고요."

"그래서요?"

"내가 보기에 당신은 사실 나갈 생각도 없으면서 바깥에 손을 뻗는 사람 같아요. 온 나라를 돌아다니면서 진짜 부동산 중개인들에게 당신이 사지도 않을 집을 안내받는 식으로요."

"몇 번뿐이었어요. 그리고 어차피, 그런다고 나쁠 게 있나요? 시간을 보내주잖아요."

"당신은 그런 일을 하면서 이유를 모르죠. 상담 치료가 뭔지 알아요? 그건 모험이에요. 발견의 항해죠. 체육관에 다니는 것과 비슷해요. 그건…… 아, 잊어버려요. 어차피 당신이 관심이 없다면 소용없는 소리니까."

"관심은 있을지도 모르지요."

켈러는 말했다.

놀랄 일도 아니지만 도나 본인이 상담 치료를 받고 있었다. 하지만 도나의 상담 치료사는 여자였고, 두 사람은 켈러가 남자에게 상담을 받는 게 더 편하리라는 데 동의했다. 도나의 전남편이 무척 좋아하던 담당 상담 치료사가 있었는데 브린이라는 이름의 웨스트 사이드 심리학자였다. 도나가 직접 만나본 적은 없고 전남편과도 별로 좋은 관계가 아닌 터라 소개하기는 애매한데…….

"괜찮아요. 내가 직접 전화해보지요."

켈러는 브린에게 전화를 걸어 추천한 사람으로 도나의 전남편 이름을 댔다.

"하지만 그쪽은 내 이름이나 알지 모르겠네요. 꽤 오래전에 어느 파티에서 이야기를 나눴는데 그 후로 만나지 못했거든요. 그때 들은 말이 심금을 울려서, 음, 더 알아봐야겠다고 생각했습니다."

"직감은 강력한 스승이지요."

브린이 말했다.

켈러는 피터 스톤이라는 이름을 대고 약속을 잡았다. 첫 번째 상담에서 그는 이름을 밝힐 수 없는 거대 기업에서 일한다고 이야기했다. 그는 브린에게 이렇게 말했다.

"우리 업계는 심리 상담에 대해 조금 구식이라서요. 주소나 전화번호를 드릴 수는 없고, 비용은 상담 시간마다 현금으로 지불하겠습니다."

브린이 말했다.

"인생이 비밀로 가득하군요."

"유감이지만 그렇습니다. 제 일이 그러기를 요구하지요."

"여기는 당신이 솔직하게 마음을 터놓을 수 있는 곳이에요. 쉽게 말해 스스로에게도 숨겨왔던 비밀들을 드러내자는 것이지요. 여기에서 하는 말은 신성한 고해성사처럼 보호를 받습니다만, 면죄부를 드리는 건 제 일이 아닙니다. 결국에는 당신이 스스로를 사해야지요."

"흠."

"그렇다고는 해도 당신에게는 지킬 비밀이 있지요. 그 부분은 존중할 수 있습니다. 약속을 취소할 수밖에 없는 상황만 아니면 주소나 전화번호는 필요하지 않아요. 한두 시간 먼저 전화를 해서 상담 시간을 확정해주시면 좋겠군요. 그러지 않으면 가끔 시간을 낭비할 위험을 감수하시거나요. 약속을 취소하셔야 할 때는 이십사 시간 전에 알려주셔야 합니다. 그러지 않으면 놓친 상담 시간까지 요금을 물려야 하거든요."

"타당한 방식이군요."

켈러가 말했다.

그는 일주일에 두 번, 월요일과 목요일 오후 2시에 상담을 하러 갔다. 그들이 무엇을 얻고 있는지는 판단하기 힘들었다. 가끔 켈러는 완전히 긴장을 풀고 소파에 누워서 어린 시절에 대해 자유롭고 솔직하게 털어놓기도 했다. 다른 때에는 오십 분의 상담 시간을 털어놓아도 되는 것과 비밀로 지켜야 하는 것 사이에서 균형을 잡으며 보냈다. 모든 것을 털어놓고 싶기도 하고 모두 비밀로 지키고 싶기도 한, 두 가지 방향에 동시에 끌렸다.

켈러가 상담을 하고 있다는 사실은 아무도 몰랐다. 한번은 도나와 마주쳤을 때 심리 상담사에게 전화를 걸었느냐는 질문을 받기도 했는데, 그는 멋쩍게 어깨만 으쓱이고 안 했다고 대답했다.

"생각해봤어요. 그런데 스웨덴 마사지와 지압을 결합한 마사지사 이야기를 다른 사람한테 듣고 보니 누가 내 머릿속을 찌르고 탐색하는 것보다는 마사지 쪽이 솔직히 더 좋을 것 같아서요."

"아, 켈러."

도나는 나름의 애정을 담아서 말했다.

"절대 변하지 마요."

쥐에 대한 꿈을 이야기한 날이 월요일이었다. 수요일 아침에 켈러의 전화기가 울렸다. 도트였다.

"그분이 만나고 싶어 하셔."

"바로 갈게요."

켈러는 말했다.

그는 타이를 매고 재킷을 입고 택시를 잡아타고 그랜드 센트럴역에서 화이트 플레인스로 가는 기차를 탔다. 화이트 플레인스에 도착해서는 다시 택시를 잡고 기사에게 워싱턴 불러바드로 가서 노워크 모퉁이에 내려달라고 했다. 택시가 떠난 후 노워크에서 톤턴 플레이스까지 걸어가서 왼쪽으로 방향을 틀었다. 오른쪽 두 번째 집이 1층 전체에 베란다를 두르고 있는 크고 오래된 빅토리아식 저택이었다. 초인종을 누르자 도트가 그를 안으로 들였다.

"위층 서재야. 기다리고 계셔."

그는 위층으로 올라갔다가 사십 분 후에 내려왔다. 루이스라는 이름의 청년이 운전해서 그를 역까지 데려다줬는데 가는 길에 두 사람은 둘 다 ESPN에서 본 최근의 권투 시합에 대해 잡담을 나눴다.

"내가 바라는 건 말이죠."

루이스가 말했다.

"리모컨에 소리 없애기 버튼이 있었으면 좋겠어요. 아나운서 목소리만 없애고 관중들이 내는 소리와 펀치가 꽂히는 소리는 들리는 거죠. 귀에다 대고 시끄럽게 떠들어대는 소리만 사라지는 거예요."

켈러는 그런 게 가능할까 싶었다. 루이스가 말했다.

"안 될 이유를 모르겠어요. 다른 건 다 할 수 있잖아요. 사람을 달에 보낼 수 있다면, 앨 번스타인이 중계하는 목소리만 끌 수도 있어야죠."

켈러는 기차를 타고 뉴욕으로 가서 아파트까지 걸어갔다. 그는 전화를 몇 통 걸고 가방을 쌌다. 3시 30분에 아래층으로 내려가서 반 블록을 걸어간 다음 택시를 잡아 JFK 공항으로 가서 투손으로 가는 아메리칸 항공의 6시 10분 비행기 탑승권을 받았다.

출발 라운지에서 브린과의 약속을 기억해냈다. 켈러는 전화를 걸어서 목요일 상담을 취소했다. 브린은 약속 시간에서 이십사 시간 전에 알려주지 않았기 때문에, 그 자리에 다른 사람을 예약할 수 없는 한 놓친 상담 시간 요금을 물어야 한다고 말했다.

"그 점은 신경쓰지 마세요. 월요일 상담에는 맞추고 싶은데, 이런 일은 언제나 얼마나 오래 걸릴지 알기가 힘드네요. 월요일 상담은 그래도 이십사 시간 전에 취소 여부를 알려드릴 수 있을 겁니다."

켈러가 말했다.

댈러스에서 비행기를 갈아타고 자정 직전에 투손에 도착했다. 가지고 탄 가방 외에는 짐이 없었지만 그래도 그는 수하물 찾는 곳으로 향했다. 챙이 넓은 밀짚모자를 쓴 빼빼 마른 남자 하나가 손글씨로 '슨작이아'라고 적은 종이를 들고 있었다. 켈러는 몇 분 동안 남자를 살펴보면서 다른 사람이 남자를 보고 있지 않은지 관찰했다. 그리고 다가가서 말했다.

"댈러스까지 가는 내내 생각해봤어요. 그래서 내린 결론이, 그건 아이작슨을 거꾸로 쓴 말이더군요."

"맞아요. 바로 그겁니다."

남자는 마치 켈러가 일본 해군 암호라도 풀었다는 듯이 감명받은 표정이었다.

"수하물은 없겠지요? 그럴 줄 알았습니다. 차는 이쪽에 있습니다."

차 안에서 남자는 켈러에게 세 장의 사진을 보여줬는데, 전부 같은 사람이 담겨 있었다. 체격이 좋고, 가무잡잡하고, 윤기 있는 검은 머리에, 탐욕스러운 돼지 같은 인상을 주는 얼굴. 무성한 콧수염, 무성한 눈썹. 코에는 벌어진 모공.

남자가 말했다.

"롤리 바스케스입니다. 개자식이 미인 대회에서 우승할 만한 외모는 아니죠?"

"그렇군요."

"갑시다. 어디에 사는지, 어디에서 밥을 먹는지, 어디에서 관계를 갖는지 안내하지요. 이게 롤리 바스케스의 인생입니다."

두 시간 후에 남자는 켈러를 라마다 인에 내려주고 방 열쇠와 차 열쇠를 내밀었다.

"수속은 다 밟아놨습니다. 차는 방에서 제일 가까운 계단 밑에 주차해놨고요. 미쓰비시 이클립스예요. 썩 괜찮은 탈것이죠. 색깔은 은청색인데 서류에는 회색이라고 써놓더군요. 등록증은 글러브 박스 안에 있습니다."

"다른 물건도 두기로 했던 것 같은데."

"그것도 글러브 박스에 있습니다. 물론 잠겨 있지만, 차 열쇠 하나로 시동도 걸고 글러브 박스도 열 수 있습니다. 물론 차문과 트렁크도 열고요. 열쇠를 거꾸로 뒤집어 넣어도 맞아 들어가요. 그 열쇠엔 위아래가 없거든요. 일본 놈들, 그런 건 알아줘야 한다니까요."

"그래봤자 그 사람들이 다음엔 뭘 생각해내겠어요?"

"흠, 대단치 않아 보일 수도 있지만요. 열쇠를 제대로 꺼냈는지 확인하고 그다음에는 방향을 제대로 잡았는지 확인하느라 낭비하는 시간을 생각해보세요."

"말이 되는군요."

"그렇다니까요. 자, 연료는 꽉 채워뒀습니다. 기름은 보통으로 먹기는 하는데, 지금 정도면 650킬로미터까지 달릴 수 있을 겁니다."

"타이어는 어때요? 신경쓰지 마요. 농담이었습니다."

"그거 괜찮은 농담이네요. '타이어는 어때요?'라니. 마음에 들어요."

남자가 대꾸했다.

자동차는 있어야 할 자리에 있었고, 글러브 박스에는 자동차 등록증과 함께 반자동 권총인 22구경 호스트만 선 도그 한 자루가 완전 장전된 상태로 놓여 있었고, 옆에 예비 탄창이 있었다. 켈러는 총과 예비 탄창을 가방에 밀어넣고 차를 잠근 다음, 접수대를 거치지 않고 방으로 갔다.

샤워를 한 후에 앉아서 커피 테이블에 발을 올렸다. 다 준비되어 있어서 더 간단해졌지만, 때로는 이름과 주소밖에 없고 대신 길을 닦아줄 사람도 없는 편이 더 좋았다. 그래, 이렇게 하는 편이 간단하기는 하지만 어떤 흔적이 남을지 누가 안단 말인가? 총에 어떤 과거가 있을 줄 누가 알까. 경찰이 '손작이아' 표시를 들고 있던 중간책을 찍어내어 흔들었을 때 그 사람이 무슨 말을 할 줄 어떻게 안단 말인가?

그러니 더 빨리 해치워야 했다. 그는 잠들 준비가 될 때까지 케이블 채널에서 방영하는 옛 영화를 보고, 자연히 깰 때까지 잤다. 그는 가방을 든 채 차를 가지러 나갔다. 방으로 돌아갈 생각이기는 했지만 돌아가지 않을 경우에도 아무것도 남기지 않을 작정이었다. 지문 하나도.

그는 데니스에 들러서 아침을 먹었다. 1시 무렵에는 피게로아에 있는 멕시코 식당에서 점심을 먹었다. 오후 늦은 시간에는 도시 북쪽에 있는 산으로 차를 몰아 가서는 해가 질 때까지 그곳에 있었다. 그런 다음 차를 몰고 라마다로 돌아갔다.

그게 목요일이었다. 금요일 아침에 켈러가 면도를 하고 있는데 전화가 울렸다. 그는 전화가 울리게 내버려두었다. 막 떠나려고 할 때 전화가 또 울렸다. 그는 이번에도 전화를 받지 않고, 작은 수건을 들고 다니면서 두 번째로 흔적들을 다 닦아냈다. 그런 다음 차가 있는 곳으로 나갔다.

오후 2시경에 그는 사와로 레인에 있는 볼링장 화장실로 롤리 바스케스를 따라 들어가서 머리에 세 발을 쏘았다. 작은 총에서는 소리가 크게 나지 않았다. 타일을 바른 좁은 화장실인데도 그랬다.

무게나 부피를 크게 더하지 않으면서 총성을 대부분 죽여주는 최첨단 방음 소재로 총신을 싸서 즉석 소음기를 만들어둔 덕분이었다. 이런 일을 할 수 있다면, 앨 번스타인만 닥치게 만들 수도 있어야 한다고 생각했다.

켈러는 바스케스를 화장실 칸에 넣어두고 총은 일 킬로미터쯤 떨어진 빗물 배수관에 버린 후 차는 공항에 있는 장기 주차장에 두고 떠났다.

집으로 날아가는 동안 그는 애초에 왜 자신이 필요했을까 생각했다. 그들은 자동차와 총과 밀고자를 공급했다. 왜 일을 직접 처리하지 않았을까? 정말 뉴욕에서 그를 불러다가 쥐를 밟게 시켜야 했나?

켈러는 브린에게 말했다.

"이름에 대해 생각해보라고 했죠. 무슨 의미가 있는지. 이름에 무슨 의미가 있을 수 있는지 전 모르겠습니다. 제가 직접 선택한 것도 아니고."

"한 가지 제안을 하죠."

브린이 말을 덧붙였다.

"우리가 인생의 모든 것을 선택했다고 보는 형이상학 이론이 있어요. 사실은 태어난 부모도 우리가 선택했고, 우리 인생에서 일어나는 모든 일이 우리의 의지가 반영된 일이라는 거예요. 따라서 사고도 우연도 없다는 겁니다.”

“제가 그렇게 믿는지 잘 모르겠군요.”

“믿을 필요는 없어요. 잠시만 그렇다고 전제해보죠. 그래서, 당신이 피터 스톤이라는 이름을 선택했다고 가정할 때, 그 선택이 우리에게 말해주는 바는 무엇일까요?”

소파에 쭉 뻗어 누운 켈러는 이 질문을 별로 즐기지 않았다.

“흠, 피터는 페니스, 즉 성기를 뜻하고…….”

그는 마지못해 말을 이었다.

“스톤 피터는 발기를 뜻하지 않을까요?”

“그런가요?”

“그러니까 스스로를 피터 스톤이라고 부르기로 한 남자라면 뭔가 증명할 것이 있겠지요. 정력에 대해 불안하다거나. 이런 말을 듣고 싶은 건가요?”

“뭐든 당신이 하고 싶은 말을 하길 원합니다. 정력에 대한 불안이 있나요?”

“그런 생각은 한 번도 해보지 않았는데요. 물론 제가 태어나기 전에, 그러니까 제가 부모를 고르고 부모가 제게 어떤 이름을 골라줄지 결정할 무렵에 제가 불안을 얼마나 품고 있었을지는 알기 힘들지요. 그 나이라면 발기를 유지하는 데 상당한 어려움을 겪었을 수 있으니까, 그래서 불안을 많이 품고 있었겠네요.”

“지금은요?”

"수행하는 데 문제는 없습니다. 그걸 묻는 거라면요. 십 대 시절처럼 하룻밤에 서너 번 할 정도는 아니지만 제정신이라면 누가 그러길 원하겠어요? 전 대체로 일을 제대로 해낼 수 있습니다."

"일을 제대로 해낸다고요."

"맞아요."

"수행을 하고요."

"거기에 잘못된 부분이라도 있습니까?"

"당신은 어떻게 생각하나요?"

"그러지 좀 마요."

켈러는 말을 이었다.

"질문에 질문으로 대답하지 마세요. 내가 질문을 던지는데 그 질문에 대답하기가 싫으면 그냥 그대로 두라고요. 나한테 되돌리지 말고. 그거 짜증납니다."

"당신은 수행을 하고, 일을 제대로 해내지요. 느낌은 어떤가요, 피터 스톤 씨?"

"느낌?"

"피터가 페니스를 가리키는 속어라는 것도 의문의 여지가 없는 사실이지만 그보다 더 오래된 의미도 있어요. 그리스도가 첫 번째 피터, 그러니까 베드로에게 한 말 기억나십니까? '너는 베드로라, 내가 이 반석 위에 내 교회를 세우노니.' 피터는 바위를 뜻하기 때문이지요. 우리 주께서 말장난을 하신 겁니다. 그러니 당신의 이름은 바위라는 뜻이고, 성은 돌이라는 뜻이에요. 그것으로 무엇을 알 수 있을까요? 바위와 돌. 단단하고, 고집 세고, 완고하고. 둔감하고 무감각하고……."

"그만."

"꿈속에서 쥐를 죽일 때 어떤 느낌이 듭니까?"

"아무것도요. 그냥 일을 제대로 해내고 싶을 뿐이에요."

"쥐들의 고통을 느끼나요? 당신의 성취에 자부심을 느끼거나 일을 제대로 해냈다는 만족감을 느끼나요? 쥐들의 죽음에서 흥분이나 성적인 쾌락을 느끼나요?"

"아무것도 없습니다."

켈러는 덧붙였다.

"아무것도 느끼지 못합니다. 잠시 멈출 수 있을까요?"

"지금은 어떤 느낌인가요?"

"속이 조금 안 좋군요. 그것뿐이에요."

"화장실을 쓰고 싶습니까? 물 한 잔 갖다드릴까요?"

"아니, 괜찮아요. 똑바로 앉아 있으면 나아요. 지나갈 겁니다. 이미 지나갔어요."

켈러는 자기 방 창문 앞에 앉아서, 마라톤 주자들이 아니라 퀸즈버러브리지를 건너는 자동차들의 행렬을 보면서 이름에 대해 생각했다. 특히 짜증나는 부분은, 그가 피터 스톤이라는 이름이 암시하는 바를 인지하기 위해 면허가 있는 형이상학자의 치료를 받을 필요가 없었다는 데 있었다. 분명히 그 자신이 선택한 이름이긴 했다. 영혼이 태어날 부모를 고르고 그들의 머릿속에 이름을 심어둔다는 방식은 아니지만 그는 제럴드 브린과 첫 번째 약속을 잡기 위해 전화를 걸었을 때 그 이름을 골랐다. 성함은요? 브린이 물었다. 스톤입니다. 그는 대답했다. 피터 스톤이에요.

문제는, 켈러가 멍청하지 않다는 점이었다. 차갑고, 고집 세고, 무감각할지는 몰라도 멍청하지는 않았다. 이름 놀이를 하고 싶다면 그가 고른 가명에 국한시킬 필요가 없었다. 평생 써온 이름으로도 많은 재미를 누릴 수 있었다.

그의 이름은 존 폴 켈러였지만, 그를 켈러 외에 다른 이름으로 부르는 사람은 아무도 없고 존이나 폴이라는 이름을 아는 사람도 거의 없었다. 아파트 임대계약서와 지갑에 든 카드들 대부분에는 그의 이름이 J.P. 켈러라고 나왔다. 남자든 여자든 사람들은 그를 켈러라고만 불렀다. (“위층 서재야, 켈러. 기다리고 계셔.” “아, 켈러, 절대로 변하지 마요.” “어떻게 말해야 할지 모르겠지만, 켈러, 난 그저 이 관계에서 내 욕구를 충족시키지 못하고 있어요.”)

켈러. 독일어로는 지하실이나 선술집이라는 뜻이었다. 하지만 그게 무슨 상관이람. 외국어로 무슨 뜻인지 알 필요도 없었다. 모음만 바꿔보자. 켈러=킬러.

충분히 명확하지 않은가?

켈러는 소파에서 눈을 감고 말했다.

"상담 치료가 통하는 모양입니다."

"왜 그렇게 말하나요?"

"어젯밤에 어떤 여자를 만나서 술을 몇 잔 사고 같이 집에 갔거든요. 침대에 들어갔는데 아무것도 할 수가 없었어요."

"아무것도 할 수 없었다고요."

"흠, 구체적인 표현을 원한다면, 할 수 있는 일들이 있기는 했습니다. 편지를 타이핑할 수도 있고 피자를 배달시킬 수도 있었지요. 〈멜랑콜리 베이비〉라는 노래를 부를 수도 있었어요. 하지만 우리 둘 다 하기를 바라던 일은 할 수가 없었습니다. 섹스 말입니다."

"발기불능이었군요."

"선생님은 참으로 날카롭군요. 빈틈이 없어요."

"발기불능을 내 탓으로 돌리는군요."

브린이 말했다.

"그런가요? 잘 모르겠는데요. 스스로를 탓하는지도 잘 모르겠는걸요. 솔직히 말하자면, 충격을 받았다기보다는 재미있었습니다. 여자도 당황하지 않았어요. 아마 제가 당황하지 않았다는 데 마음이 놓여서였겠지만……. 그래도 이런 일이 다시 일어나지 않게 하기 위해서 제 이름을 딕 하딘으로 바꾸기로 했습니다."

"당신 아버지 이름은 뭐였나요?"

"아버지라니. 그건 대체 무슨 질문입니까. 어디에서 나온 거예요?"

브린은 아무 말도 하지 않았다.

몇 분 동안 켈러도 말이 없었다. 그러다가 눈을 감고 말했다.

"전 아버지를 만난 적이 없습니다. 아버지는 군인이셨죠. 제가 태어나기 전에 전투중 사망하셨어요. 아니면 제가 태어나기 전에 해외로 파병을 나갔다가 제가 몇 달 됐을 때 돌아가셨고. 아니면 태어났을 때는 집에 계셨을 수도 있고, 제가 아주 어렸을 때 휴가로 집에 왔다가 절 무릎에 앉히고 네가 자랑스럽다고 하셨을 수도 있고요."

"그런 기억이 있나요?"

"기억은 전혀 없어요. 제가 아버지에 대해 가진 기억은 오직 어머니가 말해준 내용뿐이라 혼란스럽습니다. 어머니는 매번 다른 이야기를 했거든요. 제가 태어나기 전에 돌아가셨는지, 태어난 직후에 돌아가셨는지, 절 보지도 못하고 돌아가셨는지, 한 번이라도 보고 무릎에 앉히셨는지. 어머니는 좋은 여자였지만 많은 것들을 애매하게 말씀하셨어요. 어머니가 전적으로 확신한 단 한 가지가 아버지는 군인이었다는 겁니다. 바다 건너편에서 돌아가셨고."

"그리고 그분 성함은……."

켈러였지. 그는 생각했다.

"저와 같습니다. 이름은 잊어버리죠. 이건 이름보다 더 중요한 이야깁니다. 들어보세요. 어머니에게는 아버지 사진이 한 장 있었죠. 머리부터 어깨까지 나와 있는 사진인데, 제복을 입고 서서 벗으면 납작하게 접을 수 있는 모자를 쓴 잘생긴 젊은 군인 모습입니다. 제가 어렸을 때 어머니는 그 사진을 금테 액자에 넣어서 서랍장 위에 올려놓고 그게 아버지 사진이라고 하시곤 했죠.

그러다가 어느 날 사진이 없어졌어요. 어머니는 '없어졌다'고만 했죠. 그 문제에 대해서는 그 말밖에 하지 않았어요. 그때는 저도 나이가 좀더 들어서 일곱 살이나 여덟 살쯤이었을 거예요.

몇 년 후에 개를 한 마리 키웠습니다. 이름을 솔저라고 지었죠. 아버지를 생각하고 지은 이름이었어요. 그리고 몇 년 후에 두 가지 의문이 떠오르더군요. 하나는 개에게 붙이는 이름으로 솔저는 이상하다는 생각. 둘, 도대체 개에게 아버지 직업을 따서 이름을 붙이는 경우가 있을까? 하지만 당시에는 조금도 이상해 보이지 않았어요."

"그 개는 어떻게 됐나요?"

"불능이 됐습니다. 입 닥치고 계시겠습니까? 지금 하는 이야기는 개보다 훨씬 더 중요하단 말입니다. 열네 살인가 열다섯 살이 됐을 때 전 방과후 오후 시간에 동네에서 묘한 직업을 가진 사람을 돕곤 했어요. 지하실과 다락을 치우고 쓰레기를 날랐지요. 한번은 주인이 죽었는지 잡화점이 폐업을 하게 됐는데, 우리는 새로운 입주자를 위해 지하실을 청소하고 있었습니다. 사방에 잡동사니 상자가 널려 있어서 모든 물건을 살펴봐야 했어요. 이 사람은 돈 받고 치워야 할 쓰레기 중에서 가려낸 물건을 팔아서 돈을 벌었거든요. 쓰레기를 샅샅이 제대로 뒤지지 못하면 시간 낭비이기 십상이었지요.

전 상자 하나를 확인하다가 아버지의 사진이 담긴 액자를 꺼냈어요. 어머니의 서랍장 위에 있던 사진과 똑같았어요. 제복과 군모를 갖춘, 사라져버린 사진이, 심지어 액자까지 똑같은데, 이게 여기서 뭘 하고 있을까?"

브린은 한마디도 하지 않았다.

"그때 어떤 느낌이었는지 아직도 기억할 수 있어요. 〈환상 특급〉을 본 것처럼 어안이 벙벙했지요. 저는 상자 안에 다시 손을 넣고 잡히는 대로 꺼냈는데 이번에도 똑같은 액자에 똑같은 사진이었어요.

상자가 사진이 담긴 액자들로 가득차 있었습니다. 절반은 그 군인이었고 나머지는 어깨까지 오는 머리를 안으로 말아 넣은 스타일에 활짝 웃고 있는 산뜻한 얼굴의 금발 미녀였지요. 그러니까, 액자가 든 상자였던 거예요. 비싸지 않은 액자를 상자에 모아놓았던 겁니다. 그런 식으로 진열용 사진을 넣어서요. 지금도 그럴 거예요. 그러니까 제 어머니는 싸구려 잡화점에서 액자를 하나 사서 저한테는 그 사람이 아버지라고 한 거예요. 제가 좀더 나이를 먹자 사진을 치워버렸고.

전 액자 하나를 집으로 가져갔어요. 어머니에게는 아무 말도 하지 않고 보여주지도 않은 채로 액자를 한동안 간직했지요. 그 사진은 2차대전 때 찍은 것이더군요. 다시 말해 제 아버지의 사진일 수가 없었지요. 아버지였다면 다른 제복을 입고 있었을 테니까요.

그 무렵에는 저도 이미 어머니가 아버지에 대해 해준 이야기가, 뭐랄까, 그냥 이야기일 뿐이었다는 사실을 알고 있었어요. 어머니는 제 아버지가 누구인지 몰랐을 겁니다. 취해서 누군가와 잤거나, 다른 남자가 여러 명 있었을지도 모르지요. 어느 쪽이든 무슨 차이가 있겠어요? 어머니는 다른 마을로 이사했고, 사람들에게 결혼을 했는데 남편이 복무중이라거나 죽었다거나 아무렇게나 이야기한 겁니다."

"그 점에 대해서는 어떻게 느끼나요?"

"어떻게 느끼느냐고요?"

켈러는 고개를 저었다.

"택시 문에 손을 찧었다고 해도 어떤 느낌이었는지 묻겠군요."

"그리고 당신은 대답을 해야 하지요. 여기 질문이 있습니다. 당신 아버지는 누구였습니까?"

"방금 이야기를……."

"누가 아버지 역할을 했지요. 그 사람이 누구인지 당신이 알았든 몰랐든, 당신 어머니가 알았든 몰랐든, 당신으로 자라날 씨를 뿌린 남자가 있었어요. 스스로가 그리스도의 재림이라고 믿지 않는 한 말이지만."

"아니, 그런 착각만은 피하고 살았습니다."

"그러니 누가 당신을 낳은 남자인지 말해보세요. 당신이 들은 말이나 당신이 알아낸 바에 근거하지 말고요. 이 질문은 사고하고 판단하는 당신에게 던지는 게 아닙니다. 그냥 아는 당신에게 묻는 거죠. 누가 당신 아버지였나요? 당신의 아버지는 무엇이었나요?"

"아버지는 군인이었어요."

켈러가 대답했다.

2번가를 걷던 켈러는 저도 모르게 애완동물 가게 앞에 서서 진열장 안에서 신나게 뛰어다니는 강아지들을 지켜보고 있었다.

그는 안으로 들어갔다. 한쪽 벽 전체에 강아지와 고양이 들이 갇혀 있는 우리가 쌓여 있었다. 켈러는 우리 안을 들여다보고 영혼이 가라앉는 기분을 느꼈다. 슬픔의 파도가 그를 흔들었다.

고개를 돌려 다른 애완동물들을 보았다. 새장 속에 든 새, 마른 수조에 든 게르빌루스 쥐와 뱀들, 탱크마다 든 열대어. 그런 동물들은 괜찮았다. 차마 바라볼 수가 없는 건 강아지들이었다.

그는 애완동물 가게를 떠났다. 그리고 다음날 동물 보호소에 가서 입양을 기다리고 있는 개들의 우리 앞을 걸었다. 이번에는 압도적인 슬픔과 함께 물리적으로도 가슴에 압박이 느껴졌다. 얼굴에 무엇인가가 드러났는지, 담당자인 젊은 여자가 괜찮냐고 물어볼 정도였다.

"잠깐 현기증이 났을 뿐입니다."

사무실에서 여자는 특별히 관심 있는 품종이 있다면 찾아줄 수도 있다고 말했다. 파일에 이름을 올려놓았다가 그가 관심을 둔 품종을 구할 수 있게 되면…….

그는 말했다.

"제가 애완동물을 키울 수 있을 것 같지는 않네요. 여행을 많이 다니는 터라 책임을 질 수가 없어요."

여자는 이 말에 대꾸하지 않았다. 켈러의 말은 그녀의 침묵 속에 메아리쳤다.

"기부를 하고 싶습니다. 여기에서 하는 일을 후원하고 싶군요."

그는 지갑에서 지폐를 꺼낸 다음, 몇 장인지 세어보지 않고 내밀었다.

"익명의 기부금으로요. 영수증은 필요 없습니다. 시간을 빼앗아서 미안하군요. 개를 입양할 수 없어서 유감이에요. 고맙습니다. 정말 고마워요."

여자가 무슨 말인가를 했지만 그는 듣지 않았다. 서둘러 밖으로 나갔다.

"'여기에서 하는 일을 후원하고 싶군요.' 그렇게 말했어요. 그리고 고맙다는 인사를 받고 싶지 않아서 뛰쳐나왔지요. 질문을 받고 싶지도 않았고."

"여자가 뭐라고 물었을까요?"

"모르지요."

켈러는 말했다. 그는 소파에서 몸을 돌려 브린을 외면하고 벽을 보았다.

"'여기에서 하는 일을 후원하고 싶군요.' 그렇게 말했지만 그곳에서 하는 일이 무엇인지도 잘 몰라요. 그 사람들은 동물 몇에게 집을 찾아주고, 나머지 동물은 어떻게 하지요? 잠재우나요?"

"아마 그렇겠지요."

"제가 뭘 후원하고 싶은 걸까요? 입양 알선, 아니면 살해?"

"당신이 말해봐요."

"안 그래도 선생님에게 말을 너무 많이 하는데요."

"충분하지 않았던 걸지도요."

켈러는 아무 말도 하지 않았다.

"우리에 갇힌 개들을 보고 왜 슬퍼졌나요?"

"개들의 슬픔을 느꼈어요."

"사람은 오직 자신의 슬픔만 느낍니다. 우리에 든 개가 왜 당신에게 슬플까요? 당신은 우리 안에 있습니까?"

"아니요."

"당신 개, 솔저요. 솔저에 대해 말해보세요."

"좋아요. 그건 할 수 있을 것 같군요."

한 번인가 두 번의 상담을 더 한 뒤 브린이 말했다.

"당신은 결혼한 적이 없지요."

"네."

"난 결혼한 적이 있어요."

"오?"

"팔 년 동안요. 아내는 내 접수 담당이었는데 상담 시간을 예약하고 내가 준비가 될 때까지 고객들을 대기실로 안내하는 일을 했어요. 이제는 접수 담당이 없죠. 전화는 자동 응답기가 받고요. 난 상담 시간 사이사이에 응답기를 확인하고, 전화를 받고 다시 겁니다. 처음부터 자동 응답기를 두었더라면 괴로운 상황을 여러 번 피했을 텐데 말이에요."

"행복한 결혼이 아니었나요?"

브린은 질문을 듣지 못한 듯했다.

"난 아이를 원했어요. 아내는 팔 년 동안 세 번이나 낙태를 하고 나한테는 말도 하지 않았지요. 한마디도요. 그러더니 어느 날 내 얼굴에 집어던지다시피 알리더군요. 난 의사를 찾아가서 검사도 받았어요. 어디를 보나 불임은 아니었지요. 정자 수도 많고 운동성도 좋고. 그래서 아내에게 의사를 만나보게 하려고 했더니 이러는 겁니다. '멍청하긴, 난 이미 당신 아이를 셋이나 죽였어. 왜 날 가만히 내버려두지 않아?' 난 아내에게 이혼하고 싶다고 했어요. 아내는 그러려면 돈이 들 거라고 했지요."

"그래서요?"

"우리 결혼은 팔 년 동안 이어졌고, 이혼한 지는 구 년이 됐어요. 난 매달 이혼 수당으로 수표를 써서 우편으로 부치죠. 마음대로 할 수만 있다면 차라리 그 돈을 태워버릴 텐데."

브린은 침묵에 빠졌다. 켈러는 잠시 후에 말했다.

"왜 저에게 이런 이야기를 하는 겁니까?"

"이유는 없어요."

"제 심리와 무슨 관계라도 있습니까? 제가 어떤 관계를 알아차리고 이마를 철썩 때리면서 '그렇지, 그렇고말고! 내가 그걸 못 보다니!'라고 해야 하는 건가요?"

브린이 말했다.

"당신은 나에게 마음을 털어놓지요. 그래서 나도 마음을 털어놓는 편이 자연스러워 보였을 뿐이에요."

며칠 후에 도트가 전화를 했다. 켈러는 기차를 타고 화이트 플레인스로 갔다. 역에서 루이스가 그를 맞이하여 차를 몰고 톤턴 플레이스에 있는 집으로 갔다. 나중에는 루이스가 그를 다시 기차역까지 태워줬고, 그는 기차를 타고 뉴욕 시로 돌아갔다. 그는 브린에게 전화할 시간을 가늠해서 자동 응답기가 받도록 했다.

"피터 스톤입니다. 일 때문에 샌디에이고로 날아갑니다. 다음 약속은 놓치고, 어쩌면 그다음 약속도 취소해야 할지 모르겠네요. 어떻게 되든 알려드리도록 하겠습니다."

브린에게 할말이 더 있나? 아무것도 생각나지 않았다. 그는 전화를 끊고, 가방을 싸고, 여객 전차를 타고 필라델피아로 갔다.

아무도 그가 탄 기차를 마중나오지 않았다. 화이트 플레인스의 남자는 그에게 사진 한 장을 보여주고 이름과 주소가 적힌 종이 한 장을 줬다. 문제의 사내는 인디펜던스 홀에서 몇 블록 떨어진 곳에 성인 도서점을 운영했다. 길 건너편에 있는 선술집이 완벽한 위치였지만, 안을 한번 들여다보니 타이와 재킷을 없애고 이십 분간 시궁창을 구르지 않는 한 그 술집에서 이목을 끌지 않고 시간을 보낼 수가 없을 것 같았다.

켈러는 길 아래쪽에서 작은 식당을 하나 찾아냈다. 구석 끝에 앉으면 거울 같은 서점 전면 창을 지켜볼 수 있었다. 그는 커피를 한 잔 마시고 나서 서점으로 걸어갔다. 두 사람이 근무하고 있었다. 한 명은 인도 아니면 파키스탄 출신인 듯한 거무스름한 피부에 슬픈 눈의 청년이었고, 다른 한 명은 켈러가 화이트 플레인스에서 사진으로 본 턱살이 처지고 살짝 눈이 튀어나온 사내였다.

켈러는 비디오테이프가 가득한 벽을 지나쳐서 진열된 잡지들을 뒤적였다. 십오 분쯤 그러고 있자 청년이 저녁을 먹으러 가겠다고 말했다. 나이 많은 사내가 말했다.

“아, 벌써 시간이 그렇게 됐나? 알았다. 하지만 7시까지는 교대하러 돌아와야 한다. 알았지?”

켈러는 손목시계를 보았다. 6시였다. 다른 손님들은 모두 가게 뒤에 있는 비디오 열람 칸에 틀어박혀 있었다. 그렇다고는 해도 청년은 이미 켈러를 보았다. 어차피 크게 서두를 필요 있을까?

아무 잡지나 몇 권 집어 들고 값을 치렀다. 턱살이 늘어진 사내는 잡지를 가방에 담아서 테이프로 봉했다. 켈러는 구입한 물건을 여행 가방에 밀어넣고 호텔방을 찾으러 갔다.

다음날 그는 박물관에 갔다가 영화를 본 뒤 6시 10분에 서점에 도착했다. 젊은 직원은 어딘가에서 커리라도 한 접시 먹는지 자리에 없었다. 턱살이 늘어진 사내가 카운터 뒤에 있고 가게 안에는 손님이 세 명 있었는데 둘은 비디오 코너를 확인하고 있었고 하나는 잡지를 보고 있었다.

켈러는 다른 손님들이 나가주기를 희망하면서 안을 둘러보았다. 어느 순간엔가 비디오테이프가 가득 꽂힌 벽 앞에 서 있었는데, 그 벽이 우리에 갇힌 강아지들이 가득한 벽으로 바뀌었다. 순간적이었던 터라 진짜 환각이었는지 아니면 회상 같은 것이었는지 구분할 수 없었다. 어느 쪽이든 마음에 들지는 않았다.

손님 하나가 나갔지만 다른 두 명은 남아 있었고 새로운 손님이 들어왔다. 삼십 분이 지나면 인도 청년이 돌아올 터였는데 그나마도 한 시간을 다 쓰지 않고 일찍 돌아올지 여부를 알 수도 없었다.

그는 실제 기분보다 조금 더 불안해 보이려고 노력하면서 카운터에 접근했다. 이리저리 살피는 눈빛, 수상쩍은 시선. 그는 목소리를 최대한 낮게 깔고 말했다.

"따로 이야기 좀 할까요?"

"무슨 일입니까?"

그는 눈을 내리깔고 어깨를 늘어뜨린 채 말했다.

"특별한 물건인데요."

"어린아이들에 관한 거라면, 무례하게 굴려는 건 아니지만 전 그런 일에 대해서는 알지도 못하고, 알고 싶지도 않고, 어디에서 구하실 수 있는지도 모릅니다."

"그런 게 아니에요."

켈러가 말했다.

그들은 뒷방으로 들어갔다. 턱살이 늘어진 사내가 문을 닫고 몸을 돌리는 사이 켈러는 사내의 목과 어깨가 이어지는 지점을 손날로 쳤다. 사내의 무릎이 풀리자 켈러는 목에 철사를 감았다. 일 분 후에 그는 문밖으로 나갔고, 한 시간 후에는 북쪽으로 향하는 고속철을 타고 있었다.

집에 도착했을 때 그는 아직 가방 속에 잡지들이 들어 있음을 깨달았다. 허술했다. 전날 밤에 버렸어야 했는데 완전히 잊어버리고 꾸러미를 뜯지도 않았다.

이제 와서 뜯을 이유를 찾을 수도 없었다. 그는 꾸러미를 복도로 들고 나가서 그대로 소각로 입구에 떨어뜨렸다. 아파트로 돌아간 그는 스카치위스키에 물을 약하게 섞어서 디스커버리 채널에 나오는 다큐멘터리를 보았다. 사라지는 열대우림, 또 하나의 빌어먹을 걱정거리였다.

"오이디푸스."

제럴드 브린이 가슴 앞에 두 손을 모으고 양쪽 손가락 끝을 맞대면서 말했다.

"무슨 이야기인지는 아실 테지요. 오이디푸스는 자기도 모르는 사이에 아버지를 죽이고 어머니와 결혼했어요."

"아직까지는 용케 피하고 살아온 두 가지 함정이군요."

"글쎄요. 정말 그럴까요? 기업 분쟁 조정자라는 공식적인 자격을 갖고 어딘가로 날아가서 문제를 해결할 때 정확히 당신이 하는 일은 뭡니까? 사람들을 해고하고 부서를 통째로 없애버리고 공장 문을 닫고 사람들의 삶을 재배치하지요. 공정한 설명인가요?"

"그런 것 같군요."

"여기에는 폭력에 대한 암시가 있어요. 누군가를 자른다, 경력을 끝장낸다는 건 상징적으로 죽인다는 말과 같지요. 상대는 낯선 사람이고, 더 중요한 점은…… 이런 사람들은 당신보다 나이가 많을 때가 더 많지 않나요?"

"요점이 뭡니까?"

"당신이 맡은 일을 할 때, 사실은 당신이 알지 못하는 아버지를 찾아 나서서 죽이는 셈이라는 말이에요."

"모르겠네요. 그건 지나친 해석 아닙니까?"

"여자들과 당신의 관계는……."

브린은 말을 이었다.

"오이디푸스의 요소를 강하게 띱니다. 당신의 어머니는 모호하고 불분명한 여자였고, 자신의 삶에서도 불완전했으며, 타인과 관계를 맺지도 못했어요. 당신과 여자들과의 관계도 비슷하게 흐릿하고 초점이 맞지 않았지요. 발기불능 문제는……."

"한 번이었습니다!"

"이런 혼란으로 인한 자연스러운 결과예요. 당신 어머니도 이제는 돌아가셨지요, 그렇지 않습니까?"

"맞아요."

"아버지는 찾지 못했는데, 거의 사망이 확실하지요. 뭐라고 할까요, 피터, 상징적인 수준에서 이런 전체 패턴을 역전시키도록 고안된 행동이 있습니다."

"무슨 말인지 모르겠네요."

"미묘한 주장이기는 하지요."

브린은 그 점을 인정했다. 그는 다리를 꼬고 한쪽 팔꿈치를 무릎에 댄 채로 엄지손가락을 펴서 앙상한 턱을 그 위에 얹었다. 브린은 분명히 전생에 황새였을 거라고 켈러는 생각했다. 처음 하는 생각은 아니었다.

"당신 인생에 어떤 남성이 있다고 칩시다."

브린은 말을 이었다.

"기왕이면 당신보다 몇 살은 위인 사람으로, 흐릿하게라도 당신에게 아버지와 같은 역할을 하는 사람, 당신이 충고와 지시를 구하기 위해 찾는 사람이 좋지요."

켈러는 화이트 플레인스에 있는 남자를 생각했다.

"이 남자를 죽이는 대신……."

브린이 말했다.

"말할 필요도 없지만 상징적으로 말입니다. 전부 상징적으로 하는 말이에요. 과거에 아버지에 해당하는 사람들에게 했던 것처럼 이 남자를 죽이는 대신, 이 남자에게 양분을 주는 행동을 할 수도 있을 겁니다."

화이트 플레인스에 있는 남자에게 요리를 해준다? 햄버거를 사준다? 샐러드를 던진다?

"어쩌면 이 남자를 해치지 않고 대신 당신의 특별한 재능을 이 남자에게 득이 되게 쓰는 방법을 생각해낼 수도 있겠지요."

브린은 윗옷 주머니에서 손수건을 뽑아서 이마를 닦았다.

"이 남자의 인생에 여자가 있고, 말하자면 상징적으로 당신의 어머니가 될 텐데, 그 여자가 당신 아버지에게 엄청난 괴로움의 원천일 수도 있어요. 그러니까 당신은 오이디푸스처럼 그 여자를 사랑하고 남자를 죽이는 대신, 일반적인 과정을 뒤집어서, 아버지에게 애정을 드러내고 어머니를 죽일 수도 있는 거죠."

"오."

"상징적으로 말입니다."

"상징적으로요."

켈러가 대꾸했다.

일주일 후에 브린이 그에게 사진을 한 장 건넸다.

"이건 주제 통각 검사라고 합니다. 사진을 보고 이 사진에 대해 이야기를 지어내는 거예요."

"어떤 이야기 말입니까?"

"어떤 이야기든지요. 상상력 훈련이에요. 사진에 나온 대상을 보고 어떤 여자인지, 무엇을 하는지 상상해봐요."

컬러 사진이었다. 맞춤옷을 입은 우아한 갈색 머리 여자는 줄에 매인 개를 한 마리 데리고 있었다. 땅딸막한 개는 중형견으로 보이는 크기였는데 눈에는 경계의 빛이 깃들어 있었다. 개를 사랑하는 사람들은 푸른색이라고 하고 다른 사람은 회색이라고 하는 눈동자였다.

켈러가 입을 열었다.

"여자와 개로군요."

"아주 좋습니다."

켈러는 숨을 들이마시고 말을 이었다.

"개는 말을 할 수 있지만 다른 사람들 앞에서는 안 할 겁니다. 여자는 언젠가 개를 자랑하려다가 바보가 된 적이 있지요. 이제는 그때보다 잘 압니다. 둘만 있을 때 개는 수다를 떠는데 이 망할 녀석은 모든 일에 자기 의견이 있어요. 개는 여자에게 삼십년전쟁의 진짜 이유에서부터 최고의 라자냐 요리법까지 말합니다."

"굉장한 개로군요."

브린이 말했다. 켈러는 인정했다.

"그래요. 이제 여자는 다른 사람들에게 이 개가 말할 줄 안다는 사실을 알리고 싶지 않습니다. 개를 빼앗길까 봐 두렵거든요. 이 사진에서 둘은 공원에 있군요. 센트럴파크 같은데요."

"워싱턴 스퀘어일지도 모르지요."

"워싱턴 스퀘어일 수도 있겠네요."

켈러는 동의하고는 덧붙였다.

"여자는 개에게 미쳐 있어요. 개는 여자에 대해 그 정도로 확언할 수 없고."

"여자에 대해서는 어떻게 생각하나요?"

"매력적입니다."

켈러가 대답하자 브린이 받았다.

"겉보기에는 그렇지요. 내면은 얘기가 전혀 달라요. 장담합니다. 이 여자가 어디에 살 것 같나요?"

켈러는 생각을 해보았다.

"클리블랜드요."

"클리블랜드? 대체 왜 클리블랜드죠?"

"누구든 어딘가에 살기는 해야죠."

브린이 말했다.

"내가 이 검사를 받는다면…… 아마 이 여자가 5번가 맨 아래쪽, 워싱턴 스퀘어에 산다고 상상했을 거예요. 아마 5번가 1번지에 살게 하겠지요. 그 건물이 친숙하니까요. 사실은 예전에 거기 살았거든요."

"오?"

"높은 층에 있는 널찍한 아파트였죠. 난 한 달에 한 번……."

브린은 계속해서 말했다.

"엄청난 액수의 수표를 써서 그 주소로 부쳐요. 예전에는 내 것이었던 주소로. 그러니까 이 특정 건물을 떠올리는 것도 당연하지요. 특히 이 사진을 볼 때는."

그는 켈러와 눈을 마주쳤다.

"의문이 있지요, 그렇지 않나요? 어서 물어봐요."

"개는 무슨 품종입니까?"

"개요?"

"그냥 궁금했어요."

"희한하군요. 오스트레일리안 캐틀 도그예요. 잡종견처럼 보이죠, 안 그래요? 장담하는데, 말은 못 해요. 이 사진을 간직하는 게 어때요?"

"그러죠."

오스트레일리안 캐틀 도그 Australian Cattle Dog

/

콜리와 딩고 등을 교배하여 목축견으로 개량된 견종.

캐틀 도그는 소몰이 개라는 뜻이다.

브린이 말했다.

"상담 치료는 진척이 잘되고 있어요. 당신이 하는 일에 대해 감사하고 싶군요. 그리고 난 당신이 옳은 일을 하리라는 걸 알아요."

며칠 후에 켈러는 워싱턴 스퀘어에 있는 공원 벤치에 앉아 있었다. 그는 신문을 접어들고, 블레이저를 입고 베레모를 쓴 갈색 머리 여자에게 걸어갔다.

"실례합니다. 그 개는 오스트레일리안 캐틀 도그 아닌가요?"

"맞아요."

여자가 말했다.

"잘생긴 동물이군요. 이런 녀석은 많이 보지 못하죠."

"대부분 사람들은 이 녀석이 잡종인 줄 알아요. 그만큼 소수만 아는 품종이라는 얘기죠. 같은 품종을 키우시나요?"

"예전에요. 전처가 양육권을 얻어내서요."

"저런 안타까운 일이."

"개 때문에 더 안타깝죠. 이름은 솔저였어요. 아니, 전처가 바꾸지 않았다면 지금도 솔저죠."

"이 녀석 이름은 넬슨이에요. 부르는 이름이 그렇다는 얘기고, 서류에 실린 이름은 정말 길고 복잡하죠."

"재주를 가르치기도 하나요?"

"이 녀석은 가르칠 게 없어요."

“지난주에 빌리지에 있었는데, 터무니없는 일이 일어났지 뭡니까. 공원에서 어떤 여자를 만났어요.”

켈러가 말했다.

“그게 터무니없는 일인가요?”

“글쎄요, 저에게는 흔치 않은 일이라서요. 술집과 파티에서 여자를 만나거나 누군가에게 소개를 받기는 하지요. 하지만 우린 공원에서 만나서 이야기를 나눴고, 우연히 다음날 아침에도 그 여자와 마주쳤어요. 그래서 카푸치노를 한 잔 샀지요.”

“이틀 연달아서 그 여자와 우연히 마주쳤군요.”

“네.”

“빌리지에서요.”

“제가 사는 곳이 빌리지니까요.”

브린은 얼굴을 찌푸렸다.

“그 여자와 같이 있는 모습을 보여서는 안 되지 않나요?”

“왜 안 돼요?”

“위험하다고 생각하지 않아요?”

“지금까지 제가 물어야 했던 돈은 카푸치노값 정도인데요.”

“난 우리가 어떤 부분에서 서로 이해한 줄 알았어요.”

“어떤 이해?”

“당신은 빌리지에 살지 않아요.”

브린이 말을 이었다.

"난 당신이 어디에 사는지 알아요. 그렇게 놀란 얼굴 하지 마요. 처음에 당신이 이 방을 나섰을 때 창가에서 당신을 지켜봤어요. 미행을 피하려는 사람처럼 굴더군요. 난 때를 기다렸다가 당신이 경계하는 것을 그만두었을 때 당신을 따라갔지요. 그렇게 어렵지 않았어요."

"왜 날 따라왔습니까?"

"당신이 누구인지 알아내려고요. 당신 이름은 켈러이고, 1번가 865번지에 살아요. 난 당신 정체를 압니다. 당신이 꾸는 꿈에 대해 들으면 누구라도 알걸요. 상담료를 현금으로 지불하고 느닷없이 출장을 가는 것도 그렇지요. 아직 당신 고용주가 누구인지, 범죄 조직 두목인지 정부 단체인지는 모르겠지만 어느 쪽이든 무슨 차이가 있겠어요? 내 아내와 잔 건가요?"

"전처겠지요."

"질문에 대답해요."

"그래요. 잤어요."

"맙소사. 수행할 수 있었어요?"

"네."

"왜 미소를 짓는 거죠?"

"그냥, 굉장한 행위였다는 생각을 하는 중이었습니다."

켈러가 말했다.

브린은 오랫동안 켈러의 어깨 오른쪽 위 어딘가에 시선을 고정시킨 채 침묵을 지켰다. 그러다가 말했다.

"극도로 실망스럽군요. 난 당신이 오이디푸스 신화를 초월할 힘을 찾기를 희망했어요. 그냥 신화를 반복하는 게 아니라. 즐거웠겠군요, 안 그래요? 이렇게 말 안 듣는 꼬마 녀석이라니! 당신의 상징적인 아버지에 대해 어떤 승리를 거뒀는지! 아버지의 여자를 침대로 데려갔으니 말이죠. 분명히 여자를 임신시키는 환상도 봤겠죠? 남자에게는 그토록 잔인하게 거부했던 걸 당신에게는 줄 수 있다는 뜻이니까요. 안 그래요?"

"그런 생각은 떠오르지도 않았는데요."

"조만간 떠오를걸요."

브린은 걱정하는 표정을 지으며 몸을 앞으로 기울였다.

"당신이 이런 식으로 진행중인 심리 치료를 망치는 모습을 보고 싶지 않군요. 정말 잘하고 있었는데."

침실 창문으로 워싱턴 스퀘어 파크를 내려다볼 수 있었다. 지금 공원에는 개가 많이 나와 있었지만 그중에 오스트레일리안 캐틀 도그는 없었다.

"풍경 좋고."

켈러가 말하고는 덧붙였다.

"좋은 아파트네요."

"정말이지, 난 여기 살 자격이 있어요. 옷을 입고 있네요. 어디 가요?"

"조금 기분이 들떠서요. 내가 넬슨을 산책시켜도 괜찮을까요?"

"당신 때문에 넬슨 버릇이 나빠지겠네요. 나도 그렇고요."

수요일 아침, 켈러는 택시를 타고 라과디아 공항으로 가서 세인트루이스행 비행기를 탔다. 그는 화이트 플레인스에 있는 남자의 동료와 커피를 한 잔 마시고 저녁 비행기로 뉴욕에 돌아갔다. 그는 다시 택시를 잡고 5번가 끄트머리에 있는 아파트 건물로 직행했다.

"피터 스톤입니다."

그는 수위에게 말했다.

"브린 부인이 날 기다리고 있을 텐데요."

수위는 그를 빤히 바라보았다.

"브린 부인요. 17-J호의."

"맙소사."

"무슨 문제가 있나요?"

"듣지 못하셨나 보군요. 소식을 전할 사람이 나는 아니었으면 했는데."

수위가 말했다.

"선생이 죽였군."

"말도 안 되는 소리. 여자는 자살했어. 창밖으로 몸을 던졌지. 내 전문가적 견해를 말하자면, 그 여자는 우울증으로 고통스러워하고 있었어."

브린의 말에 켈러가 대꾸했다.

"내 전문가적 견해를 말하자면, 그 여자는 도움을 받았어."

"내가 자네라면 이런 말다툼을 진전시키지 않겠어."

브린이 말을 이었다.

"경찰이 살인자를 찾아 나선다면, 스톤-켈러 씨, 즉 우리의 돌 같은 킬러를 오랫동안 유심히 볼지도 모르니까 말이야. 그리고 나는 경찰에게 평범한 감정전이의 과정이 어쩌다가 틀어졌고, 어떻게 자네가 나와 내 개인사에 집착하게 되었으며, 오이디푸스콤플렉스를 뒤집는다는 자네의 어리석은 계획을 어쩌다 단념시키지 못했는지 말할지도 모르지. 경찰에서는 자네에게 왜 가명을 썼는지, 그리고 어떻게 생계를 꾸리는지 등을 물어볼지도 모르고……. 왜 자고 있는 개를 그대로 두는 편이 최선인지 이만하면 알겠지?"

그 말이 신호라도 된 것처럼 책상 뒤에서 개가 걸어 나왔다. 개는 켈러를 보고 꼬리를 흔들기 시작했다.

브린이 말했다.

"앉아. 봤지? 잘 훈련된 녀석이야. 자네도 앉지그래."

"난 서 있겠어. 선생은 그 사람을 죽인 후에 개를 데리고 걸어 나와서……."

브린은 한숨을 내쉬었다.

"경찰이 아파트 열린 창문 앞에서 낑낑거리고 있는 개를 발견했지. 내가 가서 시신을 확인하고 예전에 있었던 자살 시도에 대해 이야기한 후에 개는 내가 데려오겠다고 자원했다네. 달리 돌볼 사람도 없으니까."

"내가 데려갔을 거야."

켈러가 말했다.

"그럴 필요 없지 않나? 자네가 내 개를 산책시키거나, 내 아내와 사랑을 나누거나, 내 아파트 침대에 누우라는 부탁을 받을 일은 없어. 자네의 봉사는 더이상 필요하지 않아."

브린은 자기가 내뱉은 거친 말에 움찔한 것 같았다. 그의 얼굴이 부드러워졌다.

"자네에게는 상담 치료가 훨씬 더 중요하지. 사실……."

그는 소파를 가리켰다.

"지금 눕는 건 어떨까?"

"나쁜 생각은 아니군. 하지만 우선 개를 다른 방에 넣어줄 수 있을까?"

"이 녀석이 방해할까 봐 두려운 건 아니겠지? 가벼운 농담이었네. 이 녀석은 바깥 사무실에서 우리를 기다릴 수 있겠지. 자, 넬슨. 착하구나……. 아, 안 돼. 어떻게 이 방에 총을 가져올 수가 있지? 당장 총 내려놔."

"내 생각은 다른데."

"하느님 맙소사, 날 왜 죽이려고 하지? 난 자네 아버지가 아니야. 상담 치료사라고. 날 죽이는 건 아무 의미가 없어. 얻을 것은 하나도 없고 전부 잃게 될 거야. 완전히 비합리적인 선택이라고. 아니, 그보다 더 나쁘지. 신경증적인 자기 파괴 행위야."

"내가 아직 치료가 안 됐나 보지."

"그건 뭐지, 으스스한 농담인가? 하지만 사실이군. 자네는 아직 치료되려면 멀었어, 친구. 사실대로 말하자면 자네가 심리 치료 요법상의 위기에 다가가고 있다고 말하겠네. 그런데 날 쏴버리면 위기를 어떻게 극복하겠나?"

켈러는 창문으로 다가가서 활짝 열어젖혔다.

"난 선생을 쏘지 않을 거야."

"난 조금도 자살 성향을 보인 적이 없어."

브린은 책장이 가득한 벽에 등을 붙이고 말을 이었다.

"전혀."

"선생은 전처의 죽음으로 실의에 빠졌지."

"그건 구역질나는 소리군. 구역질나. 누가 그 말을 믿겠나?"

켈러는 대답했다.

"두고 보면 알겠지. 심리 치료 요법상의 위기에 대해서도, 글쎄, 그것 역시 두고 보자고. 내가 뭔가 생각해낼 테니까."

동물 보호소에서 일하는 여자가 말했다.

"우연이란 참 놀랍죠. 지난번에 오셔서 오스트레일리안 캐틀 도그를 원한다고 이름을 적으셨잖아요. 아시겠지만, 이 나라에서는 굉장히 보기 드문 품종이거든요."

"많이 보이는 개는 아니죠."

"그런데 오늘 아침에 무슨 일이 있었는지 아세요? 정말 사랑스러운 오스트레일리안 캐틀 도그가 들어왔지 뭐예요. 어찌나 놀랐는지. 예쁘지 않나요?"

"정말 그러네요."

"여기 온 후로 계속 낑낑거렸어요. 참 슬프죠. 주인이 죽었는데 데려갈 사람이 아무도 없었대요. 세상에, 선생님에게 곧장 달려가네요! 선생님이 좋은가 봐요."

"천생연분인가 봅니다."

"그 말이 믿어질 지경이네요. 이 녀석 이름은 넬슨이에요. 물론 바꾸실 수도 있고요."

"넬슨."

개가 귀를 쫑긋 세웠다. 켈러는 손을 뻗어 개를 긁어주었다.

"아니, 굳이 바꿀 필요는 없겠지요. 그런데 넬슨이 누구였죠? 영국 영웅 아니었나요? 유명한 장군이나 그런?"

"제독이었을 거예요. 제 기억이 정확하다면 대영제국 함대의 지휘관이었죠. 기억나세요? 트라팔가르 곶의 전투?"

"희미하게 기억이 나는 것도 같네요. 그냥 군인이 아니라 수병이라. 흠, 그만하면 꽤 가깝죠. 그렇지 않나요? 이제 치러야 할 입양비와 채워야 할 서류가 있을 텐데요."

그 부분을 처리하고 나자 여자가 말했다.

"아직도 충격에서 벗어날 수가 없네요. 이렇게 엄청난 우연이라니."

켈러가 말했다.

"예전에 우연이나 사고 같은 건 존재하지 않는다고 주장하는 사람을 알고 지낸 적이 있습니다."

"흠, 그분은 이 일을 어떻게 설명하실까 궁금하네요."

"나도 그 사람이 어떻게 설명하려고 할지 듣고 싶군요."

켈러가 말했다.

"가자, 넬슨. 착하구나."

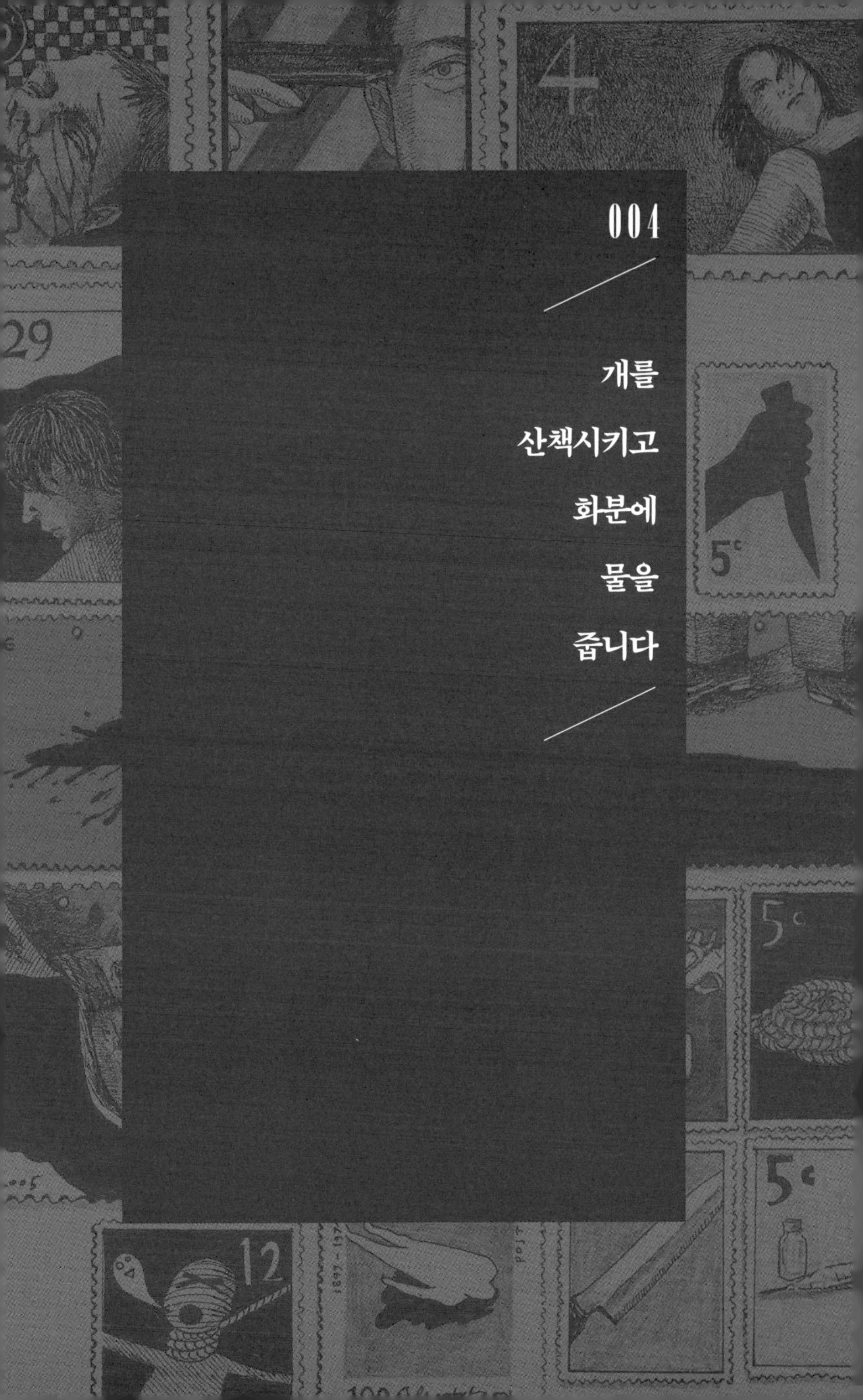

004

개를 산책시키고 화분에 물을 줍니다

"지금 내 상황은 이렇습니다."

켈러는 입을 열었다.

"보통 나에게는 자유 시간이 많아요. 하루에 최소한 두 번은 넬슨을 데리고 나가서 긴 산책을 시키고, 가끔 날씨가 좋으면 오후 내내 나가기도 하지요. 나도 즐겁고, 넬슨은 지칠 줄을 모르니까. 말 그대로 지칠 줄을 몰라요. 이 녀석은 오스트레일리안 캐틀 도그인데 아주 먼 거리까지 소떼를 몰고 다니도록 개량한 품종이에요. 아마 용커스까지 산책을 시켰다가 와도 넬슨은 아직 돌아다니고 싶어서 몸이 근질거릴 거예요."

"전 용커스에 가본 적이 없어요."

켈러도 가본 적은 없었지만 화이트 플레인스를 오가면서 자주 지나가기는 했다. 그런 사실을 언급할 필요는 없었다.

그는 말을 이었다.

"중요한 건, 내가 가끔 업무차 여행을 해야 하는데 미리 경고를 받지 못하는 편이라는 점입니다. 전화를 한 통 받고 두 시간 후면 나라의 반을 가로지르는 비행기에 타서 이 주 동안은 돌아오지 못할 수도 있지요. 지난번에는 넬슨을 시설에 맡겼는데 다시는 그러고 싶지 않군요."

"그래요."

"개를 맡기려면 일주일 전에 예약하기를 바란다는 사실을 제외하더라도, 거긴 개에게 형편없는 곳이라고 봐요. 지난번에는, 뭐랄까, 내가 데리러 갔을 때 넬슨이 달라져 있었어요. 어떻게 설명해야 할지 모르겠지만, 며칠이 지나서야 겨우 예전 모습을 되찾았지요."

"무슨 말씀인지 알아요."

"그럴 때 당신을 부를 수 있었으면 좋겠어요. 여행을 가야 한다는 게 확실해지면요. 날마다 와서 넬슨에게 밥을 주고 물을 갈아주고 하루에 두 번 산책을 시켜줄 수 있겠죠. 그런 일을 할 수 있는 것, 맞지요?"

"그게 제가 하는 일이에요. 제게는 애완동물에게 충분한 관심을 줄 시간이 없는 정기 고객들도 있고, 시내를 벗어날 때만 집에 와서 애완동물과 화분 식물을 돌보라고 고용하는 고객분들도 있죠."

"하지만 그전에……."

켈러는 말했다.

"넬슨과 서로 알아야 할 것 같은데. 내가 어느 날 그냥 사라지고 몇 시간 후에 아가씨가 나타나서 아파트에 들어오면 넬슨이 어떻게 반응할지 누가 알겠어요? 이 녀석은 꽤 영역 본능이 강해서."

"넬슨과 제가 그전에 서로를 알려면……."

"바로 그 이야기를 하려는 거예요. 아가씨가, 어디 보자, 일주일에 두 번 정도 넬슨을 산책시킨다고 해볼까요. 넬슨은 멍청하지 않으니, 바로 이해하겠지요. 그렇게 하면 내가 시내를 떠나야 할 때쯤에는 아가씨가 이미 오랜 친구가 되어 있겠지요. 아파트에 들어온다고 미쳐 날뛰거나 데리고 나가려고 할 때 저항하지 않을 만큼. 이해가 돼요? 그러면 적정임금은 어떻게 됩니까?"

그들은 계산을 했다. 그녀는 일주일에 두 번, 화요일 오전과 금요일 오후에 한 시간씩 넬슨을 산책시키고, 그 대가로 켈러는 일주일에 오십 달러를 지불하기로 했다. 그러다가 켈러가 출장을 가면 그녀가 넬슨의 밥과 물을 챙기고 매일 두 번씩 산책을 시키는 대가로 일당 오십 달러를 받기로 했다.

그녀가 제안했다.

"지금 시작하는 게 어떨까요?"

그러더니 넬슨에게 물었다.

"어떻게 생각하니, 넬슨? 산책하러 가고 싶어?"

개는 산책이라는 말을 알아들었지만 확신하지 못하는 표정이었다.

"산책, 산책, 산책!"

그녀가 말하자 개의 꼬리가 흔들렸다.

둘이 문밖으로 나가자 켈러는 걱정하기 시작했다. 저 애가 개를 데리고 돌아오지 않으면 어쩐다?

개 산책시키고, 화분에 물 줍니다.

광고문은 그랬다.

책임감 있는 젊은 여성이 여러분의 동식물에 대한 질 높은 보살핌을 제공합니다. 앤드리아에게 전화주세요.

광고문은 켈러가 직접 먹을 그레이프 너츠 시리얼과 넬슨에게 줄 밀크본 비스킷을 사러 가는 동네 그리스테드스 마켓의 주민 게시판에 붙어 있었다. 그는 전화번호를 베껴두있다가 선화를 걸었다. 이제 그의 개는 책임감 있는 젊은 여성이라고 주장하는 인물의 보호와 관리하에 있었는데, 그가 여자에 대해 정말로 아는 것이라고는 자기 이름의 철자를 정확하게 적을 줄 모른다는 점뿐이었다. 'Andria'라고 적어놓았으니 말이다. 그 여자가 넬슨을 놓쳐버린다면? 넬슨을 생체 해부자에게 팔아버린다면? 넬슨과 사랑에 빠져서 다시는 돌려주지 않는다면?

켈러는 욕실로 들어가서 거울에 비친 자신을 노려보았다.

"어른이 되어야지."

그는 엄하게 말했다.

넬슨과 앤드리아는 나간 지 한 시간 십 분 후에 돌아왔다. 앤드리아가 말했다.

"산책하기 좋은 녀석이네요. 아니, 오늘 비용은 안 주셔도 돼요. 배우에게 오디션 봤다고 돈을 주는 셈이니까요. 화요일부터 지불하시면 되겠네요. 그런데, 아무래도 제안하신 금액이 제가 평소에 받는 비용보다 높다는 점은 말씀드리는 편이 공정하겠죠."

"괜찮아요."

"정말요? 음, 고맙습니다. 돈은 필요하니까요. 그러면 화요일 아침에 뵙겠습니다."

그녀는 화요일 오전에 나타났고, 금요일 오후에 다시 나타났다. 금요일에 넬슨과 나갔다 오면서 그녀는 켈러에게 자세한 보고를 원하느냐고 물었다.

"무엇에 대해서?"

그는 의아해했다.

"우리 산책에 대해서요. 넬슨이 뭘 했는지에 대해서도."

"넬슨이 누굴 물었어요? 혹시 정말 괜찮은 칠리 요리법을 찾아내던가요?"

"어떤 분들은 어떤 나무에 들렀는지까지 듣고 싶어 하시거든요."

"이런, 무책임하다고 해도 좋은데, 난 우리가 굳이 알 필요 없는 것들이 있다고 생각해요."

그는 몇 주 후에 앤드리아에게 열쇠를 건넸다.

"문 열어주자고 내가 계속 여기 붙어 있을 이유는 없으니까. 혹시 여기 없을 것 같으면 돈은 봉투에 넣어서 책상 위에 둘게요."

일주일 후, 그는 앤드리아가 도착하기 삼십 분 전에 아파트를 나서야 했다. 봉투에 네모진 글씨체의 대문자로 이름을 쓰고 보니 이상한 느낌이 들어 다음에 볼 때 그 문제를 끄집어냈다.

"광고문에 적었던 이름 말인데 원래 철자가 그런 거예요, 아니면 오타였나요?"

그녀가 대답했다.

"둘 다예요. 원래는 다른 모든 세상 사람들처럼 'Andrea'라고 썼는데, 그러면 사람들이 자꾸 유럽식으로 발음을 해서 '안드레아'라고 읽는 게 싫더라고요. 지금처럼 쓰면 대부분 사람들이 '앤드리아'라고 읽어주거든요. 가끔 아예 이름 같지도 않게 '안드레이아'라고 읽는 사람이 있긴 하지만요. 아예 이름을 바꿔버리는 편이 좋을

지도 모르겠어요."

"그건 극단적인 해결책 같은데."

"그렇게 생각하세요? 전 열여섯 살 이후로 거의 해마다 이름을 바꿨거든요. 언제나 머릿속으로 쓸 만한 이름들을 살펴보죠. 헤이스팅스는 어때요?"

"독특하군요."

"그렇죠. 하지만 그게 제가 원하는 방향일까요? 그래서 바꾸지 않았어요. 제인이라는 이름도 꽤 고민하고 있는데, 켈러 씨는 아예 둘 사이에 뭐가 다른지 비교가 안 되시겠죠, 그렇지 않나요?"

"사과와 오렌지네요."

켈러가 말했다.

"때가 오면 어떻게 해야 할지 알겠죠."

앤드리아가 말했다.

어느 날 오전 켈러는 9시가 몇 분 지난 후에 넬슨을 데리고 나섰다가 거의 1시가 되어서야 집에 돌아갔다. 켈러가 넬슨의 목줄을 벗기고 있는데 전화가 울렸다. 도트가 말했다.

"켈러, 자기가 그리워. 우리 한참 못 봤지? 언제 날 좀 보러 왔으면 좋겠는데."

"조만간 갈게요."

켈러가 말했다.

그는 넬슨의 물그릇을 채워놓고, 나가서 택시를 타고 그랜드 센트럴 역으로 가서 기차를 타고 화이트 플레인스로 갔다. 기다리는 자동차가 없었기에 그는 택시를 잡아타고 톤턴 플레이스에 있는 오래된 빅토리아풍 저택으로 향했다. 도트는 편안한 꽃무늬 실내복을 입고 1층 베란다에서 긴 잔에 담긴 아이스티를 마시고 있었다.

"위층에 계시기는 한데 누가 같이 있어. 앉아서 아이스티 따라 마셔. 날이 덥지?"

"그렇게 나쁘지는 않아요."

그는 의자를 하나 가져다가, 보냉병에 든 아이스티를 옆에 윌마 플린트스톤•이 그려진 유리잔에 따랐다.

"넬슨은 더위를 좋아하는 모양이에요."

"몇 달 전에는 넬슨이 추위를 좋아한다더니."

"넬슨은 일기 변화를 좋아하나 봐요. 여기에 지진이 있었다면 지진도 좋아할지 모르죠."

그는 생각해보더니 마지못해 말을 바꿨다.

"아닐지도 모르겠네요. 지진이 난다면 별로 안전하다고 느끼지 못할 테니."

"나라도 그럴 거야, 켈러. 그래서 내가 그 놀라운 개 넬슨을 만나는 날이 올까? 가끔 여기까지 데려오는 건 어때?"

"언젠가 그럴게요."

그는 그림이 보이게 도트의 유리잔을 돌렸다.

"페블스••군요."

버저가 길게 한 번 짧게 두 번 울렸다.

"프레드가 늘 하던 말이 뭐였죠? 생각이 안 나서 미치겠네요. 소리까지 들리는 기분인데 무슨 말인지 기억할 수가 없어요."

"야바 다바 두?"

"야바 다바 두, 그거예요. 〈아바 다바 허니문〉이라는 노래가 있었는데, 프레드 플린트스톤과 아무 관계도 없겠죠."

도트는 그를 쓱 보고 말했다.

"그 버저 소리는 만날 준비가 되셨다는 뜻이야. 서두를 필요는 없어. 차는 다 마셔도 돼. 가져가든가."

"야바 다바 두."

켈러가 말했다.

누군가가 차를 운전해서 역까지 데려다줬고, 이십 분 후에 그는 뉴욕행 기차에 타고 있었다. 그는 집에 도착하자마자 앤드리아에게 전화를 걸었다. 그는 그리스테드스에 붙은 광고문에 실려 있던 전화번호를 돌리다가 지난 화요일인가 그전 금요일인가에 들은 말을 기억해냈다. 앤드리아는 이사를 해서 아직 새 전화번호가 없다고 했다. 그동안에는 호출기를 쓴다고.

"집 전화가 생겨도 가지고 다닐 거예요. 저는 늘 개들을 산책시키러 나가 있는데, 급하게 제가 필요해지실 때는 연락하실 방법이

• **윌마 플린트스톤** _ 애니메이션 〈고인돌 가족 플린트스톤〉에 나오는 엄마.
•• **페블스**_ 〈고인돌 가족 플린트스톤〉의 막내딸.

없잖아요?"

그는 앤드리아의 호출기 번호를 누르고 신호가 떨어지자 자기 집 전화번호를 찍었다. 그녀는 오 분 만에 전화를 걸었다.

"며칠 정도라고 보지만…… 일주일이 될 수도 있어요. 더 길어질 수도 있고."

그는 앤드리아에게 말했다.

"문제없어요."

앤드리아는 장담했다.

"열쇠는 가지고 있어요. 엘리베이터 안내원도 절 올려 보내도 되는 줄 알고, 넬슨은 제가 자기의 덜렁이 이모쯤 되는 줄 알죠. 혹시 개 사료가 떨어지면 제가 더 사둘게요. 다른 게 또 있나요?"

"모르겠는데. 넬슨을 위해 TV를 켜놓고 가야 할까요?"

"보통 넬슨을 혼자 둘 때 그렇게 하세요?"

사실대로 말하자면 넬슨을 혼자 둘 때가 거의 없었다. 최근에는 개를 데리고 다니거나 켈러도 집에 있을 때가 많았다. 넬슨은 의심할 여지 없이 그의 삶을 바꿔놓았다. 그는 예전보다 더 많이 걸었고, 동시에 집에서도 더 많은 시간을 보냈다.

"TV는 켜두지 않도록 하지요. 녀석이 내가 보는 프로그램에 정말로 관심을 보인 적은 없으니까."

"넬슨은 상당히 교양이 넘치는 남자거든요. 〈명작 극장〉은 보여줘보셨어요?"

켈러는 표적이 텔레마케팅 회사 경영자로 있는 오마하로 날아갔다. 표적인 딘스모어는 아내와 아이들과 함께 주위 경치가 아름다운 교외 주택에 살았다. 원래 그 남자를 없애기는 아주 쉬운 일이었으나 현지에서 누군가가 시도했다가 실패한 일이 있었다. 딘스모어는 그 뒤로 일어날 일에 대비하여 일상을 바꾸었다. 그의 집은 최첨단 보안 시스템을 갖췄고 저녁부터 새벽까지 사설 경호원이 앞을 지켰다. 표시가 있기도 하고 없기도 한 경찰차들이 내내 집 주위를 지나갔다.

딘스모어가 고용한 개인 경호원은 아침에 그를 데리러 와서 낮 내내 옆에 머물다가 저녁이 되면 집까지 경호했다. 경호원은 거친 갈기 같은 노란 머리에 근육을 지나치게 키운 청년이었다. 억지로 양복을 입은 프로레슬링 선수 같은 모양새였다.

비행기를 빌려 집으로 급강하하지 않는 한 켈러에게 쉬운 방법은 보이지 않았다. 사무소도 경비가 철저하여 출입은 사진이 들어간 신분증을 지닌 사람으로만 제한되었다. 경비원 앞을 통과한다 해도, 금발 경호원이 종일 딘스모어의 사무실 바깥 의자에 앉아서 《아이언 맨 매거진》을 뒤적였다.

그는 집으로 돌아가는 것이 적절한 행보라고 생각했다. 육 주 후에 돌아오자. 그때쯤이면 경호원이 스테로이드로 인한 분노 때문에 일을 그만두거나 갑갑함에 짜증이 난 딘스모어가 경호원을 해고

하거나 할 것이다. 그렇지 않더라도 둘 다 경계 태세를 늦추겠지. 경찰도 주의를 덜 기울일 테고.

켈러는 틈을 찾을 것이고, 찾아내는 데 오래 걸리지 않을 터였다.

하지만 그럴 수가 없었다. 누군지는 몰라도 딘스모어가 죽기를 원하는 사람은 기다릴 마음이 없었다.

접선자가 설명했다.

"시간만은 더 줄 수 없어요. 병사들, 화력 같은 건 쉽습니다. 몇 명을 차에 태워 보낸다거나, 누가 길거리를 막거나 그놈 차를 들이받길 원한다면 문제없습니다."

멋지군. 오마하가 델타포스 부대와 만나다니. 얼마 전에만 해도 켈러는 스스로를 말을 타고 한 번도 만난 적 없는 사내를 죽이러 마을에 들어가는 옛 서부의 과묵한 떠돌이라고 상상했다. 이제 그는 거친 실패자들 한 무리를 이끌고 특공대식 습격에 나서는 리 마빈이 된 셈이었다.

"두고 봅시다."

그는 말했다.

"뭔가 생각해낼 테니."

네 번째 날 밤에 그는 산책을 나갔다. 날씨 좋은 밤이었다. 그는 걸어 다닌다고 의심을 불러일으키지 않을 시내로 차를 몰고 갔다. 무엇인가 이상한 느낌이 들었는데 십오 분쯤 걷고 나서야 무엇이 문제인지 이해했다.

개를 보고 싶었다.

켈러는 몇 년 동안 혼자였다. 혼자만의 길을 찾고, 생각을 남에게 털어놓지도 않았다. 혼자인 데 익숙했다. 어린 시절부터 본성이 고독하고 비밀스러웠는데 그가 선택한 직업에서는 이런 특징이 전문가의 요건이 되었다.

한번은 소호에 있는 어느 가게에서 영국의 2차세계대전 포스터를 본 적이 있었다. 입을 꾹 다물고 눈을 찡긋하는 남자를 배경으로 "나는 아는 바를 발설하지 않는다"는 문구가 붙어 있었다. 아무래도 영국에서는 "입이 가벼우면 배가 침몰한다"는 말을 그렇게 표현하는 모양이었다. 켈러는 몇 시간 동안 포스터에 대해 생각하다가 다음날 가격을 물어보러 다시 갔다. 가격은 꽤 합리적이었지만, 그는 가격 협상 도중에 언제까지나 방 저편에서 눈을 찡긋거리고 있을 으스스한 얼굴에 곧 숨이 막히리라는 사실을 깨달았다. 어떤 면에서는 사생활을 권고하고 있는 포스터 속의 남자가 사생활을 침해하게 될 터였다. 그런 얼굴이 보고 있는데 어떻게 여자에게 입을 맞출 수 있겠는가? 어떻게 코를 후빌 수 있겠는가?

그래도 그때의 감상은 계속 남아 있었다. 화이트 플레인스를 오가는 기차에서, 그의 서비스를 요청하는 어느 먼 도시로 날아가는 비행기에서, 임무를 달성하고 집으로 돌아오는 비행기에서 그 영국인의 모토는 주문처럼 머릿속을 울렸다. 그는 아는 바를 발설하지 않았다.

상담 치료에서 그는 갈등을 겪었다. 상담 과정은 그가 마음을 열지 않는 한 소용이 없었다. 기차에서 만난 낯선 사람이나 침대에 같이 들어간 여자에게도 흘리지 않는 내용을 어떻게 웨스트사이드의 심리 상담가에게 말할 수 있었겠는가? 그는 거의 꿈과 어린 시절의 기억에 대해서만 이야기했고, 그러는 내내 제럴드 브린 박사가 알게 된 내용을 어디에도 발설하지 않기를 희망했다. 결국 브린은 자기가 아는 바를 무덤까지 가지고 갔고, 켈러는 평생 이어온 침묵의 습관으로 돌아갔다.

하지만 넬슨에게는 그런 습관이 깨어졌다.

켈러는 개를 키울 때 제일 좋은 점은 개들에게 이야기를 할 수 있다는 점인지도 모른다고 생각했다. 개들은 인간보다 훨씬 훌륭한 청자였다. 상대를 지루하게 만들고 있나, 혹시 예전에 들었던 이야기는 아닐까, 아니면 내가 털어놓는 이야기 때문에 나를 낮춰 보지는 않을까 걱정할 필요가 없었다. 개들에게는 무엇이든 이야기할 수 있었다. 개들에게 한 이야기는 그 자리에서 끝났다. 다른 누구에게 전할 리도 없고 싸우다가 그 이야기를 다시 끄집어낼 리도 없었다.

그렇다고 제대로 듣지 않는다는 뜻은 아니다. 켈러가 보기에 넬슨이 귀를 기울인다는 사실은 명백했다. 넬슨에게 이야기를 할 때는 벽에 대고 말하거나, 쥐나 금붕어에게 말하는 느낌을 받지 않았다. 넬슨이 들은 내용을 제대로 이해한다고까지 할 수는 없었지만 아주 잘 듣기는 했다.

켈러는 넬슨에게 전부 이야기했다. 상담 치료중에 생긴 갈망, 마음을 열고 오래된 비밀을 털어놓고 누군가에게 자신을 드러내고 싶다는 욕망은 이제 넬슨과 함께 하는 긴 산책과 집에서 함께 보내는 긴 저녁 시간을 통해 완전한 표현 방법을 찾았다.

"이 일을 생업으로 삼을 작정은 아니었어."

어느 날 오후 공원에서 넬슨에게 말했다.

"한동안은 뭐랄까, 그냥 내가 몇 번 한 일이었지. 내 정체성이 아니라.

그러다가 점점 그게 내 정체성이 되었는데 나는 그걸 깨닫지 못했어. 어떻게 알게 됐느냐면, 누군가 내 말을 듣는 사람을 만났는데, 두려움인지 존경인지는 몰라도 그 사람이 보여준 반응이 놀랍더라고. 그 사람은 킬러에 대해 반응을 한 건데, 나는 어리둥절했지. 내가 킬러라는 사실을 몰랐으니까.

고등학생 시절에 어떻게 살면서 무슨 일을 하고 싶은지 알아내고, 그 방향으로 진전을 이룰지 알려주는 진로 상담 같은 걸 했던 기억이 나. 그 시절이 나에게 얼마나 흐릿했는지는 이야기했을 텐데. 가벼운 뇌진탕이 온 사람처럼 모든 것을 베일 너머로 보면서 지냈거든. 그런데 선생님들이랑 진로 상담을 했을 때, 난 아무것도 알 수가 없었어. 잡초를 뽑겠느냐, 양배추를 팔겠느냐, 아니면 자수를 가르치겠느냐 같은 문제가 나오는 검사를 했는데 난 전부 풀지 못했어. 문제를 도무지 이해할 수가 없어서.

그러다가 어느 날 정신을 차려보니 나에게 이미 직업 경력이 생겨 있더군. 그게 사람들을 없애는 일이었던 거야. 그런 일에 관심을 두지도 않았고 소질도 없었는데 알고 보니 관심이나 소질은 필요가 없더라고. 할 수만 있으면 돼. 처음에는 누가 하라고 해서 했고, 두 번째에도 누가 하라고 해서 했고, 그러다 보니 어느새 그게 하는 일이 되어 있었어. 그렇게 스스로를 규정한 후에야 기술적인 부분을 배우기 시작했지. 총, 다른 도구, 무기 없이 발휘하는 기술. 사람들을 처리하는 방법. 알아야 할 것들을 말이야.

사실 알아야 할 것은 그렇게 많지 않아. 고등학교에서 직업에 대해 해주던 말과는 달라. 진로는 준비하는 게 아니야. 중간에 우연히 그 일에 대비하게 만든 사건들이 있었을지는 모르지만 진로는 자기가 선택하는 게 아니야.

어떻게 생각해? 핫도그 나눠 먹을까? 아님 집으로 가야 할까?"

고독한 산책에서 돌아온 켈러는 전화기를 보면서 넬슨에게 전화할 방법이 있었으면 좋겠다고 생각했다. 그는 자동 응답기를 두지 않으려 했는데, 그런 기계를 두었다가 큰 재난이 일어날 가능성이 높다고 생각해서였다. 지금은 응답기가 있으면 유용할 것 같았다. 그는 전화를 걸어서 이야기할 수 있고 넬슨은 들을 수 있을 테니까 말이다.

그가 정말 터놓고 마음을 말한다면 테이프에 그런 말들이 담기겠지. 아무나 접근할 수 있는 곳에 말이다. 아니, 역시 자동 응답기는 두지 않는 편이 좋겠다.

다음날 정오 무렵, 딘스모어와 경호원이 시내로 차를 몰고 가서 올드 마켓 구역에 있는 식당 앞에 차를 세웠을 때 켈러는 빌린 차 안에 있었다. 켈러는 몇 분 동안 밖에서 기다리다가 주차 공간을 찾아내고 두 사람을 따라 들어갔다. 여주인이 켈러를 딘스모어와 두 테이블밖에 떨어지지 않은 곳에 앉혔다. 켈러는 새우튀김을 주문하고 딘스모어와 레슬러 같은 경호원이 거대한 스테이크를 먹어치우는 모습을 지켜보았다.

몇 시간 후 화이트 플레인스에 있는 도트에게 전화를 걸었다.

"표준 몸무게를 이십 킬로그램은 초과한 주제에 여기서 맨홀 뚜껑만 한 스테이크를 밀어넣더군요. 소금을 반 통은 쳐서요. 이 사람들은 얼마나 급한 겁니까? 오래 기다리지 않아도 뇌졸중이나 관상동맥으로 끝나게 생겼는데."

"자연사만 한 죽음은 없지. 하지만 사람들이 시간을 어떻게 말하는지 알잖아."

"시간이 금이라고요?"

"야바 다바 두."

도트가 대답했다.

다음날에도 딘스모어와 경호원은 똑같은 식당에서 똑같은 자리에 앉았다. 이번에는 세 번째 남자가 합석을 했다. 딘스모어의 직장 동료 같았다. 이번에는 조금 더 먼 자리에 앉았기에 오가는 대화를 엿들을 수는 없었지만, 딘스모어와 세 번째 남자가 이야기를 나누는 동안 경호원은 접시에 담긴 음식과 식당 안에 있는 다른 손님들에게 관심을 양분하고 있음을 볼 수 있었다. 켈러는 신문을 가지고 간 덕분에 경호원이 쳐다볼 때 신문에 시선을 둘 수 있었다.

어느 시점엔가 딘스모어가 일어섰다. 켈러의 맥박이 빨라졌다. 그가 무슨 행동을 하기도 전에 경호원 역시 일어서더니 같이 남자 화장실로 걸어갔다. 켈러는 자리에 남아서 카르보나라 스파게티를 먹었다.

두 남자가 자리로 돌아왔을 때 켈러는 곁눈으로 지켜보고 있었다. 경호원이 잠시 시간을 들여 방안을 훑어보는 사이 딘스모어는 바로 앉아서 반쯤 먹은 스테이크에 소금을 더 뿌렸다.

켈러는 거의 무의식적으로 손을 뻗어 테이블에 놓인 소금 통을 잡았다. 유리로 만든 통은 동전 뭉치처럼 그의 주먹에 딱 들어갔다. 지금 누군가를 때릴 작정을 한다면, 소금 통은 타격에 상당한 권위를 얹어줄 터였다.

이 망할 물건은 치명적인 무기였다.

그날 밤 켈러는 저녁 식사 후에 술을 몇 잔 마셨다. 모텔에 돌아갔을 때도 술기운이 남아 있었다. 그는 술이 깨도록 블록을 한 바퀴 돌고는 방에 돌아가 전화기를 집어 들고 넬슨에게 전화를 했다.

개가 받기를 기대할 만큼 취하지는 않았다. 하지만 이것이 최소한의 접촉 방법이라는 느낌이었다. 전화벨이 울리면 개는 울리는 소리를 들을 터였다. 넬슨이 그것을 주인의 목소리로 인지할 수야 없겠지만 켈러는 손을 뻗어 넬슨을 건드리는 셈이 될 것이다. 전화 회사 광고에서 하는 말처럼 말이다.

아니, 물론 말이 되는 소리는 아니었다. 그는 번호를 돌리면서 말이 되지 않는다는 사실을 알고 있었다. 하지만 비용이 드는 것도 아니고 전화 기록이 남지도 않을 텐데 나쁠 게 있겠는가?

그의 전화는 통화중이었다.

아주 짧은 순간에 불과했지만, 그의 첫 번째 반응은 질투에 찬 망상이었다. 개가 다른 누군가와 전화를 하면서 켈러에 대해 이야기하는 망상.

그런 생각은 떠오르자마자 사라졌다. 켈러는 자기 마음의 신비로움에 경탄하며 고개를 절레절레 저었다. 다른 설명이 물밀듯이 쏟아졌는데 어느 것이나 처음 떠올린 생각보다는 훨씬 그럴싸했다.

넬슨이 전화기가 놓인 작은 테이블 안으로 기어들어갔다가 연결선을 빼버렸을 수도 있었다. 산책 전이나 후에 전화를 쓴 앤드리아가 수화기를 잘못 내려놓았을 수도 있었다. 아니면 좀더 가능성 있는 설명으로 장거리전화선이 과부하 상태라 뉴욕으로 거는 전화에 전부 통화중 신호가 나올 수도 있었다.

그는 몇 분 후에 다시 걸어보았지만 이번에도 통화중 신호가 떨어졌다.

그는 교환원에게 전화를 해서 점검해달라고 하고 싶은 충동과 싸우면서 방안을 이리저리 걸었다. 결국 그는 전화기를 집어 들고 세 번째로 시도했고, 이번에는 전화벨이 울렸다. 그는 네 번 울리게 놓아두고, 울리는 동안 개의 반응을 상상했다. 귀를 쫑긋 세우고 눈에는 경계의 빛을 반짝이는 모습을.

그는 큰 소리로 말했다.

"착하지, 넬슨. 곧 집에 가마."

다음날인 금요일, 그는 모텔방에서 오전을 보냈다. 11시경에 그는 올드 마켓에 있는 식당으로 전화를 걸었다. 딘스모어는 앞선 두 번의 방문에서 12시 30분에 식당에 도착했다. 켈러는 12시 15분에 한 사람 자리를 예약했다.

그는 제시간에 도착해서 크랜베리 주스 스프리처를 주문했다. 그는 2인용으로 준비된 딘스모어의 테이블을 건너다보았다. 일만 잘 해결되면 자기 전에 넬슨을 데리고 산책할 만한 시간에 집으로 돌아갈 수 있다고 생각했다.

12시 30분, 딘스모어가 앉던 자리는 비어 있었다. 십 분 후에는 직장 여성 두 명이 그 자리에 앉았다. 켈러는 입맛 없이 식사를 하고, 커피를 한 잔 마시고, 계산서를 지불하고 떠났다.

토요일에 켈러는 영화를 보러 갔다. 일요일에는 다른 영화를 보고 올드 마켓 지역을 걸었다. 일요일 밤에는 방에 앉아서 전화기를 쳐다보았다. 이미 두 번이나 집에 전화를 걸어서 전화벨이 울리게 내버려두고 스스로에게 개와 모종의 영적인 접촉을 쌓고 있다고 합리화하던 중이었다. 마신 술도 없었고 지금 하는 짓이 말이 되지 않는다는 사실도 알지만 그래도 그렇게 했다.

그는 전화기에 손을 뻗어 다른 번호를 돌리다가 그만두고 방을 나섰다. 공중전화에서 앤드리아의 호출기 번호로 전화를 걸고 신호음이 들리자 공중전화의 번호를 눌렀다. 그렇게 해도 통할지, 앤드리아의 호출기가 일곱 자리가 넘는 번호도 수신하는지, 앤드리아가 장거리전화를 걸 생각이 있을지는 알 수 없었다. 그리고 앤드리아는 넬슨이든 다른 손님의 개든 간에 개를 산책시키고 있을 수도 있었다. 정말로 한 시간 동안 공중전화 옆에 서서 앤드리아의 전화를 기다리고 싶은 걸까? 방에서 걸 수는 없었다. 앤드리아가 전화를 하면 모텔 교환대를 통과해야 할 텐데, 누구에게 연결해달라고 해야 할지 모를 테니 말이다. 켈러라는 사실을 추측한다고 해도 켈러라는 이름은 모텔 교환대에 아무 의미가 없었다. 게다가 그는 오마하에서 누가 켈러라는 이름을 듣는 사태를 원하지 않았다. 그러니까…….

거의 즉시 전화기가 울렸다. 그가 받아서 인사를 하자 앤드리아가 말했다.

"켈러 씨?"

"앤드리아."

그러고 나서 다음에 할말을 생각할 수가 없었다. 그가 개의 안부를 묻자 앤드리아는 잘 지낸다고 그를 안심시켰다.

"하지만 주인을 그리워하는 것 같아요. 집에 오시면 넬슨이 기뻐할 거예요."

"나도 그래요. 그래서 전화했어요. 그저께 돌아갈 수 있었으면 했는데 생각보다 일이 오래 걸리네요. 며칠 더 있어야겠어요. 그보다 더 걸릴 수도 있고."

"문제없어요."

"흠, 그렇게 알고만 있어요. 저기, 전화해줘서 고마워요. 일이 길어지면 다시 전화할지도 몰라요. 이 통화 비용은 보상할게요."

"이미 지불해주고 계세요. 지금 켈러 씨 아파트에서 전화하고 있거든요. 그래도 괜찮죠?"

"물론이죠. 하지만……."

"그게, 제가 여기에 있을 때 호출기가 울렸거든요. 시외에서 또 누가 날 호출하겠느냐고 생각했고요. 아마 켈러 씨일 테니까 이 전화를 써도 괜찮을 거라고 생각했어요."

"물론이죠."

"사실대로 말하면, 제가 여기에서 시간을 많이 보냈어요. 이 집은 기분 좋고 조용하고, 넬슨도 누가 같이 있는 걸 좋아하는 것 같아서요. 지금 자기 이름을 말하니까 귀를 쫑긋 세우네요. 누구와 통화하는지 아나 봐요. 넬슨에게 인사라도 하실래요?"

"글쎄요……."

그는 바보가 된 기분으로 개에게 인사를 하고 착하다고 말하고 곧 보자고 했다.

"이 녀석 완전히 흥분했어요."

앤드리아가 장담했다.

"짖지는 않았어요. 거의 짖지 않다 보니……."

"딩고 혈통 때문이겠죠."

"헥헥거리고 바닥을 긁기는 많이 했어요. 켈러 씨를 그리워해요. 저랑 넬슨은 여기에서 잘 지내고 있지만, 넬슨은 켈러 씨를 보면 기뻐할 거예요."

켈러는 월요일 12시 15분에 식당에 도착했다. 여주인이 그를 알아보고 바로 금요일에 앉았던 자리로 안내했다. 딘스모어가 앉던 자리를 건너다보니 4인 식기가 준비되어 있고 테이블에 '예약석'이라는 카드가 놓여 있었다.

딩고 Dingo

/

오스트레일리아 들개로 불리는 견종.

으르렁대지만 개처럼 짖지는 않는다.

12시 30분, 정장을 입은 남자 두 명이 딘스모어의 테이블에 앉았다. 켈러는 두 사람 다 알아볼 수 없었기에 계획 전체에 절망하기 시작했다. 그때 딘스모어가 레슬러 경호원을 대동하고 도착했다.

켈러는 식사하면서 그들을 지켜보았다. 세 남자는 음료수를 마시고 스테이크를 게걸스레 먹어치우면서 열심히 떠들고 손짓을 해댔다. 그동안 네 번째 남자인 경호원은 당겨놓은 스프링처럼 앉아 있었다.

켈러는 사람이 너무 많다고 생각했다. 다음으로 미루자고.

다음날 그는 같은 시간에 도착했고 여주인은 그가 예약해둔 자리로 안내했다. 딘스모어의 테이블에는 2인 식기와 '예약석' 카드가 놓여 있었다. 켈러는 일어서서 남자 화장실로 가서 칸막이 안에 들어가 문을 잠갔다.

그는 몇 분 후에 화장실을 떠나서 미로 같은 테이블 사이를 누비며 자리로 돌아가다가, 딘스모어의 테이블에 부딪혀서 몸을 지탱하려고 손을 뻗었다.

그가 아는 한에는 아무도 그에게 관심을 두지 않았다.

자리로 돌아가 앉아서 기다렸다. 12시 30분에 딘스모어의 테이블에는 아직 사람이 없었다. 혹시 다른 사람에게 자리를 내준다면 어떻게 한다? 방금 한 일을 되돌릴 수는 없었다. 그렇지 않은가? 그 테이블에 사람들이 앉아 있는 한에는 도저히 되돌릴 방법이 보이지 않았다.

그는 위험한 계획이라고 생각했다. 잘못될 경우의 수가 너무 많았다. 우선 넬슨과 이야기를 나눌 수만 있었더라도……

정신 차려. 그는 스스로에게 말했다.

켈러가 막 정신을 수습하고 있는데 딘스모어와 레슬러 경호원이 나타났다. 경영자는 짜증스러운 분위기였고 경호원은 뚱하니 지겨워하는 얼굴이었다. 여주인이 어디에 두 사람을 앉힐지 머뭇거리는 위험한 순간이 있었지만, 그러다가 생각을 해내고 두 사람이 늘 앉던 자리로 안내했다.

켈러는 나가버리고 싶었다. 그는 앞에 놓인 송아지 고기를 내내 깨작거리고 있었다. 아무 맛도 느껴지지 않았지만 지금은 어떤 음식이든 그럴 터였다. 그냥 테이블 위에 돈을 놓고 나가버려도 될까? 앉아서 기다려야 할까?

딘스모어는 도착하고 십오 분이 지났을 때 소리를 지르며 목을 부여잡더니 테이블 위에 푹 고꾸라졌다. 삼십 분 후, 켈러는 공항에서 빌린 차를 반납하고 집으로 가는 비행기를 예약했다.

공항에서 집으로 가는 택시를 탄 켈러는 넬슨에게 줄 선물을 고를 수 있게 기사에게 멈추라고 외치고 싶은 충동과 싸워야 했다. 그는 세인트루이스에서 비행기를 갈아탔는데 환승을 기다리는 시간 대부분을 선물 가게에서 보내며 개에게 줄 만한 선물을 찾으려고 했다. 하지만 넬슨이 스노 글로브나 기념품 머그잔으로 뭘 하겠는가? 넬슨이 야구 모자나 게이트웨이 아치가 그려진 운동복으로 뭘 하고 싶어 하겠는가?

"거의 손을 대지 않으셨네요."

오마하에서 여자 종업원이 그의 송아지 고기를 보고 그렇게 말했었다.

"개에게 갖다주게 싸드릴까요?"

그는 대답이 궁했다.

"미안해요."

그는 겨우 말하고는 딘스모어가 앉아 있었던 자리 쪽을 가리키면서 덧붙였다.

"조금 놀라서요. 그 불쌍한 사람이……."

"아, 그분은 분명히 괜찮을 거예요. 지금쯤 병원 침대에 앉아서 간호사들과 농담이라도 하고 있겠죠."

켈러는 그렇게 생각하지 않았다.

"이야, 켈러 씨."

엘리베이터 안내원이 말했다.

"오랜만에 뵙습니다."

"돌아오니 좋군요."

"넬슨이 켈러 씨를 보면 기뻐하겠네요. 녀석은 정말 좋은 개예요."

엘리베이터 안내원이 미처 말해주지 않은 부분은, 넬슨이 나가 있다는 사실이었다. 켈러는 문을 열고 아파트에 들어가면서 개의 이름을 불렀지만 아무 답도 돌아오지 않았다. 짐을 푼 그는 개가 돌아오고 앤드리아가 떠날 때까지 샤워를 미루기로 결정했다.

샤워를 몇 번은 할 수 있었을 것이다. 거의 사십 분을 텔레비전 앞에 앉아 기다린 뒤에야 앤드리아의 열쇠가 문에 꽂히는 소리가 들렸다. 문이 열리자마자 넬슨이 날듯이 방을 가로지르더니 꼬리를 맹렬히 흔들고 펄쩍펄쩍 뛰면서 켈러를 환영했다.

끝내주는 기분이었다. 만족감의 파도가 켈러를 관통했다. 그는 개와 놀아주기 위해 무릎을 꿇었다.

"빈집에 들어오시게 해서 죄송해요."

앤드리아가 말했다.

"오시는 줄 알았더라면……."

"괜찮아요."

"음, 가보는 편이 좋겠네요. 피곤하실 텐데 그만 주무셔야죠."

"몇 시간은 지나야 자겠지만 샤워는 하고 싶군요. 공항과 비행기에서 하루를 꼬박 보내다 보면……."

"무슨 말씀이신지 알아요. 자, 넬슨, 오늘이 무슨 요일이지? 화요일? 그러면 금요일까지 못 보겠구나."

앤드리아는 넬슨을 쓰다듬고 나서 켈러를 건너다보았다.

"금요일의 정기 산책은 계속했으면 하시는 거 맞죠?"

"그럼요."

"잘됐네요. 그 시간을 고대할 테니까요. 넬슨은 제가 제일 좋아하는 고객이에요."

앤드리아는 개를 한 번 더 쓰다듬었다.

"급료와 보너스 고맙습니다. 정말 친절하세요. 이젠 호텔방에 가야 할 처지가 되어도 감당할 수 있게 됐어요."

"호텔방이라니?"

앤드리아는 눈을 내리깔았다.

"이 말은 하지 않으려고 했는데, 하지 않으려니 양심에 거리끼네요. 어떻게 느끼실지 모르겠는데 그냥 말해버릴게요. 괜찮죠?"

"그래요."

"제가 여기서 지낸 셈이거든요."

"지낸 셈이라는 건……."

"여기에 산 셈이라고요. 그게, 제가 지내던 곳요, 그쪽에 문제가 생겼는데, 전화를 해볼 수 있는 사람이 한두 명 있긴 하지만, 음, 넬슨과 저는 정말 잘 맞는 편이고, 그렇게 하면 넬슨과 시간도 정말 많이 보낼 수 있고……."

"여기에서 지내면 말이죠."

"맞아요. 그래서 그렇게 했어요. 켈러 씨 침대에서 자진 않았는데……."

"왜요?"

"그건 좋아하지 않으실지도 모른다고 생각했어요. 소파가 편하더라고요. 정말 편했어요."

그녀는 아파트를 최대한 어지럽히지 않으려고 했다고, 아침마다 소파에 깔았던 이부자리를 벗겨내어 옷장에 넣어두었다고 했다. 하루 종일 이 집에서 지내지는 않았다. 넬슨을 산책시킬 때가 아니라도 돌봐야 할 다른 고객들이 있으니까.

켈러가 말했다.

"산책시킬 개들, 물 줘야 할 화분들 말이죠."

"그리고 먹이를 줘야 할 고양이와 물고기, 그리고 새도요. 65가에는 새를 열일곱 마리 키우는 부부가 있는데요, 새장 속에 갇힌 새들에게는 이상한 구석이 있어요. 전 새장을 열고 창문을 열어서 날려보내고 싶은 충동을 느껴요. 물론 그러진 않죠. 그랬다간 그 사람들이 정말로 미쳐버릴 테고, 새들에게도 끔찍한 일이 될 테니까요. 그 새들은 바깥에서 오래 살지 못할 거예요."

"이 도시에서는 그렇겠죠."

켈러가 말했다.

"지난번에도 한 마리가 새장에서 빠져나와서 거의 잃어버릴 뻔했지 뭐예요. 창문이 다 닫혀 있어서 어디로도 가지 못했지만 급강하를 하면서 날아다니는데 어떻게 새장에 돌려보내야 할지 모르겠는 거예요."

"그래서 어떻게 했어요?"

"어떻게 했느냐면요. 제 가슴의 차크라에 에너지를 집중시키고 새에게 마음을 가라앉혀주는 거대한 심장 에너지를 보냈어요. 그랬더니 바로 차분해지더라고요. 그런 다음에는 새장 문을 열고만 있었는데도 날아 들어왔어요."

"농담 아니고?"

앤드리아는 고개를 끄덕였다.

"그 생각을 바로 했어야 하는 건데. 공황 상태에 빠지면 뻔한 일도 못 보고 넘어가게 되잖아요."

"그건 사실이지요. 뭐 하나 물어봅시다. 오늘밤에 머물 곳은 있어요?"

"음, 아직은 없어요."

"아직은?"

"음, 오늘밤에 집에 오시는 줄 몰랐어요. 전화해볼 만한 사람들이 있으니까……."

"이 집에서 묵어도 됩니다."

"아, 그럴 순 없어요."

"왜요?"

"그야, 집에 오셨으니까요. 켈러 씨가 출장 가셨을 때 제가 여기에 머문 것도 사실 잘한 일은 아니지만……."

"괜찮아요. 넬슨과 더 함께 있어줬다는 뜻이니까."

"어쨌든, 이젠 켈러 씨가 집에 계시니까요. 객식구는 달갑지 않으실 테고."

"하룻밤 정도는 피해가 될 게 없죠."

"음, 묵을 곳을 찾아 나서기엔 조금 늦긴 했어요."

"여기에서 묵어요."

"하룻밤만요."

"그래요."

"감사드립니다. 정말이에요."

샤워를 한 켈러는 세면대 앞에 서서 면도를 할까 생각했다. 하지만 자기 전에 면도한다는 소리를 누가 들어봤을까? 면도는 밤이 아니라 아침에 하는 행동이었다.

물론, 베개가 아닌 다른 무엇인가에 뺨을 문지를 생각이 아니라면 말이다.

그만둬. 그는 스스로에게 말했다.

그가 침대에 들어가서 불을 끄자 넬슨이 침대 옆에 뛰어올라서 의무적으로 세 번 맴을 돌고는 엎드려 누웠다.

켈러는 잤다. 다음날 아침에 깨어났을 때 앤드리아는 가고 없었다. 그녀의 흔적이라고는 금요일에 평소대로 개를 산책시키러 오겠다는 쪽지뿐이었다. 켈러는 면도를 하고, 개를 산책시키고, 기차를 타고 화이트 플레인스로 갔다.

이번에도 더운 날이라 도트는 레모네이드 한 주전자를 놓고 베란다에 앉아 있었다.

"켈러, 진로를 잘못 잡았나 봐. 대단한 진단 의사가 되겠는데. 자기가 그 사람 오래 못 살 거라더니 정말로 자연사했잖아."

"이런 일도 일어나죠."

"그렇긴 해."

도트는 맞장구를 쳤다.

"먹던 음식에 처박혔다면서. 넥타이에 묻은 얼룩은 영영 빼지 못했겠네."

"훌륭한 넥타이였는데 말이죠."

"심장마비였대. 그 말이 맞겠지. 사람이 죽었는데 심장만 계속 뛰는 일은 정말 드문 법이니까 말이야. 어떻게 한 거야, 켈러?"

"심장의 차크라에 에너지를 모아서 심장 에너지를 그자에게 쐈어요. 그 사람 심장으로는 감당할 수가 없었던 거죠."

도트는 그를 지그시 바라보았다.

"나보고 추측하라면, 시안화칼륨이라고 해야겠지."

"좋은 추측이에요."

"어떻게 한 거야?"

"소금 통을 바꿔치기했죠. 제가 놓아둔 소금 통은 맨 위만 소금이었고 시안화칼륨이 섞여 있었어요. 그 사람은 소금을 많이 치는 편이었죠."

"소금을 많이 먹으면 안 좋다고 하지. 청산가리 맛을 느끼지 못했을까?"

"그렇게 소금을 많이 쳤으니 고기 맛도 느끼지 못했을걸요. 청산가리 맛이 얼마나 강하게 나는지는 잘 모르겠지만요. 어쨌든 이거 맛이 이상하다는 생각을 할 때쯤이면……."

"라자냐에 코를 박고 있겠지. 청산가리는 흔적이 남지 않는 약물은 아니잖아. 부검에서 드러나지 않을까?"

"찾아볼 때만 그렇죠."

"소금 통 안을 본다면?"

"딘스모어가 심장마비를 일으켰을 때 혹시 도움이 될까 하고 몇 사람이 황급히 달려갔거든요."

"참 좋은 사람들이네. 그중 한 명이 소금 통을 집어 들었을 리는 없겠지?"

"그렇다 해도 놀라지는 않겠어요."

"식당과 공항 사이 어딘가에서 처리를 했고?"

"그것 역시 놀랍지는 않군요."

그는 보고를 하러 위층으로 올라갔다. 그가 아래층에 다시 내려가자 도트가 말했다.

"켈러, 아무래도 자기가 걱정되기 시작해. 좀 물러지는 것 같아."

"그래요?"

"소금 통을 집어올 이유는 하나뿐이었어."

"사람들이 청산가리를 찾아내지 못하게 하기 위해서죠."

도트는 고개를 저었다.

"혹시 청산가리를 찾아본다 해도 남은 음식에서 찾겠지. 아니야, 자기는 사람들이 그걸 찾아내지 못하리라 생각했고, 다른 누가 소금 통을 썼다가 우연히 독살당할 거라고 생각했어."

"이유도 없이 불을 피울 필요는 없죠."

"으흠."

"공짜로 사람들을 죽일 이유도 없고요."

"아, 그 점에 대해서는 전적으로 동의해, 켈러. 하지만 그래도 난 자기가 물러지고 있다고 봐. 심장의 초커가 어쩌고 하는 것만 봐도."

"차크라예요."

"차크라. 그런데 그게 무슨 뜻이야?"

"저도 몰라요."

"거기에 에너지를 모으고 있다니 곧 알게 되겠지. 켈러, 자기는 사람이 되어가고 있어. 개를 키우기 시작한 건 시작에 불과했어. 다음에는 고래를 구하고 있겠지. 길 잃은 동물들을 데려오고 말이야. 조심해."

"말도 안 돼요."

그는 말했다. 하지만 시내로 돌아가는 기차 안에서 도트가 한 말에 대해 생각했다. 그 말에 사실인 부분이 있을까?

그렇게 생각하지는 않았지만 전적으로 확신하지는 못했다. 넬슨과 이야기해봐야 할 모양이었다.

005

켈러의 카르마

화이트 플레인스에서, 켈러는 도트와 부엌에 이십 분째 앉아 있었다. 켜져 있는 TV에는 홈쇼핑 채널이 나오고 있었다. 도트가 말했다.

"온종일 저 채널을 보는데 뭘 사지는 않아. 내가 큐빅 지르코니아•로 뭘 하겠어?"

"그러면 왜 보는 거죠?"

"나도 그게 궁금해, 켈러. 아직 답이 떠오르지 않았는데, 내가 이 방송에서 제일 좋아하는 점이 무엇인지는 알 것 같아. 계속된다는 점이야."

"계속된다?"

• **큐빅 지르코니아** _ 대표적인 모조 다이아몬드.

"끊어지지 않는다고. 흐름을 끊고 광고로 넘어가는 법이 없어."

"이건 방송 전체가 광고인데요."

"둘은 다르지."

도트가 말했다.

버저가 울렸다. 도트는 인터폰을 집어 들고 잠시 귀를 기울이더니 켈러를 향해 의미심장하게 고개를 끄덕였다.

켈러는 위층으로 올라가 노인과 십 분에서 십오 분 정도 함께 있었다. 그는 나가는 길에 부엌에 들러서 물을 한 잔 마셨다. 싱크대 앞에 서서 천천히 마셨다. 도트는 텔레비전을 보면서 고개를 젓고 있었다.

"온통 장신구뿐이야. 이런 장신구를 누가 다 사지? 그걸로 뭘 하려고?"

"저야 모르죠."

켈러가 말했다.

"뭐 물어봐도 돼요?"

"얼마든지."

"어르신은 괜찮은 건가요?"

"왜?"

"그냥 궁금해서요."

"들은 말이라도 있어?"

"아니, 그런 건 아니에요. 지쳐 보이시길래요."

"모두가 지쳤지."

도트가 말했다.

"삶은 고되고 사람들을 지치게 하지. 하지만 어르신은 괜찮아."

켈러는 기차를 타고 그랜드 센트럴 역으로 가서, 택시로 아파트에 돌아갔다. 넬슨이 입에 목줄을 물고 문앞에 나와서 그를 맞이했다. 켈러는 웃음을 터뜨리며 넬슨의 목걸이에 줄을 맸다. 전화를 몇 통 걸고 여행 일정을 잡아야 했지만 그런 일은 천천히 해도 된다. 당장은 개를 산책시키러 나갈 참이었다.

그는 강으로 향했다. 넬슨은 그곳을 좋아했는데, 따지고 보면 넬슨은 어디든 좋아하는 것 같기는 했다. 넬슨은 긴 산책에 대해 끝없는 열정을 품고 있었다. 기운이 떨어지는 법이 없었다. 사람은 개를 산책시키다가 녹초가 될 수 있지만 개는 십 분만 지나면 다시 나갈 준비가 되어 있을 것이다.

물론 개에게는 인간보다 다리가 두 배 많다는 사실을 명심해야 했다. 켈러는 그래서 차이가 난다고 생각했다.

그는 넬슨에게 말했다.

"난 여행을 가야 해. 오래 걸리지는 않을 거야. 그렇게 생각하기는 하지만 문제는 정말로 어떻게 될지는 모른다는 점이지. 가끔은 아침에 비행기를 타고 갔다가 같은 날 밤에 돌아오기도 하고 어떤 때에는 일주일까지 연장되기도 하거든. 하지만 넌 걱정할 필요 없어. 집에 돌아가자마자 앤드리아에게 전화를 걸 테니까."

앤드리아라는 이름을 듣자 개가 귀를 쫑긋 세웠다. 켈러는 예전에 다양한 견종의 지능지수 순위를 매긴 표를 본 적이 있었다. 최근 일은 아니라서 오스트레일리안 캐틀 도그가 어디쯤에 있을지 확신할 수는 없었지만 분명히 맨 위에 가까울 거라고 생각했다. 넬슨은 놓치는 것이 많지 않았다.

"어차피 앤드리아는 내일 널 산책시키러 와야 해. 네 목줄 옆에 지시 사항을 적은 편지를 붙여놓기만 해도 될지 모르지만 혹시 또 모르는 일이잖아? 집에 가자마자 호출을 해야겠다."

켈러가 말했다.

앤드리아의 주거 환경은 아직도 그녀의 직업 경력만큼 빈약했기에, 켈러가 가지고 있는 번호는 앤드리아가 돌아다닐 때 가지고 다니는 호출기 번호뿐이었다. 집에 도착하자마자 그녀의 호출기에 집 번호를 찍었다. 앤드리아는 십오 분 후에 전화를 했다.

"안녕. 제가 제일 좋아하는 오스트레일리안 캐틀 도그는 어때요?"

"넬슨은 잘 지내요. 다만 친구가 필요하겠어요. 내가 내일 아침에 여행을 가야 해서."

"얼마나 오래 걸릴지 아세요?"

"말하기 힘든데. 하루가 될 수도 있고 일주일이 될 수도 있어요. 문제가 될까요?"

앤드리아는 재빨리 문제없다고 그를 안심시켰다.

"사실은, 때맞춰 연락 주셨어요. 친구들과 같이 지내고 있었는데 잘 안 되어서요. 안 그래도 내일 나가겠다고 이야기하고 다음에는 어디로 갈까 생각하던 중이거든요. 우리가 언제나 다음에 어떻게 할지에 대한 안내를 받는다는 사실이 놀랍지 않으세요?"

"놀랍군요."

켈러는 맞장구를 쳤다.

"하지만 이건 켈러 씨가 안 계신 동안 제가 그 집에 머물러도 괜찮다고 하실 때 얘기죠. 전에도 그렇게 하기는 했지만 이번에는 달갑지 않으시겠죠."

"아니, 괜찮아요. 넬슨이 덜 적적할 텐데 왜 반대하겠어요? 당신은 집을 어지럽히지도 않고 깨끗하게 쓰는데."

"그래요, 전 집안에서 살게 길들여진 생물이에요. 넬슨과 똑같죠."

앤드리아는 소리 내어 웃다가 웃음을 그치고 말했다.

"정말 감사드려요, 켈러 씨. 제가 신세 지고 있는 친구들 말인데 사이가 썩 좋지가 않아서요. 제가 중간에 꼈어요. 여자는 질투의 화신으로 변하고, 남자는 여자에게 질투할 거리를 줘야 하는지도 모른다고 생각하고 있고, 어젯밤에 전 두 사람과 같은 공간에 있고 싶지 않아서 털이 긴 닥스훈트를 다리가 떨어져 나갈 때까지 산책을 시켰죠. 그러니까 내일 아침에 그 집을 나오면 정말 기쁠 거예요."

"그렇지, 참."

그는 충동적으로 말했다.

"뭐하러 기다려요? 오늘밤에 와요."

"내일은 되어야 떠나시잖아요."

"뭐 어때요? 오늘밤 늦게까지 저녁 약속이 있고 아침에 일어나자마자 나갈 테니까 서로 방해가 되진 않을 거예요. 앤드리아는 그만큼 빨리 친구들 집에서 나오게 되는 셈이고."

"이런. 그러면 정말 좋겠네요."

통화를 끝낸 켈러는 부엌으로 들어가서 커피를 한 잔 만들었다. 왜 그런 제안을 했을까? 확실히 그답지 않은 행동이었다. 앤드리아가 부인의 기분 나쁜 눈길과 남편의 방황하는 손에 고통받으면서 하룻밤을 더 보낸다고 한들 켈러가 신경쓸 이유가 있나?

심지어 그는 늦은 저녁 약속을 만들어내고 비행기 시간이 이르다는 주장까지 하면서 앤드리아가 제안을 받아들이게 만들었다. 아직 비행기는 예약도 하지 않았고 저녁 계획도 없는데 말이다.

비행기를 예약할 시간이었다. 저녁 계획도 만들어야 했다.

비행기는 전화 한 통으로 예약이 되었고, 저녁 계획도 그만큼 쉽게 해결되었다. 앤드리아가 줄무늬 작업복을 입고 짙은 황록색 배낭을 메고 도착했을 때 켈러는 계획에 맞추어 옷을 입고 있었다. 넬슨이 법석을 떨어대자 앤드리아는 배낭을 벗고 무릎을 꿇어 그

반응에 응답했다.

"흠. 난 자고 있을 때쯤에나 집에 올 테고 내일 아침에는 깨기 전에 떠날 테니까 지금 작별 인사를 해두죠. 넬슨의 일상 규칙이야 이미 알 테고, 어디에 무엇이 있는지도 다 알 테고……."

"정말 감사합니다."

앤드리아가 말했다.

켈러는 택시를 잡아타고 이본이라는 여자와 만나기로 약속한 식당으로 갔다. 러닝 아넥스 교육 센터의 '발트해 요리의 수수께끼를 풀어보자' 교실에서 알게 된 후에 서너 번 데이트를 한 여자였다. 두 사람 다 진짜 수수께끼는 대체 어떤 사람이 그걸 요리라고 부르는 만용을 지녔느냐는 점이라는 결론을 내렸다. 그 후로 그는 이본을 데리고 몇 군데 식당에 갔는데 그중에 발트해 지역 식당은 없었다. 오늘밤의 선택은 이탈리아 식당이었다. 그들은 이탈리아 식당에서 먹는 편이 예컨대 발트해 연안 국가인 라트비아 식당 같은 곳보다는 얼마나 좋은지에 대한 이야기를 나누면서 꽤 긴 시간을 보냈다.

그 후에 그들은 영화를 보러 갔다가 택시를 타고 켈러의 아파트에서 열여덟 블록 북쪽에 있는 이본의 아파트로 갔다. 이본은 열쇠를 문에 꽂으면서 그를 돌아보았다. 그들은 이미 잘 자라는 키스를 나눌 단계에 도달했고, 켈러는 이본이 키스를 받을 준비가 되어 있다는 사실을 알았지만, 그와 동시에 그녀가 정말로 키스를 받고 싶어 하지는 않으며 그 역시 정말로 그녀에게 키스하고 싶지는 않다는 사실을 감지했다. 두 사람 다 마늘을 먹었기 때문에 불쾌하게 하거나 불쾌해질까 봐 꺼리는 상황은 아니었다. 정확히 무엇인지는 알 수 없었지만 그는 그 느낌을 존중하기로 했다.

"음, 그럼 잘 자요, 이본."

그녀는 키스 없이 헤어진다는 사실에 잠시 놀라는 것 같았지만 재빨리 극복했다.

"그래요, 잘 가요."

그녀는 손을 뻗어 그의 손을 쥐고 동지처럼 힘주어 잡았다.

"안녕, 존."

그는 2번가를 걸으면서 영원히 안녕이라고 생각했다. 그는 두 번 다시 그녀에게 전화하지 않을 테고, 그녀도 전화가 오리라 기대하지 않을 것이다. 그들이 가진 공통점이라고는 북유럽 요리에 대한 혐오뿐이었는데 관계를 형성할 기반으로는 부족했다. 화학작용이 없었다. 그녀는 매력적이었지만 두 사람 사이에는 아무런 연결고리가 없었고 불꽃도 튀지 않았다.

사실 그런 일은 많이 일어났다.

그는 집까지 반쯤 가다가 1번가에 있는 술집에 들렀다. 저녁을 먹으면서 와인을 조금 마셨다. 아침에는 맑은 머리로 나가고 싶었기 때문에 오래 머물지는 않고 맥주만 한 병 천천히 마시면서 주크박스 음악에 귀를 기울이고 바 뒤에 있는 거울에 비친 자기 모습을 보았다.

이 얼마나 외로운 개자식이냐.

그는 거울상을 향해 말했다.

이런 생각이 들기 시작하면 집에 가야 할 시간이었다. 하지만 앤드리아가 잠자리에 들기 전에 집에 돌아가고 싶지는 않았다. 앤드리아가 언제 잘지 누가 알겠는가? 그는 한참 맥주를 마시고 집으로 가다가 커피를 한잔하러 들렀다.

겨우 집에 갔을 때는 아파트가 캄캄했다. 앤드리아는 소파에서 잠들었거나 자는 척하고 있었다. 그녀의 발치에 몸을 말고 엎드려 있던 넬슨이 일어서서 몸을 부르르 떨더니 총총걸음으로 조용히 켈러 옆에 다가왔다. 켈러는 넬슨을 데리고 침실로 들어갔다. 켈러가 침실 문을 닫자 넬슨은 목구멍 안쪽 깊숙한 곳에서 평소답지 않은 소리를 냈다. 켈러는 그 소리가 무슨 뜻인지 몰랐지만, 앤드리아가 닫힌 문 반대쪽에 있다는 사실과 관련이 있다고 생각했다.

그는 침대에 들어갔다. 개는 마치 열리기를 기다리는 것처럼 닫힌 문 앞에 섰다.

"여기야, 인마."

켈러가 말하자 개는 고개를 돌려 그를 보았다.

"이리 와, 넬슨."

넬슨은 펄쩍 뛰어서 침대에 올라와서는 의례적으로 세 번 맴을 돌고 늘 엎드리던 자리에 엎드렸다. 켈러가 보기에는 마음이 다른 곳에 있는 듯한 느낌이었지만 그래도 바로 잠들기는 했다. 결국에

보닝 나이프 Boning Knife

/

날이 휘어져 있는 작은 칼로

뼈에 붙은 살을 발라내는 데 쓴다.

는 켈러도 잠들었다.

켈러가 깨어났을 때는 개가 없었다. 앤드리아도 개 줄도 없었다. 켈러는 면도를 하고 옷을 입고 그들이 돌아오기 전에 문을 나섰다. 택시를 타고 라과디아 공항으로 갔는데 세인트루이스행 비행기가 출발할 때까지는 시간이 많이 남아 있었다.

그는 허츠 렌터카에서 포드 템포를 빌리고 데스크에 있던 여자에게 지도에 쉐라톤 호텔까지 가는 길을 그려달라고 했다.

"쇼핑몰을 지나서 바로 오른쪽으로 도세요."

그녀는 성의껏 도와줬다. 그는 쇼핑몰에서 출구로 나가서, 다시 찾을 수 있게 주의를 기울이면서 주차 공간을 찾았다. 몇 년 전에 한 번, 빌린 차를 디트로이트 교외에 있는 쇼핑몰에 주차시키면서 어디에 차를 댔는지 차가 어떻게 생겼는지 관심을 기울이지 않은 적이 있었다. 그가 아는 한 그 차는 아직도 그곳에 있었다.

그는 쇼핑몰 안을 돌면서 사냥칼을 여러 개 갖춰놓은 스포츠용품점을 찾으려 했다. 아마 하나쯤은 있을 터였다. 어디에나 있으니까 말이다. 텔레비전으로 큐빅 지르코니아를 충분히 사두지 못한 사람을 붙잡으려 드는 보석상도 몇 군데쯤 있게 마련이고 말이다. 하지만 그는 호프리츠 주방용품점을 먼저 맞닥뜨렸고, 부엌칼이 눈길을 끌었다. 그는 십삼 센티미터짜리 칼날이 달린 보닝 나이프를 골랐다.

그의 칼을 가져올 수도 있었지만 그러자면 가방을 부쳐야 했다. 그는 가급적이면 짐을 손에 들고 비행기에 탔다. 필요한 물건을 현장에서 사기는 쉬웠다. 제일 어려운 부분은 나머지 식칼 세트는 사고 싶지 않다고 점원을 설득하고, 칼을 몇 년 동안 갈지 않아도 된다고 장담하는 권유의 말을 무시하는 부분이었다. 맙소사, 그는 그 칼을 한 번 이상 쓸 생각이 없었다.

그는 포드를 찾고, 쉐라톤 호텔을 찾고, 주차 공간을 찾고, 트렁크에 여행 가방을 두고 내렸다. 칼집이 같이 있으면 좋겠지만 식칼에 칼집이 있는 경우는 드물었기에 임시변통으로 쇼핑몰 입구에 있는 페더럴 익스프레스 우편물 투입함에서 마분지 봉투를 하나 꺼내 칼을 넣었다. 그는 옆구리에 우편 발송용 봉투와 봉투 안에 숨긴 칼을 끼고 호텔 로비로 걸어 들어갔다.

그러다가 한 가지 생각이 떠올랐다.

그는 지갑에 든 종잇조각을 확인했다.

세인트루이스, 쉐라톤, 314호.

화이트 플레인스의 남자는 이렇게 말했다.

"노동조합 위원인데 아는 내용을 발설할지 모른다고 두려워하는 사람들이 있어."

얼마 전에 브롱크스에서 자금 지원을 받는 마약 재활 프로젝트 사람들이 회계사가 아는 바를 발설할까 두려워하여, 백오십 달러를 주고 십 대 청소년 둘을 고용해서 여자를 죽인 일이 있었다. 두 아이는 사무실을 떠나는 회계사를 따라 길거리를 걷다가 두 블록을 지나서 열여섯 살짜리의 총격을 머리에 먹였다. 두 아이는 이십사 시간 만에 구속되고 이틀 후에는 아이들을 고용한 천재도 잡혔다.

켈러는 싼 게 비지떡이라고 생각했다.

그는 구내전화로 가서 314번을 눌렀다. 방이 비었나 보다 싶을 만큼 오래 벨이 울리더니 어떤 남자가 받아서 말했다.

"네?"

"페덱스입니다."

켈러가 말했다.

"응?"

"페더럴 익스프레스요. 배달 왔어요."

"무슨 미친 소리야."

"314호, 맞죠? 바로 올라갑니다."

남자는 받을 물건이 없다고 항의했지만 켈러는 말이 끝나기 전에 전화를 끊고 엘리베이터를 타고 3층으로 올라갔다. 복도는 비어 있었다. 그는 314호를 찾아서 문을 힘차게 두드렸다.

"페덱스입니다."

그는 노래하듯이 외쳤다.

"배달이에요."

문 저편에서 잘 들리지 않는 소리가 울렸다. 그러더니 정적이 깔리고, 켈러가 다시 문을 두드리려 했을 때 남자가 말했다.

"이건 도대체 뭐야?"

"소포예요. 페더럴 익스프레스."

"말도 안 돼. 방을 잘못 찾았어."

"314호인데요. 소포에도 문에도 그렇게 적혀 있어요."

"실수가 있는 거야. 내가 여기 있는 줄은 아무도 모른다고."

그거야 당신 생각이지.

"받는 사람 이름이 뭐야?"

누구일까?

"알아볼 수가 없네요."

"그러면 보낸 사람은?"

"그것도 알아볼 수가 없어요. 그 줄이 통째로 엉망이에요. 보낸 사람 이름이나 받는 사람 이름이나. 그렇지만 쉐라톤 314호라고 적혀 있으니 여기에서 받으셔야죠. 맞죠?"

"말도 안 되는 소리. 그건 나한테 온 게 아니니까 더 할말 없어."

"음, 일단 서명만 해주시면 어떨까요."

켈러는 제안을 했다.

"그리고 안에 뭐가 들었는지 보신 다음에, 정말 선생님이 받을 물건이 아니라면 나중에 데스크에 두고 가시거나 저희에게 전화를 하시면 다시 가져가겠습니다.”

“그냥 문밖에 두고 가겠나?”

“그럴 수가 없어요. 서명을 받아야 합니다.”

“그러면 다시 가져가라고. 받고 싶지 않으니까.”

“수취 거부하고 싶으십니까?”

“바로 그거야. 참 빨리도 배우는군. 그래, 젠장, 거부하고 싶다고.”

“그러셔도 상관없지만 그래도 서명은 받아야 합니다. ‘거부’라는 항목에 표시를 하고 그 옆에 서명하세요.”

“돌아버리겠군. 자넬 치워버릴 방법이 그것뿐인가?”

남자는 사슬을 풀고 손잡이를 돌려 문을 살짝 열었다.

“어디에 서명하실지 보여드리죠.”

켈러가 봉투를 보이며 말하자 문이 조금 더 열렸다. 키가 크고 머리가 벗어져가고 건장한 몸에는 옷을 입지 않고 호텔 수건만 두른 남자가 나타났다. 남자가 봉투에 손을 뻗자 켈러는 보닝 나이프를 쥐고 방안으로 밀고 들어가서 남자의 갈비뼈 아래로, 심장을 향해 칼날을 위로 꺾어 밀어넣었다.

남자는 뒤로 자빠져서 흐트러진 킹사이즈 침대 발치 카펫 위에 대자로 뻗었다. 켈러는 방안이 엉망이라는 사실을 눈여겨보았다. 서랍장 위에는 열린 스카치위스키병이 놓였고 침대 양쪽 협탁에 다 마시지 않은 술잔이 있었다. 여기저기에 옷가지가 널려 있었다. 남자 옷, 여자 옷…….

여자 옷?

켈러의 눈이 닫힌 욕실 문으로 향했다. 맙소사. 번개같이 나가야 했다. 칼을 챙기고 페덱스 봉투를 집어 들고…….

욕실 문이 열렸다. 여자가 말했다.

"해리? 대체 무슨……."

그녀는 켈러를 보았다. 정면으로 쳐다보아 얼굴도 똑똑히 보았다. 금방이라도 비명을 지를 태세였다.

"심장이에요."

켈러가 외쳤다.

"이리 오세요. 도움이 필요합니다."

여자는 이해하지 못했지만, 해리가 바닥에 누워 있었고 정장을 갖춰 입은 보기 좋은 남자가 그녀 쪽으로 움직이면서 CPR과 앰뷸런스에 대해 말하면서 낮고 침착한 목소리로 안심되게 말을 걸어왔다. 잘 이해가 가지는 않았지만, 그래서 비명을 지르지도 않았다. 켈러는 순식간에 그녀에게 손이 닿을 만큼 가까이 접근했다.

여자는 거래에 포함되어 있지 않았지만, 그곳에 있었고, 자기가 있어야 할 욕실 안에 남아 있지도 않았다. 멍청한 년이 그러질 못했다. 기어코 문을 열고 나와서 그의 얼굴을 보았다. 그것으로 끝이었다.

피를 씻어내고 지문을 깨끗이 닦아낸 보닝 나이프는 호텔에서 이삼 킬로미터쯤 떨어진 빗물 배수관으로 들어갔다. 페덱스 봉투는 반으로 찢고 다시 반으로 찢어서 공항 쓰레기통에 넣었다. 포드 템포는 허츠에 돌려주고, 현금 지불로 아메리칸 항공을 타고 시카고로 갔다. 그는 오헤어 공항에 있는 놀랄 만큼 훌륭한 식당에서 긴 시간을 들여 늦은 점심을 먹은 뒤, 유나이티드 항공사에서 퇴근 시간이 한참 지난 시각에 라과디아 공항에 내릴 표를 샀다. 그는 뜨고 내리는 비행기를 바라볼 수 있는 창문이 있는 칵테일 라운지에서 시간을 죽였다. 켈러는 한동안 오스트레일리아산 라거 맥주를 마시면서 비행기를 구경하다가, 오프라 윈프리가 여섯 난쟁이 이야기를 하고 있는 텔레비전으로 관심을 옮겼다. 거의 들리지 않을 만큼 음량이 낮았는데 그래도 괜찮지 싶었다. 카메라가 가끔 훑는 관객석에는 생각지 않게 사람이 적어 보였다. 켈러는 푹 빠져서 그 프로그램을 보았지만 백설 공주에 대한 농담은 속으로도 하지 않으려 했다.

그는 같은 날 뉴욕으로 돌아가는 게 실수일까 생각했다. 앤드리아가 어떻게 생각할까?

흠, 그는 앤드리아에게 출장이 오래 걸리지 않을 수도 있다고 말했다. 게다가, 그녀가 어떻게 생각하든 무슨 상관이란 말인가?

그는 오스트레일리아산 라거를 한 병 더 마시고 비행기가 뜨는 광경을 좀더 지켜보았다. 비행기 안에서 그는 커피를 마시고 땅콩을 두 봉지 먹었다. 라과디아 공항에 돌아간 그는 첫 번째 공중전화기에 들러서 화이트 플레인스로 전화를 걸었다.

"이번엔 빨랐네."

도트가 말했다.

"식은 죽 먹기였어요."

그는 말했다.

그는 택시를 잡고, 택시 기사에게 59가 다리로 가달라고 한 다음 어떻게 가는지 길을 안내했다. 아파트에 도착한 그는 벨을 몇 번 누르고 나서 열쇠를 썼다. 넬슨과 앤드리아는 나가고 없었다. 하루 종일 나가 있는지도 모른다고 생각했다. 어쩌면 그는 여자와 개가 끝없는 산책을 하는 동안 세인트루이스에 가서 두 사람을 죽였는지도 몰랐다.

그는 샌드위치를 만들고 텔레비전을 켰다. 채널을 이리저리 돌리다가 홈쇼핑 채널 하나에서 내보내는 스포츠 수집품을 못박힌 듯이 보았다. 공, 배트, 헬멧, 모자, 셔츠, 전부 운동선수의 사인이 들어가고 진짜라는 증명서가 붙었으며 증명서는 액자에 넣기 적합하게 만들어져 있었다. 남자들을 위한 모조 다이아몬드라고, 그는 생각했다.

쇼핑 호스트가 말하고 있었다.

"블루칩이라는 말을 들으면 무슨 생각이 드십니까? 제가 무슨 생각을 하는지 말씀드리죠. 전 미키 맨틀•을 생각합니다."

켈러는 '블루칩'이라는 말을 들었을 때 무슨 생각을 했는지 잘 알 수 없었지만 미키 맨틀이 아니었다는 점은 확실했다. 켈러가 그 생각을 하고 있는데 넬슨이 방안으로 뛰어들어오고, 앤드리아가 뒤따라 들어왔다.

"텔레비전 소리를 듣고 제가 켜놓고 나간 줄 알았어요. 하지만 애초에 텔레비전을 켠 적도 없으니 어떻게 그럴 수가 있겠어요? 그다음에는 누가 침입했나 보다 생각했는데, 도둑이라면 왜 텔레비전을 켜겠어요? 도둑들은 텔레비전을 보는 게 아니라 훔치죠."

"공항에서 전화를 했어야 하는데……."

켈러가 말을 이었다.

"생각을 못 했네요."

"어떻게 된 거예요? 비행이 취소됐나요?"

"아니, 출장은 다녀왔어요. 일을 처리하는 데 시간이 별로 걸리지 않았어요."

"와."

앤드리아가 탄성을 냈다.

"음, 넬슨과 저는 언제나처럼 멋진 시간을 보냈어요. 넬슨과의 산책은 정말 즐거워요."

"이 녀석은 아주 품행이 바르죠."

켈러는 맞장구를 쳤다.

• **미키 맨틀** _ 타석을 바꿔가며 안타를 칠 수 있는 타자 중 메이저리그 역사상 최고로 꼽히는 야구 선수.

"그래서만이 아니에요. 넬슨은 열정적이에요."

"무슨 말인지 알아요."

"넬슨이 무엇에 대해서나 행복해하니까 같이 있기만 해도 기분이 좋아져요. 그리고 넬슨은 정말로 흥미가 넘쳐요. 제가 화분에 물을 주고 물고기 밥을 주러 파크 애버뉴에 있는 아파트에 갔을 때 데려갔거든요. 그 사람들은 사르데냐에 가 있어서요. 혹시 사르데냐 가보셨어요?"

"아니요."

"저도 못 가봤지만, 언젠가는 가보고 싶어요. 켈러 씨는요?"

"생각해본 적이 없군요."

"아무튼, 넬슨이 어항을 빤히 쳐다보면서 물고기가 왔다 갔다 헤엄치는 모습을 지켜보는 걸 보셨어야 해요. 혹시 어항을 놓으시겠다면 제가 설치를 도와드릴게요. 하지만 민물고기만 키우시길 추천하겠어요. 짠물 탱크는 관리하기가 골치 아프거든요."

"기억해두지요."

앤드리아는 몸을 굽혀 개를 쓰다듬은 다음 허리를 펴고 말했다.

"한 가지 여쭤봐도 될까요? 혹시 제가 오늘밤에 여기에서 자도 괜찮으세요?"

"물론이지요. 그렇게 생각하고 있었어요."

"음, 정말 괜찮으신 건지 알 수가 없네요. 하지만 다른 곳을 알아보기에는 조금 늦어서요. 여행을 하신 후니까 혼자 있고 싶으시진 않은지……."

"그렇게 오래 떠나 있지도 않았는데요, 뭘."

"정말 괜찮으세요?"

"그럼요."

그들은 앤드리아가 만든 핫 초콜릿을 마시면서 함께 텔레비전을 보았다. 프로그램이 끝나자 켈러는 넬슨을 데리고 늦은 산책을 나갔다.

"너 정말 어항을 갖고 싶으냐?"

그는 개에게 물었다.

"내가 텔레비전을 가질 수 있다면 너도 어항을 가질 수 있어야겠지. 하지만 네가 일주일이 지난 후에도 어항을 열심히 볼까? 아니면 싫증을 낼까?"

그게 개들의 좋은 점이라고 그는 생각했다. 개들은 사람처럼 싫증을 내지 않았다.

그는 몇 블록을 걸은 후에 저도 모르게 넬슨에게 세인트루이스에서 있었던 일을 이야기하고 있었다.

"여자에 대해서는 아무 말도 못 들었어. 호텔 명부에 등록되지도 않았겠지. 남자의 아내는 아닌 것 같았으니까. 공식적으로는 그곳에 없는 사람이었을 거야. 그래서 문을 열기 전에 여자를 욕실에 들여보낸 거고, 그래서 처음에 문을 열지 않으려고 했던 거야. 여자가 일 분만 더 욕실 안에 있었어도……."

하지만 그랬다고 치면? 여자는 켈러가 호텔을 빠져나가기 전에 죽어라 비명을 질렀을 테고, 경찰에 상당한 정보를 줄 수도 있었다. 우선 살인자가 그 방에 어떻게 들어갔는지부터.

그는 일이 그렇게 돌아가서 다행이라는 결론을 내렸다. 그래도 그 일은 마음에 맺혔다. 의뢰인은 여자에 대해 아무 말도 해주지 않았다.

욕실은 하나뿐이었다. 앤드리아가 먼저 이용했다. 샤워 소리가 들리다가 멈추더니 앤드리아가 목부터 발목까지 덮는, 특별히 모양이 잡혀 있지 않은 분홍색 플란넬 잠옷을 입고 나타났다. 켈러는 그녀의 발톱이 각기 다른 색깔로 칠해져 있다는 사실에 주목했다.

켈러는 샤워를 하고 가운을 걸쳤다. 앤드리아는 소파에서 잡지를 읽고 있었다. 잘 자라고 서로 인사를 나눈 뒤 그는 넬슨에게 혀를 찼다. 개는 그를 따라 침실로 들어갔다. 문을 닫자 개는 또 지난번과 같은 소리를 냈다.

그는 가운을 벗고 침대에 들어가서 옆자리를 툭툭 쳤다. 넬슨은 문 앞에서 목구멍 안쪽으로 소리를 냈다. 이번에는 조금이나마 더 고집스러운 소리였다.

"나가고 싶으냐?"

넬슨은 꼬리를 흔들었는데 켈러는 그것이 긍정의 답이라고 생각할 수밖에 없었다. 문을 열자 개는 거실로 나갔다. 그는 문을 닫고 질투심이 일어나는지 판단을 해보려고 하면서 침대로 돌아갔다. 어쩌면 넬슨이 그보다 그녀와 같이 있고 싶어 한다는 이유로 앤드리아를 질투할 수도 있지만, 그만큼이나 개를 질투할 수도 있다는 생각이 떠올랐다. 넬슨은 앤드리아와 같이 잘 수 있고 켈러는 그럴 수 없으니까 말이다.

작은 분홍색 발가락, 각기 다른 색이 칠해진 발톱…….

켈러가 아직 생각을 정리하고 있는데 문이 열리더니 개가 총총히 들어왔다.

"켈러 씨와 같이 있고 싶어 하네요."

앤드리아가 그렇게 말하고는 켈러가 답을 생각해내기도 전에 문을 닫았다.

정말 그럴까? 넬슨은 자기가 뭘 원하는지 모르는 눈치였다. 켈러의 침대에 펄쩍 뛰어올라서 한 번 두 번 돌더니 바닥으로 뛰어내려서 문으로 갔다. 넬슨은 다시 끙끙거리는 소리를 냈고, 이번에는 그 소리가 애처롭게 들렸다.

켈러는 일어나서 문을 열었다. 넬슨이 문가로 움직이더니 문지방 중간에 몸을 걸쳤다. 켈러는 문으로 몸을 내밀고 말했다.

"아무래도 닫힌 문에 신경쓰는 모양인데. 열어놔도 될까요?"

"그럼요."

그는 문을 빠끔히 열어두고 침대로 돌아갔다. 넬슨은 그 기회를 잡아서 거실로 나갔다. 그리고 잠시 후에 침실로 돌아왔다. 또 잠시 후에는 거실로 나갔다. 켈러는 생각했다. 왜 개가 마치 산부인과 대기실에서 아기를 기다리는 아버지처럼 굴까? 저렇게 왔다갔다하는 이유가 뭘까?

켈러는 사르데냐 섬만큼이나 잠에서도 멀리 떨어진 기분으로 눈을 감았다. 그는 생각했다. 왜 앤드리아는 사르데냐 섬에 가고 싶어 할까? 정어리• 때문에? 그렇다면 코르셋을 사러 코르시카 섬에 들르고, 마카로니를 먹으러 엘바 섬에 갈 수도 있겠지. 그리고 매 때문에 몰타 섬에 가고, 바보 때문에 크레테 섬에 가고…….

겨우 잠이 들락 말락 하는데 개가 돌아왔다.

"넬슨, 도대체 왜 그러는 거냐? 응?"

그는 손을 뻗어 개의 귀 뒤를 긁었다.

"넌 착한 녀석이잖아. 아, 그렇고말고. 착한 녀석이지만 제정신은 아니야."

문을 두드리는 소리가 났다.

그는 침대에 일어나 앉았다. 물론 앤드리아였다. 문은 열려 있었다. 그의 주의를 끌기 위해 두드렸을 뿐이었다.

"넬슨이 누구와 같이 있고 싶은지 결정을 못 하네요. 아무래도 전 짐을 싸서 나가야 할까 봐요."

"아니."

그는 앤드리아가 떠나기를 바라지 않았다.

"아니, 가지 마요."

"그렇다면 머무르는 게 좋겠네요."

앤드리아가 방안으로 들어왔다. 방으로 들어오기 전에 거실에 불을 켜두었던 모양인데, 역광이라 그녀가 잘 보이지는 않았다. 분홍색 플란넬 옷은 불투명했기 때문에 앤드리아의 몸매를 전혀 알아볼 수 없었다. 그런데 앤드리아가 한 동작만에 머리 위로 옷을 끌어올려 옆으로 던졌고, 이제는 몸매를 완전히 알아볼 수 있었다.

"이건 큰 실수라는 느낌이 들지만, 상관없어요. 그냥, 상관없어요. 무슨 뜻인지 아세요?"

"무슨 뜻인지 정확히 알아요."

켈러가 말했다.

그는 나중에 말했다.

"그러고 보니 내가 넬슨을 부추겼다고 생각할 것 같은데. 나도 공을 가로챌 수 있었으면 좋겠지만, 맹세코 넬슨 생각이었어요. 논리 문제에 나오는, 두 건초 더미 사이에서 결정을 짓지 못하는 당나귀 같더군요……. 그 당나귀는 어느 쪽을 선택했을까요?"

앤드리아가 아무 말 없기에 켈러가 자세히 들여다보니 울고 있었다. 맙소사, 그가 속상할 만한 말을 했던가?

"앤드리아? 뭐가 잘못됐어요?"

앤드리아는 일어나 앉아서 가슴 아래로 팔짱을 꼈다.

"그냥 무서웠어요."

● **정어리** _ 정어리의 영어명은 sardine으로, 사르데냐 섬에서 온 이름이라는 설이 있다.

"뭐가요?"

"당신이요."

"내가?"

"날 해치진 않을 거라고만 해줘요. 그래줄 수 있죠?"

"내가 당신을 왜 해치겠어요?"

"모르죠."

"음, 왜 그런 말을 하죠?"

"아, 신이시여."

그녀는 손을 입가로 가져가서 손가락을 씹었다. 손톱에는 아무것도 바르지 않았다. 색칠은 발톱에만 했다. 흥미롭게도.

"누군가와 사귈 때는 전적으로 정직해야 하죠."

"응?"

"이게 사귀는 거라는 얘긴 아니에요. 그냥 한 번 같이 잤을 뿐이죠. 그렇지만 전 우리가 정말로 관계를 맺었다고 느꼈어요. 그렇게 생각하지 않으세요?"

켈러는 앤드리아가 무슨 이야기를 하려는 걸까 궁금했다.

"그러니까 정직해야죠. 있죠, 전 당신이 뭘 하는지 알아요."

"내가 뭘 하는지 알다니?"

"출장 여행에서요."

말이 되지 않았다. 어떻게 앤드리아가 무엇인가를 알 수 있단 말인가?

"말해봐요."

"말하기가 무서워요."

맙소사, 정말로 아는지도 모르겠다.

"어서. 무서워할 것 없어요."

"당신은……."

"어서."

"당신은 암살자예요."

이런.

"왜 그렇게 생각해요?"

"생각하는 게 아니에요. 그냥 알아요. 어떻게 아는지는 저도 몰라요. 당신을 만난 날 바로 알았던 것 같아요. 에너지의 느낌 때문이었겠죠. 딱 잘라 말할 수는 없지만, 에너지가 있긴 있거든요."

"오."

"전 사람들에 대해 여러 가지를 감지해요. 제발 절 해치지 마세요."

"난 절대로 당신을 해치지 않아요, 앤드리아."

"진심이신 줄 알아요. 부디 실제로도 그렇게 되길 빌어요."

그는 잠시 생각해보고 말했다.

"나에 대해 그렇게 생각한다면, 아니면 그렇게 안다면…… 뭐라고 표현하든 간에, 그리고 내가…… 당신을 해칠지도 모른다고 두려워한다면……."

"그런데 왜 침실에 들어왔느냐고요?"

"그래요. 왜 그랬어요?"

앤드리아는 그의 눈을 똑바로 보고 말했다.

"그럴 수밖에 없었어요."

그는 가슴 한가운데에 묘한 느낌을 받았다. 마치 심장을 죄고 있던 강철 끈이 뚝 끊어져 떨어져나간 듯한 느낌이었다. 그는 손을 뻗어 앤드리아를 자리에 눕혔다.

침대 옆 바닥에서는 넬슨이 어린 양처럼 자고 있었다.

아침에 두 사람은 넬슨을 같이 산책시켰다. 켈러는 신문을 사고 우유 한 통을 집었다. 아파트로 돌아간 그는 커피를 한 주전자 끓이고 앤드리아는 식탁에 아침을 차렸다.

그는 말했다.

"저기, 내가 이런 일에 능숙하지는 않지만, 꼭 해야 할 말이 있어요. 첫 번째는 날 두려워할 이유는 전혀 없다는 거예요. 일은 일이고, 생활은 다른 문제예요. 나에겐 당신을 해칠 이유가 없고, 설령 이유가 있다 해도 해치지 않을 거예요."

"알아요."

"오?"

"어젯밤에는 무서웠죠. 지금은 무섭지 않아요."

"오. 흠…… 또 하고 싶은 말은, 지금 당장 당신에겐 머물 곳이 없다는 사실을 알고 있고, 내 입장에서는 당신이 원하는 만큼 여기에서 지내도 된다는 거예요. 사실은 여기에서 지낸다면 좋겠어요. 원한다면 소파에서 자도 괜찮아요. 넬슨이 허락한다면 말이지만……. 그 녀석이 허락할지는 잘 모르겠군."

앤드리아가 답변을 고민하고 있는데 전화가 울렸다. 그는 얼굴을 찌푸리고 전화를 받았다.

도트였다. 그녀는 할머니 같은 떨리는 목소리로 말했다.

"젊은이. 친절을 베풀어 늙은 도러시 아줌마에게 한번 찾아와줬으면 좋겠는데."

그는 기억을 상기시켰다.

"얼마 전에 갔는데요. 일이 빠르고 쉬웠다고 해서 업무 사이에 약간 시간을 둘 필요가 없다는 뜻은 아니에요."

도트는 평소 목소리로 말했다.

"켈러. 다음 열차를 타고 와, 알았지? 급한 일이야."

"급하다뇨?"

"문제가 있어."

"무슨 뜻이에요?"

"식은 죽 먹기라던 말 기억해?"

"그런데요?"

"죽이 엎어졌어. 알아들어?"

도트가 말했다.

화이트 플레인스 역에는 아무도 마중을 나와 있지 않기에 그는 택시를 타고 톤턴 플레이스에 있는 빅토리아풍 저택으로 갔다. 도트가 베란다에서 기다리고 있었다.

"좋아. 보고해."

"도트에게요?"

"그러면 내가 어르신에게 보고할 거야. 그러길 원하셔."

켈러는 어깨를 으쓱이고 보고를 했다. 어디로 갔으며, 무엇을 했는지. 몇 문장으로 끝나는 이야기였다. 보고를 끝낸 그는 잠시 사이를 두고 말했다.

"여자는 거기 있으면 안 되는 거였어요."

"남자도 마찬가지였어."

"어째서요?"

"자긴 엉뚱한 사람들을 죽였어. 여기서 기다리겠어, 켈러? 예하께 이 보고를 전달해야 하거든. 커피를 마시고 싶으면 부엌에 새로 뽑은 커피 주전자가 있어. 흠, 비교적 새로 뽑았다고 해야 하려나."

켈러는 베란다에 남았다. 그네 형태의 구식 흔들의자가 하나 놓여 있기에 앉아서 왔다 갔다 몸을 흔들었지만 상황을 생각하면 너무 경망스러운 행동 같았다. 그는 의자로 옮겨 앉았지만 안절부절못하느라 가만히 앉아 있을 수가 없었다. 도트가 돌아왔을 때 그는 서 있었다.

도트가 말했다.

"314호라고 했지?"

켈러가 대답했다.

"제가 간 방도 314호였어요. 1층에서 전화를 해본 방도 거기였고, 문에 번호도 적혀 있었어요. 쉐라톤 호텔 314호요."

"엉뚱한 방이었어."

"받아 적었어요. 번호를 알려주길래 받아 적었다니까요."

"혹시 쪽지를 갖고 있진 않겠지?"

"아, 그럼요. 저야 뭐든 간직해두죠. 보닝 나이프와 피해자의 시계와 지갑과 함께 커피 테이블 위에 올려놨고말고요. 아니요, 당연히 쪽지는 없애버렸죠."

"물론 그랬겠지만 이번만은 예외를 두었다면 좋았을 거야. 그, 지정된 피해자는 502호에 있었어."

그는 얼굴을 찌푸렸다.

"비슷하지도 않은 숫자잖아요. 어떻게 된 거죠, 방을 바꿨나요? 제가 이름이나 사진만 받았어도……."

"알아. 남자는 방을 바꾸지 않았어."

"도트, 제가 잘못 받아 적었다니 믿을 수가 없어요."

"나도 그래, 켈러."

"제가 숫자 하나를 틀렸다거나 순서를 거꾸로 적었다면 또 모르지만, 502호를 314호로 바꿨다는 건……."

"314가 무슨 숫자인지 알아, 켈러?"

그는 몰랐다.

"세인트루이스의 지역 번호야."

"지역 번호요? 전화번호에 들어가는?"

"전화번호에 붙는 지역 번호."

"이해가 가질 않는데요."

도트는 한숨을 내쉬었다.

"최근에 생각이 많으시긴 했어. 계속 긴장 상태였지. 그러니까 자기와 나 사이에서만 말인데……."

맙소사, 켈러가 누구에게 말을 하겠는가?

"어르신이 엉뚱한 종이를 보고 자기에게 방 번호가 아니라 지역 번호를 알려줬을 거야."

"피곤해 보인다고 생각하기는 했어요. 제가 말까지 할 정도로."

"난 자기에게 삶은 사람들을 지치게 만드는 법이라고 했지. 정확하게 기억하는지는 모르겠지만. 우리 둘 다 옳았어. 어쨌든 자기는 털사로 가야 해."

"털사?"

"표적이 사는 곳이 털사야. 나머지 회의 일정을 취소하고 오늘 오후에 집으로 간 모양이야. 우연인지 아니면 두 층 아래에서 일어난 일 때문에 겁먹었는지는 잘 모르겠어. 의뢰인은 털사에서 치고 싶어 하지 않았지만 이제는 선택의 여지가 없네."

"방금 일을 했는데 다시 해야 하는 거군요. 여자가 욕실에서 튀어나왔을 때 하나 가격에 둘이 되더니 이젠 하나 가격에 셋이네요."

"꼭 그렇지도 않아. 어르신은 이 일로 체면을 잃지 않아야 해, 켈러. 그러니까 자기가 잘못한 거고 이제 실수를 바로잡으러 가는 걸로 할 거야. 이 모든 일이 과거사가 되면 크리스마스 양말에 약간의 선물이 들어가긴 하겠지."

"크리스마스요?"

"그냥 표현이 그렇다는 거야. 보너스가 있다는 말이야. 크리스마스까지 기다릴 필요는 없어."

"의뢰인이 보너스를 낸다는 건가요?"

"난 자기가 보너스를 받을 거라고 했지 의뢰인이 낸다고는 하지 않았어. 털사야. 공항에 누가 마중을 나와서 도시를 안내하고 표적을 알려줄 거야. 털사에 가본 적 있어?"

"아닐걸요."

"자기 마음에 들 거야. 거기 살고 싶을걸."

살기는커녕 가고 싶지도 않았다. 그는 베란다 계단을 반쯤 내려가다가 몸을 돌려 계단을 다시 밟고 올라가서 말했다.

"314호에 있던 남자와 여자 말인데, 누구였어요?"

"누가 알겠어? 거너 루스벤이 아니었다는 것만은 말해줄 수 있지만."

"루스벤이 털사에서 제가 찾을 사람이에요?"

"그렇기를 빌자. 314호에 있던 한 쌍에 대해서 말하자면, 이름은 몰라. 남자는 그 지역 사업가로 드라이클리닝 공장인지 뭔지의 주인이었어. 여자에 대해서는 아무것도 몰라. 둘 다 결혼을 했는데 서로 결혼한 사이는 아니었어. 그러니까 자기는 낮 공연 현장을 방해한 거지."

"그래 보이더군요."

"그리고 막을 내려버렸지. 세상 참 신기하지?"

"남자 이름은 해리였어요."

"그렇다니까, 거너 루스벤은 아니었다고 했잖아. 뭐가 문제야, 켈러? 꽃다발이라도 보낼 생각은 아니겠지?"

그는 앤드리아에게 말했다.

"이번에는 좀더 오래 떠나 있을 거예요. 어딘가로…… 가서 어떤 일을…… 처리해야 해서."

"넬슨은 제가 돌볼게요. 돌아오셨을 때는 우리 둘 다 여기에 있을 거예요."

앤드리아가 말했다.

비행기는 뉴어크에서 출발했다. 그는 가방을 싸고 공항까지 타고 갈 차를 빌리기 위해 임대 회사에 전화를 했다.

그는 말했다.

"거슬려요?"

"당신이 하는 일이요? 제가 하는 일이라면 신경이 쓰였을 테지만 어차피 못 할 테니까 그건 핵심을 벗어난 얘기겠죠. 당신이 그 일을 한다는 점이 거슬리느냐 하면, 그렇진 않아요. 당신의 일이니까요."

"잘못이라고 생각하지 않는다?"

앤드리아는 생각해보고 대답했다.

"당신에게는 잘못된 일 같지 않아요. 전 그게 당신 카르마라고 생각해요."

"운명 같은 거 말인가요?"

"비슷해요. 카르마는 이번 생애에서 배워야 할 교훈을 배우기 위해 해야 할 일이에요. 알죠, 우린 여기에 한 번만 오는 게 아니에요. 여러 생애를 살죠."

"그걸 믿어요, 흠?"

"믿음이라기보다는 앎의 문제예요."

"오."

카르마라.

"내가 가서 만나는 사람들은 어때요? 그것도 그 사람들 카르마인가?"

"켈러 씨에게는 그게 말이 안 되나요?"

"모르겠군요. 생각해봐야겠어."

카르마에 대해 생각할 시간은 많았다. 그는 거너 루스벤 사건을 종결할 기회를 잡기까지 오 일 동안 털사에 있었다. 조엘이라는 이름의 눈이 슬픈 젊은이가 공항으로 마중을 나와서 시내를 안내했는데, 안내에는 루스벤의 교외 집과 시내에 있는 사무실이 포함되었다. 루스벤은 이천 제곱미터 정도 되는 땅에 지은 튜더 양식을 흉내낸 이 층짜리 주택에 살았고, 법정에서 한 블록 떨어진 곳에 있는 그레이트 사우스웨스턴 은행 건물에 사무실을 두었다. 그런 다음에 조엘은 공항에서 이 킬로미터 떨어진 구역에 밀집해 있는 수십 개의 모텔 중 하나인 올 아메리칸 인으로 차를 몰았다.

"올 아메리칸이라고 이름을 붙인 건 인디언 소유가 아닌 줄 알게 하기 위해서죠."

조엘이 말했다.

"아메리칸 원주민 말고, 인도에서 온 인디언요. 여기 대부분의 모텔이 인도 사람 소유거든요. 그래서 여기 이 모텔 주인들은 이름을 올 아메리칸으로 바꿨고, 백 퍼센트 미국인들이 소유하고 운영하고 있다는 사실을 알리는 커다란 간판까지 걸었더랬어요."

"누가 그 간판을 내리게 만든 겁니까?"

조엘은 고개를 저었다.

"일 년쯤 후에 그 사람들은 모텔을 팔았는데 새 주인들이 그 간판을 내렸지요."

"간판에 담긴 암시가 싫었던 건가요?"

"천만에요. 그냥, 새 주인들은 인도인이거든요. 하지만 괜찮은 모텔이고, 로비를 거칠 필요도 없어요. 사실 이미 숙박계도 작성해 놓았고 일주일 치 요금도 선불로 해뒀습니다. 그러는 편을 좋아하실 것 같아서요. 이게 방 열쇠, 이건 자동차 열쇠입니다. 저쪽, 끝에서 세 번째에 있는 토요타예요. 등록증은 글러브 박스 안에 있고, 소형 22구경 자동 권총도 같이 있습니다. 그보다 더 무거운 화기를 원하신다면 말씀만 하세요."

켈러는 그 정도면 괜찮다고 대답했다. 조엘이 말했다.

"방에 자리를 잡은 뒤에 배가 고프시면 뭔가 드시는 게 어떨까요. 왼쪽 길 건너편에 있는 시즐러가 나쁘지 않습니다. 대충 두 시간 후에 모시러 올 테니 여기까지 보러 오신 친구를 슬쩍 엿보기로 하죠."

조엘은 예정대로 그를 데리러 왔다. 그들은 시내로 달려가서 시간제 주차장에 차를 세우고 루스벤의 사무실이 있는 건물 로비에 앉았다. 이십 분 후에 조엘이 말했다.

"엘리베이터에서 내리는 사람입니다. 글렌 체크 정장에 뿔테안경, 알루미늄 서류 가방을 들었네요. 현대적인 느낌을 줄지는 모르지만 저라면 언제나 진짜 가죽 가방을 들겠어요."

켈러는 찬찬히 살펴보았다. 루스벤은 키가 크고 호리호리했으며, 콧대가 날카롭고 턱이 뾰족했다. 켈러가 말했다.

"저 사람이 확실해요?"

"그럼요. 확실하고말고요. 왜요?"

"확인해본 겁니다."

조엘은 그를 다시 올 아메리칸 인까지 태워다 주고 여러 장소가 표시된 털사 지도를 건넸다. 올 아메리칸 인, 루스벤의 집, 루스벤의 사무실, 그리고 조엘이 끝내준다고 추천하는 도시 남쪽에 있는 식당까지. 그는 또한 켈러에게 전화번호가 적힌 종이도 건넸다.

"뭐든 원하시면요. 여자를 원하시거나, 카드놀이에 끼고 싶으시거나, 닭싸움을 보고 싶으시거나 하면 그 번호로 전화만 하시면 제가 처리하죠. 닭싸움 보신 적 있나요?"

"없어요."

"보고 싶으세요?"

켈러는 생각해보고 대답했다.

"아닐걸요."

"음, 혹시 마음이 바뀌거든 알려만 주세요. 뭘 원하시든지요."

조엘은 머뭇거렸다.

"제가 많은 존경심을 품고 있다는 말을 꼭 해야겠네요."

그는 말하면서 켈러의 눈을 피했다.

"저는 그런 일은 못 할 것 같아요. 그만한 담력이 없어요."

켈러는 방으로 가서 침대에 대자로 누웠다. 담력이라. 담력이 대체 어디에든 무슨 상관이 있단 말인가?

그는 엘리베이터에서 내리던 키 크고 호리호리한 루스벤에 대해 생각하다가 왜 그 남자의 외모가 거슬렸는지 깨달았다. 루스벤은 켈러가 예상하던 외모가 아니었다. 314호의 해리와는 전혀 닮지 않았다.

루스벤은 자기가 표적인 줄 알았을까? 토요타를 타고 돌아다니면서 남자를 지켜본 켈러는 분명히 눈치챘다고 판단했다. 루스벤은 확실히 경계 태세였다. 경계심을 해결하려면 무뎌지도록 놓아두는 게 좋을 것이다. 며칠만 평화롭고 조용하게 보내면 루스벤도 평상시처럼 돌아갈 가능성이 높았다. 해리와 해리의 애인은 질투에 빠진 남편에게 살해당했다는 결론을 내리고, 경계를 푼 뒤 목을 내밀 것이다. 그러면 켈러는 일을 끝내고 집에 갈 수 있겠지.

권총은 괜찮아 보였다. 세 번째 날 오후 그는 시골로 차를 몰고 나가서 권총에 탄창을 끼우고 '소떼 주의'라고 적힌 표지판에 대고 탄창을 비웠다. 총탄은 하나도 표지판을 맞히지 못했지만 그는 총에 문제가 있다고 생각하지 않았다. 거리가 십 미터도 넘게 떨어져 있었고, 표지판은 길이가 삼십 센티미터도 되지 않았다. 켈러의 사격 실력은 그다지 훌륭하지 않았지만, 굳이 사격을 잘하지 않아도 되도록 살아왔다. 사람 뒤로 걸어가서 뒤통수에 총구를 갖다 대고 방아쇠만 당기면 그만이었다. 명사수가 될 필요가 없었다. 필요한 것은 그저…….

무엇일까? 카르마? 담력?

탄창을 갈아끼우고 이번에는 진짜로 맞히려고 노력하자 실제로 두 발이 표지판을 맞혔다. 사람이 진심을 기울이면 할 수 있는 일이란 놀랍기도 하지.

시간을 보낼 방법을 찾는 부분이 더 어려웠다. 그는 영화를 보러 갔고, 쇼핑몰을 걸었고, 텔레비전을 많이 보았다. 조엘의 번호가 있었지만 건 적은 없었다. 그는 여자를 원하지도 않았고, 카드놀이를 하거나 닭싸움을 볼 기분도 아니었다.

그는 뉴욕에 전화를 걸고 싶은 충동과 계속 싸웠다.

홈쇼핑 채널 중 하나에서 어떤 여자가 열정적으로 말했다.

"우리 둘 다 아는 사실이 하나 있는데, 귀고리는 아무리 많아도 넘치는 법이 없다는 사실이죠."

켈러는 그 대사를 머릿속에서 몰아낼 수가 없었다. 그게 문자 그대로 사실일까? 귀고리가 천 쌍, 아니면 만 쌍 있다고 해보자. 백만 쌍이 있다고 해보자. 그래도 너무 많다고 여겨지지 않을까?

314호에 있던 여자는 귀고리를 하지 않은 상태였지만 침대 협탁에 한 쌍이 놓여 있기는 했다. 집에는 얼마나 많았을까?

드디어 어느 날 아침 그는 새벽에 일어나서 샤워를 하고 면도를 했다. 가방을 싼 뒤 모텔방에 남긴 지문을 지웠다. 돌아올 필요가 없도록 방을 나갈 때마다 하는 일이었지만, 오늘 아침에는 일을 처리할 때가 왔다는 느낌이 들었다. 그는 루스벤의 집으로 차를 몰고 가서 갓돌 모퉁이에 세웠다. 그리고 옆길로 걸어서 그 집 사설 도로와 마당을 통과하고, 일 미터 높이의 철책 울타리를 타넘은 후 창문 하나를 억지로 열어서 루스벤의 차고로 들어갔다. 차고 안에 있는 자동차는 잠겨 있지 않았다. 뒷좌석에 들어가서 끈기 있게 기다렸다.

마침내 차고 문이 열리는 순간 켈러는 눈에 띄지 않게 몸을 움츠렸다. 루스벤이 차문을 열고 운전석에 탔다.

켈러는 천천히 몸을 바로 했다. 루스벤은 열쇠를 더듬거리면서 시동을 켜지 못하고 있었다. 이자가 정말 루스벤일까?

맙소사, 정신 차려. 아니면 누구겠어?

켈러는 남자의 귀에 총구를 갖다 대고 탄창을 비웠다.

"아름답네요."

앤드리아가 말했다.

"선물을 사 올 필요는 없었는데."

"알아요."

"그렇지만 사다 줘서 기뻐요. 마음에 들어요."

"무슨 선물을 해야 할지 몰랐어요. 뭘 가지고 있는지 모르니까. 하지만 귀고리는 아무리 많아도 넘치지 않는다고 생각했지."

"정말 맞는 말이에요. 그걸 아는 남자는 많지 않죠."

켈러는 앤드리아의 말에 히죽거리지 않으려고 노력했다.

"당신이 없는 동안, 그때 했던 말에 대해 생각을 해봤어요. 제가 여기에서 지냈으면 좋겠다는 말요. 하지만 전 지금도 당신이 그런 기분인지, 아니면 뭐랄까, 그날 아침에만 그런 기분이었던 건지 알아야 해요."

"여기에 있으라고 하고 싶네요."

"음, 저도 그러고 싶어요. 당신 에너지 주위에 있으면 좋아요. 당신의 개도 좋고 당신의 아파트도 좋고 당신도 좋아요."

"보고 싶었어요."

"저도 보고 싶었어요. 하지만 당신이 없는 동안 여기에 있으면서 당신의 공간에 살면서 당신 개를 돌보는 일도 좋았어요. 고백할 게 하나 있는데요. 당신 침대에서 잤어요."

"이런, 맙소사. 달리 어디에서 자려고 했는데요?"

"소파요."

켈러가 지긋이 바라보자 앤드리아는 얼굴을 붉혔다. 켈러가 말했다.

"떠나 있는 동안 당신 발가락에 대해 생각했어요."

"제 발가락요?"

"전부 다른 색으로 칠한."

"아."

앤드리아가 말을 이었다.

"음, 어느 색을 칠할지 결정하기가 힘들었는데, 신이 색깔을 결정하기 힘들었을 때 무지개를 만드셨다는 생각이 떠올랐어요."

"무지개 발가락."

켈러는 말했다.

"작은 분홍색 무지개 발가락을 하나씩 차례로 입에 넣고 싶은데. 어떻게 생각해요?"

"아."

나중에 그는 말했다.

"누군가가 실수로 살해당했다고 쳐봐요."

"어떻게 그런 일이 있을 수 있어요?"

"지역 번호가 방 번호로 둔갑했다고 쳐요. 사람의 실수든 컴퓨터의 실수든 간에. 실수는 일어나니까."

"아니에요."

"아니라고?"

"사람들은 실수를 하죠. 하지만 실수 같은 건 없어요."

"어떻게 그래요?"

"사람은 실수를 저지를 수 있어요. 아령을 크게 휘둘렀는데 창밖으로 날아가버릴 수가 있죠. 그렇다면 실수를 저지른 경우일 거예요."

"그렇겠지요."

"그런데 누가 다음 블록에 있는 집을 찾다가 여기에서 잘못 택시에서 내릴 수가 있어요. 그때 아령이 떨어지는 거죠. 그 사람은 실수를 했어요."

"마지막 실수겠네요."

"평생 마지막이죠."

그녀는 맞장구를 쳤다.

"그러니까 둘 다 실수를 저질렀는데 큰 그림을 보면 실수 같은 건 없었어요. 그 사람은 아령에 맞고 죽어야 했던 거예요."

"실수가 아니라고?"

"실수가 아니에요. 그렇게 될 일이었으니까요."

"하지만 그렇게 될 일이 아니었다면……."

"그렇다면 그런 일이 일어나지 않았겠죠."

"일어난 일이라면, 일어나야 할 일이었다?"

"맞아요."

"카르마?"

"카르마죠."

"작은 분홍 발가락, 당신이 여기 있어줘서 기뻐요."

켈러가 말했다.

006

빛나는 갑옷을 입은 켈러

전화가 울렸을 때, 켈러는 《타임스》의 십자말풀이를 끝내고 있었다. 오늘은 모든 칸을 채울 수 있을 것 같았다. 사실 그런 날이 그렇지 않은 날보다 많았지만 일주일에 한두 번은 실패하기도 했다. 네 글자짜리 브라질 나무와 다섯 글자짜리 구세계 유대목 동물이 교차한다거나 하면 쩔쩔맬 수밖에. 십자말풀이 칸을 다 채운다고 일진이 좋거나, 채우지 못한다고 일진이 나쁘지야 않았지만 신경이 쓰이는 일이기는 했다.

그가 연필을 내려놓고 수화기를 들자 도트가 말했다.

"켈러, 얼굴 본 지 한참 됐네."

"바로 갈게요."

그는 그렇게 말하고 전화를 끊었다. 그는 도트 말대로라고 생각했다. 도트를 본 지 한참이 지났으니 슬슬 켈러가 화이트 플레인스에 찾아갈 때도 됐다. 노인이 몇 달 동안 일거리를 주지 않았다고 해서, 십자말풀이만 하면서 앉아 있다가는 녹이 슬 수가 있었다.

돈은 아직 꽤 있었다. 켈러는 잘살았다. 퀸즈버러브리지가 보이는 1번가의 좋은 아파트에 살고, 좋은 옷을 입고, 괜찮은 식당에 갔다. 하지만 술 취한 선원처럼 돈을 써대지는 않았다. 오히려 안전금고에 맡기고 여러 다른 이름으로 계좌를 열어서 돈을 저축하는 편이었다. 궂은 날이 올 때를 대비한 우산 정도는 있었다.

그렇지만 건강보험이 있다는 이유만으로 앓아눕기를 고대할 사람이 있겠는가.

그는 손을 뻗어 넬슨의 귀 뒤를 긁어주며 말했다.

"착하지. 여기에서 기다려라. 집 잘 지키고, 알았지?"

켈러가 문을 아직 닫지 않았을 때 전화가 다시 울렸다. 울리게 내버려둘까? 아니, 받는 편이 낫겠지.

또 도트였다.

"켈러, 내 전화를 끊은 거야?"

"말씀 다 하신 줄 알았어요."

"왜 그렇게 생각했지? 난 안녕이라고 했지, 이만 끊겠다고 하지 않았는데."

"안녕이라고 하진 않았죠. 본 지 한참 됐다고 했지."

"그 말이 끊겠다는 말보다는 안녕이라는 말에 가깝잖아. 흠, 그건 그렇다 치고. 중요한 건 자기가 집을 나서기 전에 잡았다는 거야."

"아슬아슬했습니다. 문밖에 발을 딛던 참이었어요."

"바로 다시 건다고 걸었는데, 동전을 구하느라 시간을 한참 잡아먹었지 뭐야. 여기에서는 일 달러를 동전으로 바꿔줄 수 있냐고 물어보면 무슨 숨겨진 의도라도 있느냐는 듯이 쳐다본다니까."

동전이라니? 도트에게 왜 동전이 필요할까?

"있잖아, 그 집에서 네 블록 떨어진 곳에 주세페 조스라는 작은 이탈리아 음식점이 있거든. 어느 길인지는 묻지 말고."

"어디 있는지 알아요."

"그 식당에서 바깥에 차양을 치고 자리를 만들었지 뭐야. 아름다운 봄날이야. 개를 데리고 산책을 왔다가 주세페 조스 식당에 들르면 어떨까. 혹시 아는 얼굴이 있는지 봐."

"얘가 유명한 넬슨이로군. 멋진 녀석이네. 내가 마음에 드나 봐."

"이 녀석이 싫어하는 사람은 중국집 배달부밖에 없어요."

켈러가 도트에게 말했다.

"MSG 때문일지도 몰라."

"넬슨은 거의 짖지 않는데 배달부만 오면 짖어대요. 딩고의 핏

줄이 섞인 품종이라서 조용한 편이죠."

"놀라운 개 넬슨. 문제가 뭐니, 넬슨? 중국식 돼지고기 볶음 요리가 마음에 안 들어?"

도트는 개를 쓰다듬었다.

"덩치가 좀더 클 줄 알았는데. 오스트레일리안 캐틀 도그라고 하니까 말이야. 양치기 개들이 얼마나 큰지 생각해봐. 그런데 소는 양보다 더 크니까……. 하지만 넬슨은 딱 좋은 크기네."

켈러가 누구를 찾아야 할지 몰랐다면 도트를 알아보지 못했을지도 몰랐다. 그는 톤턴 플레이스에 있는 노인의 집 밖에서 도트를 본 적이 없었고, 그 집에서 도트는 언제나 길고 헐렁한 옷을 입고 빈둥거렸다. 오늘 오후에 본 도트는 맞춤 정장 차림에 머리도 손질한 모습이었다. 켈러는 마치 교외에 살면서 홍청망청 물건을 사들이러 시내에 들어온 잘사는 집의 안주인처럼 보인다고 생각했다.

"그분은 내가 여름옷을 사러 나온 줄 알아."

도트는 그의 마음을 읽은 것처럼 말했다.

"사실 난 여기 있으면 안 돼, 켈러."

"예?"

"그동안 해선 안 될 일을 했거든. 한가하기도 하고 그래서. 켈러, 자기는 어때? 가뭄이 길었잖아. 한가한 손으로 뭘 했어?"

켈러는 손을 본 뒤 말했다.

"딱히요."

"밥값은 어떻게 벌고?"

"그럭저럭 살긴 해요."

"일하기 싫은 건 아니지?"

"물론 아니죠."

"그러니까 내 전화를 얼른 끊고 기차에 타려고 했겠지."

도트는 아이스티를 조금 마시고 코에 주름을 잡았다.

"이런 쓰레기를 한 잔에 이 달러나 받다니. 아이스티 가루로 만드는 주제에. 내가 왜 시내에 자주 오지 않는지 알 만하지? 그렇지만 이렇게 야외 자리에 앉아 있으니 좋네."

"쾌적하네요."

"자기는 늘 이러고 지낼지도 모르겠네. 개를 산책시키고 신문을 사고 어딘가에 들러서 커피를 한 잔 마시고. 느긋하게 몇 시간을 보내고. 맞지?"

"가끔은요."

"켈러, 자기가 인내심이 강하다는 점은 인정해야겠어. 핵심을 이야기하지 않고 이렇게 시간을 끄는데 자기는 마땅히 다른 할 일도 없다는 듯이 앉아 있으니 말이야. 어떤 면에서는 그게 핵심이지, 안 그래? 자기에겐 다른 할 일이 없고, 나도 마찬가지야."

"일거리가 없을 때도 있죠. 의뢰가 들어오지 않으면……."

"일은 계속 들어왔어."

"오?"

"난 이 자리에 없어. 자기는 날 보지 못했고, 우린 이런 대화를 한 적이 없는 거야. 알았지?"

"알았어요."

"무엇이 문제인지 모르겠어, 켈러. 그분이 뭔가를 겪고 있는데 뭔지 모르겠어. 마치 입맛을 잃으신 것 같아. 전화는 계속 왔어. 자기에게 딱 맞을 일거리를 들고 온 사람들도 있었고. 그분은 다 안 된다고 해. 지금은 할 수 있는 사람이 없다면서 다른 사람에게 전화하라고 하는 거야."

"이유는 말해요?"

"그럼, 이유는 언제나 있어. 이건 받고 싶은 일이 아니고, 저건 돈을 충분히 내지 않고, 또 어떤 건 진짜처럼 들리지 않는다고 하고. 올해 들어서 내가 아는 것만 세 건은 거절했어."

"장난 아니네요."

"내가 모르는 일거리는 또 뭐가 있었을지 알 게 뭐야."

"문제가 뭔지 궁금하네요."

"뭐든 지나가겠지. 하지만 그게 언제일지 누가 알아? 그래서 내가 미친 짓을 했어."

"오?"

"웃지 마, 알았지?"

"안 웃을게요."

"《머서네리 타임스》라는 잡지 알아?"

"《솔저 오브 포천》• 비슷한 잡지죠."

"비슷하기는 한데, 좀더 소박하고 무분별한 잡지야."

도트는 핸드백에서 잡지를 한 부 꺼내어 켈러에게 건넸다.

"47쪽을 봐. 동그라미를 쳐놨으니 놓치지 않을 거야."

항목별 광고란에서, '구직란' 아래에 빨간색 매직 마커로 동그라미를 쳐놓은 부분이었다.

임시 일 구직. 제거 전문. 뉴욕 용커스 사서함 1149 유독 폐기물 앞으로 연락 바람.

"유독 폐기물?"

"그 말을 쓴 건 실수였을지도 모르겠네."

도트는 인정하고 말했다.

"어감이 괜찮다고 생각했어. 차갑고 치명적이고 반항적인 느낌이 있다고 말이야. 덕분에 환경보호론자들을 피해서 화학약품을 버리고 늪을 없애버리고 싶은 사람들이 일 처리를 도와줄 사람을 구한다고 편지를 몇 통 보냈지 뭐야. 더해서 폐기물 관리 뉴스레터를 구독하지 않겠느냐는 초대장도 받았다고."

"하지만 그게 다는 아니죠."

"다는 아니야. 제거하는 게 뭔지 알아본 사람들에게서도 대여섯 통 왔지. 어떤 멍청이가 이런 익명 광고에 답을 할까 궁금했는데,

• **솔저 오브 포천** _ '머서네리mercenary'와 '솔저 오브 포천soldier of fortune'은 '용병'이라는 같은 뜻을 갖고 있다.

딱 그럴 만도 하다 싶은 작자들이더라. 그래서 다섯 통은 태워버리고……."

"여섯 번째는요?"

"깔끔하게 타이핑해서 인쇄한 편지였어, 세상에. 말도 멀쩡하게 썼고, 맙소사. 여기, 직접 읽어봐."

"'크레시다 윌리스, 우편번호 52761, 아이오와 주 머스커틴, 페어뷰 애버뉴 411번지. 누구신지…….'"

"큰 소리로 말고, 켈러."

그는 혼자 속으로 읽었다.

누구신지 모를 분에게. 당신이 제공하는 제거 서비스가 제가 필요로 하는 일이기를 빌 뿐입니다. 만약 그렇다면, 저는 당신이 급히 필요합니다. 제 이름은 크레시다 윌리스이고 마흔한 살의 어린이책 작가 겸 삽화가입니다. 십오 년 전에 이혼을 했고 자식은 없습니다.

인생이 극적으로 재미있었던 적은 없지만, 저는 언제나 일을 하면서 성취감을 느꼈고 사적으로도 평화로운 생활에 만족해왔습니다. 그런데 사 년 전에 낯선 사람 하나가 제 삶을 살아 있는 지옥으로 바꿔 놓기 시작했습니다.

자세한 내용으로 들어가기 전에, 그냥 제가 스토커의 무고한 표적이 되었다고 말해두겠습니다. 왜 이 남자가 저를 지목했는지는 도무지 헤아릴 수가 없습니다. 저는 토크쇼 진행자도, 십 대 테니스 챔피언도 아닙니다. 보기 흉하지는 않지만 굉장한 미인도 전혀 아닙니다. 그 남자를 만나기는커녕 그 남자의 흥미나 악감정을 일으킬 만한 일도 한 적이 없습니다. 그런데도 그자는 저를 가만히 내버려두지 않습니다.

그자는 길 건너편에 차를 세워두고 쌍안경으로 저희 집을 감시합니다. 제가 집을 나서면 미행합니다. 온갖 시간에 전화를 겁니다. 오래전부터 전화를 받지 않는데도 그자는 제 자동 응답기에 끔찍하게 외설적이고 위협적인 메시지를 계속 남깁니다.

이런 일이 시작됐을 때 저는 미주리 주 세인트루이스 교외에 살고 있었습니다. 그 후로 네 번을 이사했는데 그자는 매번 저를 찾아냈습니다. 전화번호는 얼마나 많이 바뀠는지 말할 수 없을 정도입니다. 그런데 그자는 언제나 전화번호부에 등록하지도 않은 제 새 번호를 알아냅니다. 어쩌면 전화국에 공모자가 있을지도 모르죠…….

켈러는 편지를 끝까지 읽었다. 그녀는 괴롭힘이 단계적으로 심해졌다고 적었다. 그자는 죽여버리겠다고 하기 시작했고, 어떤 식으로 죽일 생각인지 자세히 설명했다. 몇 번인가 그녀가 없을 때 집에 침입하기도 했다. 빨래 바구니에서 속옷을 몇 장 훔쳐가고, 그림을 찢고, 그녀의 립스틱으로 벽에 음란한 말을 적었다. 그녀의 차도 다양한 방식으로 사소하게 망가뜨려놓았다. 언제인가는 그자가 집에 침입한 것을 알아챈 그녀가 개를 한 마리 샀다. 일주일 후에 집에 돌아가보니 개가 없었다. 오래지 않아서 응답기에 메시지가 또 들어왔다. 사람의 목소리 없이 짖고 낑낑거리고 끙끙거리는 소리만 나다가 마지막에 총성으로밖에 여겨지지 않는 소리로 끝났다.

"맙소사."

"개에 대한 부분, 맞지? 그 부분을 힘들어할 줄 알았어."

그녀의 편지는 계속 이어져 내려갔다.

경찰에서는 할 수 있는 일이 없다고 하더군요. 두 개 주에서는 접근 금지명령을 받기도 했지만, 그게 무슨 소용이 있나요? 그자는 처벌도 받지 않고 마음대로 금지명령을 어깁니다. 경찰은 그자가 범죄를 저지를 때까지는 힘이 없어요. 물론 몇 번 범죄를 저지르기는 했지만 경찰에서 수사를 진행하기에 충분한 증거를 남긴 적은 없어요. 자동 응답기에는 목소리 변조기를 써서 메시지를 남기기 때문에 증거물로 인정이 되지 않죠. 심지어는 여자 목소리로 바꿀 때도 있습니다. 처음 그런 짓을 했을 때는 여자 목소리를 듣고 그놈이 아니겠구나 싶어서 전화를 받고 인사를 했는데, 다음 순간에는 그자의 끔찍한 목소리가 귓가에 울리면서 무시무시한 비난을 퍼붓고 절 고문하고 죽이겠다고 다짐하고 있었어요.

어느 경찰관이 비공식적으로 해준 조언에 따라 총을 사기도 했습니다. 기회만 온다면 잠시도 주저하지 않고 그놈을 쏴버릴 거예요. 하지만 습격을 당했을 때 제가 총을 쥐고 있을까요? 그렇지 않을 것 같습니다. 그놈은 분명히 조심스럽게 기회를 골라 제가 무력할 때 오겠지요.

저를 괴롭히는 자보다 더 낯선 사람에게 편지를 쓰면서 다른 위험이 따라올 수도 있겠지요. 당신이 이 편지를 갈취의 도구로 쓸 수도 있고요. 그래봐야 시간 낭비라고 말할 수밖에 없습니다. 저는 협박에 돈을 지불하지 않습니다. 그리고 당신이 경찰이고 이 광고가 함정수사라면……. 그러라고 하죠! 전 상관하지 않아요.

당신이 정말로 광고에서 암시하는 대로의 사람이라면 부디 다음 번호로 전화 주시기 바랍니다……. 등록은 되어 있지 않지만 제 원수에게는 이미 알려져 있습니다. 응답기에 '유독 폐기물'이라는 말을 남겨주세요. 제가 집에 있을 때 들으면 바로 받겠습니다. 받는 사람이 없을 때는 울리게 두었다가 나중에 다시 걸어주세요.

부자는 아니지만 제 직업에서 나름의 성공은 거두었습니다. 돈을 저축하고 현명하게 투자하기도 했고요. 이 악마 같은 놈을 영원히 없애주는 분에게는 할 수 있는 한 얼마든지 드리겠습니다.

그는 편지를 접어서 봉투에 다시 집어넣은 뒤 테이블 너머로 건넸다.

"그래서 켈러?"

"전화해본 건가요?"

도트가 대답했다.

"우선 도서관부터 갔지. 실제 인물이었어. 어린 독자들을 위한 책을 많이 썼더라. 쓰기도 하고, 그림도 직접 그리고. 『귀를 잃어버린 토끼』 같은 책들."

"녀석은 어쩌다가 귀를 잃었대요?"

"책을 읽지는 않았어, 켈러. 책이 존재하는지만 확인했지. 그런 다음에 작가들의 인명록 같은 데에서 그 여자 이름을 찾아봤어. 옛 주소로 미주리 주 웹스터그로브스가 올라가 있었지. 그런 다음에 집에 가서 어르신이 지그소 퍼즐을 맞추는 모습을 지켜봤어. 요새는 지그소 퍼즐을 제일 좋아하시거든. 다 맞추고 나면 풀을 발라 마분지에 붙여서 트로피처럼 벽에 거시지."

"어르신이 그러신 지 얼마나 된 거예요?"

"오래되진 않았어. 그다음 난 아래층에 내려가서 텔레비전을 켰지. 다음날에 나가서 공중전화로 머스커틴에 전화를 걸었어. 도서관에 갔을 때 머스커틴이 어디인지도 찾아봤는데 미시시피 강가에 있더라."

"어디든 어딘가에는 있어야 하니까요."

"지금까지는 어떻게 생각해, 켈러? 말해봐."

그는 손을 뻗어 개를 긁어주며 말했다.

"공연한 짓이라고 생각해요. 그놈이 죽으면 시신이 식기도 전에 그 여자를 지목하겠죠. 여자는 술술 털어놓을 거예요. 뭐랄까, 지금도 우리가 묻지도 않았는데 다 이야기했잖아요."

"동감이야. 경찰이 문을 두드리자마자 항복하겠지."

"그런데?"

"그런데 그 여자는 아무것도 알 수가 없어. 알지 못하는 것을 말할 수는 없지, 안 그래? '유독 폐기물'이라는 말에 여자가 수화기를 집자마자 제일 먼저 내가 한 말이 그거였어. 바로 알려줬지. '잡을 사람을 모르면, 벌을 내려 완전군장 행군을 시킬 수도 없죠.' 그렇게 말하고 액수를 알려주면서 절반을 선불로 보내고, 절반은 완수하면 달라고 했어. 현금으로, 오십 달러와 백 달러 지폐로만, 잘 싸서 페덱스로 스카르스데일의 우편함에 존 스미스 이름으로 보내라고."

"존 스미스요?"

"제일 먼저 떠오른 이름이라서 그래. 난 통화를 끊자마자 가서 존 스미스 이름으로 우편함을 대여했어. 그 우편함 운영자는 아프가니스탄 사람이라 시놀라에서 온 스미스는 몰라. 전화를 걸어서 소포가 왔는지 알아볼 수 있기 때문에 우체국보다 낫지. 어쨌든 어제 전화를 했는데, 어땠겠어?"

"돈을 보냈어요?"

도트는 고개를 끄덕였다.

"난 이렇게 말했어. '절반을 보내면, 우리 현장 요원이 가서 연락할 거예요. 그 사람이 자기소개를 하고 원하는 정보를 얻을 겁니다. 서로 얼굴을 맞대고 만나는 일은 없을 테지만 그 사람이 당신과 조정해서 만사를 처리할 거예요. 그리고 나중에 어디로 나머지 금액을 보낼지 알리는 최종 전화를 받게 될 겁니다.'"

켈러는 생각해보고 말했다.

"경찰에서 추적할 수 있는 것들이 있어요. 사서함, 우편함, 통화 기록."

"언제나 무엇인가는 있지."

"그야 그렇죠. 금액은 어느 정도로 책정했어요?"

"표준 가격에서 높은 쪽으로."

"절반을 먼저 받았는데, 그 여자는 누구에게 보냈는지도 모른단 말이죠."

"내가 그냥 가질 수도 있다는 뜻이지. 물론 그 생각도 해봤어. 자기가 거절한다면 그렇게 할지도 몰라."

"할지도 모른다는 정도예요? 돌려보내지는 않을 거잖아요."

"여기저기 전화를 돌려서 다른 총잡이를 찾아볼 수도 있지."

"아직 거절하진 않았어요."

"천천히 생각해."

"어르신이 알면 졸도할 거예요. 알죠?"

"이런, 말해줘서 고마워, 켈러. 이제까진 생각도 못 했네."

"그런데 '잡을 사람을 모르면 벌을 내려 완전군장 행군을 시킬 수도 없죠'는 무슨 뜻이에요? 표현도 익숙하고 무슨 맥락인지도 알겠는데, 완전군장이 뭔지 혹시 아세요?"

"세상에, 그냥 상투적인 표현이야."

"편지 다시 줘보세요."

그는 편지를 받아들고 빠르게 읽었다.

"대개 이런 일로 사람을 고용하는 이들에게는 할 수 있는 다른 일이 있죠. 본인들은 그렇게 생각하지 않을지 몰라도 대개는 다르게 해결할 방법이 있어요."

"그래서?"

"그래서 이 여자에게 다른 선택지는 뭘까요?"

"넬슨, 내가 방금 무슨 일을 했는지 아니?"

도트가 말을 이었다.

"네 주인이 스스로를 설득하는 모습을 지켜봤단다."

"머스커틴이라. 비행기가 가나요?"

"어쩔 수 없을 때가 아니면 안 가지."

"제가 할 일이, 거기까지 가서 전화를 걸고 '유독 폐기물'이라고 말한 다음에, 수화기를 들 때까지 기다리는 건가요?"

"이젠 '독소성 쇼크'야. 보안상의 이유로 암호를 바꿨어."

"정말 다행이네요. 아무리 조심해도 지나치지 않은 법이죠."

아파트로 돌아간 켈러는 앤드리아에게 전화해서 집에 없는 동안 넬슨을 돌봐달라고 해두었다. 그런 다음에 지도에서 머스커틴을 찾았다. 아마 직접 그곳으로 날아가거나, 아니면 최소한 대븐포트까지는 비행기로 갈 수 있겠지만, 시카고도 그렇게 멀지 않았다. 유나이티드 항공에서 시카고까지 가는 직항편이 한 시간에 한 번씩 있었고, 오헤어 공항은 눈에 띄지 않고 차를 빌리기에 좋은 곳이었다.

아침에 비행기를 타고 날아간 그는 허츠 렌터카를 대기시켜두었다가 저녁 시간에는 머스커틴에 들어가서 시 외곽에 있는 체인 모텔에 자리를 잡았다. 그는 길가에 있는 피자헛에서 식사를 한 뒤 방으로 돌아가서 침대 가장자리에 앉았다. 오헤어 공항에서는 가짜 신분증을 써서 차를 빌렸고 모텔은 또 다른 이름으로 등록했으며 일주일 치 요금을 현금으로 선불했다. 그래도 모텔에서 의뢰인에게 전화를 걸고 싶지는 않았다. 그는 아마추어를 대하고 있었고, 아마추어를 대할 때는 두 가지 원칙이 있었다. 첫째는 평소의 몇 배는 더 전문가다워야 한다는 것. 둘째는 안타깝게도 절대 아마추어를 상대하지 말라는 것이다.

바로 옆에 공중전화기가 있었다. 피자헛에서 모텔로 돌아올 때 눈여겨본 참이었다. 이십오 센트 동전을 하나 써서 문제의 번호를 누르자 벨이 두 번 울린 후에 자동 응답기가 받더니 컴퓨터 음성이 전화번호 뒷자리 네 개를 되풀이해 말하고 그에게 삐 소리가 나면 메시지를 남기라고 안내했다.

"독소성 쇼크."

그는 말했다.

아무 일도 없었다. 십오 초 동안 전화기를 잡고 있다가 끊었다.

이 정도면 충분할까? 여자가 손을 씻고 있었다거나 부엌에서 커피를 만들고 있었다면 어떨까. 그는 이십오 센트 동전을 하나 더 넣고 다시 걸어보았다. 똑같았다.

"독소성 쇼크."

두 번째로 그 말을 한 후에는 삼십 초를 기다렸다가 끊었다.

"끝내주는 시스템이군."

켈러는 큰 소리로 말하고 모텔로 걸어 돌아갔다.

모텔로 돌아간 그는 텔레비전을 켜고 연인을 시켜서 남편을 죽이는 아내에 대한 영화의 뒷부분 절반을 시청했다. 앞부분 절반을 보지 않아도 무슨 일이 벌어지고 있는지 빤했고, 천재가 아니라도 모든 일이 잘못 돌아가리라는 점을 알 수 있었다. 아마추어들이란.

켈러는 밖으로 나가서 다시 한번 전화를 걸었다.

"독소성 쇼크."

아무 일도 없었다.

젠장.

모텔방 책상 위에는 근처 패스트푸드 판매점 대여섯 곳의 포장판매 메뉴와 머스커틴 정착의 즐거움을 이야기하는 지역 부동산업자의 안내판과 더불어, 미시시피 강 증기선에서 도박운을 시험해보라는 전단지가 있었다. 처음에는 매력적으로 보였다. 미시시피 강

증기선이라면 후프 스커트를 입은 여자들과 프록코트를 입고 스트링 타이를 맨 남자들을 태우고 뉴올리언스를 향해 철컹철컹 달려가는 낡은 외륜선을 떠올리겠지만 실상은 뻔했다. 일단 배는 움직이지 않을 터였다. 배는 닻을 내리고 서 있을 테고, 배에 탄다는 건 애틀랜틱시티에서 어느 호텔 문지방을 넘는 것과 비슷하리라.

사양하겠다.

켈러는 짐을 풀다가 시카고행 비행기 안에서 읽었던 조간신문을 발견했다. 아침에 끝까지 읽지 않았던 신문을 당장 마저 읽고 십자말풀이만 남겼다. 십자말풀이에는 왼쪽 위에서 오른쪽 아래 구석까지 사선으로 이어진 계단식 칸에 인용구를 채워 넣는 문제가 있었다. 그는 이런 인용구 문제를 좋아했는데, 십자말풀이로 대단한 해답을 이끌어내는 느낌이 들었기 때문이다. 때로는 그렇게 풀어낸 인용구가 주옥같은 말일 때도 있었다. 행운의 과자에 들어 있는 문구처럼 말이다.

하지만 계단식 인용구가 들어가면 풀기 어려운 편이었고, 이 십자말풀이도 그랬다. 켈러가 채우지 못한 몇 부분이 인용구에서 중요한 부분을 차지하는 바람에 답이 되는 인용구를 생각해낼 수가 없었다.

분당 이용 요금이 부과되는 서비스 번호로 전화를 거는 방법이 있기는 했다. 매일 아침 십자말풀이와 함께 인쇄되는 번호에 전화를 걸어 칠십오 센트를 내면 세 가지 답을 알려줬다. 3-7-D를 누르면 37번 하단의 답을 얻는 방식이었다. 컴퓨터를 쓰는 방식이겠거니 생각했다. 그런 일에 실제 인간의 시간을 허비할 리가 없었다.

그런데 사람들이 정말로 전화를 걸까? 그야 그렇겠지. 그렇지 않다면 그런 서비스가 존재하지 않을 테니. 켈러는 그런 사람들을 이해할 수 없었다. 십자말풀이는 가벼운 머리 운동과 시간 때우기용일 뿐이라서 그는 답을 더 찾지 못하는 상황에 이르면 신문을 던져버리고 생활로 돌아갔다.

어쨌든 죽도록 답이 궁금하다면 하루만 기다리면 될 일이다. 모든 신문이 전날 실었던 십자말풀이의 해답을 실었다. 몇 시간만 기다리면 오십 센트에 전체 답을 볼 수 있는데 왜 세 개의 답에 칠십오 센트를 쓴단 말인가?

그는 그런 사람들이 미숙하다고 판단했다. 인간의 성숙도는 만족의 순간을 미루는 능력으로 판단할 수 있다고 읽은 적이 있었다.

밖으로 나가서 다시 한번 전화를 걸어보려던 켈러는 만족을 미루기로 결정했다. 그는 뜨거운 물에 샤워를 하고 침대에 들어갔다.

아침이 되자 그는 머스커틴 시내로 차를 몰고 들어가서 작은 식당에서 아침 식사를 했다. 손님들은 대부분 남성에다 대부분 정장 차림이었다. 역시 정장 입은 남성인 켈러는 아침을 먹으면서 지역 신문을 읽었다. 여기에도 십자말풀이가 있기는 했는데, 한눈에 보고 지나치기로 했다. 제일 긴 단어가 철자 여섯 개로 '우리의 북쪽이웃'을 맞추는 문제였다. 켈러가 생각할 때, 십자말풀이만큼은《타임스》가 독보적이었다.

식당에도 공중전화가 있었지만 위대한 머스커틴의 유력 인사들이 통화를 엿듣는 사태를 원치 않았다. 아무도 답하지 않는다 해도 누가 그가 '독소성 쇼크'라고 말하는 소리를 듣게 하고 싶지 않았다. 그는 식당을 나서서 주유소에 있는 야외 공중전화를 찾았다. 전화를 걸어 독소성 쇼크라고 말하자 바로 여자가 끼어들었다.

"여보세요? 여보세요?"

그는 깡통 소리가 나는 전화라고 생각했다. 싸구려 지역 전화회사에 기대할 만한 음질이었다. 그래도 컴퓨터가 내보내는 전화 메시지보다는 나았다. 어쨌든 사람과 이야기한다는 사실은 알 수 있으니 말이다.

"들립니다. 여기 있어요."

그가 대답했다.

"어젯밤 전화를 놓쳐서 죄송해요. 나가 있었는데……."

"그 문제는 논하지 맙시다. 필요 이상으로 통화에 시간을 쓰지 마요."

"죄송해요. 물론 말씀대로예요."

"몇 가지 알아야 할 사항이 있습니다. 우선 내가 만나야 할 사람의 이름이에요."

잠시 정적이 이어지더니, 여자가 망설이면서 말했다.

"저는 만남은 없을 줄 알았는데요."

"다른 사람 말이에요. 말이 그렇다는 겁니다."

"아, 그런……. 죄송해요. 이런 일에 익숙하지 않아서요."

켈러는 농담이 아니라고 생각했다. 여자가 말했다.

"그자의 이름은 스티븐 로더하임이에요."

"그자를 어떻게 찾지요? 주소는 모르시겠지요."

"안타깝지만 몰라요. 자동차 번호는 알아요."

번호를 받아 적은 켈러는 자동차가 이 년 된 흰색 스바루 스퀘어백이라는 정보도 같이 적었다. 유용한 정보라고 말해주긴 했지만 그렇다고 하얀 스바루를 찾아 시내를 빙빙 돌 수는 없는 일이다. 그자가 차를 어디에 주차했는가?

"저희 집 건너편에요. 즐겁지 않을 만큼 자주 그래요."

"지금 그곳에 있지는 않겠지요."

"네, 아닐 거예요. 잠깐 볼게요……. 그래요, 없네요. 어젯밤에도 그놈이 보낸 메시지가 있었어요. 당신이 남긴 메시지 사이에요. 고약하고 불쾌한 내용이었죠."

"사진이 있으면 좋겠군요. 도움이 될 텐데요. 혹시……."

사진은 없지만, 외모를 설명할 수 있다고 했다. 키가 크고, 호리호리하고, 밝은 갈색 머리에, 삼십 대 후반의 나이, 긴 얼굴, 각진 턱, 하얗고 큰 치아. 아, 그리고 턱에는 커크 더글러스 같은 보조개가 패었다. 아, 어디에서 일을 하는지도 안다. 지난번에 경찰이 끼어들었을 때 일하고 있던 곳이다. 그건 도움이 될까?

켈러는 눈을 굴렸다.

"그럴 수도 있지요."

"회사 이름은 '라우드 앤드 클리어 소프트웨어'예요. 타일러 불러바드에서 파이브 마일 로드 넘어가면 바로 있어요. 컴퓨터 프로그래머나 기술자인 것 같아요."

"그래서 당신 전화번호를 알아냈던 거군요."

"뭐라고요?"

"전화 회사에 공모자를 둘 필요가 없어요. 컴퓨터를 다룰 줄 안다면 전화 회사 시스템을 해킹해 전화번호부에 없는 번호도 빼낼 수 있지요."

"그런 일이 가능한가요?"

"그렇다더군요."

"음, 전 구제불능으로 구식이라서요. 아직도 타이프라이터로 글을 쓰거든요. 그래도 전자 타이프라이터이기는 해요."

그는 이름, 주소, 자동차, 그리고 정확한 외모 묘사를 얻었다. 또 필요한 정보가 있나? 생각이 나지 않았다.

"오래 걸리지는 않을 겁니다."

그가 말했다.

켈러는 타일러 불러바드와 파이브 마일 로드와 라우드 앤드 클리어 소프트웨어를 찾았다. 회사는 작은 주차장을 갖춘 땅딸막한 콘크리트 블록 건물이었다. 주차장에 있는 십여 대의 차 중에 많은 수가 일제 자동차였고 그중 두 대는 흰색이었다. 하얀색 스바루 스퀘어백은 없었다. 크레시다 윌리스가 알려준 번호판과 일치하는 번호도 없었다.

스티븐 로더하임이 오늘 일을 하고 있지 않다면 스토킹중일 수도 있었다. 켈러는 차를 몰고 시내로 돌아가서 페어뷰 애버뉴로 향했다. 전쟁 전에 지어진 집들과 그늘을 드리우는 큰 나무들이 있는 쾌적한 동네였다. 천천히 411번지 옆을 지나가면서 흰색 스바루가 있는지 둘러보았지만 찾지 못했다. 블록을 빙 돌아서 크레시다 윌리스의 집 바로 근처에 차를 세웠다. 제멋대로 뻗어나간 구조물로 삼 층짜리 집이었는데, 지나치게 자란 관목들이 1층 창문의 아래쪽 절반을 가리고 있었다. 3층 창문에 불빛이 들어와 있었다. 켈러는 크레시다가 방에서 전자 타이프라이터로 숲속에 사는 동물들에 대한 행복하고 교훈적인 이야기를 치고 있으리라 생각했다.

그는 점심을 먹고 다시 라우드 앤드 클리어로 돌아갔다. 흰색 스바루는 없었다. 한동안 그곳에 머물다가 다시 페어뷰 애버뉴로 갔다. 역시 흰색 스바루는 없었고, 3층에 불빛도 보이지 않았다. 그는 모텔로 돌아갔다.

그날 밤 HBO 채널에서 보고 싶은 영화가 있었는데, 모텔에서는 그 채널이 나오지 않았다. 짜증이 났다. 간판에서 물침대 선택이 가능하며 HBO 채널이 나온다고 약속하는, 몇백 미터 떨어진 다른 모텔로 옮길까 하는 생각까지 했다. 우스꽝스러운 짓이라는 결론을 내린 켈러는 자신이 만족의 순간을 미룰 만큼 이 분야에서 성숙했다고 생각했다. 스티븐 로더하임을 해치우고 머스커틴을 떠날 때 느낄 만족마저 미뤄야 한다 해도 말이다.

전화번호부를 뒤적이며 로더하임을 찾았다. 이름이 없다는 게 놀랍지도 않았다. 역시 없을 줄 알면서 크레시다 윌리스를 찾아보았다. 윌리스라는 성은 몇 명 있었지만 그중에 페어뷰에 사는 사람은 없었고 크레시다라는 이름도 없었다.

켈러라는 성을 가진 사람들은 있었다. 한 명은 이름 머리글자가 J였고, 또 한 명은 JD였다. 어느 쪽이나 이름이 존일 수 있었다.

가끔 하는 짓이었다. 낯선 도시의 전화번호부에서 자기 이름을 찾아보는 것이다. 정말로 자기 자신을 찾을 수 있을지도 모른다는 듯이……. 같은 이름의 다른 사람을 찾는 게 아니었다. 그렇게 희귀한 이름이 아니다 보니 그런 일은 자주 일어났다. 하지만 그는 다른 도시에서 완전히 다른 삶을 사는 자기 자신, 진짜 자신을 찾았다.

그냥 생각일 뿐이기는 했다. 정신분열증을 앓는 게 아니라서 그런 일이 일어날 수 없다는 정도는 알았다. 하지만 심리 치료사라면 어떻게 해석할까 궁금하기는 했다. 예전에 심리 치료사와 문제가 생긴 적도 있고 특히 끝에 가서는 문제가 더 커졌지만, 인정할 부분은 인정하자. 치료사가 몇 가지 쓸 만한 통찰로 켈러를 인도해주기는 했다. 아이오와 주 머스커틴에서 그 자신을 찾는다니……. 브린 박사라면 신나게 떠들어댔을 법한 일이었다.

켈러는 나가서 공중전화기에 동전을 잔뜩 집어넣고 뉴욕에 있는 자신의 아파트로 전화를 걸었다. 앤드리아가 받았다.

"내일이나 모레쯤이면 집에 갈 수 있을 것 같은데, 확실히 말하기는 어렵네요."

"회사에서 얼마나 오래 걸릴지 알려주는 법이 없다니 애석하네요."

"뭐, 이 일의 성격이 그래요."

"그래도 만족스럽겠어요. 날아가서 모든 일을 바로잡고, 혼돈을 질서로 바꾸고."

처음에 그는 앤드리아에게 자기가 기업의 분쟁 조정자라고 말했다. 지부 사람들이 일에 방해를 받으면 일을 바로잡으러 파견되는 사람이라고 말이다. 그러다가 어느 날 밤에 그녀가 켈러가 하는 일을 알고 있으며, 자기에게 해만 끼치지 않으면 상관없다고 여긴다는 사실이 분명해졌다. 하지만 지금 이야기를 들으면 앤드리아가 전부 잊어버렸나 싶기도 했다.

"흠, 원하는 만큼 느긋하게 해요. 넬슨과 전 정말 즐거운 시간을 누리고 있으니까요."

"내가 뭘 했는지 알아요?"

켈러는 불쑥 말했다.

"지역 전화번호부에서 내 이름을 찾아봤어요."

"찾았어요?"

"아니요. 하지만 그게 무슨 의미라고 생각해요?"

"생각해볼게요."

앤드리아가 덧붙였다.

"괜찮죠?"

"그럼요. 원하는 만큼 느긋하게 해요."

다음날 아침 켈러는 작은 식당에서 아침을 먹고 페어뷰 애버뉴에 있는 집을 지나쳐 소프트웨어 회사로 차를 몰았다. 이번에는 주차장에서 흰색 스바루를 찾을 수 있었다. 번호판도 정확히 맞아떨어졌다. 켈러는 스바루를 지켜볼 수 있는 곳에 차를 대고 기다렸다.

정오가 되자 남자와 여자 몇 명이 건물 밖으로 걸어 나와서 차를 타고 나갔다. 누구도 스티븐 로더하임의 인상착의에는 맞지 않았고 아무도 흰색 스바루를 타지 않았다.

12시 30분, 대화에 푹 빠진 남자 둘이 건물 밖으로 나오더니 같이 걸어나갔다. 둘 다 카키색 바지에 색바랜 데님 셔츠를 입고 운동화를 신었는데, 복장 외에는 생김새가 완전히 달랐다. 한 명은 키가 작고 통통했으며 검은 머리를 쫙 빗어 넘겼다. 다른 한 명은, 흠, 다른 한 명은 로더하임일 수밖에 없었다. 크레시다 윌리스가 설명한 인상착의에 딱 들어맞았다.

두 사람은 함께 로더하임의 스바루로 걸어갔다. 켈러는 그들을 따라 전국 체인점인 이탈리아 식당으로 갔다가, 라우드 앤드 클리어로 돌아가서 앞서와 같은 자리에 차를 세웠다.

1시 45분이 되자 스바루가 돌아오고 두 남자는 건물 안으로 다시 들어갔다. 켈러는 차를 몰고 나가 찾아낸 슈퍼마켓에서 오백 그램짜리 가루 백설탕 한 곽과 깔때기를 구입했다. 그리고 같은 상점가에 있는 철물점에서 대형 나사돌리개, 망치, 이 미터짜리 연장 코드를 샀다. 그리고 라우드 앤드 클리어로 돌아가 작업에 착수했다.

스바루는 주유구 뚜껑 위에 작은 덮개가 하나 더 달려 있었다. 덮개를 열기 위해서는 열쇠가 필요했다. 켈러가 덮개 잠금장치에 나사돌리개를 밀어넣고 망치로 한 번 날카롭게 치자 덮개가 탁 소리를 내며 열렸다. 주유구 뚜껑까지 연 켈러는 깔때기를 꽂고 설탕을 쏟아 넣은 다음, 뚜껑을 제자리에 끼운 후 덮개를 닫고, 꽉 닫히게 밀어넣고 다시 자기 차로 돌아가서 운전석에 앉았다.

5시가 지나자 라우드 앤드 클리어 사원들이 띄엄띄엄 나오기 시작했다. 6시까지 주차장에 남은 차는 세 대뿐이었다. 6시 반이 되자 로더하임의 점심 식사 동료가 나와서 갈색 뷰익 센추리를 타고 떠났다. 이제 차는 흰색 스바루를 포함하여 두 대가 남아 있었다. 둘 다 7시까지 그 자리에 있었다.

켈러는 운전석에 앉아서 만족을 미루고 있었다. 아침에 도넛 두 개와 커피 한 잔으로 식사를 가볍게 한데다 점심도 걸렀다. 슈퍼마켓에 갔을 때 먹을 것을 산다는 걸 깜빡하고 말았다. 지금 그는 저녁도 거른 상태였다.

배가 고파서 짜증이 났다. 주차장에 차가 두 대 있으니 안에는 두 사람, 기껏해야 세 사람이 남았을 터였다. 이미 퇴근 시간을 두 시간이나 넘긴 그들은 아침까지 회사에 있을 수도 있었다. 어쩌면 로더하임은 방해 없이 크레시다에게 전화를 걸 수 있게 사무실이 텅 빌 때까지 기다리는지도 몰랐다.

그냥 안으로 들어가서 둘 다 죽인다면? 놀란 나머지 그들은 무엇에 당했는지도 모를 것이다. 한 사람 값에 두 명을 해치우고 여기를 떠나자. 경찰은 그냥 불만을 품은 고용인이 미쳐버렸다고 생각할 것이다. 요새는 우체국만이 아니라 어디에서나 그런 일이 일어났다.

성숙해져야지. 그는 스스로에게 말했다. 성숙하게, 만족을 뒤로 미루자. 무엇보다도 전문가다워야 한다.

7시 30분이 되자 그는 전문가답게 굴자는 다짐을 재고할 준비가 됐다. 이제는 배가 고프지도 않고 분노만 끓어올랐으며, 그 분노는 모조리 스티븐 로더하임에게 초점을 맞췄다.

개자식.

도대체 왜 그놈은 다락방에서 새끼 고양이와 아기 토끼들에 대한 이야기를 쓰면서 인생을 보내는 불쌍한 여자를 스토킹하는 건가? 여자의 개를 납치하고……. 맙소사! 개를 고문해서 죽이고, 짐승이 겪은 죽음의 고통을 녹음해서 여자에게 틀어주고 말이다. 켈러는 그런 개자식에게는 그냥 죽여버리는 것도 지나치게 친절한 일이라고 생각했다. 입에 깔때기를 꽂고 목구멍에 세제를 부어 넣어야 하는 건데.

호랑이도 제 말 하면 나타난다더니.

드디어 나타난 스티븐 로더하임이 실험복을 입고 성긴 콧수염을 기른 공부벌레 같은 친구를 위해 문을 붙잡아주고 있었다. 제발, 같은 차로 가지는 않겠지? 아니다, 서로 다른 차였다. 로더하임은 스바루의 문을 연 후에 잠시 멈춰 서서 실험복 차림의 공부벌레와 마지막 인사를 나눴다.

주차장에서 불러 세워 공격할 생각을 하지 않아 다행이었다.

공부벌레가 먼저 차를 몰아 떠났다. 켈러는 앉은 자세로 스바루를 노려보았다. 시동을 건 로더하임이 주차장을 빠져나가서 시내로 향할 때까지.

켈러는 로더하임이 두 블록을 앞서가게 둔 다음에 뒤따라 차를 출발시켰다.

포 마일 로드를 벗어나자마자, 켈러는 고장난 스바루 바로 뒤에 차를 세웠다. 로더하임은 후드를 열고 엔진을 보며 얼굴을 찌푸리고 있었다.

켈러는 차에서 내려 빠른 걸음으로 다가갔다.

"차에서 나는 소리를 들었는데, 문제가 뭔지 알 것 같군요."

"엔진에 문제가 있나 본데 이해할 수가 없네요. 전에는 한 번도 이런 적이 없어요."

로더하임이 말했다.

"제가 고칠 수 있습니다."

"정말입니까? 정말 고칠 수 있겠어요?"

"타이어 스패너 있습니까?"

"예, 있을 겁니다."

로더하임이 대답하더니 빙 돌아가서 스퀘어백 후방을 열었다. 그는 타이어 스패너를 찾아내어 켈러에게 내밀었다가 손을 다시 뺐다.

"타이어에는 아무 문제가 없는데요."

"농담 아닙니다. 타이어 스패너를 주세요. 알겠죠?"

"그래요, 하지만……."

"그러고 보니 제가 아는 분 아닙니까? 스티브 로더하임, 맞죠?"

"맞아요. 우리가 만난 적이 있나요?"

켈러는 그 남자를, 작고 귀여운 턱 보조개를, 크고 하얀 치아를 보았다. 물론 그 남자는 로더하임이었다. 달리 누구겠는가? 하지만 전문가는 일을 확실하게 했다. 확실히 처리하지 못한 일이 최근에 있다 보니 또 일어나게 하고 싶지 않았다.

"크레시다가 안부 전하라는군."

켈러가 말했다.

"응?"

켈러는 타이어 스패너를 로더하임의 명치에 꽂았다.

결과는 고무적이었다. 로더하임은 괴상한 소리를 내면서 두 손으로 배를 움켜쥐고 무릎을 꿇었다. 켈러는 셔츠 앞섶을 잡고 자갈길 위로 질질 끌어서 스바루가 두 사람을 가려주는 지점까지 갔다. 그런 다음 타이어 스패너를 머리 위 높이 들어올렸다가 로더하임의 머리에 내리쳤다.

로더하임은 의식을 찾지 못한 채 조용한 신음 소리를 내며 바닥에 뻗었다. 몇 대 더 때려서 끝낼까?

아니, 대본에 충실하자. 켈러는 주머니에서 꺼낸 연장 코드를 3분의 1쯤 풀어 로더하임의 목에 감았다. 다리를 벌리고 로더하임의 몸 위에 앉아서 한쪽 무릎을 등에 대고 꼼짝 못하게 바닥에 누른 다음 목을 졸라 생명을 빼앗았다.

이름 그대로 물의 아버지라 할 수 있는 전설적인 미시시피 강이 타이어 스패너, 망치, 나사돌리개, 깔때기를 집어삼켰다. 빈 설탕 상자는 물살에 떠내려갔다.

켈러는 공중전화로 의뢰인에게 전화를 걸었다.

"독소성 쇼크."

그는 바보가 된 기분으로 말했다. 답은 없었다. 전화를 끊었다.

모텔방으로 돌아간 그는 짐을 싸서 가방을 들고 차를 탔다. 체크아웃은 필요 없었다. 일주일 치를 선불로 냈으니 일주일이 지나면 알아서 방을 정리할 터였다.

억지로라도 피자헛까지 차를 몰고 가서 무엇인가를 먹어야 했다. 오헤어 공항까지 곧장 차를 달려서 제일 빠른 뉴욕행 비행기를 잡아타고 싶었지만 몸에 음식물을 집어넣는 게 우선이었다. 그렇지 않았다간 북쪽으로 가는 차도에서 헛것을 보고 존재하지도 않는 것을 피하려고 운전대를 꺾다 도랑에 자동차를 처박고 말 것이다. 이게 전문가다운 모습이라고 스스로에게 말한 켈러는 일인용의 작은 피자 한 판을 먹고 중간 크기의 펩시 콜라를 마셨다.

그리고 전화를 다시 걸었다.

"독소성 쇼크."

이번에는 방에 있었는지 여자가 전화를 받았다.

"처리됐습니다."

"그 말씀은……."

"처리됐다고요."

"믿을 수가 없네요. 세상에, 믿어지지 않아요."

켈러는 이렇게 말하고 싶었다.

'당신은 안전해요. 당신은 인생을 되찾았어요.'

그는 그런 말을 하는 대신 냉정하고 전문가답게 잔액 지불 방법을 이야기했다. 전과 똑같이 현금으로, 페더럴 익스프레스를 이용해서, 이번에는 픽스킬에 있는 다른 우편함 모처에 메리 존스 앞으로 보내라고 말이다.

"무슨 말로 감사해야 할지 모르겠어요."

여자가 말했다. 켈러는 아무 말 없이 미소를 짓고 통화를 끝냈다.

켈러는 일리노이 주를 통과하여 북동쪽으로 차를 몰면서 곰곰이 생각해보았다. '크레시다가 안부 전하라는군'이라니, 맙소사. 그런 말을 했다니 믿을 수가 없었다. 스스로를 무엇이라고 생각한 걸까, 복수의 천사? 빛나는 갑옷을 입은 기사?

맙소사.

흠, 하루 종일 도넛 두 개와 커피 한 잔밖에 먹지 못했으니. 그 점에서 이유를 찾아야 했다. 굶다 보니 짜증스럽고 화가 나서 개인적으로 받아들이게 된 셈이었다.

그렇다 해도…….

그는 차를 돌려주고 비행기표를 산 후에 생각했다. 로더하임은 의문의 여지 없이 철저한 개자식이었다. 누구에게도 손실이 없는 죽음이었다.

그리고 아직도 무슨 말로 감사해야 할지 모르겠다는 말이 귀에 선한데, 그런 말을 즐긴다고 무엇이 그렇게 잘못이란 말인가?

"생각해봤는데요. 전화번호부에서 이름을 찾아봤다는 얘기 있잖아요?"

앤드리아가 말했다.

"그런데요?"

"처음에는 스스로를 찾는 방법이라고 생각했어요. 그러다가 다른 생각이 떠올랐는데요. 그건 당신을 위한 자리가 있는지 확인하는 방법 같아요."

"날 위한 자리?"

"음, 당신이 이미 그곳에 있지 않다면, 당신이 있을 자리가 있는 거죠."

팔구일 후에 도트가 전화를 걸었다. 우연찮게도 그는 이번에도 십자말풀이를 하고 있었다.

"켈러, 메리 존스가 우편함에서 찾지 못한 물건이 무엇일지 맞혀보겠어?"

"그거 이상하네요. 아직도 안 들어왔어요? 전화를 걸어봐야 할지도 모르겠네요. 페덱스에서 잃어버려서 뒷방 어딘가에 처박혔을지도 몰라요."

"내가 자기보다는 앞서가지. 이미 전화했어."

"그런데요?"

"그 번호는 먹통이었어……. 아직 듣고 있어, 켈러?"

"생각을 해보는 중이에요. 확실히……."

"다시 걸어봤고, 같은 안내를 들었어. 방금 거신 번호는 없는 번호입니다 어쩌고저쩌고. 의혹의 여지가 남지 않아."

"저런."

"돈은 오지 않고, 연락도 불가능해. 의아해지기 시작하지?"

"경찰이 체포했을지도 모르죠. 돈을 보낼 틈도 없이."

"그리고 감옥에 처박아뒀다고? 귀먹은 토끼들에 대한 이야기를 쓰는 조용한 여자를?"

"글쎄요……."

"이쯤에서 차를 빼서 느린 차를 몇 대 추월하기로 하지. 난 세인트루이스 안내국에 전화를 걸었어."

"세인트루이스요?"

"웹스터그로브스는 세인트루이스 교외야."

"웹스터그로브스요."

"도서관에서 본 참고 도서에 따르면 크레시다 윌리스가 사는 곳이지."

"이사했다고 했잖아요."

켈러가 말했다.

"그런 줄 알았지? 하지만 안내국에 등록된 전화번호가 있더라. 그래서 그 번호로 걸었어. 어떻게 됐게?"

"그냥 얘기해요, 도트."

"어떤 여자가 받았어. 자동 응답기도 없고, 컴퓨터가 내는 허튼소리도 없이. '여보세요?' '크레시다 윌리스 씨 부탁합니다.' '전데요.' 흠, 내가 기억하는 목소리는 아니었지. '크레시다 윌리스 작가님 맞나요?' '네.' '『토끼는 어떻게 귀를 잃어버렸나』의 작가 맞아요?'"

"그렇다고 하던가요?"

"흠, 크레시다 윌리스가 몇 명이나 있겠어? 그다음엔 도무지 무슨 말을 해야 할지 모르겠더라. 그래서 머스커틴 신문기자라고, 우리 마을에서 받은 인상을 알고 싶다고 했어. 켈러, 그 여자는 내가 무슨 소리를 하는지 몰랐어. 머스커틴이 어느 주에 있는지도 말해줘야 했다고."

"그래도 들어는 봤겠죠. 세인트루이스에서 그렇게 멀지도 않은데."

"바깥에 잘 나가지 않는 사람 같아. 집에 앉아서 이야기만 쓰는 사람이라고 봐. 이 정도까지 알아냈어. 크레시다 윌리스가 삼십 년 동안 웹스터그로브스에 있는 같은 집에 살았다는 사실."

그는 심호흡을 하고 말했다.

"어디 있어요, 도트?"

"어디 있냐고? 집에서 일 킬로미터쯤 떨어진 야외 공중전화야. 비를 맞고 있지."

"집으로 가세요. 한 시간쯤 후에 제가 다시 걸게요."

"좋아요."

그는 거의 두 시간이 지난 후에 말했다.

"현재 전개는 이래요. 스티븐 로더하임은 무고한 여자를 스토킹하는 변태가 아니었어요."

"그렇게 판단하기는 했지."

"로더하임은 라우드 앤드 클리어 소프트웨어의 공동 경영자였어요. 랜들 클리어리라는 친구와 같이 회사를 세웠죠. 로더하임과 클리어리, 그래서 라우드 앤드 클리어."

"귀엽네."

"로더하임은 결혼해서 자식이 둘이고, 리그에서 축구 시합을 했고, 로터리 클럽과 청년 상공회의소 회원이었어요."

"개를 납치해서 고문하고 죽일 만한 사람은 아니군."

"그렇게 봐야죠."

"누가 로더하임을 모함했지? 아내?"

"동업자라고 봐요. 회사가 굉장히 잘나가는 중인데 실리콘밸리의 큰 회사 하나가 인수하려 하고 있어요. 두 사람 중 하나는 팔고 싶어 했고 하나는 아니었겠죠. 아니면 공동 경영자 보험 같은 게 있었을 거예요. 동업자 한 명이 죽으면 나머지 한 명이 사전에 정해둔 가격으로 지분을 사고, 공동 경영자 보험 정책에 따라 동업자의 아내는 돈을 받고 권리를 청산하는 거죠. 물론 지금 회사의 가치는 원래 합의했던 때의 스무 배 정도는 나가고."

"그걸 다 어떻게 알아냈어, 켈러?"

"머스커틴 지역신문 편집실에 전화를 걸어서, 컴퓨터 잡지에 사망 기사를 싣는데 로더하임의 사망 기사와 문제의 살인 사건에 대해 실린 다른 기사들을 팩스로 보내줄 수 있냐고 물었죠."

"자기에게 팩스가 있었나?"

"모퉁이 돌아서 있는 사탕 가게에 있어요. 머스커틴에 있는 사람이 제가 준 번호로 알 수 있는 건 뉴욕이라는 사실뿐이죠."

"잘했네."

"팩스가 들어오고 나서 그 사람이 보내준 자료를 보고 다른 곳에 전화를 몇 통 걸었어요. 한 시간만 더 전화기를 붙들고 앉아 있으면 더 알아낼 수 있겠지만 이만하면 충분하지 싶네요."

"충분한 정도가 아니지."

도트가 말했다.

"켈러, 그 하찮은 인간이 우리를 속였어. 그런 다음에는 거래에서 우리 몫을 떼먹었고."

"이해가 안 가요. 왜 우리 돈을 떼먹죠? 돈만 보내면 끝이었고 그랬으면 전 비행기가 아이오와 주 위를 지나갈 때가 아니고서는 다시 생각하지도 않았을 텐데요. 원하는 바를 이뤘으니 빚진 돈만 지불하면 되는 거였잖아요."

"인색한 개자식."

"앞뒤도 맞지 않잖아요? 그놈은 누구에게 보내는지도 모르면서 절반을 선금으로 지불했어요. 그 돈을 선뜻 낼 정도면 이 건에 얼마나 큰돈이 걸려 있었는지 알 만하죠."

"돈은 성과를 거뒀어."

"돈은 성과를 거뒀지만 그놈은 빚을 청산하지 않았죠. 멍청하게도."

"아주 멍청하지."

"제 생각을 말해드리죠. 돈은 작은 부분이었다고 생각해요. 그놈이 우리에게 우월감을 느끼고 싶었다고 봐요. 애초에 크레시다 윌리스에 대한 쓰레기 같은 이야기를 지어낼 이유가 뭐죠? 내가 오늘의 착한 일을 수행하는 보이스카우트라고 생각하나?"

"그놈은 우리가 아마추어라고 생각한 거야, 켈러. 그리고 동기를 부여해야 했던 거지."

"그래요, 흠. 그놈은 잘못 생각했어요. 짐을 싸야겠네요. 한 시간 반 후에 비행기를 잡아놨고, 앤드리아에게 전화도 해야 해요. 대가를 받아낼 거예요, 도트. 걱정하지 마요."

"걱정하지 않았어."

도트가 말했다.

그는 어느 쪽이 클리어리일까 궁금했다. 로더하임과 같이 점심을 먹으러 갔던 통통한 남자? 아니면 주차장에 같이 걸어 나왔던 실험복 차림의 공부벌레?

아직 보지 못한 다른 누군가일 수도 있다. 클리어리는 알리바이를 만들어두려고 그날 시외로 나가 있었을 수도 있었다.

상관없었다. 상대의 생김새를 몰라도 전화는 받게 할 수 있었다.

고인이 된 동업자와 마찬가지로, 클리어리 역시 집 전화번호를 등록해두지 않았다. 하지만 회사인 라우드 앤드 클리어는 등록되어 있었다. 이번에 켈러는 HBO 채널이 나오는 모텔에 자리를 잡고, 방에서 전화를 걸었다. 그는 아베크롬비 앤드 피치에서 산 참신한 전자 제품을 사용해서, 어떤 여자가 전화를 받자 랜들 클리어리와 통화하고 싶다고 말했다.

"누구시라고 전할까요?"

누구시라고? 아이오와 주 머스커틴치고는 나쁘지 않았다.

"크레시다 윌리스요."

그가 말했다.

여자는 그를 대기 상태에 두었지만 오래 기다릴 필요는 없었다. 몇 분 후에 남자 목소리가 들렸다. 처음 듣는 목소리였다.

"클리어리입니다. 누구시죠?"

"아, 클리어리 씨. 크레시다 윌리스예요."

"아니, 아닌데요."

"맞다니까요. 당신이 내 이름을 썼다고 알고 있는데 정말 당황스럽네요."

클리어리는 조용했다. 켈러는 목소리 변조 장치를 벗고 원래 목소리로 말했다.

"독소성 쇼크다. 이 멍청한 개자식아."

"문제가 있었어요."

클리어리가 말했다.

"돈은 보내려고 했어요."

"왜 연락을 취하지 않았지?"

"연락하려고 했습니다. 여기가 얼마나 바빴는지 믿지 못할 거예요."

"전화번호는 왜 없앴고?"

"그게, 보안상 그러는 편이 좋다고 생각해서."

"그러시겠지."

"돈은 지불할 거예요."

"그거야 의문의 여지가 없는 일이지. 오늘, 오늘 페덱스로 돈을 보내. 메리 존스가 내일 받도록 밤샘 배달편으로. 잘 알아들으셨나?"

"전적으로요."

"그리고 가격이 올랐어. 얼마 보내야 했는지 기억하나?"

"네."

"흠, 두 배로 보내."

침묵이 이어졌다.

"불가능해요. 젠장, 이건 강탈이야."

"이봐. 스스로를 위해 잘 생각해봐."

켈러가 말했다. 다시 이어진 침묵은 전보다 짧았다.

"좋아요."

클리어리가 대답했다.

"현금으로, 내일 도착하게. 동의하나?"

"동의해요."

그는 공중전화로 도트에게 전화를 건 뒤 저녁을 먹고 방으로 돌아갔다. 이 모텔에는 HBO 채널이 나왔으나 당연하게도 그가 보고 싶은 프로그램은 없었다. 늘 그런 식이었다.

아침이 오자 그는 작은 간이식당을 건너뛰고 고속도로에 있는 데니스에서 성대한 아침 식사를 먹었다. 그는 대븐포트까지 차를 몰고 가서 두 곳에 들렀다. 하나는 스포츠용품점이었고 하나는 철물점이었다. 모텔로 돌아가 오후 2시경에 화이트 플레인스로 전화했다.

"크레시다 윌리스인데요, 저를 찾는 전화가 있었나요?"

"세상에 감쪽같네. 목소리가 정말 여자 같아."

도트가 말했다.

"목소리가 불안정해서 소녀 같지 않나요?"

"우습기도 해라. 그 물건 좀 그만 쓰겠어? 여자 목소리 같기는 한데, 자기가 말하는 방식이랑 억양이 고스란히 느껴지거든. 내가 잘 아는 켈러 목소리를 듣게 해줘."

그는 변조기를 떼고 말했다.

"좀 나아요?"

"훨씬 낫네. 자기 친구는 도착했어."

"숫자도 제대로예요?"

"확실히 그래."

"음성 변조기가 도움이 됐지 싶어요. 그놈에게 우리가 전부 다 안다는 사실을 알려준 거죠."

"아, 그자는 어차피 돈을 지불했을 거야. 자기가 사슬을 살짝 잡아당기기만 하면 그만이었지. 자기는 그냥 새 장난감을 쓰고 싶었던 거야. 집에는 언제 돌아오지, 켈러?"

"당장은 아니에요."

"흠, 그건 알아."

"아니, 며칠 기다릴까 싶어요. 당장은 그놈이 곤두서서 어깨 너머를 살피고 있으니까요. 다음주 초면 경계를 풀겠죠."

"말은 되네."

"게다가, 나쁜 동네는 아니에요."

"아, 세상에, 켈러."

"무슨 문제 있어요?"

"'나쁜 동네는 아니에요'라니. 상공회의소 책임자를 포함시키더라도 그런 말을 한 사람은 자기가 처음일걸.”

그는 고집을 부렸다.

“아니에요. 모텔에 HBO도 나오고. 길 건너편에는 피자헛도 있다고요.”

“그건 자기 혼자 알고 있어야겠네, 켈러. 그렇지 않으면 다들 그 마을로 이사를 가고 싶어 할 테니까.”

“그리고 할 일도 몇 가지 있어요.”

“이를테면?”

“우선 사소한 금속 가공 프로젝트가 있죠. 앤드리아에게 줄 선물도 사고 싶고요.”

“또 귀고리는 아니겠지.”

“귀고리는 아무리 많아도 지나치지 않아요.”

“흠, 그건 사실이야. 반박할 수 없네.”

도트가 동의했다.

켈러는 통화를 끊고 철물점에서 산 카바이드 날 쇠톱으로 스포츠용품점에서 산 산탄총의 쌍발 총신 대부분을 잘라낸 다음, 톱날을 바꿔서 총의 개머리판도 거의 다 잘라냈다. 양쪽 약실에 총알을 장전한 총은 매트리스 아래에 끼워두었다. 그런 다음에는 강변도로를 따라 달리다가 좋은 장소가 나왔을 때 톱으로 잘라낸 총신과 쇠톱, 산탄총 탄환 상자를 미시시피 강에 던져 넣었다. ‘유독 폐기물’이다. 그리고 그는 그 강에 들어갔을 온갖 쓰레기를 상상하며 고개를 절레절레 저었다.

한동안 차를 몰고 돌아다니면서 날씨를 즐기다가 모텔로 돌아갔다. 지금 랜들 클리어리는 스스로에게 안전하다고, 위험에서 벗어났다고, 걱정할 것 없다고 하고 있겠지. 하지만 아직 확신하지는 못할 것이다.

며칠 후면 클리어리도 확신을 가지리라. 심지어는 켈러의 엄포에 할 테면 해보라고 맞서거나, 그렇지 않더라도 두 배로 지불하는 데 동의하지는 말았어야 한다고 생각할지도 몰랐다. 하지만 에라이, 그래봐야 돈이고, 돈이야 트럭으로 있으니까…….

멍청한 아마추어.

그런데 어느 쪽일까? 성긴 콧수염을 기른 공부벌레? 경단처럼 생긴 통통한 남자? 아니면 아직 보지 못한 누군가?

뭐, 알아내면 그만이었다.

켈러는 전문가다운 기분과 자신이 성숙한 사람이라는 기분을 느끼며 뒤로 등을 기대고 발을 올렸다. 만족의 순간을 미루는 일은 생각보다 더 재미있었다.

007

켈러의 선택

빌린 플리머스의 운전석에 앉은 켈러는 뚱뚱한 남자의 집을 주시했다. 웅장한 집이었다. 기둥에다가, 세상에, 원형 진입로에다 어마어마한 잔디밭까지. 십 대 시절에 잔디 깎기 일을 했던 켈러는 저런 집 잔디밭을 깎는 아이는 얼마나 받을지 궁금했다.

짐작하기 힘들었다. 문제는, 그에게 기준이 될 만한 게 없다는 점이었다. 예전에 몇 달러를 받았는지야 기억하지만 그가 깎았던 잔디밭은 작았다. 이 뚱뚱한 남자의 잔디밭이 구릉진 녹색 봉투라면 우표에 불과한 크기였다. 잔디밭 크기의 차이와, 세월이 지나면서 일 달러의 가치가 거침없이 쪼그라들었다는 점을 고려한다면, 이만한 잔디밭은 얼마를 줄까? 이십 달러? 오십 달러? 더?

답 아닌 답이지만 이런 잔디밭을 둔 사람들은 아이를 고용해서 잔디를 깎지 않았다. 그들에게는 정원사가 있었고 정원사들은 정기적으로 계절에 맞게 여름이면 풀을 깎고 가을에는 낙엽을 모았으며 겨울에는 눈을 치웠다. 정원사가 한 달에 아무리 많은 요금을 받는다 해도 그 총액은 뚱뚱한 남자에게 이렇다 할 만한 타격을 입히지 못할 것이다. 회사에 요금을 청구하거나 세금을 깎는 데 이용할 테니까 말이다. 남자의 회계사가 진취적이라면 양쪽 다일 수도 있고.

맨해튼 중간에 있는 침실 하나짜리 아파트에 사는 켈러에게는 깎을 잔디밭이 없었다. 건물 앞에 공원 관리부에서 심고 성실하게 돌보는 나무가 한 그루 있을 뿐이었다. 가을에 잎이 떨어지기는 했지만 아무도 낙엽을 긁어모을 필요가 없었다. 강한 바람이 낙엽을 날려버렸다. 눈이 알아서 녹지 않으면 건물 관리자가 인도에서 쓸어냈다. 엘리베이터를 관리하고 못 쓰게 된 복도 전구를 갈고 사소한 배관 비상사태를 해결하듯 말이다. 켈러는 정말로 손이 많이 가지 않는 삶을 살았다. 때맞춰 임대료를 지불하기만 하면 다른 모든 일을 다른 사람들이 처리했다.

그 방식이 좋았다. 그래도 일 때문에 집에서 멀어지면 저도 모르게 생각하게 되었다. 대체로 좀더 단순하고 소박한 생활 방식에 초점을 맞춘 환상이었다. 분양지에 자리잡은 작고 귀여운 집, 부담이 크지 않은 직업. 감당할 만한 생활.

신시내티 북쪽의 호화로운 교외 지역에 있는 뚱뚱한 남자의 집은 귀엽지도 작지도 않았다. 켈러는 뚱뚱한 남자가 무슨 일을 하는지 정확히 알지 못했다. 집에 손님을 많이 초대하고 차 안에서 상당히 많은 시간을 보내는 일이라는 정도뿐이었다. 그러니 부담이 큰 직업인지 여부도 말하기 힘들었다. 그럴 수도 있다는 의심이 가기는 했지만 말이다. 남자의 생활이 감당할 만한지도 판단할 수 없었다. 누가 남자를 그런 삶에서 빼내고 싶어 한다는 사실만 알 뿐이었다.

물론 그 사실을 알게 되었기 때문에 켈러가 여기 와서 뚱뚱한 남자의 대저택 길 건너편에 에이비스 렌터카를 대놓고 앉아 있는 셈이었다. 그런데 대저택이라고 부르는 게 정확할까? 그냥 건물과 대저택을 구분하는 선은 뭐지? 기준이 뭘까, 차지한 땅의 크기일까 가치일까? 생각해보던 그는 두 가지의 결합이리라 판단했다. 이스트 66가에 있는 브라운스톤 건물은 뚱뚱한 남자가 소유한 저택의 다섯 배에서 열 배 가치가 나간다 해도 대저택이 아니라 그냥 건물이었다. 반면에 연결 트레일러는 육만에서 팔만 제곱미터짜리 땅에 놓여 있어도 대저택이라 불릴 조건을 충족하지 못할 수 있다.

켈러는 손목시계가 삐 소리를 내며 오 분 후에 순찰차가 온다는 사실을 일깨웠을 때 그런 생각을 하고 있었다. 시동을 걸고 길 건너편에 있는 뚱뚱한 남자의 집에 마지막으로 아쉬운 시선을 던진 후, 갓돌 옆에서 차를 빼냈다.

모텔방으로 돌아간 켈러는 텔레비전을 켜고 의자에 앉아 다이얼을 돌렸다. 최근에는 괜찮은 모텔이라면 대부분 TV용 리모컨을 갖춰놓았다. 얼마 동안은 침대 협탁 위에 리모컨을 고정시켜놓은 곳이 많았는데 그렇게 해두면 침대에 앉아서 TV를 볼 때만 편리하고 그렇지 않을 때는 귀찮기만 했다. 채널을 바꾸거나 광고가 나올 때 소리를 죽이기 위해 일어나서 침대까지 걸어가야 한다면 차라리 TV로 걸어가는 편이 나을 수도 있었다.

물론 도둑질을 막기 위해서였다. 자유롭게 움직일 수 있는 리모컨은 투숙객의 가방 안으로 들어가서 다시는 보이지 않을 수 있었다. 테이블 램프도 같은 방식으로 고정시켜놓았고 텔레비전도 마찬가지였다. 하지만 그런 물건들은 괜찮았다. 램프나 TV를 옮길 수 없다고 신경이 쓰이지는 않았다. 리모컨은 경우가 달랐다. 그건 수건을 고정시켜놓는 짓이나 다름없었다.

TV를 껐다. 이제 채널 바꾸기는 쉬울지 몰라도 보고 싶은 프로그램 찾기는 전보다 더 어려워졌다. 잡지를 집어 들고 훌훌 넘겼다. 이 모텔에서 네 번째 밤을 보냈는데 아직도 뚱뚱한 남자를 죽일 좋은 방법을 생각해내지 못했다. 분명히 방법은 있었다. 언제나 방법은 있었다. 그러나 아직 알아내지 못했다.

그에게 뚱뚱한 남자와 비슷한 집이 있다고 해보자. 보통 그는 자신이 살 능력이 있는 집, 자신이 상상할 수 있는 생활에 대한 환상만 품었다. 어딘가에 평범한 집을 사서 현금으로 지불할 정도의 돈은 저축해두었지만 뚱뚱한 남자가 사는 곳 크기의 넓은 대지를 구매하기엔 계약금도 긁어모을 수 없었다. (그런데 그냥 대지라고 불러도 될까? 대지라는 건 정확히 뭐지? 저택의 부지와는 어떻게 다르지? 지리적인 구분일까? 부지는 북동쪽에 있는 땅을 말하고, 대지는 남쪽과 서쪽에 있는 땅을 말하고?)

그래도 그만한 돈이 있다고 해보자. 거래를 성사시킬 뿐만 아니라 유지할 돈까지 있다고 치자. 복권에 당첨되었다고 치고 정원사와 입주 가정부와 그 외에 두어야 할 무엇이든 감당할 수 있다고 치자. 과연 그가 그런 생활을 즐기고 방에서 방으로 돌아다니며 벽에 걸린 그림에 감탄하고 푹신한 카펫에 빠져들까? 정원을 어슬렁거리면서 새소리에 귀를 기울이고 꽃향기를 맡고 싶어 할까?

넬슨은 좋아할지도 모르지. 잔디밭 위를 즐겁게 뛰놀 수 있다면.

켈러는 그 자리에 잠시 가만히 앉아 있다가 고개를 절레절레 저었다. 그런 다음 의자를 바꿔 앉아서 전화기에 손을 뻗었다.

뉴욕에 있는 집에 전화를 걸어 자동 응답기로 들어갔다.

"여섯, 개의, 메시지가, 있습니다."

응답기가 말하고는 재생해주었다. 앞의 다섯 개는 말없이 끊어진 통화였다. 여섯 번째는 아는 목소리였다.

"안녕, E.T. 집으로 전화해."

켈러는 고속도로를 따라 사백 미터는 내려간 곳에 있는 공중전화로 걸었다. 도트가 받더니 켈러라는 것을 알고는 목소리가 밝아졌다.

“이제야 연결이 됐네. 전화를 몇 번이나 했는지 몰라.”

“메시지는 하나만 남아 있던데요.”

“메시지를 남기고 싶지는 않았어. 그, 이름이 뭐더라. 그 아가씨.”

“앤드리아요.”

“그래, 앤드리아에게 말을 하면 자기가 전화했을 때 전해주겠거니 했지. 그런데 전화를 받질 않더라고. 브롱크스까지 개를 산책시키고 돌아오거나 그런가 보지.”

“그렇겠죠.”

“그래서 메시지를 남겼더니 이제 오래된 친구들처럼 수다를 떨고 있네. 하러 간 일은 아직 하지 않은 모양이야.”

“그렇게 빠르고 쉬운 일이 아니에요. 시간이 걸려요.”

“다시 말해서 우리 친구는 아직 맥박이 뛰고 있단 말이지.”

“아니면 맥박도 뛰지 않는데 걸어 다니는 방법을 익혔거나요.”

“흠, 그 말을 들으니 기뻐. 내가 어떻게 해야 한다고 생각하는지 알아, 켈러? 자기가 모텔방을 비우고 비행기를 타야 한다고 생각해.”

“그리고 집으로 오라고요?”

“이해가 빠르네, 켈러. 자기는 언제나 빨랐지.”

"의뢰인이 취소했어요?"

"딱히 그렇지는 않아."

"그러면……."

"집으로 날아와서 기차를 타고 화이트 플레인스로 오면 훌륭한 아이스티를 한 잔 따라줄게. 그리고 설명해주지."

아이스티가 아니라 레모네이드였다. 켈러는 톤턴 플레이스에 있는 저택 1층 베란다에 놓인 고리버들 의자에 앉아서 큰 잔으로 레모네이드를 마셨다. 파란색과 흰색이 어우러진 실내복을 입고 하얀색 샌들을 신은 도트는 나무 난간에 걸터앉아 있었다.

"저건 바로 그저께 샀어."

도트가 손가락으로 가리키며 말했다.

"풍경風磬 말이야. QVC 채널을 보고 있다가 마음이 약해진 순간에 낚였지 뭐야."

"풍경이 아니라 주머니 낚싯대를 샀을 수도 있겠네요."

"그것도 괜찮았을지 모르지. 산들바람이 이렇게나 부니까. 그런데 이런 우연을 어떻게 생각해, 켈러? 자기가 일을 하러 간 신시내티, 바로 그 길 아래에 처리할 다른 일거리가 들어왔어. 다른 의뢰인에게서 전화로 말이지."

"그 길 아래요?"

"아니면 그 길 위라고 하든가. 그 길 아래라는 건 영국식 표현

같은데 우린 미국에 있으니까 관두자. 그 길 위야."

"그렇게 말씀하신다면야."

"이 두 번째 의뢰인이 어디에 사는지 짐작도 못 할 거야."

"신시내티군요."

"옳지. 상으로 시가 한 대는 드려야겠네."

그는 얼굴을 찌푸렸다.

"같은 도시에 일거리가 둘이군요. 가능하기만 하다면 여행 한 번에 둘 다 해치울 만한 이유가 되겠죠. 중요한 건 아니지만 비행기 푯값도 아끼고, 방을 찾고 적응하는 시간도 아끼고. 그러니 어느 쪽 일도 하지 않은 채 여기로 돌아와 있다는 건 말이 되지 않죠. 뭔가 더 있겠군요."

"상으로 시가를 한 대 물리고 불까지 붙여드려야겠는데."

"빼끔빼끔. 두 일이 어떤 식으로든 연관되어 있어서 미리 알고 있지 않으면 제 발을 밟을 수 있다는 뜻이군요."

켈러가 말했다.

"그리고 자기가 발을 밟는 일이 일어나지 않길 바라지."

"좋아요. 관계가 뭐죠? 두 일 모두 같은 의뢰인인가요?"

도트는 고개를 저었다.

"그럼 서로 다른 의뢰인에, 같은 표적? 서로 다른 두 사람이, 둘 다 며칠 사이로 우리에게 전화를 걸 정도로 뚱뚱한 남자에게 화가 난 건가요?"

"대단한데?"

"흠, 사람들의 화를 돋우는 것도 다른 모든 일과 비슷하죠. 재주를 타고난 사람들이 있어요. 하지만 그것도 아니군요."

"그래."

"표적이 다르군요."

"유감이지만 그래."

"다른 표적, 다른 의뢰인. 사실상 같은 시간, 같은 장소지만 다른 건 전부 다르다. 그래서요? 좀 도와줘요, 도트. 전혀 알아내지 못하고 있잖아요."

"켈러, 자기는 잘하고 있어."

"전부 다른 네 사람. 뚱뚱한 남자와 남자를 죽이라고 우리를 고용한 남자, 그리고 표적 2번과 의뢰인 2번, 그리고……."

"이제 빛이 들어오기 시작해? 감이 와?"

"뚱뚱한 남자가 우리를 고용하고 싶어 하는군요. 우리의 원래 의뢰인을 죽이려고요."

"이 사람에게 폭죽 터지는 시가를 주시길."

"A가 B를 죽이라고 우리를 고용하는데, B가 A를 죽이라고 다시 고용한다."

"조금 수학 문제 같은 소리긴 하지만, 그렇게 정리되겠지."

"계약이 직접 들어왔을 리는 없어요. 중개인을 통했겠죠. 맞죠? 뚱뚱한 남자는 현명한 사람이 아니니까요. 범죄 조직과는 관련이 조금 있을지 몰라도 그거야 일부 사업가들의 방식대로일 테니 여기에 전화하는 방법을 알 리 없죠."

"누군가를 통해서 연락했어."

도트가 인정했다.

"다른 남자도 마찬가지겠군요. 물론 서로 다른 중개인이고요."

"물론이지."

"그리고 둘 다 여기로 전화를 했다."

그는 의미심장하게 천장을 향해 눈썹을 치켜 올렸다.

"어르신은 어떻게 했어요, 도트? 양쪽 다 승낙을 한 건가요?"

"바로 그렇게 했지."

"도대체 왜요? 먼저 받아둔 의뢰가 있는데 그 의뢰인을 죽이는 임무를 받아들일 수는 없어요. 특히나 이미 우리가 제거하기로 동의한 사람에게서는요."

"이 상황이 직업윤리에 어긋나 보여, 켈러?"

"이거 맛있네요."

그는 레모네이드를 흔들면서 말했다.

"믹스예요, 다른 거예요?"

"직접 만든 거야. 진짜 레몬에 진짜 설탕으로."

"그래서 다르군요."

켈러는 말을 이었다.

"윤리? 제가 윤리에 대해 뭘 알겠어요? 그냥 일을 이런 식으로 하면 안 된다는 거죠. 중개인이 어떻게 생각하겠어요?"

"어느 중개인?"

"의뢰인이 살해당한 쪽 중개인요. 그 사람이 뭐라고 하겠어요?"

"자기라면 어떻게 했겠어, 켈러? 자기가 어르신이라면, 그리고 첫 번째 연락을 받고 며칠 후에 두 번째 연락을 받았다면."

그는 생각해보았다.

"당장은 투입할 수 있는 사람이 없지만 이 주쯤 지나면 괜찮은 친구가 아루바에서 돌아올 거라고 했겠죠."

"아루바?"

"어디든 간에요. 그러고 나서, 일주일쯤 후에 뚱뚱한 남자가 죽고 제가 돌아오면 전화해서 아직 의뢰할 생각이 있는지 물어보는 거죠. 그러면 중개인이 '아니, 의뢰인이 마음을 바꿨습니다' 같은 말을 하겠죠. 누가 자기 의뢰인을 쐈는지 짐작한다 해도 그 정도면 정직하고 깔끔하고 사무적이잖아요. 동의하지 않으세요?"

"아니, 전적으로 동의해."

"그런데 어르신이 그렇게 하지 않았다니 놀라워요. 어르신은 무슨 생각을 하는 거죠? 의심을 불러일으킬까 두려웠다, 뭐 그런 건가요?"

도트는 바라보기만 했다. 켈러는 눈을 마주친 도트의 얼굴에서 무엇인가를 읽어내고, 이해했다.

"이런, 안 돼."

"난 나아지고 있는 줄 알았어. 상황을 부정하는 마음이 약간 들어가지 않았다고는 못 하겠어, 켈러. 조금은 바라는 대로 보고 만 거지."

"이해할 수 있어요."

"그분이 방 번호를 잘못 준 일도 있었지만, 결국에는 잘 해결됐잖아."

"우리에겐 그랬죠. 방에 있던 사람에게는 아니었고."

도트는 인정했다.

"그렇긴 하지. 그 후에 그분은 의기소침해서 연락해 오는 모든 의뢰인을 거절했어. 난 의사가 프로작을 처방해줄 수 있지 않을까 생각했지."

"프로작은 잘 모르겠네요. 이쪽 세계에서……."

"그래, 나도 그런 생각은 했지. 우울해서 좋을 건 없지만, 억지로 안정시킨다고 우울한 것보다 낫기는 한가? 역효과를 낳을 수도 있어."

"재앙이 될 수도 있어요."

"그렇기도 하지. 어차피 그분을 의사에게 데려갈 수도 없는데 상관없잖아? 그분이 의기소침해지는 건 날씨와 비슷할지도 몰라. 저기압 전선이 접근해 올 때 내가 할 수 있는 일이라곤 아이스티를 들고 베란다에 앉아 있는 것뿐이지. 그러다가 저기압이 사그라들고 캐나다에서 좋은 바람이 불어오면 다시 예전과 비슷해지는 거야."

"예전요."

"어제 그분이 전화를 받더니 나를 호출하기에 커피를 한 잔 갖다드렸지. '켈러를 불러. 신시내티에서 켈러가 할 일거리를 받았어.' 그러시더라."

"데자뷔로군요."

"말 잘했어, 켈러. 겪어본 적 없는 데자뷔였지."

그녀의 설명은 세세했다. 노인이 뭐라고 말했는지, 도트는 그게 무슨 뜻이라고 생각했는지, 노인의 진의는 무엇인지, 어쩌고저쩌고 기타 등등. 이야기의 요점만 정리하자면, 먼저 의뢰한 배리 몬크리프가 뚱뚱한 남자와의 문제가 곧 끝난다는 사실에 신이 난 나머지 최소한 한 명에게 그 사실을 털어놓았고, 누군가가 비밀을 지키지 못한 덕분에 그 이야기는 뚱뚱한 남자 아서 스트랭의 귀에 들어갔다.

입이 가벼우면 배가 가라앉는다는 사실을 몬크리프가 망각한 반면, 스트랭은 최선의 방어는 공격이라는 사실을 기억한 모양이었다. 전화를 몇 통 건 그는 마침내 톤턴 플레이스에 있는 집 전화기를 울렸으며, 노인이 전화를 받아 청부를 받아들였다.

도트가 문제의 복잡성, 즉 그들의 새로운 의뢰인은 처형될 예정이며, 그 대가는 방금 그들의 새로운 표적이 된 사람이 지불한다는 사실을 지적했을 때, 노인이 원래의 청부를 완전히 잊고 있었다는 사실이 명백해졌다.

"그분은 켈러 자기가 신시내티에 가 있는 줄도 몰랐어. 신시내티로든 어디로든 본인이 보냈다는 사실도 몰랐고. 기껏해야 자기가 개를 산책시키러 나간 줄 알았던 거야. 물론 개가 있다는 사실을 기억했다고 치고."

"하지만 도트 이야기를 듣고……."

"그래도 문제가 뭔지 모르더라. 계속 설명을 하다가 문득 내가 뭘 하고 있는지 깨달았어. 전구를 불어서 끄려고 하고 있었던 거야."

"뻐끔뻐끔."

"맞는 말이야. 그분은 받아들이질 못했어. '켈러는 착한 녀석이야. 켈러에게 맡겨둬. 켈러는 어떻게 해야 할지 알 거야.' 이러셨지."

"그렇게 말씀하셨다고요?"

"정확히 그렇게 말했어. 조금 불안해 보이네, 켈러. 그분이 틀렸다는 말은 하지 말아줘."

그는 잠시 생각했다.

"뚱뚱한 남자는 자기를 제거할 청부계약이 있다는 사실을 알고 있단 말이죠. 흠, 그럴 줄 알았어. 그래서 그렇게 접근하기가 힘들었군요."

도트가 지적했다.

"자기가 해치웠다면, 나도 어깨만 으쓱하고 지나간 일은 할 수 없다고, 흘려보내자고 했을 거야. 하지만 다행인지 불행인지 자기는 제때 자동 응답기를 확인했지."

"다행인지 불행인지."

"그래, 나에게 어느 쪽인지 묻지는 마. 제일 쉬운 방법은 자기만 좋다면 내가 양쪽 중개인에게 전화를 걸어서 우린 빠진다고 하는 거야. 정예 요원이 스키 사고로 다리가 부러졌으니 다른 곳에 전화하는 편이 좋겠다고 말이야. 왜 그래?"

"스키요? 이 철에?"

"칠레라고 하면 되지, 켈러. 상상력을 발휘해. 아무튼, 그렇게 빠질 수도 있어."

"그게 최선일지도 모르겠네요."

"금전적인 관점에서 보면 그렇지도 않지. 자기에게 돌아가는 돈도 없고 양쪽 의뢰인에게 환불을 해줘야 해. 그 작자들은 다른 곳을 찾거나 서로를 쏴버릴 테지. 난 일단 받은 돈을 돌려주기가 싫어."

"의뢰인이 어떻게 했는데요, 절반만 선불인가요?"

"으흠. 늘 하던 대로지."

그는 얼굴을 찌푸리고 계산을 해보려 했다. 도트가 말했다.

"집으로 가. 앤드리아를 쓰다듬어주고 넬슨에게 입을 맞춰줘. 아니면 거꾸로인가? 자고 나서 어떻게 결정했는지 알려줘."

그는 기차를 타고 그랜드 센트럴 역으로 가서 집까지 걸어간 후, 엘리베이터를 타고 올라가서 문에 열쇠를 꽂았다. 아파트는 떠났을 때와 마찬가지로 어둡고 조용했다. 넬슨의 밥그릇은 부엌 구석에 놓여 있었다. 켈러는 그릇을 보고 아들이 떠난 시점 그대로 방을 보존하는 전사자 어머니가 된 기분을 느꼈다. 그릇을 치워버리거나 버려야 한다는 사실은 알고 있었지만 그럴 수가 없었다.

짐을 풀고 샤워를 한 다음, 나가서 모퉁이를 돌아가 맥주와 버거를 먹었다. 그런 다음에 산책을 했지만 별로 재미는 없었다. 켈러는 아파트로 돌아가서 항공사에 전화를 걸었다. 그러고는 다시 짐을 싸서 택시를 타고 JFK 공항으로 향했다.

그는 비행기를 기다리면서 화이트 플레인스에 전화를 했다.

"가는 길이에요."

그는 도트에게 말했다.

"계속 자기에게 놀라네, 켈러. 분명히 오늘밤은 자고 갈 줄 알았는데."

"그럴 이유가 없어요."

잠시 침묵이 흘렀다. 그리고 도트가 말했다.

"켈러? 무슨 문제라도 있어?"

"앤드리아가 떠났어요."

말하면서 스스로도 놀랐다. 원래는 아무 말도 할 생각이 없었다. 결국에는 했겠지만 아직은 아니었다.

"정말 안타깝네. 둘이 행복한 줄 알았는데."

"저도 그랬어요."

"오."

"자기 자신을 찾아야 한대요."

"있지, 사람들이 그런 말을 하는 건 들어봤는데, 도무지 그게 무슨 소린지 모르겠어. 애초에 자기 자신을 어떻게 잃지? 어디에서 자기 자신을 찾을지는 어떻게 알고?"

"저도 그게 궁금했어요."

"물론 앤드리아는 무척 젊어, 켈러."

"맞아요."

"자기에게는 너무 어리다고 말하는 사람도 있을 거야."

"그렇겠죠."

"그래도 앤드리아가 그립겠네. 넬슨도 그럴 거고."

"둘 다 그리워요."

"난 자기랑 넬슨 둘 다 앤드리아를 보고 싶겠다고…… 잠깐만. 방금 뭐라고 했지?"

"비행기 탑승을 시작하네요."

그는 그렇게 말하고 통화를 끊었다.

신시내티 공항은 신시내티와 강을 사이에 둔 켄터키 주에 있었다. 켈러는 그날 아침에 에이비스 렌터카에 차를 돌려준 참이었고, 같은 카운터에 다른 차를 빌리러 돌아가면 이상할지도 모른다고 생각했다. 그래서 버짓 렌터카로 가서 혼다를 빌렸다.

직원이 말했다.

"일제 차지만, 사실은 미국에서 생산했답니다."

"마음의 짐을 더는군요."

켈러는 말했다.

처음 잡았던 모텔에서 팔백 미터쯤 떨어진 모텔을 잡고 식당 공중전화로 전화를 걸었다. 궁금한 게 많았다. 배리 몬크리프, 의뢰인 1번이자 임무 2번인 친구에 대해 알아야 할 것이 많았다. 도트는 질문에 대답하는 대신 자기가 묻고 싶은 질문을 던졌다.

"무슨 뜻이야, 둘 다 그립다니? 개는 어디 있는데?"

"몰라요."

"앤드리아가 개를 데리고 뛰쳐나갔어? 그런 거야?"

"같이 떠났어요. 아무도 뛰쳐나가진 않았고요."

"좋아, 앤드리아가 개를 데리고 걸어나갔단 말이지. 아마 자기를 찾는 여행을 개가 도와줄 필요가 있다고 생각했나 보군. 뭘 어떻게 한 거야, 자기가 신시내티에 있는 동안에 도망친 거야?"

"그보다 더 됐어요. 그리고 도망치지 않았어요. 그 문제로 대화를 나눴는데 앤드리아는 넬슨을 데리고 가는 게 최선이라고 생각했어요."

"자기도 동의했고?"

"그런 셈이죠."

"그런 셈? 그게 무슨 뜻이야?"

"자주 생각해본 문제라서요. 앤드리아가 저에게는 사실 넬슨에게 들일 시간이 없다고 했고, 전 여행을 많이 다니고……. 모르겠군요."

"앤드리아를 만나기 훨씬 전부터 넬슨은 자기 개였어. 집을 비웠을 때 넬슨을 산책시키라고 고용했던 거잖아."

"맞아요."

"그런데 어쩌다 보니 다른 관계가 됐고, 앤드리아는 그 집에 살게 됐지. 그러다가 정신 차리고 보니 앤드리아가 개를 데려가는 게 최선이라는 소릴 듣게 된 거고."

"맞아요."

"그리고 둘이 떠났단 말이지."

"맞아요."

"자기는 둘이 어디 있는지도 모르고 돌아올지 여부도 모르고."

"맞아요."

"언제 일어난 일이야, 켈러?"

"한 달쯤 전에요. 조금 더 됐을지도 모르겠네요. 육 주쯤 됐나."

"그런 말 안 했잖아."

"안 했죠."

"난 넬슨을 쓰다듬어주고 앤드리아에게 입맞춰주라는 소리를 계속했는데 아무 말도 안 했어."

"조만간 이야기하긴 했을 거예요."

둘 다 한참 동안 침묵에 빠졌다. 그러더니 도트가 어떻게 할 거냐고 물었다. 켈러는 뭘 어떻게 하느냐고 되물었다.

"뭘 어떻게 하느냐고? 자기 개와 여자친구 말이야."

"그걸 거라고 생각하긴 했는데, 몬크리프와 스트랭에 대한 이야기일 수도 있잖아요. 어느 쪽이든 답은 같아요. 어떻게 할지 모르겠어요."

정리하자면 이런 상황이었다. 그에게 선택권이 있었다. 어느 쪽 청부를 수행하고 어느 쪽을 취소할지는 그의 결정에 달렸다.

이런 문제에 어떻게 결론을 내릴까? 서비스를 원하는 사람은 둘인데 한 사람만 누릴 수 있었다. 켈러가 그림이었다면야 답은 명백했다. 경매에 내걸어 누구든 더 높은 경매가를 부르는 사람이 소파 위에 걸 예쁜 그림을 얻을 것이다. 하지만 이번 사례에서는 가격이 정해져 있는데다 양쪽이 따로따로 가격에 동의했으니 경매가 불가능했다. 양쪽 모두 절반을 선불로 냈으며 일이 성사되면 한쪽은 추가로 절반을 지불할 테고 다른 한쪽은 환불을 요구할 자격을 얻겠지. 하지만 그 돈을 달라고 할 상태는 아닐 것이다.

평균 가격의 1.5배를 받는 셈이라 평소보다 수익이 좋은 청부일 수는 있었다. 어떻게 일을 해결해도 같은 결과가 나왔다. 몬크리프를 죽이면 스트랭이 나머지 돈을 지불할 것이다. 스트랭을 죽이면 몬크리프가 나머지를 지불할 것이다.

어느 쪽으로 할까?

몬크리프가 먼저 연락했다. 어르신이 몬크리프와 계약을 했다는 건 그에게 몇 가지 권리를 독점적으로 보장한다는 의미다. 누군가를 죽여달라고 누군가를 고용할 때는, 상대에게 당신을 죽이는 일에 고용되지 않는다는 확약을 요구하지 않는 법이다. 말할 필요가 없는 일이니까.

그러니까 그들이 먼저 약속한 사람은 몬크리프이니 스트랭과의 합의는 무효가 되어야 했다. 스트랭에게 받은 돈은 사실 의뢰 비용이 아니라 우발적인 이익에 가까우므로 저울에 달 필요가 없었다. 스트랭의 선불금을 받은 것은 사냥감이 안전해진 줄 알고 안심하게 만들어서 접근하기 쉽도록 꾸민 더할 나위 없이 타당한 전술이라고 우길 수도 있었다.

반면에…….

반면에, 몬크리프가 저주받을 입만 잘 다물고 있었더라면 스트랭이 사전에 경고를 받아 대비하는 일도 없었을 것이다. 뚱뚱한 남자를 해치우려는 계획에 대해 입을 놀리는 바람에 스트랭이 누군가에게 전화를 걸고, 누군가가 또 다른 누군가에게 전화를 걸고, 결국 화이트 플레인스에 있는 노인과 연결이 되게 만든 사람은 몬크리프였다.

스트랭이 그렇게 까다로운 표적물이 된 것도 몬크리프의 수다스러움 탓이었다. 몬크리프가 입을 놀리지만 않았어도 뚱뚱한 남자에게 다가가기는 쉬웠을 테니 지금쯤 켈러는 임무를 오래전에 완수한 입장이었을 것이다. 신시내티 외곽에 있는 모텔에 혼자 앉아 있는 대신, 1번가 아파트에 혼자 앉아 있을 수 있었겠지.

몬크리프는 입을 가벼이 놀려서 자기 배를 가라앉혔다. 비밀을 지키지 못했던 몬크리프는 훨씬 빨리 청부를 성사시키고도 망쳤다. 불운한 상황을 불러일으킨 그의 행동 때문에 청부계약이 결정적으로 무효화되었음을 입증할 수는 없을까? 그렇게만 된다면 노인은 다른 이해관계자에게 반대 제안을 받아들이면서 착수금을 챙긴 일을 정당화하고도 남을 텐데 말이다.

그렇다면 뚱뚱한 남자를 진짜 의뢰인으로 간주하고 (뚱뚱한지 말랐는지, 키가 큰지 작은지 모를) 몬크리프를 적절한 사냥감으로 보아야 한다는 뜻이었다.

반면에…….

몬크리프는 강가에 있는 스타디움에서 멀지 않은 고층 건물의 펜트하우스에 살았다. 신시내티 레스 팀이 홈경기를 위해 와 있었고, 켈러는 야구장 표와 비싸지 않은 쌍안경을 사 들고 경기를 보러 갔다. 우측 외야석으로 쌍안경을 손에 든 사람이 혼자가 아닐 만큼 홈과는 멀리 떨어져 있었다. 근처에 아버지와 아들이 앉았는데 둘 다 파울볼을 잡을 희망으로 야구 글러브를 끼고 왔다. 양쪽 팀 다 투수의 구위가 좋지 않아 홈런도 많이 터졌지만 아이와 아버지는 누가 오른쪽으로 멀리 파울볼을 때릴 때만 흥분했다.

켈러는 의아했다. 야구공을 갖고 싶다면 스포츠용품점에서 하나 사는 편이 낫지 않을까? 공을 쫓는 흥분을 원한다면, 직원에게 공을 던지게 해서 떨어지는 공을 아이가 받게 하면 되지 않은가.

켈러는 쉬는 시간에 쌍안경을 몬크리프의 아파트로 짐작되는 창문에 돌렸다. 그는 몬크리프가 야구팬일지, 자기집 위치를 이용해서 창가에서 야구 시합을 지켜볼지 궁금했다. 켈러가 들고 온 쌍안경보다 훨씬 배율이 높아야겠지만 몬크리프에게 펜트하우스를 감당할 능력이 있다면 강력한 망원경도 살 수 있을 터였다. 토성의 고리를 헤아릴 수 있는 망원경이라면 투수의 커브볼이 꺾이는지 여부도 알아볼 수 있었다.

그는 시합에 야구 글러브를 끼고 오는 것과 비슷하겠다는 결론을 내렸다. 몬크리프 같은 남자가 야구 시합을 보고 싶다면 신시내티 레스의 덕아웃 뒤에 있는 박스석을 구입할 수 있었다. 물론 최근에는 집에 틀어박혀서 망원경은 아니더라도 텔레비전으로 시합을 보는 편을 더 좋아할지도 몰랐다. 그편이 더 안전하다고 생각할 테니까 말이다.

켈러가 아는 한 배리 몬크리프는 위험을 많이 감수하지 않았다. 뚱뚱한 남자가 보복에 나서서 따로 청부계약을 할지도 모른다고 짐작한 게 아니라면 원래 조심스러운 사람인 모양이었다. 몬크리프는 안전한 건물에 살면서 건물을 거의 떠나지 않았다. 밖으로 나올 때도 어디든 혼자 가는 일은 결코 없었다.

윤리를 따져서는 표적물을 정할 수 없었던 켈러는 실용성에 따라 택하기로 했다. 어쨌든 그의 직업은 도박과는 달랐다. 힘든 방법으로 점수를 딴다고 보너스가 붙을 일은 없었다. 그러니까 두 사람 중 하나를 제거해야 한다면 죽이기 쉬운 쪽을 고르는 게 좋지 않겠는가?

신시내티 레스가 9회 말 만루 상황에서 점수를 내지 못해 연장전에서 필라델피아 필리스에게 지고 켈러가 야구장을 떠난 순간은 그가 질문의 답을 찾는 데 사흘을 꼬박 보낸 시점이었다. 지금까지 그는 어느 쪽도 죽이기 쉽지 않다는 결론밖에 내리지 못했다. 하나는 하늘 높이, 하나는 교외 시골에 지어진 요새에서 살았다. 어느 쪽도 제거하기가 불가능하지는 않지만 그야 불가능은 없는 법이고, 어느 쪽도 쉽지 않았다.

그는 겨우 몬크리프를 볼 수 있었다. 로비에 들어가 당황스러운 척하는 켈러 못지않게 당황스러워하는 안내원에게 주소가 잘못된 소포를 보여주고 있는데 몬크리프가 넓은 어깨와 울룩불룩한 근육에 재킷을 걸친 젊은 남자 둘을 양옆에 거느리고 들어왔다. 몬크리프는 머리가 벗어진 오십 대 남자로 입꼬리는 아래로 처졌고 턱살은 배싯 하운드처럼 늘어졌다.

몬크리프도 뚱뚱했다. 아서 스트랭에게 뚱뚱한 남자라는 딱지를 붙이지 않았더라면 몬크리프를 뚱뚱한 남자라고 불렀을지도 몰랐다. 몬크리프는 스트랭처럼 뚱뚱하지는 않았지만(스트랭 같은 사람은 드물었다) 식욕 부진증 환자와는 거리가 멀었다. 켈러는 몬크리프가 스트랭보다 삼십에서 사십오 킬로그램 정도 가벼우리라 추측했다. 스트랭이 뒤뚱뒤뚱 걷는 반면에 몬크리프는 비둘기처럼 으쓱거리며 걸었다.

모텔방으로 돌아와 정신을 차리고 보니 뉴스를 틀어놓고 방금 보고 온 시합의 하이라이트를 멍하니 보던 중이었다. TV를 끈 뒤 쌍안경을 집어 들어 이걸 굳이 왜 샀으며 이제 어디에 쓸까 생각했다. 저도 모르게 앤드리아라면 쌍안경으로 센트럴파크에서 새를 관찰하면서 좋아했으리라는 생각을 하고 있었다. 스스로에게 그만두라고 말한 뒤 가서 샤워를 했다.

어느 쪽도 죽이기 쉽지 않았지만, 이미 양쪽 다 접근 방법을 몇 가지 알아봐놓았다. 다이빙 경기를 채점하듯이 난이도를 매겨봐도 거의 차이가 없었다. 지금까지 알아낸 바로는 위험도 역시 마찬가지였다.

문득 떠오르는 생각이 있었다. 어쩌면 둘 중 한명은 죽어 마땅한지도 몰랐다.

여자가 말했다.

"아서 스트랭 말이죠? 내가 만났을 때도 뚱뚱하긴 했어요. 타고난 뚱보라고 생각해요. 지금 같지는 않았어요. 그냥 좀, 몸이 무거워 보인다 정도였죠."

마리라는 이름에 진짜 같지 않은 붉은 머리의 키 큰 여성이었다. 켈러는 삼십 대 초반 정도라고 가늠했다. 통통한 입술, 커다란 눈. 몸매도 근사했지만, 굳이 그녀가 그런 화제를 꺼냈으니 말인데 켈러의 견해로는 이삼 킬로그램 정도는 빼도 좋을 듯했다. 물론 그렇게 말하지는 않았다.

"그이를 만났을 때는 몸이 무거워 보이기는 했지만 잘 만든 이탈리아 정장을 입고 있어서 괜찮아 보였어요. 알아요? 물론 벗고 나면 소용없죠."

"그렇겠죠."

"응?"

그녀는 어리둥절한 얼굴이었지만 술을 한 잔 마시자 다시 풀어졌다.

"우리가 결혼하기 전에 그이는 실제로 살을 빼기도 했어요. 믿거나 말거나요. 그 후에 같이 빗자루를 뛰어넘자• 그이는 양손으로 먹어대기 시작했죠. 물론 그냥 말이 그렇다는 거예요."

"사실은 한 손으로 먹었나요?"

"아뇨, 바보! '빗자루를 뛰어넘었다'는 표현 말이에요. 우린 교회에서 평범하게 결혼식을 했다고요. 어쨌든, 아서가 뛰어넘기를 잘했을 거라고는 생각하지 않아요. 아무리 빗자루를 바닥에 둔다고 해도 말이죠. 그이와 결혼 생활을 한 삼 년 동안 그이는 일 년에 십에서 십오 킬로그램씩은 불었을 거예요. 그러다가 삼 년 전에 갈라섰죠. 최근에 그이 봤어요? 집채만 해졌더군요."

집 두 채는 될걸. 켈러는 생각했다. 하지만 그 대저택 전체만큼 크지는 않았다.

"있죠, 케빈."

그녀는 켈러의 팔에 손을 얹으며 말했다.

"이 안은 연기가 너무 자욱하네요. 다들 법이 통과됐는데도 아랑곳없이 담배를 피워댄다니까. 그런다고 어쩌겠어요, 체포하겠어요?"

"바람을 쐬러 나가는 게 어떨까요."

켈러가 제안하자 그녀는 활짝 웃었다.

그녀의 집으로 들어가서, 마리는 말했다.

"그이에겐 선호하는 게 따로 있었어요, 케빈."

켈러는 더 이야기해보라는 듯 고개를 끄덕이면서 예전에 케빈이라고 불린 적이 있었나 생각했다. 어쩐지 그녀가 케빈이라고 부르는 방식이 마음에 들었다.

"사실대로 말하면요. 그이는 이상성욕자였어요."

그녀는 험악하게 말했다.

"정말요?"

"그이는 내가 이런저런 짓을 하길 원했어요."

그녀는 그의 다리를 문지르면서 말했다.

● **빗자루를 뛰어넘다** _ 가재도구를 상징하는 빗자루를 건너뛰고 남녀가 관계를 맺는다는 말로, '남녀가 내연 관계를 맺다', 혹은 '졸속으로 결혼하다'라는 뜻이 담긴 관용구이다.

"어떤 짓을 원했는지 못 믿을 거예요."

"오?"

그녀는 이야기하고 나서 말했다.

"역겹다고 생각했지만, 그이는 고집을 부렸고……. 그게 헤어진 이유가 되기도 했죠. 그런데 웃기는 게 있어요. 알고 싶어요?"

"물론이죠."

"이혼한 후에 그 문제에 좀더 마음이 넓어졌어요. 믿기 어렵다고 생각할지도 모르지만, 케빈, 난 꽤 변태랍니다."

"설마요."

"사실은, 방금 아서에 대해 이야기한 거 있죠? 진짜 역겨운 거? 음, 이제는 그 정도는 역겹지 않다는 사실을 인정해야겠네요. 사실은……."

"응?"

"오, 케빈."

그녀가 말 그대로 변태적인데다 활기가 넘친 덕에 이후에 켈러는 몸무게에 대한 생각은 틀렸다는 결론을 내렸다. 마리는 지금 그대로 딱 좋았다.

그는 문밖으로 나가면서 말했다.

"궁금한 게 있는데, 당신 전남편 있죠? 개에 대해서는 어떻게 생각했습니까?"

"오, 케빈. 이런 사람 앞에서 내가 나를 변태라고 생각했다니.

당신은 좀 지나치네요. 개라뇨?"

"그런 의미는 아니었어요."

"물론 그렇겠죠. 케빈, 자기가 지금 여기에서 나가지 않는다면 영영 나가지 못하게 할지도 몰라요. 개라니!"

"그냥 애완동물로요. 혹시 그 사람이 개를 좋아하는지 알아요? 아니면 싫어하는지?"

마리는 대답했다.

"내가 아는 한 아서 스트랭은 개들에 대해 의견이라고 할 만한 게 없어요. 그런 화제는 아예 나온 적이 없어요."

배리 몬크리프와 함께 빗자루를 뛰어넘은 세 여자 가운데 두 번째인 로럴 몬크리프에게는 전남편의 몸무게가 오르락내리락했다거나 어둠이 내렸을 때 어떤 짓을 좋아하거나 싫어했다는 데 대해서 할말이 없었다. 비서로 일하다 첫 번째 아내로부터 몬크리프를 빼앗았던 그녀는 그 후에 남자 비서를 채용하도록 했다.

"그런데 그 개자식이 체육관에 등록했지 뭐예요. 그러더니 개인 트레이너에게 빠져서 날 떠났죠. 쓰고 난 휴지처럼 날 꾹꾹 뭉쳐서 던져버렸어요."

누가 코를 푸는 데 쓰게 생긴 여자는 아니었다. 그녀는 검은 머리의 호리호리한 여자로, 마리 스트랭과 비슷하게 안면을 트기도 쉬웠고 잠자리에 들기도 어렵지 않았다. 그녀는 스스로에 대해서나 전남편에 대해서나 어떤 흥미로운 일탈 취미도 폭로하지 않았지만 켈러가 불평할 이유는 없었다.

"아, 케빈."

로럴이 말했다.

켈러는 어쩌면 이름 탓일지도 모른다고 생각했다. 이 이름을 더 자주 써야 할지도 모르겠다. 이 이름이 행운을 가져왔는지도 모른다. 그가 말했다.

"혼자 살면서 개를 키울 생각은 안 해봤어요?"

"난 외출이 너무 잦아요. 나에게나 개에게나 좋을 게 없을걸요."

"많은 사람들이 그렇지요. 그래도 일단 집에 개를 한 마리 두는 데 익숙해지면 포기하고 싶어 하질 않아요."

"상관없어요. 난 익숙해진 적이 없고, 그런 말 알죠, 가져본 적이 없으면 그리워할 일도 없다."

"전남편이 개를 키우지는 않았나 보군요."

"내가 떠나고 그이가 마법의 손가락을 지닌 암캐와 결혼할 때까지는요."

"여자에게 개가 있었어요?"

"여자가 개였어요. 얼굴이 로트와일러 같았지. 이젠 그 여자도 버림받았는데 그 자리의 다음 임자는 안 나왔어요. 내 생각엔 그 여자는 당해도 싸요."

"그러면 배리 몬크리프가 개에 대해 어떻게 생각하는지는 모르겠군요."

"개과 동물에 대해서 말이에요? 어느 쪽으로든 별로 신경쓰지 않을걸요. 이봐요, 그런데 어쩌다가 이런 바보 같은 화제가 나온 거죠? 누워서 내게 입을 맞추는 게 어때요, 케빈?"

둘 다 지역 자선단체에 돈을 기부했다. 스트랭은 예술을 지원하는 쪽이고 몬크리프는 질병과 싸우고 노숙자들에게 밥을 먹이는 데 기부했다. 둘 다 사업에서는 무자비하다는 평판을 얻었다. 둘 다 자식이 없는데다 현재 결혼하지 않은 상태였다. 둘 다 개를 키우지도, 그가 아는 한에서는 키운 적도 없었다. 둘 다 개를 강하게 좋아하거나 싫어하는 감정은 없었다. 스트랭이 미국 동물 학대 방지 협회와 동물 생체 해부 반대 연대에 크게 기여했다거나, 몬크리프가 켄터키 주에 있는 어느 지하실에 가서 핏불테리어 두 마리가 죽을 때까지 싸우는 모습을 구경하며 그 결과에 돈을 걸기를 좋아한다는 사실을 알아냈더라면 도움이 됐을 텐데.

하지만 그런 건 발견되지 않았고, 생각하면 할수록 그 기준도 타당하지 않아 보였다. 왜 삶과 죽음의 문제가 그 사람이 개를 어떻게 생각하느냐에 달려 있어야 하나? 그리고 켈러가 왜 그런 문제에 신경을 쓰나? 켈러가 개를 키우는 사람도 아닌데 말이다, 이제는.

"어느 쪽도 알베르트 슈바이처는 아니에요. 어느 쪽도 히틀러가 아니고요. 둘 다 그 사이 어디쯤에 있어서 도덕적인 근거로 결정을 내리기는 불가능해요. 정말이지 사람 잡는 일이네요."

그는 도트에게 말했다.

"그렇지 않아. 그게 문제야, 켈러. 자기는 신시내티에 있고 시계는 가고 있어."

"알아요."

"도덕적인 결정이라니. 이건 도덕적인 결정을 내리기에는 맞지 않는 장사야."

"맞아요. 게다가 어쨌든, 제가 누구라고 그런 결정을 내리겠어요?"

"겸손은 접어두고. 들어봐, 나도 자기만큼 미쳤어. 내가 말이지, 두 중개인에게 모두 전화를 해서, 의뢰인에게 연락을 해보게 하자는 생각을 해봤어. 이런 특별한 긴급 상황이 벌어져서 어쩌고저쩌고 한 다음에 전액을 선불로 받아야겠다고 설명하는 거야."

"덤벼들 거라고 생각해요?"

"한 명이 덤벼들면 결정은 내려지는 거지. 안 그래? 먼저 다 낸 놈을 해치우고, 다른 한 놈은 만족한 고객이 되어 잔금을 치르도록 살려두고."

"멋진 계획이네요."

그는 말하고서 잠시 생각했다.

"다만……."

"아, 역시 알아차렸구나, 그렇지? 협조하는 사람, 그러니까 애

써서 진짜 훌륭한 의뢰인이 되는 쪽이 그 보답으로 살해당한다니 말이야. 아이러니를 참 좋아하긴 하지만 이건 좀 지나치다는 생각이 들었어, 켈러."

"게다가 우리 운이라면 둘 다 지불할걸요."

"그리고 우리는 원점으로 돌아가고 말이지. 켈러?"

"예?"

"모든 것을 고려해볼 때 답은 하나밖에 없어. 이십오 센트 동전 있어?"

"있을걸요. 왜요?"

"동전을 던져. 앞이냐 뒤냐로."

앞면이 나왔다.

켈러는 던졌던 동전을 집어서 구멍 안에 떨궜다. 번호를 하나 누른 다음 전화벨이 울리는 동안 동전을 던져서 결정을 내리는 지혜에 대해 생각했다. 제멋대로라는 느낌이 들었지만 어쩌면 그게 원래 세상이 돌아가는 방식일지도 몰랐다. 구름 위 어딘가에서도 턱수염을 기른 노인이 똑같은 방식으로 동전을 던진 후 어깨를 으쓱인 뒤, 열차 사고와 심장마비 들을 분배해서 삶과 죽음을 결정하는지도 몰랐다.

"스트랭 씨 부탁합니다."

그는 전화를 받은 사람에게 말했다.

"최근의 계약에 대한 문의 전화라고만 해주세요."

긴 침묵이 돌아오기에 켈러는 혹시 요금이 더 나올 때에 대비하여 이십오 센트 동전을 하나 더 집어넣었다. 스트랭이 연결되었다. 켈러는 한 번도 들은 적이 없는 목소리를 알아들을 것만 같았다. 오페라 가수처럼 낭랑한 목소리였다. 전혀 음악적이지는 않지만…….

스트랭은 단도직입적으로 말했다.

"누구신지 모르겠군요. 난 모르는 사람과 전화로 사업을 논하지 않아요."

뚱뚱하다. 켈러는 뚱뚱한 목소리라고 생각했다. 그에게 말했다.

"현명하시군요. 흠, 우리가 논해야 할 사안이 있는데 전화로 해선 안 된다는 데 동의합니다. 만나야 해요. 아무도 우리가 함께 있는 모습을 보거나 우리가 만난다는 사실도 알아서는 안 됩니다."

그는 잠시 귀를 기울였다.

"당신이 의뢰인이니 시간과 장소를 제안해주신다면 좋겠다고 생각했습니다만."

그는 다시 귀를 기울였다.

"좋아요. 그리로 가겠습니다."

"하지만 변칙적인 일 같은데."

스트랭이 파바로티에게서는 절대 나오지 않을 징징거림이 섞인 목소리로 말했다.

"이럴 필요가 있나 모르겠군요. 정말 모르겠어요."

"아시게 될 겁니다. 그 점은 약속드릴 수 있습니다."

통화를 끊은 뒤 손을 펴서 쥐고 있던 이십오 센트 동전을 보았다. 켈러는 잠시 생각했다. 화이트 플레인스에 있는 노인에 대해, 그다음에는 하늘 위에 있는 노인에 대해. 길고 하얀 턱수염을 기른 얼굴로 자기 나름대로 던진 동전에 맞춰 우주를 운영하는 노인. 그리고 자신의 삶의 전환점들에 대해, 사람들이 삶에 들어왔다가 나가는 방식에 대해 생각했다.

켈러는 손바닥에 놓인, 별로 무게가 나가지 않는 동전의 무게를 가늠해보다가 휙 던져서 잡고 반대쪽 손등에 탁 내려놓았다.

뒷면.

그는 전화기에 손을 뻗었다.

"이번에는 아이스티야. 지난번에는 내가 아이스티라고 약속해놓고 레모네이드를 줬지."

도트가 말했다.

"훌륭한 레모네이드였어요."

"흠, 그렇게 말하자면 이건 훌륭한 아이스티야. 진짜 차로 만든."

"그리고 분명히 진짜 얼음을 썼겠죠."

"차가운 물 한 병에 티백을 넣고 물병을 태양 아래 내놓은 채로 몇 시간 동안 잊어버려. 그런 다음 냉장고에 넣어."

"물은 아예 안 끓여요?"

"그럴 필요가 없어. 몇 년 동안 그런 줄 알았는데 알고 보니 내 생각이 틀렸더라고. 그나저나 어디까지 말하고 있었는지 놓쳤네. 아이스티 때문에. 아, 그렇지. 이번에는 자기가 전화를 해서 이렇게 말했어. '저 돌아가요. 레모네이드 내줄 준비 하세요.' 그러니까 이번에는 자기가 레모네이드를 기대하고 있었는데, 지금 난 아이스티를 주고 있어. 이해가 가, 켈러? 매번 자기는 기대한 것과 반대로 받는 거야."

"아이스티냐 레모네이드냐의 문제에 한해서 그렇죠. 그 정도는 감수할 수 있어요."

"흠, 자기는 언제나 새로운 현실에 빨리 적응했지. 그게 강점 중에 하나고."

도트는 고개를 젖히고 천장을 올려다보았다.

"말이 나오니 말인데. 위층에 올라가서 이야기를 하고 왔지. 어떻게 생각해?"

"괜찮아 보이던데요."

"예전처럼?"

"설마요. 하지만 제가 보고하는 내용에 귀를 기울였고 저보고 잘했다고 했어요. 적당히 둘러댄 것 같아요. 제가 어디에 있었는지 짐작도 못 하면서 대충 둘러댄 느낌이에요."

"최근에 그러실 때가 많지."

"향이 제대로 나는 거 알아요? 그런데 물을 안 끓인다고요?"

"급할 때만 아니라면 그래. 켈러?"

그는 아이스티잔에서 눈을 들었다. 도트는 베란다 난간에 앉아 다리를 꼬고, 한쪽 샌들을 발가락에 대롱거리고 있었다.

그녀는 말했다.

"왜 둘 다였어? 한 명만 죽였다면 나머지 한 명에게 잔금을 받았을 거야. 지금처럼 하면 수표에 서명을 할 사람이 남지 않아."

"어르신이 수표를 받아요?"

"그냥 표현이 그렇다는 거야. 중요한 건, 지불할 사람이 남지 않았다는 거야. 이건 두 번째 건은 무료로 해주는 경우가 아니야. 돈이 드는 일이라고."

"알아요."

"그러니 설명을 해주겠어?"

그는 시간을 들여 생각해보고 마침내 말했다.

"과정이 마음에 들지 않았어요."

"과정이라니?"

"선택하는 과정요. 선택할 길이 없었고, 동전 던지기는 사실 도움이 되지 않았어요. 전 동전의 선택을 받아들이기로 선택하면서 여전히 선택을 하고 있었죠. 무슨 말인지 따라올지 모르겠지만요."

"흔적이 희미하긴 하지만 블러드하운드처럼 열심히 따라가고 있어."

"둘이 똑같은 취급을 받아야 한다고 생각했어요. 그래서 동전을 두 번 던졌고, 처음에는 앞면이 나오고 두 번째에는 뒷면이 나왔죠. 그래서 둘 다와 약속을 잡았어요."

"약속이라."

"둘 다 비밀 만남을 준비하는 데 능숙했어요. 스트랭은 자기집 뒷문으로 들어가는 방법을 알려줬죠. 전기 울타리를 넘어갈 수 있는 곳이 있었어요."

"그러니까 그 사람은 여우에게 닭장 열쇠를 준 거군."

"닭장은 없지만 공구 창고는 있었죠."

"그리고 운명적인 아침에 두 남자가 창고에 들어갔다가 한 사람만 나왔겠지."

도트가 덧붙였다.

"그다음에 몬크리프를 만나러 간 거야?"

"시내 중심가에 있는 옴니에서였죠. 몬크리프는 그 식당에서 점심을 먹고 있었는데, 아주 훌륭한 곳이라더군요. 식당에 남자 화장실이 없어서 호텔 로비에 있는 화장실을 이용했죠. 공개된 장소에 함께 있는 일 없이 그곳에서 만날 수 있었어요."

"영리하네."

"둘 다 영리한 사람이었어요. 어쨌든 방법은 잘 통했죠. 스트랭과 마찬가지로요. 제가 쓴 방식은…… 흠, 그 부분은 듣기 싫으시겠군요."

“특별히 듣고 싶지는 않아. 그래.”

켈러는 잠시 침묵하면서 아이스티를 마시고는 바람이 불 때마다 흔들리는 풍경 소리에 귀를 기울였다. 그리고 한동안 바람이 잔잔할 때 말했다.

“화가 났어요, 도트.”

“안 그래도 궁금했어.”

“아시겠지만, 전 개가 없는 편이 더 나아요.”

“넬슨 말이지.”

“넬슨은 좋은 개인데다 그 녀석을 많이 좋아하지만, 둘 다 제게는 귀찮은 짐이었어요. 개는 먹여주고 산책을 시켜줘야 하죠.”

“당연하지.”

“앤드리아도 좋아했지만 전 평생 혼자 산 남자예요. 혼자 사는 편이 더 능숙하죠.”

“익숙한 거겠지.”

“맞아요. 하지만 그렇다고 쳐도, 도트. 길거리를 걸으면서 진열장을 들여다보면 어느새 귀고리에 눈길이 꽂히고, 그럴 이유가 없다는 사실을 기억하기도 전에 앤드리아에게 사주려고 가게 문안으로 몸이 반쯤 들어가 있어요.”

“자기가 그 아가씨를 위해 산 모든 귀고리를 생각해봐.”

“앤드리아는 귀고리를 받으면 좋아했고 저는 귀고리 사기를 좋아했으니 잘 돌아갔죠.”

켈러는 숨을 쉬었다.

"어쨌든 화가 나더니 사그라들지를 않아요."

"앤드리아에게 말이지."

"아니요, 앤드리아는 옳은 일을 했어요. 제겐 앤드리아에게 화낼 이유가 없어요."

그는 위쪽을 가리켰다.

"그분에게 화가 났어요."

"애초에 자기를 신시내티로 보낸 것 때문에?"

켈러는 고개를 저었다.

"위층 어르신 말고요. 더 높은 곳에 있는 권능자, 하늘에서 온갖 동전을 던지는 노인장요."

"아, 그분."

"물론, 일을 처리할 때는 화가 나 있지 않았어요. 언제나와 똑같았죠. 그냥 거기까지 하러 간 일을 한 거예요."

"자기는 전문가야."

"그렇겠지요."

"충분한 값어치를 하지."

"제가 그렇기는 한가요."

"여름 특가. 반액 할인으로 살인해드립니다."

도트가 말했다.

켈러는 풍경 소리에, 그다음에는 정적에 귀를 기울였다. 결국 켈러는 아파트에 돌아가서 개 밥그릇을 어떻게 해야 할지 알게 되리라. 결국 켈러와 도트는 노인을 어떻게 해야 할지 생각해내리라. 그러나 지금만큼은, 그저 그 자리에 가만히 앉아서 아이스티를 마셨다.

008

현장의 켈러

켈러는 손에 마실 것을 든 채 분홍색 드레스를 입은 여자에게 멋진 저녁이라고 맞장구를 쳤다. 그는 야외 테라스에 모여선 젊은 기혼자들 사이를 누비고 지나갔다. 목이 가느다란 술잔이 담긴 쟁반을 들고 지나가는 웨이트리스를 보고 들고 있던 술잔을 새것으로 바꾸었다. 그는 술을 마시고 걸으면서 지금 마시는 물건이 무엇일까 생각했다. 보드카 사워의 일종일 텐데 더 자세히 알 필요는 없다고 판단했다. 이 잔을 마시고 한 잔만 더 마셔야겠다고 생각했지만 오늘밤은 업무중이 아니니 원한다면 열 잔도 더 마실 수 있었다. 긴장을 풀고 힘을 빼고 즐거운 시간을 보낼 수 있었다.

음, 거의 그렇기는 했다. 완전히 긴장을 풀 수도 완전히 힘을 뺄 수도 없었다. 왜냐하면 업무는 아닐지 몰라도 완전히 오락도 아니었기 때문이다. 오늘 저녁 가든파티는 하늘이 내려준 정찰 기회였다. 사냥감을 가까이에서 보기 위해 기회를 이용했다. 화이트 플레인스에 있는 노인의 서재에서 사진을 받아 댈러스까지 가지고 오긴 했지만 아무리 잘 나온 사진이라도 대상을 실물로, 그것도 본래 사는 곳에서 보는 것만은 못했다.

참으로 멋진 곳이었다. 아직 집안까지 들어가보지 못했지만 커다란 방을 수없이 거느리고 뻗어나간 거대한 다층 건물이었다. 대지도 마구잡이로 뻗어나가서 오륙천 제곱미터는 될 성싶었고, 수목원을 세워도 될 만큼 나무와 관목이 넘쳤다. 꽃에 대해 아무것도 모르더라도 이런 정원에 오 분만 있으면 꽃에 대해 더 알아야 한다는 생각이 들 수밖에 없었다. 헌터 칼리지나 뉴욕 대학에 야간 반이 있을지도 몰랐다. 그런 수업을 들으면 브루클린 식물원으로 현장학습을 갈지도 몰랐다. 꽃들의 이름을 알고, 일년생인지 다년생인지나 그 밖에 식물에 대해 알 만한 다른 것들을 알면 인생이 더 풍성해질지도 몰랐다. 이를테면 필요한 토양이라거나 잎에는 어떤 살충제를 뿌리느냐거나 뿌리에는 어떤 비료를 쓰느냐거나…….

낯선 사람에게 미소를 던지고 또 다른 낯선 사람에게 고개를 끄덕여가며 벽돌 길을 따라 걷다 보니 수영장 근처로 가게 되었다. 수영장 옆에 놓인 테이블들에 열둘에서 열다섯 명 정도가 앉아서 이야기를 나누고 술을 마시고 있었는데, 술이 들어갈수록 대화 소리가 커져갔다. 거대한 수영장 안에서는 어린 남자아이 하나가 왔다 갔다 헤엄을 쳤다.

켈러는 그 아이에게 이상한 연대감을 느꼈다. 헤엄을 치지 않고서 있긴 했지만 그 아이만큼이나 주위에 있는 다른 모든 사람과 멀다고 느꼈다. 두 개의 파티가 이어지고 있었다. 다른 사람들이 즐기고 있는 따뜻한 사교 활동과 켈러가 그 한가운데에서 느끼는 고독이 있었다. 헤엄치는 소년의 고독과 똑같은 고독이었다.

거대한 수영장이었다. 소년은 폭이 넓은 쪽을 따라서가 아니라 좁은 쪽으로 왕복하며 헤엄치고 있었지만 그 거리만 해도 보통 뒷마당 수영장보다 훨씬 길었다. 켈러는 이것이 올림픽 수영장 크기인 건지 잘 몰랐다. 올림픽 수영장이면 얼마나 커야 하는지도 잘 모르니, 거대한 크기라는 정도로 넘어가자고 생각했다.

오래전 수영장을 젤리로 채운 어느 대학생 남자애의 곡예에 대해 들은 적이 있었다. 그러려면 젤리 믹스가 몇 상자 필요했을까, 대학생 남자애들이 어떻게 그런 여유가 있었을까 궁금했다. 이런 수영장을 젤리로 채우려면 한 재산이 들 텐데. 하지만 애초에 이런 수영장을 유지할 수 있다면 젤리 만들 비용을 걱정할 필요는 없겠지.

모든 테이블에 꽂혀 있는 생화는 켈러가 정원에서 보았던 꽃들 같았다. 합리적이었다. 이렇게 많은 꽃을 기른다면 꽃집에 주문을 할 필요가 없었다. 정원의 꽃을 자르면 될 일이었다.

그는 모든 관목과 꽃의 이름을 알면 무엇이 좋을까 궁금했다.

그래봐야 흙을 파서 직접 키우고 싶어지기만 하지 않을까? 맙소사, 그런 상황에 처하고 싶지 않았다. 그는 자기 아파트외에 딱히 필요로 하는 것이나 원하는 것이 없었고, 아파트는 정원을 가꿀 만한 곳이 아니었다. 아보카도조차 키우겠다 애쓰기는커녕 키울 생각조차 한 적 없었다. 아파트에 생물은 켈러 혼자였고, 앞으로도 쭉 그렇게 유지하고 싶었다. 그게 달라지는 날은 그가 해충 구제업자를 부르는 날이었다.

그러니까 헌터 칼리지에 야간 수업을 들으러 가거나 브루클린 식물원에 현장학습을 가는 일은 잊어버리는 편이 좋으리라. 자연에 가까워지고 싶다면 센트럴파크를 산책할 수 있었고, 꽃들의 이름을 모른다면 꽃들에게 자기소개하는 일을 미루면 될 일이었다. 그리고 만약…… 아이가 어디 갔지?

헤엄치던 소년. 켈러의 고독한 동반자. 대체 어디로 갔을까?

텅 빈 수영장의 수면은 잔잔했다. 켈러는 먼 끄트머리에 번지는 잔물결에 이어 수면 위로 올라오는 물거품 몇 개를 보았다.

그는 생각 없이 반응하지 않았다. 언제나 이런 일이 일어나면 생각 없이 몸이 반응했다는 소리를 들었는데, 실제로는 그렇지가 않았다. 마음의 소리가 크고 뚜렷하게 들렸다. 아이가 저 밑에 있어. 곤란해진 거야. 빠져 죽고 있다고. 머릿속에서 도트의 목소리 같기도 한, 격분해서 신랄해진 목소리가 울려 퍼졌다. 맙소사, 켈러, 어떻게든 해봐!

그는 테이블 위에 잔을 내려놓고, 코트를 벗고, 신발을 걷어차고, 바지를 내려서 걷어냈다. 오래전 적십자 인명 구조원 자격증을 딸 때 제일 먼저 배운 내용이 물에 들어가기 전에는 옷을 벗으라는 것이었다. 육칠 초만 들여서 옷을 벗으면 속도와 기동성 면에서 몇 배의 보답이 돌아왔다.

하지만 이런 스트립쇼는 주목을 끌 수밖에 없었다. 수영장 근처에 있던 모든 사람이 한마디씩 던지면서 갈수록 우스운 말이 튀어나왔다. 그런 말들은 거의 듣지 않았다. 곧 속옷 차림이 되어 그들의 재치가 닿지 않는 곳으로 벗어났다. 낮은 자세로 뛰어들어 수면을 때린 후 물을 저어서 아까 거품이 보였던 자리까지 간 다음, 표백제의 따끔거림도 의식하지 못한 채 눈을 크게 뜨고 잠수해 들어갔다.

아이를 찾아 헤맸다. 더듬어가면서 찾다가 겨우 찾아서 붙잡으려고 손을 뻗었다. 그리고 터질 듯한 폐로 바닥을 밀어내고 수면을 향해 질주했다.

사람들이 켈러에게 말을 걸었다. 고맙다고 하고, 축하하고 있었지만 제대로 귀에 들어오지는 않았다. 어떤 남자가 등을 두드리는가 하면 어떤 여자는 브랜디잔을 내밀었다. “영웅”이라는 말을 들은 켈러는 사람들이 사방에서 그 말을 하고 있으며, 그것도 자신에게 하고 있다는 사실을 깨달았다.

터무니없는 일이었다.

켈러는 브랜디를 마셨다. 가슴이 타들어가는 느낌으로 좋은 브랜디라는 사실을 알 수 있었다. 좋은 코냑을 마시면 언제나 그렇게 속이 쓰렸다. 고개를 돌려 소년을 보았다. 어린아이였다. 나이는 열두 살이나 열세 살, 여름 햇살을 받아서 머리색은 바래고 피부는 구릿빛으로 탔다. 일어나 앉는 아이의 모습을 보니 죽을 뻔한 경험에도 불구하고 멀쩡해 보였다.

어떤 여자가 말했다.

"티머시. 이분이 네 목숨을 구해주셨어. 인사드려야지?"

"고맙습니다."

티머시는 예상대로 말했다.

"할말이 그게 다야, 젊은이?"

"됐습니다."

켈러는 그렇게 말하고 미소 지었다. 그리고 소년에게 말했다.

"언제나 궁금했는데 말이다. 정말로 눈앞에 주마등처럼 인생이 스쳐가던?"

티머시는 고개를 저었다.

"쥐가 났는데요, 온몸이 뭉치고 꼬였는데 그걸 풀기 위해 할 수 있는 일이 없다는 느낌이었어요. 물에 빠져 죽는다는 생각도 없었어요. 그냥 아파서 쥐가 난 걸 풀려고 발버둥쳤는데 정신 차리고 보니까 여기서 기침을 하면서 물을 토하고 있더라고요."

티머시는 얼굴을 찌푸렸다.

"수영장을 반은 마셨나 봐. 생각만 해도 토한 거랑 소독제 맛이 나요."

"티머시."

여자가 이름을 부르며 눈을 굴렸다.

"꾸밈없는 연설이라고 할 만한 말이구나."

좀더 나이가 많은 남자가 말했다. 길고 숱 많은 하얀 머리에 하얀 눈썹이 눈에 띄었고 눈동자는 선명한 푸른색이었다. 한 손에 브랜디잔을 들고 있던 남자는 반대쪽 손에 들고 있던 브랜디병을 켈러의 잔에 갖다 대고 찰랑찰랑하게 부었다.

"'사내아이들에게는 보르도 와인, 사나이에게는 포트와인, 그러나 영웅이라면 브랜디를 마셔야지.' 새뮤얼 존슨•이 한 말이라네. 조금 잘못 기억했을지도 모르지만."

젊은 여자가 노인의 손을 토닥였다.

"그러셨더라도 분명히 존슨 씨의 원래 말보다 나아졌을 거예요, 아빠."

"존슨 박사였단다. 그리고 말도 안 되지. 그 사람의 말보다 낫다니 말이다. '배에 탄다는 것은 감옥에 들어가는 것과 같다. 익사할 가능성이라는 면에서'라는 말도 했는데, 그런 경험에 대해 그보다 더 날카로운 표현도 없거니와 그보다 더 잘 말하기도 불가능하다고 본다."

• **새뮤얼 존슨** _ 영국의 시인이자 평론가. 최초의 영어 사전을 집필했다.

노인은 켈러를 보고 활짝 웃었다.

"브랜디 한 잔과 존슨의 우아한 표현 한 구절로는 갚을 수 없는 빚을 졌군요. 손님이 목숨을 구해준 이 작은 악동은 눈에 넣어도 아프지 않을 귀한 손자랍니다. 그런데 우리는 이 녀석이 빠져죽는 동안 둘러서서 웃으면서 술을 마시고 있었지 뭡니까. 손님이 알아보고 행동을 했으니 주께서 축복하시길."

뭐라고 해야 하지? 켈러는 생각했다. 아무것도 아니라고? 음, 저런? 분명히 적절한 말이 있을 테고, 새뮤얼 존슨이라면 찾아낼 수도 있었겠지만 켈러는 생각해낼 수가 없었다. 그래서 아무 말 없이 너무 무뚝뚝해 보이지만 않으려고 했다.

"성함도 모르는군요."

하얀 머리 남자가 말을 이었다.

"그것 자체야 놀랍지도 않은 일이지만 말입니다. 여기에 있는 사람들 절반은 모를 텐데 무지에 만족하면서 살고 있거든. 하지만 손님 이름은 알아야지. 그렇게 생각하지 않습니까?"

아무 이름이나 고를 수도 있었지만 새뮤얼 존슨을 인용하는 사람에게 순간 머릿속에 떠오른 보즈웰•이라는 이름을 댈 수는 없었다. 그래서 이번 여행에 쓰는 이름, 호텔에 투숙하면서 서명했고 지금 지갑 안에 있는 운전면허증과 신용카드에 박혀 있는 이름을 대고 말았다.

"마이클 소더홀름입니다. 그리고 전 절 여기로 데려온 친구 이름조차 말씀드리기 어렵겠는걸요. 호텔 바에서 술을 마시다가 만났는데 파티에 간다면서 제가 따라와도 괜찮다고 하더군요. 조금 이상하다고 생각하기는 했지만……."

"제발! 여기에 연고도 없이 왔다고 사과할 생각일랑 하지 마시오. 덕분에 손자가 소독약을 친 물의 무덤에서 살아 나왔으니. 그리고 방금 내가 손님들의 절반은 모른다고 했지만, 모르는 손님들이라고 덜 환영하지는 않습니다."

노인은 브랜디를 쭉 들이켜고 두 잔을 다 가득채웠다.

"마이클 소더홀름이라. 스웨덴 쪽인가요?"

"온갖 혈통이 섞였지요."

켈러는 임시변통으로 말했다.

"증조부 소더홀름은 스웨덴에서 건너오셨지만, 다른 조상님들은 유럽 전역에서 오셨고, 더해서 16분의 1은 아메리카 원주민이기도 합니다."

"오? 어느 부족이시오?"

"체로키요."

켈러는 동명의 재즈곡을 생각하면서 말했다.

"나는 8분의 1쯤 코만치 사람이지요. 그러니 유감이지만 우리는 부족 간에 피를 나눈 형제는 아니군요. 나머지는 브리튼 섬 혈통으로 스코틀랜드와 아일랜드와 잉글랜드인의 피가 다 섞였지요. 오래된 텍사스 혈통이고. 하지만 소더홀름 씨는 텍사스인이 아니군요."

• **보즈웰** _ 제임스 보즈웰. 새뮤얼 존슨과 서른한 살의 나이 차를 뛰어넘어 우정을 나누었고 존슨에 대해 많은 기록을 남긴 작가이자 사전 편찬가이다.

"네."

"흠, 그거야 흔히 말하듯이 어쩔 수 없는 일이지요. 여기로 이사를 올 작정이 아니라면 말입니다. 그리고 여기로 오지 않는다고 누가 장담하겠습니까? 살기 좋은 곳인데."

"아빠는 모두가 당신처럼 텍사스를 사랑해야 한다고 생각하세요."

여자의 말에 아버지가 대꾸했다.

"모두가 그래야 하고말고. 텍사스인에게 안 좋은 점이라곤 장황하게 떠든다는 점뿐이야. 내가 내 소개를 하기까지 걸리는 시간을 좀 보라지! 소더홀름 씨, 마이클 소더홀름 씨, 내 이름은 개리티, 월리스 펜로즈 개리티랍니다. 내가 오늘 저녁 당신에게 감사하는 이 집 주인이지요."

말도 안 돼. 켈러는 생각했다.

파티와 인명 구조 사건은 토요일 밤에 일어났다. 다음날 켈러는 호텔방에 앉아서 연장 후반전의 마지막 삼 분 동안 댈러스 카우보이스가 필드 골로 미네소타 바이킹스를 이기는 경기를 보았다. 미식축구 시합의 승기는 서로 방해하고 공을 빼앗아 달리면서 이쪽 팀에서 저쪽 팀으로 오갔고, 아나운서들은 계속 서로에게 얼마나 굉장한 시합이냐고 말했다.

켈러는 아나운서들의 말이 옳다고 생각했다. 재료는 전부 갖춰져 있었다. 켈러가 경기에 별 감동을 받지 못한 것은 선수들의 잘못이 아니었다. 그는 스포츠 시합을 볼 수 있고 자주 보았지만 휩쓸리는 일은 거의 없었다. 가끔은 하는 일과 관계가 있을지도 모른다는 생각을 했다. 우선, 정기적으로 삶과 죽음을 다루는 직업을 가진 사람이 어떻게 지나치게 많은 돈을 받는 스테로이드 중독자의 터치다운 기록이 취소됐다고 신경을 쓸 수가 있겠는가? 또 다른 면도 있었는데, 그는 필드에서 어떤 팀의 문제점을 발견하면 변칙적인 해결책이 떠올랐다. 에밋 스미스가 미네소타 라인을 뚫고 돌진할 때, 왜 저 사람들은 누군가를 시켜서 저 개자식의 목덜미를 쏴버리지 않는 걸까 궁금했다. 별이 뒤덮여 있는 헬멧 바로 아래를 말이다.

그래도 골프보다는 미식축구가 나았고, 골프 시합 구경도 직접 골프를 치는 것보다는 나았다. 어찌 됐든 나가서 일을 할 수는 없었다. 당장은 할 일이 없었다. 지난밤 정찰 임무는 희망하기보다 더 잘되기도 했고 안 되기도 했다. 그러니 이제 와서 뭘 더 하겠는가. 빌린 포드를 개리티 저택 건너편 길에 대고 드나드는 사람들이라도 감시할까?

그럴 필요는 없었다. 그는 일요일 저녁 식사에 딱 맞춰 갈 때까지 참고 기다릴 수 있었다.

"감자 요리 더 드시겠어요, 소더홀름 씨?"

"맛있기는 하지만 배가 부르군요. 정말입니다."

켈러가 말했다.

"우리가 계속 소더홀름 씨라고 부를 수는 없지 않나? 단지 자네가 마이크나 마이클 중에 어느 쪽을 더 좋아하는지 몰라서 이렇게 오래 참았다네."

개리티가 말했다.

"마이크가 좋습니다."

"그러면 마이크라고 부르지. 난 윌리라네, 마이크. 아니면 W.P.도 좋아. 날 '바다코끼리'라고 부르는 사람들도 있지만 말이야."

티머시가 웃음을 터뜨리다가 두 손으로 입을 막았다.

"절대 면전에 대고 그러진 않지만요."

켈러에게 감자 요리를 더 먹겠느냐고 했던 여자가 말했다. 그녀는 엘런 개리티로, 티머시의 숙모이자 개리티의 며느리였고 켈러는 이제 그녀를 엘리라고 부르라는 지시를 받고 있었다. 그녀의 남편으로 남성형 대머리라는 비통한 상황을 감내하며 용감하게 미소를 짓고 있는 듯한 넓은 어깨의 남자는 개리티의 아들인 행크였다.

켈러는 전날 밤에 본 티머시의 어머니를 기억했지만 당시에는 이름을 듣지도, 개리티와의 관계를 알지도 못했다. 알고 보니 이름이 론다 수 버틀러였고, 남편만 빼고 모두가 론다 수라고 불렀으며 남편은 로니라고 불렀다. 남편의 이름은 도크 버틀러였고, 프로 선수가 되기에는 너무 몸이 가벼운 대학 운동선수처럼 보였다. 지금은 몸무게의 간극을 좁히고 있는 듯했지만 말이다.

행크와 엘리, 도크와 론다 수. 그리고 식탁 끝에는 월리와 결혼했지만 행크나 론다 수나 다른 누구의 어머니는 아닌 게 분명한 버네사가 앉아 있었다. 켈러는 그녀를 월리의 '트로피 와이프'로, 그러니까 그의 성공의 상징으로 묘사할 수 있겠다고 생각했다. 버네사는 젊었다. 월리의 자식들보다 나이가 많지 않았다. 교육을 잘 받은데다가 우아했고 켈러가 보기에는 분명히 지루할 텐데도 마음을 잘 숨기는 품위까지 갖추고 있었다.

전부 여기 있었다. 월리와 버네사, 행크와 엘런, 도크와 론다 수. 바로 그날 오후에도 헤엄을 쳤다고 장담한 티머시까지. 말에서 떨어졌다가 바로 다시 오른 셈이었다. 이번에는 쥐가 나지 않았지만 내내 지켜보는 사람을 두고 수영했다고 했다.

그렇게 일곱 명이었다. 그리고 켈러가 있었다……. 마이크로 알려진.

"업무상 온 게로군. 그랬다가 주말이 지나도록 붙들렸고. 내 생각에는 그게 출장 여행에서 제일 나쁜 부분이지. 시카고로 다시 날아가기는 너무 수고로웠겠지?"

월리가 말했다.

두 사람은 월리의 서재에 있었다. 옹이구멍이 그대로 난 호두나무판으로 벽을 덮고 붉은 가죽으로 테두리를 두르고, 벽에는 서부 지역답게 한쪽에는 낙인 찍는 도구를, 다른 쪽에는 뿔이 긴 소 두개골을 장식한 훌륭한 방이었다. 브랜디를 받아든 켈러는 시가를 거절했는데, 월리가 피우는 아바나 향을 맡으니 다시 생각하게 되었다. 켈러는 담배를 피우지 않았지만 냄새를 맡아보니 그냥 담배를 피우는 것과는 달랐다. 종교적인 체험의 영역에 가까웠다.

"그래 보였습니다."

켈러가 말했다. 그는 마이클 소더홀름의 본거지를 시카고로 삼았다. 소더홀름의 운전면허증에 따르면 캘리포니아 남부에 살아야 했지만 말이다.

"시카고까지 날아갔다가 돌아올 시간이면……."

"주말을 비행기에서 보냈겠지. 흠, 자네가 여기에 있기로 결정한 건 우리의 행운이었네. 이제는 자네의 행운으로 만들 방법을 찾고 싶은데 말이야."

"이미 그렇게 해주셨습니다. 어젯밤에는 멋진 파티를 누렸고 실제로 몇 분 동안은 영웅이 된 기분을 맛보았지요. 오늘밤에는 좋은 분들과 같이 앉아서 훌륭한 저녁 식사를 하고 끝내주는 브랜디까지 마시고 있으니까요."

켈러가 말했다. 가슴이 타들어가는 느낌 덕분에 얼마나 끝내주는 브랜디인지 알 수 있었다.

"내가 생각한 건…… 자네에게 일을 맡기는 거였는데."

월리가 매끄럽게 말했다.

누굴 죽이고 싶은 걸까? 켈러는 불쑥 질문을 던질 뻔했다가 개리티가 자신의 생업이 무엇인지 모른다는 사실을 기억해냈다.

"자네가 누굴 위해 일하는지는 말하지 않겠지."

"말씀 못 드립니다."

"그 일이 지금은 비밀이기 때문이겠지. 흠, 그 점을 존중하네. 자네가 떨군 단서들을 보면 합병과 인수 쪽에서 무엇인가를 정찰하려고 온 거겠지."

"비슷합니다."

"분명히 보수가 좋을 테고 일도 좋아할 거야. 그렇지 않고서는 계속할 것 같지 않으니 말이야. 그러니 자네가 말을 바꿔 타서 나를 위해 일하게 하려면 어찌해야 할까? 한 가지만 말하지……. 시카고는 정말 좋은 곳이지만, 그 동네에서 댈러스로 옮긴 사람 중에 심술궂은 얼굴을 하고 돌아다니는 사람은 아무도 없다네. 아직 자네를 잘은 모르지만 자네가 우리와 어울리는 사람이고 댈러스는 자네에게 어울리는 마을이라는 건 알 수 있어. 그쪽에서 얼마를 주는지는 모르지만 내가 그 이상 줄 수 있지 싶고, 온갖 매력적인 가능성을 지닌 성장하는 회사에 말뚝을 박으라고 제안하겠네."

켈러는 귀기울여 들으며 사려 깊게 고개를 끄덕이고는 작은 브랜디잔을 들어 마셨다. 구하지 않은 것들이 생기는 방식이란 참으로 놀랍다고 생각했다. 딱 호레이시오 앨저•풍이었다. 거렁뱅이 딕이 달아난 말을 멈춰 세우고 어느 산업 우두머리의 딸을 구했는데,

• **호레이시오 앨저** _ 미국의 아동문학가. 기적 같은 성공담을 주로 썼다.

다음 순간 정신을 차려보니 떠오르는 기대주 IBM의 사장이 되어 있는 식이다.

"아무래도 그 시가를 피워봐야겠습니다."

그는 말했다.

"말도 안 돼, 켈러. 자기도 규칙을 알잖아. 말해줄 수 없어."

"중요해서 그래요."

켈러는 도트에게 말했다.

"의뢰인은 돈을 내고 비밀 엄수까지 사는 거야. 의뢰인이 원하고 우리가 제공하는 서비스지. 설령 현장 요원이……."

"현장 요원요?"

"자기 얘기야. 자기가 요원이고, 댈러스가 현장이지. 자기가 현행범으로 체포되더라도 의뢰인 비밀은 결코 새 나가지 않아. 이유를 알겠어?"

"현장 요원은 비밀을 지킬 줄 아니까요."

"바로 그거야. 그리고 자기가 아주 입이 무거운 사람이라는 데에는 의문의 여지가 없지만, 설령 입이 가볍다고 해도 배가 언제 뜰지 모른다면 배를 가라앉힐 일도 없겠지."

켈러는 곰곰이 생각해보고 말했다.

"그 비유는 못 따라가겠는데요."

"그래, 조금 난해하게 말하긴 했지? 핵심은 모르는 건 말을 할 수가 없다는 거야, 켈러. 그래서 요원은 의뢰인의 이름을 알지 못하게 되어 있는 거고."

"도트……."

그는 상처받은 목소리를 내려고 했다.

"도트, 절 아신 지 얼마나 됐죠?"

"오래됐지, 켈러. 수많은 생을 알았을걸."

"수많은 생?"

"우린 아틀란티스에 함께 있었어. 이봐, 자기가 현행범으로 잡힐 일은 없다는 것도, 잡힌다 해도 함부로 떠들 일이 없는 줄도 알아. 그래도 내가 모르는 걸 말해줄 순 없잖아."

"아."

"그래. 스파이라면 이중 안전장치라고 하겠지. 의뢰인은 우리가 아는 누군가를 수배했고, 그 사람이 우리에게 전화를 했어. 하지만 그 사람은 우리에게 의뢰인의 이름을 알려주지 않았고 그래야 할 이유도 없지. 켈러, 생각해보면 자기도 그걸 알 이유가 없잖아?"

그는 답을 준비해두었다.

"하나가 아닐 수도 있어요."

"오?"

"표적은 언제나 사람들에게 둘러싸여 있어요. 이 일을 해치우기엔 일종의 단체 계획을 벌이는 게 제일 좋을 수도 있죠. 이해가 가신다면요."

"한 사람 값에 두 명이라."

"아니면 셋이나 넷일지도요. 하지만 무고한 주변인 중에 한 명이 의뢰인이라면 사태가 난감해질 수도 있어요."

"흠, 잔금을 받는 데 문제가 생길 수도 있다는 점은 알겠어."

"의뢰인이 몬태나에서 송어를 낚고 있다는 사실을 안다면 문제는 전혀 없겠죠. 하지만 여기 댈러스에 있다면……."

"이름을 알아두는 편이 도움이 되겠네."

그녀는 한숨을 내쉬었다.

"한두 시간만 줘, 알았지? 다시 전화해."

의뢰인이 누구인지만 안다면 그 의뢰인이 사고를 당할 수도 있었다.

예술적인 사고여야 하리라. 경찰에만이 아니라 의뢰인의 의도를 알고 있었던 누구에게든 괜찮아 보여야 했다. 지역 중개인, 그러니까 의뢰인을 화이트 플레인스의 노인에게 연결해 켈러에게까지 이어준 유익한 친구라면 의심스러운 죽음에 차가운 눈길을 보낼 수 있었다. 그러니 끝내주게 솜씨좋은 사고가 되어야겠지만, 켈러는 한창때에 그런 사고를 몇 번 만들어낸 경험이 있었다. 계획이 조금 필요하기는 해도 뇌수술 같은 일은 아니었다. 방법을 생각해내고 전력을 다하면 될 일이다.

꽤 힘이 들 수도 있었다. 희망이지만 의뢰인이 휴스턴이나 덴버나 샌디에이고에 사는 사업상의 적수라면 아무도 알아차리지 못하게 빠져나가서 몰래 그 도시로 가야 했다. 그런 다음, 빠른 공격으로 사고사를 유도하고 댈러스로 다시 날아와서 누군가 의뢰를 취소하는 전화를 걸 때까지 빈둥거려야 했다. 마이클 소더홀름을 과도하게 노출시키지 않도록 휴스턴이나 덴버나 샌디에이고에서 쓸 다른 신분증도 필요했고, 모든 관계자…… 그러니까 개리티, 개리티를 죽이려는 적수, 그리고 더 중요하게는 도트와 화이트 플레인스의 노인에게 그런 행동을 감춰야 했다.

모든 면에서, 그렇게 하자면 (마음은 편할지라도) 훨씬 더 복잡했다.

전문가답게 임무를 수행하여 기회를 잡자마자 윌리스 펜로즈 개리티를 죽이는 대안에 비하면 말이다.

정말로 그러고 싶지 않았다. 그는 그 남자의 식탁에서 식사를 하고, 그 남자의 브랜디를 마시고, 그 남자의 시가를 피웠다. 그냥 일자리가 아니라 전도유망하고 봉급도 잘 받는 간부 자리를 제의받은데다 그날 밤 늦게 알콜과 니코틴에 살짝 어지러워진 머리로 윌리의 제안을 받아들이는 몽상을 해보기도 했다.

젠장, 안 될 건 뭐람? 그는 마이클 소더홀름으로서 개리티가 그를 고용하여 시키려 하는 불특정한 과업을 수행하면서 살아갈 수도 있었다. 그 일에 요구되는 경험이 부족할지도 모르지만, 필요한 기술을 익히기가 그래봤자 얼마나 힘들겠는가? 무슨 일을 해야 하든 간에 이 도시 저 도시로 날아다니면서 사람을 죽이는 일보다야 쉽겠지. 일은 배울 수 있었다. 해낼 수 있었다.

그런 몽상에는 꿈만큼이나 실체가 없었고, 꿈과 마찬가지로 다음날 아침에 깨어나자 사라져버렸다. 신원 확인도 없이 그를 급여 대상자 명단에 넣을 사람은 없으니 아무리 대충 조사하더라도 그의 정체는 탄로 날 것이다. 마이클 소더홀름에게는 그의 지갑 속에 든 가짜 신분증만큼의 실체도 없었다.

어찌어찌 신원 확인을 넘길 수 있다 해도, 화이트 플레인스의 노인이 그가 이전의 삶을 버리고 다른 삶으로 들어가게 놓아둔다 해도, 자신이 정말로 그렇게 하지는 못한다는 점을 알고 있었다. 그에게는 이미 삶이 있었다. 겉보기에 정상이 아닐지는 몰라도 맞춘 듯이 잘 맞는 삶이었다.

다른 삶이란 유혹적인 몽상이었다. 오리건 주에서 인쇄소를 운영하고 망사르드 지붕을 얹은 귀엽고 작은 집에 사는 상상처럼……. 그것은 사실 선택의 여지 없이 원래 살던 대로 계속 살면서 치는 장난일 뿐이었다. 제일 최근에 얻은 환상도 마찬가지였다.

그는 샌드위치와 커피를 사러 나갔다. 그리고 차에 올라서 한동안 돌아다녔다. 그러다가 공중전화를 찾아서 화이트 플레인스로 전화했다.

도트가 말했다.

"하나만 해결해."

"어떻게요?"

"덤도 얹지 말고 다른 거 건드리지도 말고. 그냥 계약대로 해."

"의뢰인이 이 도시에 있기 때문이군요. 흠, 이름을 안다면 피해서 일할 수 있을 텐데요. 확실히 빼놓을 수 있어요."

"잊어버려. 의뢰인은 지정된 희생자 외에는 모두가 오래오래 행복하게 살기를 원해. 표적에게 가까운 사람들이 의뢰인에게도 가깝고 소중한지도 모르지. 추측이지만 정말로 중요한 부분은 다른 사람은 아무도 다치지 않아야 한다는 거야. 카피시?"

"'카피시'요?"

"이탈리아어인데, 무슨 뜻이냐 하면……."

"무슨 뜻인지는 알아요. 알았느냐는 거죠. 도트가 말하니까 이상하게 들렸을 뿐이에요. 어쨌든 알았어요, 이해했어요."

그는 숨을 들이쉬었다.

"시간이 조금 걸릴지도 모르겠어요."

"그렇다면 좋은 소식이 있는데, 시간은 핵심이 아니야. 얼마나 오래 걸릴지는 신경쓰지 마. 제대로 하기만 하면 돼."

"W.P.가 일자리를 제안했다면서요."

버네사가 말했다.

"난 그이가 당신이 받아들여주길 바란다는 걸 알아요."

"그냥 관대하신 거죠. 마침 그 자리에 있었을 뿐인 제게 호의를 베풀고 싶어 하시는 거고. 정말로 제가 여기에 와서 윌리를 위해 일하기를 기대하신다고는 생각하지 않습니다."

켈러는 그녀에게 말했다.

"온다면 좋아할 거예요. 그렇지 않다면 제안을 하지도 않았겠죠. 그냥 돈이나 차 같은 걸 주고 말았을 거예요. 그리고 기대에 대해 말하자면 글쎄요, W.P.는 대개 원하는 건 뭐든지 얻을 줄 아는 사람이에요. 보통 일이 그렇게 돌아가니까요."

그래서 일이 조금 다르게 돌아가게 하기 위해 버네사가 돈을 모았던 걸까? 생각해보아야 했다. 그녀가 정말로 개리티의 주문에 걸려들어서 겉보기만큼 그의 힘을 경외하고 있는지. 아니면 돈 때문에 그 자리에 있을 뿐이고 숭배하는 듯한 말속에 날카로운 반어법이 깃들어 있는지.

단언하기 어려웠다. 그들 중 누구에 대해서도 단언하기 어려웠다. 행크는 겉보기처럼 노인의 그늘 속에 살면서 던져주는 대로 받는 데 만족하는 충직한 아들일까? 아니면 몰래 분개하고 야심을 품고 있을까?

사위인 도크는 어떨까? 표면상으로 도크는 대학 미식축구 선수 경력이 가져온 결과를 기뻐하는 듯했다. 장인어른을 위해서 주로 사업 동료들과 골프를 치고 술을 마셨다. 혹시 자기가 더 큰 것을 얻어야 마땅하다고 믿고 속을 끓이고 있을까?

행크의 아내인 엘리는 어떤가? 켈러의 눈에 그녀는 맥베스 부인 같지는 않았다. 엘리나 론다 수가 월리를 죽이고 싶어 할 이유가 생기는 시나리오를 짤 수야 있었지만, 그건 〈댈러스•〉 재방송을 보면서 누가 주인공 J.R.을 쐈을까 맞혀보려고 할 때 생각할 법한 이야기들이었다. 어쩌면 둘 중 한 명의 결혼 생활에 문제가 있을지도 몰랐다. 어쩌면 개리티가 며느리의 환심을 사려고 했을 수도 있고, 브랜디를 너무 마셔서 가끔 딸의 침실에 들어갔을 수도 있었다. 어쩌면 도크나 행크가 버네사와 시시덕거리고 있을 수도 있었다. 어쩌면…….

켈러는 추측해봤자 무의미하다는 결론을 내렸다. 이런 식으로 빙빙 돌기만 하는 건 아무 도움도 되지 않았다. 설령 그들 중에 누가 의뢰인인지 알아낸다고 치더라도, 그다음엔 어쩐단 말인가? 어린 티머시를 구하고 보니 아이를 애지중지하는 외할아버지를 살려두고 싶다는 의무감을 느껴놓고서, 어떻게 하겠다는 말인가? 아이의 아버지를 죽일까? 아니면 아이 어머니나 고모나 고모부를?

그냥 집으로 가버릴 수도 있었다. 화이트 플레인스의 노인에게 상황을 설명할 수도 있었다. 개인적인 이유로 청부계약에서 빠져나오는 일을 좋아하는 사람은 없지만 그러지 말라고 설득할 일 또한 아니었다. 흠, 그야 아예 습관을 들여버리면 다른 문제지만, 켈러에게 해당되는 사항은 아니었다. 그는 믿을 만한 전문가였다. 별난 편일 수도 있고 엉뚱하기도 하겠지만 그래도 프로였다. 무슨 일을 시키면 켈러는 그 일을 해냈다.

• **댈러스** _ 1978년부터 1991년까지 방영된 연속극으로 댈러스의 석유 재벌 집안에서 일어나는 일들을 다루었다.

그러니까 켈러에게 빠져나갈 개인적인 이유가 있다면 상대는 그 점을 존중할 것이다. 집에 가서 베란다에 앉아서 도트와 아이스티를 마시게 놓아두리라.

그리고 전화기를 집어 들어 다른 사람을 댈러스로 보내겠지.

어떤 식으로든 일은 이루어질 테니까. 청부업자가 마음을 바꾼다면 청부업자를 바꾸기 마련이다. 켈러가 방아쇠를 당기지 않는다면 다른 누가 할 것이다.

켈러는 애초에 망할 수영장에 뛰어든 게 실수였다고 매정하게 생각했다. 다른 쪽을 보다가 어린 녀석이 빠져 죽게 놓아두기만 하면 되는 일이었다. 며칠 후면 개리티를 없애고 자살로 보이게 할 수도 있었으리라. 소년의 비극적인 사고로 낙담하면서 일어난 자연스러운 결과처럼 말이다.

하지만 그러지 않았지. 그는 거울 속의 자신을 노려보며 생각했다. 꼭 그렇게 들어가서 얽히고 말아야 했지. 영웅이 되어야만 했어, 맙소사. 꼭 그렇게 셔츠를 벗어서 오래전 적십자에서 주니어 구조대원 자격증을 받을 만한 자격이 있었음을 증명해야 했어.

그는 자격증이 어떻게 되었을까 생각했다.

어린 시절의 소유물이 그렇듯이 자격증도 사라졌다. 그의 고등학교 졸업장처럼, 보이스카우트 공로 배지 장식 띠처럼, 우표첩과 구슬 주머니와 야구 카드 무더기처럼 사라져버렸다. 그는 그런 물건들이 사라졌다는 사실에 마음을 쓰지 않았다. 그 시절을 돌려받고 싶지도 않았고 그런 물건들을 찾는 데 시간을 낭비하지도 않았다.

하지만 물리적으로 물건들이 어떻게 되었는지는 궁금했다. 예를 들어 구조대원 자격증은 어떻게 되었을까. 야구 카드는 버렸을 수도 있고, 우표 수집책은 팔았을 수도 있다. 하지만 자격증은 던져 버릴 물건도 다른 사람이 가지고 싶어 할 만한 물건도 아니다.

어느 매립지나 어느 중고품 할인 판매점 뒤쪽에 쌓인 종이 무더기 속에 묻혀 있을지도 몰랐다. 필요도 없는 물건을 모아놓는 수집병자 같은 사람이 구해갔을지도 모른다. 지금은 주니어 구조대원 자격증 수집품의 일부가 되어 아주 방대한 앨범 속에서 살아 있는 역사로 간직되며, 켈러가 꿈이라도 꿀 만한 수준의 열 배는 더 특이하고 엉뚱한 수집가의 자랑과 기쁨이 되어 있을지도 몰랐다.

정말로 그런 상황이라면 켈러 자신은 어떤 기분이 들까. 그의 자격증, 그의 작은 성취가 어느 괴짜의 수집품으로 살아간다면. 한편으로는 일종의 불멸성을 획득한 것이기도 했다. 그렇지 않은가? 다른 한편으로는, 흠, 어차피 그게 누구의 자격증일까? 목을 조르는 강사의 손을 풀고, 그 몸을 돌려 가슴을 잡고, 그 덩치 큰 사내를 수영장 가장자리까지 끌고 가서 자격증을 따낸 사람은 켈러였다. 그것은 그의 성취요, 그의 이름이 박혀 있으니 그가 아니라면 그 자격증이 어디에 속한단 말인가?

대체로 그는 어느 쪽으로든 강한 감정을 느낀다고 할 수 없었다. 이러니저러니 해도 자격증은 종잇조각일 뿐이다. 중요한 것은 기술 자체였고, 정말로 주목할 만한 점은 그가 그런 기술을 보유했다는 데 있었다.

그 기술 때문에 티머시 버틀러는 멀쩡하게 살아 있었다. 그 아이에게는 참으로 다행한 일이었지만 켈러에게는 엄청난 두통거리였다.

켈러는 나중에 커피 한 잔을 들고 앉아, 알면 알수록 세상에 적이라고는 없어 보이는 남자 윌리스 펜로즈 개리티에 대해 생각했다.

켈러가 아이를 물에 빠져 죽게 놓아두었다고 쳐보자. 그냥 다른 모두와 마찬가지로 아이가 물밑으로 사라졌음을 알아차리지 못했다고 쳐보자. 개리티는 실의에 빠졌으리라. 그의 파티였고 수영장이었고 감독 소홀이었다. 소년의 죽음으로 자신을 탓했을 것이다.

켈러가 그 남자를 죽였다면 그를 위해 해줄 수 있는 가장 친절한 일이었으리라.

그는 웨이터와 눈이 마주치자 커피를 더 달라는 신호를 보냈다. 생각할 거리가 떠올랐다.

"마이크."

개리티가 손을 뻗고 그를 향해 다가오면서 말했다.

"기다리게 해서 미안하네. 마을 남쪽에 있는 이만 제곱미터짜리 땅을 사겠다고 안달이 난 친구에게 전화가 와서 말이야. 사실 그놈에게 땅을 팔고 싶지 않거든."

"그렇군요."

"마을 반대쪽에는 내가 기꺼이 팔고 싶은 땅이 사만 제곱미터 있는데, 그놈은 자기가 직접 생각해냈을 때만 사고 싶어 할 거란 말이지. 그러다 보니 달갑지 않을 정도로 오래 전화기를 붙잡고 있어야 했네. 브랜디 한 잔 어떤가?"

"작은 잔이라면요."

개리티는 앞장서서 서재로 들어가 두 사람 몫의 브랜디를 따랐다.

"더 일찍 왔어야 하는 건데 그랬어. 저녁 식사 때에 맞춰서 말이야. 자네는 초대장이 필요 없다는 사실을 알아줬으면 좋겠네. 우리 집 식탁에는 언제나 자네 자리가 있을 거야."

"음."

켈러가 말했다.

"함부로 이야기할 수 없는 줄은 알지만 이 도시에서 참여하는 프로젝트가 잘되기를 바라네."

"시간을 들이더라도 확실하게 해야죠."

"어떤 일은 서두를 수가 없지."

개리티는 그 말을 인정하고, 브랜디를 마시며 얼굴을 찌푸렸다. 켈러가 그런 기색을 찾고 있지 않았더라면 집주인의 얼굴에 스쳐간 그림자를 보지 못했을지도 모른다.

그는 부드럽게 말했다.

"통증이 심한가요, 월리?"

"무슨 소린가, 마이크?"

켈러는 테이블에 잔을 내려놓았다.

"재클린 박사와 통화를 해봤습니다. 무슨 일을 겪고 계신지 알아요."

"망할 놈. 입을 꾹 다물고 있기로 했는데."

"글쎄, 저에게 말하는 거야 괜찮다고 생각했겠지요. 제가 메이오 클리닉에서 일하는 에드워드 피시먼 박사인 줄 알았으니까요."

"상담을 요청하는?"

"비슷합니다."

"메이오에도 가봤지만, 결과를 재확인하려고 해럴드 재클린에게 전화를 걸 필요도 없었네. 그냥 그놈의 진단을 확정 짓고 나보고는 시간을 오래 들여야 하는 계획은 세우지 말라더군."

개리티는 한쪽을 보고 말했다.

"나에게 시간이 얼마나 남았는지는 확실하게 말할 수 없지만 고통은 한동안 견뎌낼 수 있을 거라고 했어. 그러다가 감당할 수 없어질 거라고."

"그렇군요."

"내 능력도 한동안은 유지될 테고. 그러다가 점차 못 그러게 될 거라고.”

켈러는 아무 말도 하지 않았다.

“젠장. 사나이라면 과감하게 황소의 뿔을 잡고 싶어 하는 법 아니겠나? 난 산탄총을 들고 산책을 나갔다가 사소한 사냥 사고를 당하기로 결심했지. 아니면 책상 앞에서 권총을 청소하다가 잘못해서 발사되게 하거나. 하지만 어찌 됐든 자살이라는 생각을 떨쳐낼 수가 없더군. 이유는 모르겠고 설명할 수도 없지만, 내가 그렇게 생겨먹은 모양이야.”

그는 술잔을 들고 브랜디를 들여다보았다.

“우리가 어떻게 삶에 매달리는지 생각하면 우습지. 새뮤얼 존슨이 이런 말도 했다네. 자기 삶에서 다시 살고 싶은 시간은 단 일주일도 없다고. 마이크, 난 나쁠 때보다 좋을 때가 더 많았고, 나쁜 때라고 해도 그렇게 지독하지는 않았네만, 그래도 새뮤얼 존슨이 무슨 말을 하려 했는지는 알 것 같아. 난 내 삶을 한순간도 반복하고 싶지 않지만, 기꺼이 잃어도 좋은 순간이 있다는 뜻은 아니라네. 다음에 오는 순간도 잃고 싶지 않아. 존슨 박사도 그랬을 거야. 우리는 그래서 계속 살아가는 거야. 그렇지 않나? 다음 물굽이를 돌면 무엇이 있을지 알고 싶어서.”

“그렇겠지요.”

“난 이렇게 하면 끝을 마주하기가 더 쉬울 줄 알았네. 언제 닥칠지, 어떻게, 어디에서 닥칠지 모르면 말이야. 그리고 몇 년 전에 어떤 친구가 혹시 누군가를 죽여야 할 때가 오면 알려달라고 했던 기억이 떠올랐지. '나한테 알려만 줘.' 내가 웃어버리자 그 화제는 그걸로 끝이었어. 한 달쯤 전인가 그 친구 번호를 찾아서 전화를 걸었더니 번호를 알려줬지."

"그리고 당신은 청부계약을 맺었지요."

"그렇게 표현하나? 그렇다면 그렇네."

"대리자에 의한 자살."

"자네가 나를 대리하는 사람이겠군."

개리티는 그렇게 말하고 브랜디를 마셨다.

"말이지, 그날 밤에, 자네가 손자를 수영장에서 끌고 나온 후에 이야기를 나누면서 그런 생각이 퍼뜩 스치기는 했다네. 살짝 느낌이 왔는데 스스로에게 말도 안 된다고 말했지. 살인 청부업자란 갑자기 나타나서 누군가의 목숨을 구해주는 사람이 아니라고."

"어울리지 않지요."

켈러가 맞장구를 쳤다.

"애초에 파티에서 뭘 하고 있었던 건가? 보이지 않는 곳에 머물면서 내가 혼자 있을 때를 노리는 게 아니었나?"

"제가 제대로 생각하고 있었는지 모르겠는데……. 조금 둘러본다고 해될 것은 없다는 생각을 했지요. 그러다가 호텔 바에서 우연히 만난 사람이 걱정할 필요 없다고 다짐을 하더군요. '이 도시 절반이 오늘밤 월리의 집에 있을 거야'라면서요."

"도시 절반이기는 했지. 그날 밤에 뭔가를 하려고 하지는 않았지, 그렇지?"

"맙소사, 아닙니다."

"이런 생각을 했던 기억이 나네. 그자가 여기에 없었으면 좋겠다, 오늘밤은 아니었으면 좋겠다……. 파티를 즐기고 있었고 아무것도 놓치고 싶지 않았거든. 하지만 자네가 그곳에 있었던 건 다행이었지. 그렇지 않나?"

"그렇지요."

"자네는 물에 빠져 죽을 뻔한 아이를 구했지. 중국인에 따르면 누군가의 목숨을 구해주면 남은 평생 그 사람을 책임져야 한다네. 자연의 질서에 끼어들었기 때문이지. 자네에겐 그게 말이 되나?"

"별로요."

"나도 그렇다네. 식사 준비나 셔츠 세탁으로는 중국인을 이길 수가 없지만 다른 문제에 대해서는 희한한 생각을 갖고 있단 말이지. 물론 그 사람들도 내 생각을 두고 같은 말을 하겠지만."

"그렇겠지요."

개리티는 술잔을 보았다.

"주치의에게 전화를 했다니 품고 있던 의심을 확인한 거겠군. 무엇 때문에 눈치를 챘나? 내 얼굴에 드러나기 시작했나, 아니면 내가 돌아다니는 모양새가 그랬나?"

켈러는 고개를 저었다.

"달리 동기가 있는 사람을 찾을 수가 없었습니다. 당신에게 원한이 있는 사람도요. 남은 사람은 당신뿐이었어요. 그런 다음에야 당신이 한두 번 얼굴을 찌푸리고 그걸 숨기려고 하는 모습을 본 기억이 났습니다. 당시에는 신경쓰지 않았지만 나중에 생각해보기 시작했지요."

"이편이 내가 직접 하기보다 쉬울 줄 알았어. 전문가가 불시에 덮치도록 내버려둬야겠다 생각했지. 최고조에 있을 때 총탄이 목숨을 앗아가리라고는 생각지도 못한 채 산비탈에 서 있는 늙은 수사슴이 되겠다고 말이야."

"그럴 만도 합니다."

"아니, 그렇지 않네. 사슴은 사냥꾼이 그 자리에 있게 주선하지 않으니까 말이야. 사슴이 아는 한, 사슴은 그곳에 혼자 있지. 매일같이 오늘이 그날일까 노심초사하지 않아. 조준용 십자선이 어깨에 맞춰지는지 감지하려 애쓰지도 않고."

"그런 생각은 못 해봤군요."

"나도 그랬네. 알았더라면 애초에 친구에게 전화를 걸지도 않았을 거야. 마이크, 오늘밤에는 대체 여기에 뭘 하러 왔나? 날 죽이러 왔다고는 하지 말게."

"못 하겠다고 말씀드리러 왔습니다."

"서로를 알게 되었기 때문이겠지."

켈러는 고개를 끄덕였다. 개리티가 말했다.

"나는 농장에서 자랐다네. 말로만 들었을 사라져가는 가족 농장이었는데 물론 사라졌지. 난 잘 없어졌다고 말하겠네. 어쨌든 우리는 소와 돼지를 직접 키웠고, 젖소와 산란용 닭 떼도 키웠다네. 나중에 먹게 될 동물들에게 절대로 이름을 붙이지 않았지. 젖소에게는 이름이 있었지만 젖소가 낳은 수송아지에게는 이름이 없었어. 씨암퇘지의 이름은 엘시였지만 엘시가 낳은 새끼 돼지들에게는 절대로 이름을 붙이지 않았지."

"말이 되네요."

"자네가 물에 빠진 티미를 건져낸 후에 나를 죽이지 못하게 된 이유를 이해하기 위해 중국인이 필요하진 않겠지. 그 후에 내 식탁에 앉아서 내 시가를 피웠다는 사실을 빼더라도 말이야. 그러고 보니 생각나는데, 시가 한 대 피우겠나?"

"아니, 사양하겠습니다."

"흠, 이제 어떻게 해야 할까, 마이크? 내가 안심했다는 말은 해야겠군. 벌써 몇 주 동안 총탄이 날아올까 긴장하고 있었다는 느낌이야. 갑자기 인생을 새로 얻었네. 이만하면 건배를 할 만하지. 우리는 이미 술을 마시고 있고, 자네는 술잔을 거의 건드리지 않았지만 말이야."

"한 가지 할 일이 있습니다."

켈러가 말했다.

그는 개리티가 전화를 거는 동안 서재에서 나왔다. 티머시가 거실에서 체스보드를 골똘히 들여다보고 있었다. 켈러는 티머시와 한 판을 두고 형편없이 졌다.

"매번 이길 수는 없지."

그는 그렇게 말하고 킹을 쓰러뜨렸다.

"몇 수만 더 두고 체크메이트를 외치려고 했는데요."

"예상할 수 있었단다."

켈러가 소년에게 말했다.

그는 서재로 돌아갔다. 개리티는 시가 상자에서 시가를 고르고 있었다.

"앉게나. 시가를 한 대 피울 작정이야. 자네가 날 죽이지 않는다면 시가가 죽일지도 모르겠군."

"모를 일이죠."

"전화를 해서 처리했네, 마이크. 말이 명령 체계를 따라 올라갔다가 내려와서 전해지는 데 시간이 걸리겠지만, 조만간 자네에게 전화를 해서 의뢰인이 마음을 바꿨다고 할 게야. 의뢰인이 전액을 지불하고 일을 취소했다고."

그들은 잠시 이야기를 나눈 뒤 한동안 조용히 앉아 있었다. 마침내 켈러가 가봐야겠다고 말했다.

"혹시 전화가 올 때에 대비해서 호텔에 가 있어야겠습니다."

"며칠 걸리지 않겠나?"

"그렇겠지만 모르는 일이니까요. 모든 관계자가 바로 전화를 돌린다면 몇 시간 만에 저에게까지 말이 전해질 수도 있습니다."

"자네를 철수시키고 집으로 오라고 하겠지. 집에 가게 되어 기쁘겠군."

"여기가 좋기는 하지만, 맞습니다. 집에 가면 기쁘겠습니다."

"어디든 간에 사람들은 집만 한 곳이 없다고 하지."

개리티는 등을 뒤로 기대면서, 찾아오는 통증에 얼굴을 찌푸리는 모습을 보였다.

"이보다 더 아파지지만 않는다면 견딜 수 있겠는데 말이야. 하지만 더 심해지겠지. 내가 이 정도는 견딜 수 있다고 생각하면 더 심해질 테고."

그 점에 대해서는 할말이 없었다.

"무엇인가 해야 할 때가 오면 내가 알겠지. 또 누가 아나? 심장이 갑자기 멈춰버릴지도 모르지. 아니면 버스에 치일지도 모르고. 또 아나, 벼락에 맞을지도 모르지."

"그런 일도 일어날 수 있지요."

"무슨 일이든 일어날 수 있지."

개리티는 맞장구를 치고 일어섰다.

"마이크, 이제 다시 보는 일은 없겠지. 조금은 유감이라는 말을 해야겠군. 같이 보낸 시간은 정말로 즐거웠다네."

"저도 그렇습니다, 월리."

"어떤 사람일까 궁금했어. 이런 유의 일을 하러 보내는 사람은 말이야. 어떤 걸 기대했는지 몰라도 자네 같은 사람은 아니었네."

그는 손을 내밀었고, 켈러는 그 손을 잡았다.

"몸조심하고. 잘 지내게, 마이크."

개리티가 말했다.

호텔로 돌아간 켈러는 뜨거운 물에 목욕을 하고 푹 잤다. 아침이 되어 식사를 하러 나갔다 돌아오자 접수대에 그에게 온 메시지가 있었다.

소더홀름 씨, 사무실로 전화 주시기 바랍니다.

별로 상관은 없었지만 그는 공중전화로 전화를 걸었고, 도트가 집에 오라고, 임무는 중단되었다고 했을 때 과하게 반응하지 않도록 조심했다.

"시간은 얼마든지 줄 수 있다면서요. 의뢰인이 그렇게 급한 줄 알았더라면……."

"켈러, 자기가 기다리길 잘했어. 의뢰인이 마음을 바꿨거든."

"마음을 바꿨다고요?"

"변덕이란 원래 여자의 특권이었는데 이제는 양성평등의 시대니까 누구든 그럴 수 있지. 의뢰비는 전액 받았으니 괜찮아. 그러니까 발에 묻은 텍사스 흙을 털어내고 집으로 와."

도트가 말했다.

"그럴게요. 하지만 여기에서 며칠 더 지낼지도 몰라요."

"오?"

"일주일쯤 있을지도요. 꽤 좋은 마을이에요."

"이사하고 싶어서 근질거린다는 소리는 하지 마, 켈러. 이미 겪어본 일이잖아."

"그런 게 아니에요. 여자를 만났는데……."

"오, 켈러."

"흠, 좋은 여자에요. 일에서 손을 뗀다면 그 여자와 데이트라도 한두 번 하지 못할 이유가 없죠. 안 그래요?"

"이사하겠다는 결정을 내리지 않는 한에는 그렇지."

"그 정도로 좋은 여자는 아니에요."

켈러의 말에 도트는 소리 내어 웃더니 변하지 말라고 말했다.

통화를 끊고 차를 몰고 가서 보려던 영화의 상영관을 찾았다. 다음날 아침에 짐을 싸서 호텔방을 비웠다.

켈러는 차를 몰고 도시를 가로질러 가서 모텔 거리에 방을 하나 잡고, 나흘 치 방값을 현금으로 지불하고 로스앤젤러스에서 온 J.D. 스미스로 등록했다.

켈러에게는 이곳에서 만난 여자, 만나고 싶은 여자가 없었다. 하지만 아직 집에 갈 때가 아니었다.

끝나지 않은 일이 있었다. 나흘이면 그 일을 해치우는 데 충분할 것이다. 윌리스 개리티가 상상 속의 십자선이 어깨뼈를 겨눈 기분을 느끼지 않는 데 익숙해질 시간이었다.

하지만 통증이 견디기 힘들 만큼 심해질 정도로 많은 시간은 아니고.

나흘 중 언젠가 켈러는 개리티에게 선물을 주리라. 가능하다면 자연사로 보이게 하리라. 이를테면 심장마비라든가, 사고로 하자. 어느 쪽이든 빠르고 경고 없이 일으켜 가능하면 최대한 고통 없이 해치우리라.

예기치 못한 죽음이 되리라. 개리티는 절대로 짐작하지 못하리라.

켈러는 어떻게 할지 생각해내려고 애쓰면서 얼굴을 찌푸렸다. 원래 이 마을에 올 때 주어진 임무보다 훨씬 까다롭겠지만 그가 직접 초래한 상황이었다. 아이를 수영장에서 건지고 가족과 얽히면서 말이다. 그는 자연스러운 질서에 개입했다. 그러니 짊어져야 할 의무가 있었다.

할 수 있는 최소한의 일이었다.

009

켈러의 마지막 피난처

켈러는 붉은 카네이션에 손을 뻗다가 멈칫하고는 초록색 카네이션을 만졌다. 진한 황록색이 선명했다. 그는 가을에 일어나는 현상인지도 모른다고 생각했다. 잎사귀는 붉은색과 금색으로 변하고 꽃은 녹색으로 변하고.

"염색이에요."

꽃집 주인이 마음을 읽었다.

"성 패트릭의 날•에 쓰기 위해 염색을 하기 시작했죠. 저도 그때 한 해 물량의 대부분을 파는데 일 년 내내 조금씩은 인기가 있거든요. 이걸로 달아보시겠어요?"

그럴까? 켈러는 가늠해보다가 사실은 선택지가 없다는 사실을

• **성 패트릭의 날** _ 기독교 축일로 아일랜드의 수호성인인 성 패트릭을 기념하는 날. 모두 초록색 옷을 입는다.

기억해내고 말했다.

"아니, 붉은색이어야 합니다."

"동감이에요."

자그마한 남자는 피처럼 붉은 꽃을 고르면서 말했다.

"난 전통주의자라서요. 초록색 꽃이라니. 왜, 벌들이 꽃과 잎을 어떻게 구분하라고?"

켈러는 좋은 질문이라고 말했다.

"여기 질문이 하나 더 있네요. 이 꽃을 단춧구멍 방향과 가로질러 옷깃에 핀으로 고정시켜야 할까요, 아니면 단춧구멍에 집어넣어야 할까요?"

곤란한 질문이었다. 켈러는 어느 쪽을 추천하느냐고 되물었다.

"논란이 많은 문제인데요."

꽃집 주인이 말을 이었다.

"난 이런 식으로 봐요. 쓰지 않을 거면 단춧구멍이 왜 있겠어요?"

빳빳하게 다린 정장을 입고 반짝이는 구두를 신고 옷깃에 붉은 카네이션을 꽂은 켈러는 펜 역에서 고속철을 탔다. 그는 역에 있는 가판대에서 《GQ》를 한 부 사서 워싱턴까지 가는 길에 다 읽었다. 그의 눈은 가끔 잡지 페이지에서 벗어나서 꽃 장식으로 향했다.

잡지가 단춧구멍 문제에서 어떤 입장에 서 있는지 알았다면 좋았을 텐데 잡지에는 아무 언급이 없었다. 이 문제에 약간의 이해관계가 있음을 인정한 꽃집 주인에 따르면 켈러에게는 걱정할 이유가 없었다.

"모든 남자분에게 꽃이 어울리는 건 아니에요."

남자는 이렇게 말했다.

"어떤 분이 꽃을 달면 경박해 보이고, 또 어떤 분이 달면 멋부리는 느낌이 나죠. 하지만 손님은……."

"괜찮아 보입니까?"

"괜찮은 정도가 아니에요. 확실히 맵시가 나요. 아니면 품격이 있다고나 할까요?"

품격이라. 켈러는 생각했다.

품격은 생각지도 못했다. 켈러는 지시에 따르고 있을 뿐이었다. 특정한 꽃을 꽂고, 특정한 열차를 타고, 특정한 잡지를 들고 유니언역에 있는 B. 돌턴 서점 앞에 서서 의뢰인이 (듣기에는 유별난 사람인 듯했다) 접촉할 기회를 잡을 때까지 기다리라는 지시였다.

켈러가 보기에는 꽤나 싸구려 같은 방식이었고, 예전 같으면 노인이 쳐냈을 일이었다. 하지만 최근에는 노인이 예전 같지 않은데다 이런 소품과 알아보기 신호 정도는 별것도 아니었다.

"꽃을 달아."

도트는 화이트 플레인스에 있는 크고 오래된 집 부엌에서 그에게 이렇게 말했다.

"꽃을 달고, 잡지를 들고."

"배를 타고, 짐을 싣고……."

"……그리고 일을 해치워, 켈러. 그래도 그분이 모든 의뢰를 거절하는 상황보다는 낫잖아. 어차피 꽃이야 아무려면 어때? 머릿속에 소로•가 들어앉아 있다고는 하지 마."

"소로?"

"소로가 새 옷을 요구하는 회사를 조심하라고 했거든. 카네이션에 대해서는 아무 말도 한 적 없어."

꽃을 단 켈러는 12시 10분에 잡지를 휘두르며 지정된 자리에 섰다. 그 자리에 삼십 분 정도를 양철 병정처럼 서 있다가 자리를 떠나서 남자 화장실을 찾았다. 그리고 탈영병이 된 기분으로 돌아가면서 잠시 시간을 들여 주위를 훑어보며 그를 찾는 사람이 있는지 찾아보았다. 아무도 찾지 못하는 바람에 서 있던 자리에 다시 뿌리를 박고 계속 서 있었다.

1시 15분이 되자 패스트푸드점 카운터에 가서 햄버거를 샀다. 2시 10분이 되자 전화기를 찾아서 화이트 플레인스에 전화를 걸었다. 도트가 받더니 켈러가 한 문장도 다 말하기 전에 집으로 오라고 했다.

"일은 취소됐어. 전화했던 남자가 의뢰를 철회했어. 그때쯤에 자기는 이미 워싱턴으로 가는 도중이었지."

켈러가 말했다.

"정오부터 계속 서 있었어요. 그냥 서 있는 건 싫다고요."

"누구나 그래, 켈러. 그래도 자기는 몇 달러 벌긴 하잖아. 반은 선불로 받았어야 하는데……."

"받았어야 하는데?"

"의뢰인이 자기를 먼저 만나보고 할 만한 일이라고 생각하는지 알아보고 싶어 했어. 그런 다음에 반을 선불로 내고 잔액은 집행 후에 낼 수 있다고 했지."

집행이라니 잘 들어맞는 표현이었다. 그는 말했다.

"하지만 절 만나기 전에 중단시켰죠. 품격이 마음에 안 드나?"

"품격이라니?"

"꽃 말이에요. 꽃을 단 방법이 마음에 안 들었을지도 몰라요."

"켈러, 의뢰인은 자기를 보지도 못했어. 10시 반쯤 여기로 전화를 했지. 자기는 아직 열차 안에 있었고. 어쨌든, 꽃을 다는 데 얼마나 많은 방법이 있다고 그래?"

"시작도 하지 마세요. 의뢰인이 선불로 하나도 내지 않았다면……."

"내기는 했어. 그런데 절반은 아니야."

"얼마나 지불했는데요?"

"대단하진 않아. 천 달러를 보냈어. 그중에 자기 몫을 받는다고 은퇴하기야 어렵겠지만 자기가 한 일이라고는 서 있거나 앉아 있는 것뿐이지. 세상에는 그보다 힘들게 일하고 이것보다 적게 받는 사람들이 많아."

● **소로** _ 헨리 소로. 생태주의와 비폭력 저항의 선구자 격인 철학자이자 수필가로 『월든』이 대표작이다.

"그 사람들도 자기들이 소말리아에서 굶는 불쌍한 사람들에 비하면 얼마나 잘사는지 들으면 참 행복해하겠죠."

"불쌍한 켈러. 이제 어떻게 할 거야?"

"기차를 타고 집에 가야죠."

"켈러, 자기는 우리 나라 수도에 가 있어. 스미스소니언 박물관에 가봐. 백악관 방문도 해보고. 느긋하게 꽃향기라도 맡으라고."

그는 전화를 끊고 다음 열차를 탔다.

켈러는 집에 가서 정장을 걸기 전에 옷깃에서 품격의 손길부터 떼어냈다. 잡지는 진작에 버린 후였다.

그게 수요일이었다. 월요일 아침에 그는 늘 아침을 먹으러 가는 식당 중 한 곳인 2번가의 그리스 커피숍 칸막이 자리에 앉아 있었다. 《타임스》를 읽으면서 살라미와 달걀 요리를 먹고 있는데 어떤 사람이 말했다.

"같이 앉아도 될까요?"

남자는 대답도 기다리지 않고, 켈러가 청하지도 않았는데 맞은편 자리에 미끄러져 들어왔다.

켈러는 남자를 쳐다보았다. 마흔 살 정도에 검은색 정장을 입고 얌전한 타이를 매고 있었다. 면도도 깨끗하게 했고 머리는 잘 빗어 넘겼다. 미친놈 같지는 않았다.

남자가 말했다.

"댁은 단춧구멍에 꽃을 꽂고 다녀야겠어요. 뭐라고 하나, 뭔가를 더해주더라고."

"품격을요."

켈러가 말을 받았다.

"그렇지, 바로 그 말을 하려고 했어요. 생각이 날 듯 말 듯했는데. 품격."

켈러는 아무 말도 하지 않았다.

"이게 무슨 일인지 궁금하겠지요."

켈러는 고개를 저었다.

"궁금하지 않다고?"

"더 드러나겠거니 하고 있습니다."

이 대답은 미소를 끌어냈다.

"냉정한 고객이시군. 흠, 놀랍지는 않군요."

그 친구는 말했다.

그의 손이 정장 재킷 앞섶으로 들어갔다. 켈러는 양손으로 테이블 가장자리를 잡고 긴장한 채로 그 손이 총을 쥐고 나오기를 기다렸다.

손은 총이 아니라 납작한 가죽 지갑을 쥐고 나오더니 지갑을 열어서 신분증을 보였다. 신분증에 박힌 사진은 켈러의 맞은편에 앉은 얼굴과 일치했으며, 붙어 있는 카드에는 그 얼굴이 로저 키스 배스컴이라는 사람이며 국가 안보 자원국이라는 곳의 요원이라고 적혀 있었다. 머리글자로는 NSR.

켈러는 신분증을 주인에게 돌려주었다. 배스컴이 말했다.

"고맙군요. 내 쪽으로 테이블을 뒤집을 준비를 하고 있었지요. 그렇지 않습니까?"

"제가 왜 그러겠습니까?"

"신경쓰지 마요. 당신이 경계하고 있었다는 건 무조건 환영할 일입니다. 난 놀라지 않았어요. 당신이 누구인지 알고 무슨 일을 하는지 압니다."

"아침 식사를 하려는 남자일 뿐입니다만."

"보아하니 콜레스테롤에 대한 온갖 무시무시한 이야기를 믿지 않는 사람이군요. 살라미와 달걀이라니! 존경스럽다고 말해야겠습니다, 켈러. 분명히 커피도 진짜겠지요, 안 그래요?"

"훌륭하지는 않지만 진짜 커피이긴 하지요."

"내 아침 식사는 귀리 시리얼 머핀이고, 디카페인 커피를 같이 마신답니다. 하지만 여기에 동정을 구하러 온 건 아닙니다."

배스컴이 말했다. 켈러는 그거 다행이라고 생각했다.

"너무 호들갑을 떨고 싶지는 않지만……. 피하기가 어렵군요. 켈러 씨, 국가가 당신의 봉사를 필요로 합니다."

"국가라면?"

"미합중국 말입니다."

"봉사라면?"

"당신이 수행할 준비를 하고 워싱턴까지 달려갔던 바로 그런 종류의 봉사지요. 우리 둘 다 어떤 일을 말하는지 알 텐데요."

"그 점에 대해서는 반박할 수 있는데요."

켈러가 말했다.

"그럴 수도 있지요."

"하지만 넘어가겠습니다."

"좋습니다. 대신 헛수고를 하게 한 일은 사과하겠습니다. 우린 당신에 대한 정보를 얻고 몇 가지를 알아낼 필요가 있었어요."

배스컴이 말했다.

"그래서 유니언 역에서 절 확인하고 뉴욕까지 미행하셨군요."

"유감이지만 그랬습니다, 네."

"그리고 제가 누구인지 알아내고, 조사를 하셨다."

"도서관에 있는 책처럼. 딱 우리가 한 일이지요. 이봐요, 켈러, 아저씨는 안전장치를 잘라내는 편을 더 좋아합니다."

"아저씨요?"

"샘 아저씨• 말입니다. 우리는 일일이 화이트 플레인스에 있는 아무개 씨를 통하고 싶지 않습니다. 엄격하게 비밀을 유지해야 할 일이니 그 사람은 알 필요가 없어요."

"저와 직접 일을 할 수 있으면 좋겠다는 말이로군요."

"맞습니다."

"제게 시키고 싶은 일이……."

• **샘 아저씨** _ 미국 정부, 또는 미국 정부의 수사관을 가리키는 말.

"당신이 제일 잘하는 일이지요, 켈러."

켈러는 살라미를 조금 먹고, 달걀을 조금 먹고, 커피를 조금 마시고는 말했다.

"제 생각은 다른데요."

"다시 말씀해주시겠습니까?"

"관심 없습니다. 혹시 당신이 암시하는 일을 내가 했다고 쳐도, 흠, 이제는 안 해요."

켈러가 말했다.

"은퇴했다는 건가요."

"맞아요. 설령 은퇴하지 않았다 해도, 어르신을 속이고 일하지는 않을 겁니다. 그것도 옷깃에 꽃을 달고 헛고생을 하게 만든 사람을 위해서는요."

"당신이 꽃을 단 모습에서는 평생 꽃 없이 집을 나서본 적이 없는 사람의 분위기가 풍겼어요. 이것만은 말해둬야겠는데, 켈러, 당신은 붉은 카네이션을 달기 위해 태어난 사람입니다."

배스컴의 말에 켈러가 대꾸했다.

"알게 되어 기쁘군요. 그래도 달라지는 건 없습니다."

"흠, 당신의 저항에 대해서도 똑같은 말을 해야겠군요."

"어째서요?"

"당신이 어떤 기분인지 알아서 기쁩니다. 전부 터놓고 알려줘서 좋고. 하지만 아무것도 달라지지는 않습니다. 우리에겐 당신이 필요하고, 당신은 이 일을 하게 될 겁니다."

그는 빙긋 웃고는 켈러가 소리 내어 반대하기를 기다렸다. 켈러는 배스컴이 기다리게 내버려두었다.

"잘 생각해봐요. 연방 검사실을 생각해요. 국세청을 생각해요. 본질적으로 무방비한 시민 한 명이 맞서기에는 강력한, 누군가는 지나치게 강력하다고도 말하는 연방 정부의 모든 자원을 생각해봐요."

켈러는 저도 모르게 잘 생각해보고 있었다.

"이제 그건 다 잊어버리고……."

배스컴이 연기를 흩어버리듯이 손을 내저으며 말했다.

"국가에 봉사할 기회에 대해 생각해봐요. 스스로를 애국자라고 생각한 적이 있는지 모르겠지만, 켈러, 마음속을 깊이 들여다보면 존재하는 줄도 몰랐던 애국심이 흘러나오는 샘을 발견하게 되리라 생각합니다. 당신은 미국인입니다, 켈러. 미국을 위해 무엇인가를 하고 그 과정에서 당신의 안녕을 구할 기회가 온 겁니다."

켈러는 자신의 대답에 놀랐다.

"제 아버지는 군인이었습니다."

저기 죽은 영혼을 지닌 남자가 숨을 쉬네. 한 번도 스스로에게 '여기는 나의 나라, 나의 조국!' 이라는 말을 한 적이 없었던 사람이 켈러는 책을 덮어 한쪽으로 치웠다. 월터 스콧 경의 시에 나오는 문제의 구절은 고등학교 때 읽은 단편에 인용되어 있었다.「나라 없는 남자」라는 제목이 가리키는 주인공은 필립 놀런이라는 남자로, 애국자가 될 기회를 지나쳐버린 덕분에 평생 세상을 떠도는 운명에 처했다.

손에 그 단편소설은 없었지만『바틀릿의 친숙한 인용구』에서 시를 찾은 뒤 지금은 색인에서 애국심을 찾아보고 있었다. 그가 찾은 가장 좋은 내용은 애국에 대해 새뮤얼 존슨이 한 말이었다. 존슨 박사는 이렇게 주장했다.

"애국은 악당의 마지막 피난처다."

그 문장에는 멋진 울림이 있었지만 새뮤얼 존슨이 무슨 말을 하려고 했는지 확신할 수 없었다. 악당은 애국자와 제일 먼 존재가 아니었나? 제일 단순하게 말하자면 애국자는 명백히 좋은 편에 있는 사람 같았다. 나라와 시민들을 위한 봉사에 몸을 바치고, 마지막까지 헌신하여 스스로를 희생하고 다른 이들이 자유롭게 살 수 있도록 목숨을 던지는 일도 종종 있지 않던가.

예컨대 조국을 위해 바칠 목숨이 하나뿐이라는 사실만이 유감이라고 하던 독립운동가 네이선 헤일이라든가, 자신은 아직 싸움을 시작하지 않았다고 선언하던 해군 존 폴 존스라든가. 남북전쟁 때 어뢰를 저주하고 전속 전진을 외치던 데이비드 패러것이라든가.

좋은 사람들이지. 켈러는 생각했다.

반면 악당은 그 말만 봐도 나쁜 사람일 수밖에 없었다. 그런데 어떻게 악당이 애국자가 되거나, 애국에서 피난처를 찾을 수 있을까?

생각해보던 켈러는 악당은 이기적인 행동을 이타심의 외투에 감싸고 애국심이라는 겉모습에서 피난처를 찾는다는 결론을 내렸다. 가짜 애국심으로 비열한 동기를 감춘다고나 할까.

진짜 악당이라면 진정한 애국자가 될 수 없었다……. 그는 될 수 있을까?

인정해야겠는데, 객관적으로 본다면 그는 아마 악당일 것이다. 별로 악당 같은 기분이 들지는 않았다. 그보다는 뉴욕 독신남의 표본 같았다. 혼자 살고, 외식을 하거나 음식을 사 들고 집에 가서 먹고, 세탁물은 빨래방에 가져가고, 아침에 커피를 마시면서 《타임스》 십자말풀이를 하고. 체육관에서 운동을 하고, 여자들과 끝이 뻔한 관계를 시작하고, 혼자 영화를 보러 가고. 이 벌거벗은 도시에는 팔백만 가지 이야기가 있었고 대부분은 그다지 흥미롭지 않았으며 그의 이야기도 그랬다. 화이트 플레인스에 있는 남자에게 전화를 받고, 가방을 싸고 비행기를 타고 가서 누군가를 죽인다는 점만 빼면.

반박하기 힘들었다. 그렇게 행동하는 사람이라면, 악당이다. 사건 종료.

이제 그에게 애국자가 될 기회가 생겼다.

애국자처럼 보이지는 않겠지만 말이다. 이 일에 대해서는 아무도, 도트와 어르신마저도 모를 테니까. 배스컴은 그 점을 명확하게 했다.

"누구에게도 말해서는 안 되고, 일이 잘못될 경우에는 〈미션 임파서블〉과 같다고 생각하면 됩니다. 우리는 당신에 대해 들은 적도 없어요. 당신은 혼자 일하는 것이고, 누구에게 정부를 위해 일하고 있다고 말하려고 해도 상대는 면전에서 웃고 말 겁니다. 내 이름을 댄다면 그런 이름은 들어본 적도 없다고 할 테고요. 실제로 들어보지 못했으니까요."

"당신 이름이 아니니까 그렇겠지요."

"전화번호부에서 NSR을 찾기는 어려울 겁니다. 아니면 다른 곳, 국회 기록이라 해도 마찬가지예요. 우리는 눈에 띄지 않게 지냅니다. 예전에 우리에 대해 들어본 적은 있습니까? 다른 사람들도 마찬가지지요."

켈러에게는 아무 영광도 없고 위험 부담은 컸다. 화이트 플레인스의 노인 밑에서 일할 때도 그렇기는 했지만 그 일에 대해서는 보상금이 제대로 주어졌다. NSR을 위해 일하면서 받을 수 있는 돈은 들어가는 경비뿐이었고, 그나마도 별로 넉넉하지 않았다.

그러니까 켈러는 영광을 위해서나 돈을 위해서 일하는 게 아니었다. 배스컴은 선택권이 없다는 식으로 말했지만 선택권은 언제나 있었고, 그는 배스컴에게 동의하기로 선택했다. 무엇을 위해?

조국을 위해서.

"지금은 평화기이고……."

배스컴은 이렇게 이야기했다.

"구소련의 위협은 말라붙어 날아갔지만, 그런 사실에 속지는 마요, 켈러. 당신의 조국은 변함없이 전쟁중입니다. 국경 안팎에 적이 있지요. 그리고 때로 우리는 적들이 우리를 치기 전에 적을 쳐야 합니다."

넥타이를 매고 정장 재킷을 여미는 켈러는 자기가 군인처럼 보인다고는 생각하지 않았다. 하지만 기분은 군인 같았다. 자신만의 고유한 제복을 입고 조국에 봉사하러 떠나는 군인.

하워드 램즈게이트는 각진 턱의 정직한 얼굴에 선뜻 미소를 떠올리는 어깨 넓고 덩치 큰 남자였다. 하얀 셔츠에 줄무늬 타이를 매고, 주름 잡힌 회색 샤크스킨 정장 바지를 입었다. 재킷은 사무실 구석에 놓인 옷걸이 나무에 걸려 있었다.

켈러가 들어서자 그는 눈을 들고 말했다.

"안녕하십니까. 날씨 참 끝내주죠? 전 하워드 램즈게이트라고 합니다."

켈러는 가명을 댔다. 램즈게이트가 살아서 그 이름을 다시 말하지야 못하겠지만, 혹시라도 녹음기가 돌아가고 있다면? 사무실에

도청기가 있는 사람이 워싱턴에 하나는 아닐 터였다.

"만나서 반갑습니다."

램즈게이트가 말하더니 일어서서 악수를 했다. 그는 멜빵을 하고 있었는데, 켈러는 멜빵에 고양이가 그려진 데 주목했다. 양쪽이 다른 품종의 고양이였다.

배신자라고 하면 보통은 때묻은 우비를 입고 지하실에 몰래 숨어 있거나 남루한 카페에 도사리고 있는 평범하고 수상한 사람을 떠올린다는 생각이 들었다. 고양이가 들어간 멜빵을 한 남자와 마주치리라 예상하기는 힘들었다.

"흠, 그런데……."

램즈게이트가 말하고 있었다.

"우리가 약속을 했던가요? 제 달력에는 보이지 않는군요."

"그냥 기회를 노리다가 들렀습니다."

"그것도 좋습니다. 어떻게 재닌을 통과하셨습니까?"

비서 이야기였다. 켈러는 비서의 휴식 시간을 재고 있다가 그녀가 잽싸게 담배를 한 대 피우려고 나갔을 때 슬쩍 들어온 참이었다.

"모르겠군요. 바깥에 아무도 없던데요."

"흠, 아무튼 여기 계시니. 중요한 건 그거죠?"

"맞습니다."

"그러면…… 당신의 쥐덫을 볼까요."

램즈게이트가 말했다.

켈러는 그를 빤히 쳐다보았다. 언젠가 심리 상담을 몰아서 했던 짧은 시기에 쥐에 대해 유난히 선명한 꿈을 꾼 적이 있었다. 아직도 그 꿈을 기억할 수 있었다. 하지만 이 첩자가, 배신자가 대체 무슨…….

"저에게는 잘 맞는 표현입니다. 왜 오래된 격언 있죠. 더 좋은 쥐덫을 만들어내면 세상 사람들이 알아서 당신 집 문으로 몰려들 것이다. 에머슨 아니었던가요?"

켈러는 몰랐지만 맞장구를 쳤다.

"에머슨이죠."

"그런 말이 나오면 거의 에머슨이더군요. 벤저민 프랭클린이 아니라면요. 둘 다 견실한 미국인다운 상식을 기대할 수 있는 사람들이죠."

"맞아요."

"말이 나온 김에 말인데 미국인들은 다른 어떤 도구보다도 쥐덫에 대한 특허권을 더 많이 등록해두었어요. 작은 설치류를 잡고 죽이기 위해 인간이 얼마나 다양한 책략을 고안해냈는지 믿지 못할 거예요. 물론……."

램즈게이트는 멜빵을 퉁겼다.

"그중에서도 최고의 쥐덫에는 특허가 없지요. 다리가 넷 달리고 냐옹 소리를 내는 덫이라서."

켈러는 억지로 웃음을 끌어냈다.

"저도 쥐덫이라면 어지간히 봤습니다."

램즈게이트가 말을 이었다.

"다른 특허권 변호사가 그렇듯이요. 그런데도 매일매일 새로운 것을 보게 됩니다. 손님들이 이 사무실에 가져오는 수많은 발명품들은 고양이만큼도 특허권을 얻을 수 없어요. 일부는 이미 다른 누군가가 발명한 물건이고, 의도대로 작동하지 않는 물건도 많고, 작동한다 해도 기능에 가치가 없는 경우도 많아요. 하지만 일부는 작동을 하고, 그중에 일부는 쓸모가 있고, 가끔 하나 정도는 이 멋진 우리 나라에서 삶의 질을 높여주기도 하지요."

견실한 미국인의 상식이라. 켈러는 생각했다. 멋진 우리 나라라. 이 남자는 배신자 주제에 선거 운동을 하는 정치가처럼 말하는 뻔뻔스러움이 있었다.

"그래서 저는 누가 이 사무실로 들어올 때마다 고무됩니다."

램즈게이트가 질문했다.

"뭘 가지고 오셨습니까?"

"흠, 그냥 보여드리지요."

켈러가 말하고 책상 옆으로 돌아갔다. 그는 서류 가방을 열고 책상 위에 노란색 법률 용지철을 놓았다.

램즈게이트는 큰 소리로 읽었다.

"'부디 용서하길.' 뭘 용서하라는 겁니까?"

켈러는 목 조르기로 답을 대신했다. 확실히 의식을 잃을 때까지만 졸랐다. 그런 다음에 목을 놓고 법률 용지철 맨 위 장을 뜯어내어 구겨서 휴지통에 버렸다. 아래 장에도 비슷한 말이 적혀 있었다.

"미안합니다. 부디 용서하길."

꼼꼼한 법의학 수사에 맞서기는 무리였지만 원하는 사람들에게는 그 종이가 자살이라는 판단을 쉽게 이끌어내리라.

그는 창가로 가서 창문을 열었다. 램즈게이트가 늘어져 있는 사무 의자를 창가로 밀고 가서 겨드랑이에 손을 넣어 일으킨 다음 창밖으로 밀었다.

의자를 돌려놓고 두 번째 용지를 뜯어 구겨서 휴지통에 던져 넣었다. 그편이 더 낫다고 판단했다. 유서는 없고 책상 위에 종이철만 놓여 있는데, 휴지통 안을 보면 결국 남기지 않기로 결정한 종이가 두 장 나오는 편이 말이다.

괜찮은 마무리였다. 굳이 찾아서야 나온 종이에 사람들은 관심을 더 기울이리라.

그가 떠날 때 재닌은 자기 자리에 돌아와서 전화로 수다를 떨고 있었다. 그녀는 눈도 들지 않았다.

뉴욕으로 돌아간 켈러는 이후 닷새 동안 매일 UN 건물 길 건너편에 있는 판매소에서 《워싱턴 포스트》를 한 부씩 사면서 하루를 시작했다. 첫날 아침에는 아무것도 없었지만 다음날에는 인정받는 워싱턴의 특허 전문 변호사가 자살한 것으로 추정된다는 기사를 발견했다. 켈러는 하워드 램즈게이트가 어느 대학과 로스쿨에 다녔는지 알게 되었고 그가 특허 절차를 도왔던 몇 가지 발명품에 대해 읽었다. 남은 가족의 이름도 읽었다. 아내, 두 아이, 일리노이 주 레이크 포리스트에 사는 동생.

기사에 나오지 않은 이야기는 램즈게이트가 첩보원이자 배신자였다는 점이었다. 창밖으로 떨어지는 데 도움을 받았다는 말도 없었다. 등받이 없는 커피숍 의자에 걸터앉은 켈러는 신문사에서 내보낸 내용보다 얼마나 더 알고 있을까 궁금했다.

다음 사흘 동안에는 램즈게이트에 대해 한마디도 더 찾을 수 없었다. 그것 자체는 의심스러운 일이 아니었다. 중요하지 않은 일개 변호사의 자살에 대한 후속 기사가 얼마나 자주 나겠는가? 하지만 켈러는 다른 기사들의 행간을 읽으려 애쓰며 램즈게이트의 죽음에 미묘한 연관이라도 찾아내려 했다. 불법 선거 자금으로 기소된 로비스트, 마약에 관련된 총격전에 휘말린 일본인 관광객, 의회에서 있었던 최종 법안의 핵심 투표……. 어떤 기사든 하워드 램즈게이트가 창밖으로 내던져진 일과 모종의 연결 고리가 있을지 몰랐다. 그런데도 정작 일을 해낸 켈러는 결코 알지 못할 터였다.

다섯째 날 아침, 시장실에서 일어난 사소한 스캔들을 보고 얼굴을 찌푸리던 켈러는 문득 감시당하고 있을까 궁금해졌다. 램즈게이트가 죽은 후에 누가 그를 관찰했을까? 매일 아침 아파트 근처 길모퉁이에서 《뉴욕 타임스》로 하루를 시작하지 않고 다섯 블록 떨어진 곳에서 《워싱턴 포스트》를 본다는 사실이 주목을 받았을까?

곰곰히 생각해보고 바보 같은 생각이라는 결론을 내렸다. 그러면 매일 아침 《워싱턴 포스트》를 사는 건 덜 바보 같은 짓일까? 그는 며칠 전에 돌멩이를 하나 던졌던 연못으로 계속 돌아가서 매끄러운 수면 위에 번진 잔물결의 그림자를 찾아보려 하고 있었다.

켈러는 신문을 남겨두고 자리를 빠져나갔다. 나중에 생각하다 왜 그러고 있었는지 깨달았다.

그는 종결을, 어떤 식으로든 완결을 구하고 있었다. 화이트 플레인스의 노인을 위해 일할 때면 언제나 그가 전화를 걸고, 칭찬을 받고, 도트와 농담을 주고받고, 보통 순서대로라면 돈을 받았다. 물론 마지막이 제일 중요했지만 일이 처리되었고 만족스럽게 이루어졌음을 상호 인식하고 인정을 받는 부분도 중요했다.

램즈게이트의 경우에는 그런 과정이 없었다. 보고할 필요도 농담을 주고받을 사람도 없었고, 그에게 얼마나 잘했는지 말해줄 사람도 없었다. 워싱턴 사무실에 있는 입이 무거운 남자들이 무언가 이야기를 하고 있을지도 모르지만 무슨 말을 하는지 들을 수 없었다. 배스컴은 그가 한 일에 만족했을지도 모르지만, 연락을 해오지도 않았고, 등을 두드려주지도 않았다.

흠. 켈러는 그건 괜찮다는 결론을 내렸다.

뭐니 뭐니 해도 그게 군인의 운명이 아니겠는가? 그를 위해 누가 북치고 나팔을 불 일도 없고, 그를 위한 퍼레이드도, 훈장도 없을 것이다. 평가도 인정도 없이 일을 해나갈 테고, 아마 그의 행동이 낳은 진짜 결과도 영영 알지 못할 터였다. 애초에 임무에 뽑힌 이유는 물론이고 말이다.

그렇게 지낼 수 있었다. 심지어 그러면서 특별한 만족을 얻을 수도 있었다. 그에게는 북과 나팔도, 퍼레이드나 훈장도 필요 없었다. 악당으로 살고 있는 그를 조국이 불렀다. 조국에 봉사했다.

아무도 등을 두드려주지 않았다. 아무도 전화해서 잘했다고 해주지 않았다. 누구도 그러지 않을 테고, 그래도 괜찮았다. 그가 한 일, 그가 수행한 봉사, 그것 자체가 보상이었다.

그는 군인이었다.

시간이 흘러 켈러는 배스컴에게 다시 연락을 받을 일은 없으리라는 생각에 익숙해졌다. 그러던 어느 오후, 타임스스퀘어에서 반값 매표소 줄에 서 있는데 누가 어깨를 두드렸다.

"실례합니다."

어떤 사람이 말하면서 그에게 봉투를 내밀었다.

"떨어뜨리신 것 같은데요."

켈러는 그렇지 않다고 말하려다가 남자를 알아보고 말을 멈췄다. 배스컴이었다! 무슨 말을 하기도 전에 그는 군중 속으로 사라져 버렸다.

단순한 흰 봉투로, 풀로 붙이고 테이프를 발라 봉했다. 봉투에는 아무것도 적혀 있지 않았다. 무게로 가늠하기로는 우편으로 부쳤다면 우표를 두 개는 붙여야 했을 것이다. 우표는 없었다. 배스컴은 봉투를 우편에 맡기지 않았다.

켈러는 봉투를 주머니에 집어넣었다. 줄 맨 앞까지 가서 그날 밤에 공연하는 1950년대가 배경인 뮤지컬 표를 한 장 샀다. 두 장을 사서 한 장을 속 빈 호박에 숨겨둘까 생각하기도 했다. 8시에 커튼이 올라가면 배스컴이 옆자리에 앉아 있는 것이다.

켈러는 집에 가서 봉투를 열었다. 이름 하나와 플로리다 주 팜퍼노 비치의 주소가 함께 있었다. 폴라로이드 사진도 두 장 들었는데, 한 장은 남자와 여자였고 다른 한 장은 남자 혼자 앉아 있는 사진이었다. 백 달러짜리 지폐가 아홉 장, 오십 달러 지폐가 두 장 들었다. 구권이었고 발행 번호는 무작위였다.

켈러는 사진을 보았다. 분명히 몇 년 차이를 두고 찍힌 사진들이었다. 남자는 혼자 찍힌 사진에서 더 나이들어 보였고, 앉아 있는 의자는…… 휠체어인가? 켈러는 그럴 수도 있다고 생각했다.

켈러는 가엾게 됐다고 생각하다가 마음을 다잡았다. 그 남자는 동정받을 자격이 없었다. 이 개자식은 배신자였으니까.

현금 천 달러는 켈러가 쓰는 경비에 한참 못 미쳤다. 웨스트 팜 비치까지 가는 비행기 이등석 요금을 전부 물어야 했고, 자동차를 빌려 일을 마칠 기회가 올 때까지 호텔방에서 사흘 밤을 머물고 그 후에 아침 비행기를 타고 집으로 오기 전에 하룻밤을 더 묵어야 했다. 하워드 램즈게이트 사건에 경비로 받은 오백 달러로는 고속철과 방값과 훌륭한 저녁 식삿값을 지불하고 몇 달러가 남았다. 하지만 팜퍼노 비치에서 일을 마치기 위해서는 켈러의 주머니에서 돈을 꺼내야 했다.

그게 정말로 문제가 되는 건 아니었다. 이쪽이든 저쪽이든, 몇 달러에 무슨 신경을 쓴다고?

빨리 들어갔다 빨리 나오는 방식으로 경비를 절약할 수도 있었겠지만 작전이 꽤 까다로웠다. 배신자는…… 이름은 드러커, 루이스 드러커였지만 켈러로서는 그냥 '배신자'라고 생각하는 편이 더 간단했다. 배신자는 팜퍼노 비치 한가운데, 브라이니 애버뉴에 있는 해변 콘도에 살았다. 예상할 수 있었지만 그곳 거주자들은 노년에 접어든 지도 한참 된 나이였고, 의자에 바퀴를 단 사람이 배신자 혼자가 아니었다. 알루미늄 보행기에 의지하는 사람들이 있었고, 그보다 튼튼한 영감쟁이들도 지팡이를 짚고 돌아다녔다.

일 때문에 이런 장소에 온 게 처음인 켈러는 고령자 거주지가 모두 이렇게 경비를 중요시하는지 여부를 알지 못했지만, 몰래 들어가기가 펜타곤보다 더 힘들었다. 로비에는 언제나 안내원이 한 명 있었고 엘리베이터와 계단마다 CCTV가 달려 있었다.

배신자는 하루에 두 번, 아침저녁으로 해변을 한 바퀴 돌기 위해 건물을 나섰다. 나이가 절반쯤 되는 여자가 항상 동행했는데, 그 여자는 단단하게 깔린 모래 위로 휠체어를 밀고 배신자가 햇볕을 쬐는 동안 스페인 잡지를 읽으면서 담배를 한두 대 피웠다.

켈러는 건물 안으로 들어갈 복잡한 계획을 고려해보고 기각했다. 계획이 통한 다음에는 어쩐단 말인가? 여자는 배신자의 아파트에 사니, 그러면 여자까지 없애야 했다. 그 점에 죄책감은 없었다. 현대전에서 민간인 사상자는 피할 수 없는 일이다. 게다가 여자가 아무것도 모르는 졸이라고 누가 장담하겠는가? 배신자를 처단하는 유일한 길이 그리로 통한다면 켈러는 잠시도 주저하지 않고 여자를 없앨 터였다.

하지만 이중 살인은 주목을 끄는 사건이므로 불필요한 관심을 끌 이유는 없었다. 나이들고 노쇠한 사냥감이라면 자연사로 보이게 만드는 쪽이 훨씬 간단했다.

여자를 부지 밖으로 꾀어낼 수 있을까? 여자가 없을 때 들어갈 수 있을까? 여자가 돌아오기 전에 일을 완료하고 눈에 띄지 않게 나올 수 있을까?

고민하며 서툴게 계획을 세우고 있는데, 운명의 여신이 모든 것을 그의 무릎에 떨어뜨렸다. 태양이 동쪽 하늘을 기어오르는 오전 중반이었고, 그는 해변에서 일 킬로미터가 훨씬 넘도록 두 사람의 발자취(흠, 배신자의 발은 땅을 딛는 법이 없었으니 그녀의 발자취라고 해야겠지만)를 충실히 따라간 후였다. 이제 배신자는 바다를 향해 휠체어를 놓고 앉아서 머리를 뒤로 기대고 눈을 감은 채 질긴 가죽 같은 피부로 햇살을 빨아들이고 있었다. 여자는 몇 미터 떨어진 곳에 비치 타월을 놓고 비스듬히 누워서 담배를 피우며 잡지를 읽었다.

여자가 담배를 끄더니 모래 속에 파묻었다. 몇 분 후, 여자가 졸면서 손가락에서 잡지가 미끄러졌다.

켈러는 잠시 시간을 두었다. 그는 왼쪽을 보고, 오른쪽을 보았다. 가까이에는 아무도 없었고, 현장에서 오십 미터 이상 떨어진 곳에 있는 사람들 정도는 감수할 생각이었다. 그들은 켈러를 똑바로 보고 있다 해도 눈앞에서 무슨 일이 벌어지는지 절대로 깨닫지 못할 것이다. 특히나 여기에 있는 눈들의 나이를 생각하면 더 그랬다.

그는 배신자 뒤로 가서 그 더러운 입에 한 손을 얹고 반대쪽 손 엄지와 검지를 이용해서 콧구멍을 막은 뒤 공기를 틀어막은 채로 천천히 꽤 높다 싶은 숫자까지 헤아렸다.

켈러가 손을 놓자 배신자의 손이 한쪽으로 툭 떨어졌다. 켈러는 손을 다시 올리고 마치 잠든 듯한 모습으로, 햇빛의 따뜻한 포옹을 즐기는 도마뱀 같은 모습으로 두고 떠났다.

“어디 있었어, 켈러? 며칠이나 전화를 했는데.”

“시외에 있었어요.”

“시외?”

“사실은 플로리다예요.”

“플로리다? 디즈니 월드에 간 건 아니겠지? 미키 마우스와 악수를 한 손으로 내 손을 잡는 거야?"

"그냥 햇빛과 모래를 약간 즐기고 싶었어요. 걸프 코스트 지역에 갔어요. 새니벌 섬에요."

"조개껍질은 가져왔어, 켈러?"

"조개껍질요?"

"거긴 조개껍질이 장관이라던데. 만 안쪽으로 구부러져 있는 섬이잖아. 원래 그래야 하는 것처럼 육지에 평행을 이루고 뻗어나가지 않고."

"'원래 그래야 하는' 것처럼요?"

"흠, 보통 그런 것처럼이라고 할까. 아무튼 그래서 해류가 조개껍질을 트럭처럼 실어나르고 온 세상 여기저기에서 온 사람들이 해변을 걸으면서 조개껍질을 집는 거야. 그런데 내가 왜 이런 이야기를 하고 있지? 그곳에서 막 돌아온 사람은 자기인데 말이지. 나에게 줄 조개껍질을 가져오진 않았겠지, 그렇지?"

"진지하게 조개껍질을 감상하려면 아침 일찍 일어나야 해요."

켈러는 과연 사실일까 생각하면서 말했다.

"동틀 녘이면 조개껍질 줍는 사람들이 보리밭에 뜬 메뚜기 떼처럼 우글거리죠."

"보리밭이라, 흠?"

"호박색 곡식의 파도죠. 어쨌든, 제가 조개껍질에 무슨 관심이 있겠어요? 전 그냥 휴식을 원했을 뿐이에요."

"덕분에 일을 몇 건 놓쳤어."

"오."

"기다릴 수 없는 일이었는데, 자기가 어디에 있는지, 언제 돌아오는지 누가 알아? 시외로 나갈 때 전화를 했어야지."

"생각을 못 했어요."

"좋아, 어쩌다 그런 생각을 한 거야? 자기는 시내를 떠나는 법이 없잖아. 마지막으로 휴가를 간 게 언제였어?"

"전 인생 대부분을 휴가로 보내요. 여기 뉴욕에서요."

"그렇다면 일 말고 다른 목적으로 떠날 때가 된 모양이네. 동행이 있었겠지."

"글쎄요……."

"잘된 일이야, 켈러. 내가 자기한테 연락할 수 없어서 오히려 잘됐지 뭐. 하지만 다음에는……."

"다음에는 꼭 통보할게요. 그보다 다음에는 조개껍질을 가져오는 편이 더 좋겠네요."

이번에는 그도 신문 기사를 추적하려고 하지 않았다. 팜퍼노 비치에 독자적인 신문이 있다고 하더라도, UN 신문 판매대에서 팔기를 기대할 수는 없었다. 《마이애미 헤럴드》는 있겠지만, 노인이 햇빛 속에서 잠들 때마다 신문에 기사가 나리라 생각하지는 않았다. 그랬다면 신문에 허리케인과 차량 탈취 기사를 낼 공간이 남지 않으리라.

게다가 기사를 읽어 무엇하겠는가? 그는 임무를 수행했고 배신자는 죽었다. 알아야 할 것은 그것뿐이었다.

배스컴은 거의 두 달이 지나서 다시 접촉을 해 왔다. 이번에는 아무리 잠깐이라도 직접 대면은 없었다.

대신 전화를 한 통 받았다. 목소리는 배스컴 같았지만 장담할 수는 없었다. 짧은 통화 내내 목소리는 낮은 중얼거림 수준에서 더 커지지 않았다.

"내일 집에 있도록 해요. 당신에게 배달될 물건이 있습니다."

다음날 아침이 되자 페덱스 배달원이 납작한 마분지 봉투를 가져왔고, 안에는 사진 한 장, 이름과 주소가 찍힌 명함 한 장, 백 달러짜리 구권 한 다발이 들어 있었다.

지폐는 열 장, 이번에도 천 달러가 주어졌다. 이번에는 주소가 콜로라도 주 오로라였고, 팜퍼노 비치보다 훨씬 멀리 날아가야 했다. 처음에는 마음이 괴로웠지만 생각해보고 나서 낮은 보수에도 어느 정도 타당한 이유가 있다는 결론을 내렸다. 일을 할 때마다 돈을 잃는다면 애국자로서의 역할에 대한 헌신이 강조되는 셈이었다. 돈 때문에 하는 일이 아니라는 점이 명확하니 동기를 물어볼 필요가 전혀 없었다.

지폐를 세어 지갑에 넣은 다음 이번 배신자의 사진을 한참 동안 들여다보았다.

그리고 전화가 울렸다.

도트가 말했다.

"켈러, 외로운데 TV에선 샐리 제시 래피얼•밖에 안 나와. 이리 와서 말동무가 좀 되어줘."

켈러는 기차를 타고 화이트 플레인스로 갔다가 다른 기차를 타고 뉴욕으로 돌아갔다. 가방을 하나 싼 뒤 항공사에 전화를 걸고는 택시를 타고 JFK 공항으로 갔다. 비행기가 그날 밤 시애틀에 착륙했고, 그곳에서 그는 단추가 두 줄 달린 갈색 정장 재킷을 입은 호리호리한 젊은이와 만났다. 청년은 복고풍 분위기의 중절모를 쓰고 있었다.

제이슨이라는 이름의 청년은 켈러를 어느 호텔에 내려놓았다. 아침에 로비에서 다시 만나자 제이슨은 켈러를 태우고 돌아다니면서 관심 있을 만한 다양한 지점을 가리켜 보였다. 그중에는 킹돔 경기장과 스페이스 니들, 그리고 켈러가 죽여야 할 남자의 집과 사무실이 포함되었다. 그리고 멀리 보일락 말락 한 수준이었지만 눈이 내린 레이니어 산 꼭대기도 있었다.

그들은 시내의 멋진 식당에서 점심을 먹었는데 제이슨은 놀라울 정도로 많은 음식을 먹어치웠다. 켈러는 제이슨이 음식을 어디에 집어넣는지 궁금했다. 살진 부분이라고는 없었는데 말이다.

웨이트리스가 커피를 다시 따라주는데 제이슨이 말했다.

"오늘 그자를 놓쳤는지 의아해하던 차였는데 말이죠. 바로 문으로 나오더군요. 회색 정장에 파란 넥타이……. 커다란 붉은 얼굴 있죠? 그게 컬리 윌콕스예요."

사진과 똑같이 생긴 남자였다. 하지만 누가 실물로 확인해줘서 해가 될 일은 없었다.

제이슨이 입술을 거의 움직이지 않고 말했다.

"그자는 이 마을 거물이거든요. 그러면 떨어질 때 더 충격이 큰 거, 맞죠?"

"뭐라고요?"

"그런 말이 있지 않았나요? '높이 오를수록 떨어질 때 충격이 크다?'"

"아, 그래요."

켈러가 말했다.

"지금은 대화를 할 기분이 아니신가 보군요. 생각하실 것들도 있고 풀어야 할 세부 사항도 있겠죠."

"그런가 봅니다."

켈러가 대꾸했다.

"시간이 좀 걸릴지도 몰라요. 대상이 지역 유명 인사라서요."

그는 도트에게 말했다.

● **샐리 제시 래피얼** _ 유명한 토크쇼 진행자.

"유명 인사?"

"그렇다네요. 들어갈 때는 경비가 철저하고 나올 때는 열기가 뜨거울 거란 뜻이죠."

"거물일 때는 늘 그렇지."

"반면에, 높이 오를수록 떨어질 때 충격이 크기도 하죠."

"무슨 뜻으로 하는 말인지는 모르겠지만, 뭐, 느긋하게 해, 켈러. 꽃향기라도 맡으면서. 다만 발밑에 풀이 자라게 두지는 말고."

끝내주는군.

켈러는 생각했다.

그는 TV를 무음으로 돌려서 귀여운 젊은 한 쌍이 '서츠는 하나 안에 둘, 둘, 두 개의 민트'라고 알리는 사탕 광고의 목소리를 멈췄다. 눈을 감고 광고 대화를 자신의 상황에 적용했다.

"켈러는 청부 킬러야."

"아니야, 켈러는 배신자 킬러야."

"켈러는 하나 안에 둘, 둘, 두 명의 킬러지……."

한 번에 하나의 삶을 꾸려가기만도 충분히 힘들다는 생각을 했다. 그런데 두 개의 삶이 겹치니 훨씬 더 까다로웠다. 그는 노인의 지시를 피할 수 없었기에 콜로라도에서 샘 아저씨의 일을 처리해야 하는데도 시애틀 여행을 연기할 수 없었다. 임무를 얼마나 지연시킬 수 있을까? 얼마나 급할까?

배스컴에게 전화해서 물어볼 수도 없었다. 그러니 긴급한 일일 거라고 가정해야 했다.

그러니까 한 번에 둘, 둘, 두 개의 일을 처리할 방법을 찾아야 한다는 뜻이었다.

그에게 가장 필요한 것이었다.

켈러가 집으로 날아간 것은 토요일 아침으로, 시애틀로 날아간 후에 일주일 하고도 절반이 지난 후였다. 이번에는 시카고에서 비행기를 갈아타야 해서 아파트에 도착했을 때는 시간이 늦었다. 이미 전날 밤에 화이트 플레인스에 전화를 해 일을 마쳤다고 말해두었다. 그는 짐을 풀고, 옷을 벗고, 뜨거운 물에 샤워를 하고, 침대에 쓰러졌다.

다음날 오후에 전화가 울렸다.

"이름은 밝힐 수 없지만, 그저 잘했다고 말하고 싶었어요."

배스컴이 말했다.

"오."

"우리가 보통 하는 일은 아니지만……."

배스컴이 말을 이었다.

"노련한 전문가라도 가끔은 격려를 받으면 좋은 법이지요. 잘했습니다. 그리고 우리가 높이 평가한다는 사실을 알아 마땅합니다."

"그런 말을 들으니 좋군요."

켈러는 마음을 인정했다.

"나 혼자만의 마음을 이야기하는 게 아닙니다. 당신의 노력은 훨씬 높은 곳에서 인정받고 있어요."

"정말입니까?"

"사실은 최고위층이지요."

"최고위층?"

"이름은 밝히지 않는 편이 좋지만."

배스컴은 그 말을 또 했다.

"그냥 당신이, 들이마신 적 없는 사람•에게 깊은 감사의 마음을 얻어냈다고만 해둡시다."

그는 화이트 플레인스에 전화를 걸어서 도트에게 정말 피곤하다고 말했다.

"내일 점심때쯤 나갈게요. 어때요?"

"오, 신나네. 샌드위치를 만들게, 켈러. 소풍이라도 갈까."

그는 통화를 끊고 혼자 할 일을 생각할 수 없었다. 충동적으로 지하철을 타고 브롱크스로 가서 동물원에서 몇 시간을 보냈다. 동물원에 가본 지도 몇 년 만이었다. 그 정도면 동물원에 가면 언제나 슬퍼진다는 사실을 잊을 만한 시간이었다.

여전히 슬퍼졌고, 이유는 알 수가 없었다. 우리에 갇힌 짐승들을 본다고 괴로운 건 아니었다. 그가 이해하기로 짐승들은 야생에서 살기보다 감금되어 살면서 더 좋은 삶을 누렸다. 더 오래 살고 더 건강하게 지냈다. 살아 있는 시간 절반은 충분한 음식을 얻으려고 보내고 나머지 절반은 다른 누군가에게 음식이 되지 않으려고 애쓰면서 보낼 필요가 없었다. 동물원에서 보면 동물들이 지루해한다는 결론을 내리기 십상이지만, 그는 그렇게 믿지 않았다. 그에게는 동물들이 지루해 보이지 않았다.

켈러는 언제나처럼 설명할 수 없이 슬픈 기분으로 동물원을 떠나 맨해튼으로 돌아갔다. 새로 생긴 아프가니스탄 식당에서 밥을 먹은 후 영화를 보러 갔다. 서부영화였지만, 그중에서도 선호하는 할리우드 고전 스타일은 아니었다. 영화가 끝난 다음에도 누가 좋은 사람인지 딱 잘라 말할 수가 없었다.

다음날 켈러는 이른 기차 편으로 화이트 플레인스에 가서 위층 노인과 사십 분을 보냈다. 아래층으로 내려가자 도트가 막 내린 커피랑 아이스티가 있다고 말했다.

커피를 택했다. 도트는 이미 자기 몫으로 높은 잔에 아이스티를 부어놓았다. 부엌 식탁에 앉자 그녀가 시애틀에서는 어땠냐고 물었다. 그는 잘됐다고 말했다.

"시애틀은 마음에 들었어, 켈러? 듣기로는 요새 시애틀이 모두에게 특별한 도시라던데. 예전에는 샌프란시스코였고 이제는 시애틀이라고 말이야."

• **들이마신 적 없는 사람** _ 클린턴 대통령이 마리화나를 피워본 적은 있지만 속까지 들이마시지는 않았다고 말한 일을 빗대어 쓰인 표현.

"괜찮았어요."

그는 말했다.

"그리로 이사하고 싶은 충동은 없었고?"

파이어니어 스퀘어 주위에 있는 개조한 공업용 건물 같은 곳에 살면서, 파이크 마켓에서 식료품을 사고, 레이니어 산이 얼마나 보이는지에 따라 날씨를 판단하고 살면 어떨까 생각해보기는 했다. 하지만 켈러는 어디에 가든 비슷한 생각을 했다. 그렇다고 말뚝을 뽑고 이사할 준비가 되었다는 뜻은 아니었다.

"별로요."

"커피를 마시기 좋은 곳이라던데."

그는 인정했다.

"시애틀 사람들은 커피에 대해 진지하죠. 너무 진지할지도 몰라요. 와인 속물들도 나쁘지만, 그게 다 커피로 가면……."

"그런데 지금 마시는 커피는 어때?"

"괜찮아요."

"분명히 시애틀에서 마시는 커피에 비할 수는 없겠지. 하지만 시애틀은 날씨가 엉망이잖아. 늘 비가 온다고 들었는데."

"비가 많이 오기는 하지만 심하진 않아요. 쓰러질 정도의 폭우는 아니에요."

"비가 오기는 하지만 쏟아지진 않는다?"

"비슷해요."

"비 때문에 짜증이 났나 봐, 응?"

"무슨 소리예요?"

"날마다 비는 오고, 온통 커피 속물들에. 그래서 참을 수가 없었나 보지."

응?

"그건 거슬리지 않았는데요."

"아니야?"

"별로요. 왜요?"

"흠, 난 궁금했거든……."

도트는 유리잔 너머로 그를 바라보며 말했다.

"자기가 덴버에서 대체 뭘 하고 있었는지 궁금했어."

무음으로 켜놓은 TV는 홈쇼핑 채널에 맞춰져 있었다. 진짜 같지 않은 빨간 머리 여자가 드레스 모델을 서고 있었다. 켈러는 드레스가 촌스럽다고 생각했지만, 오른쪽 하단에 보이는 숫자가 점점 늘어나면서 시청자들이 꾸준히 그 옷을 주문하는 전화를 걸고 있음을 나타냈다.

"물론 덴버에서 무슨 일을 하고 있었는지 추측하는 거야 가능했지."

도트가 계속해서 말했다.

"그리고 아마 자기가 상대한 사람의 이름도 찾아낼 수 있었을 거야. 다른 사람을 시켜서 《덴버 포스트》 몇 부를 받았는데 오로라라는 곳에서 좋지 않은 결말을 맞이한 여자에 대한 기사를 찾아냈고, 사건 전체에 자기 지문이 덕지덕지 묻어 있었거든. 그렇게 놀란 표정 짓지 마, 켈러. 진짜 지문이라는 말은 아니야. 비유 삼아 한 말이지."

"비유 삼아서요."

"딱 자기 솜씨처럼 보였어. 그리고 시기도 맞았어. 보통 때 같은 교묘함은 조금 부족할지 모르지만 시애틀로 돌아가려고 서두르느라 그랬겠지."

켈러는 텔레비전을 가리키며 말했다.

"저 사람들이 저 드레스를 얼마나 많이 팔았을까요?"

"몇 톤이겠지."

"도트라면 저렇게 드레스를 사겠어요?"

"백만 년이 지나도 안 사. 내가 저런 옷을 입으면 감자 부대 같을걸."

"어떤 드레스든 말이에요. 전화로, 입어보지 않고."

"난 언제나 카탈로그를 보고 옷을 사, 켈러. 결국엔 똑같아. 맞지 않으면 언제나 반품할 수 있어."

"그래본 적 있어요? 반품한 적?"

"물론이지."

"어르신은 모르죠, 도트? 덴버에 대해서?"

"모르지."

그는 고개를 끄덕이고, 망설이다가 몸을 내밀고 말했다.

"도트, 비밀 지켜줄 수 있어요?"

도트는 켈러가 배스컴이 커피숍에 처음 나타났을 때부터 제일 최근에 전화해서 '들이마신 적 없는 사람'이 행운을 빈다고 전한 부분까지 전부 다 이야기하는 동안 가만히 귀를 기울였다. 이야기를 끝낸 켈러는 일어서서 커피를 더 따랐다. 그가 식탁으로 돌아가 앉자 도트가 말했다.

"내가 짜증나는 부분이 뭔지 알아? '도트, 비밀 지켜줄 수 있어요?'라니. 비밀을 지킬 수 있냐고?"

"그게, 전……."

"내가 비밀을 지키지 못한다면 우린 큰 곤경에 빠진 거지. 켈러, 난 지킬 비밀이 있었던 세월만큼 비밀을 지켰어. 그런데 나보고 그런 질문을……."

"정확히 물어본 건 아니에요. 정말로 답을 기대하지는 않으면서 던지는 질문을 뭐라고 하죠?"

"기도."

"수사법이에요. 수사적인 질문이었어요. 맙소사, 도트가 비밀을 지킬 수 있다는 건 당연히 알죠."

"그래서 이 사태를 숨겼단 말이지. 몇 달 동안이나."

"그게, 이건 다르다고 생각했어요."

"나라의 비밀이니까 말이지."

"맞아요."

"쉿, 일급비밀이다. 꼭 필요한 때 필요한 정보만 알아야 한다. 국가 보안에 얽힌 문제다."

"그런 셈이죠."

"그리고 혹시 내가 공산주의 첩자로 밝혀진다면?"

"도트……."

"그런데 어쩌다가 내가 갑자기 일급비밀 허가를 받은 거야? 아니면 인가 범위라고 하나? 다시 말해서, 만약 내가 덴버를 끄집어내지 않았다면……."

"아니에요. 어차피 도트에게 말할 계획이었어요."

"늦든 빠르든 말이지."

"빨리요. 어제 전화해서 오늘까지 기다렸다가 오고 싶다고 했을 때, 약간이지만 생각할 시간을 번 거였어요."

"그리고?"

"그리고 도트에게 전부 알려주고, 어떻게 생각하는지 알아보고 싶다는 결론을 내렸죠."

"내가 어떻게 생각하는지 말이지."

"그래요."

"흠, 그게 뭘 말해주는지 알아, 켈러? 자기가 어떻게 생각하는지를 알려줘."

"그리고요?"

"그리고 난 그게 내 생각과 거의 같을 거라고 봐."

"대놓고 말해요, 예?"

"사, 기, 야. 완, 전, 헛, 소, 리. 제대로 전해졌어?"

"크고 또렷하게요."

"자기 같은 사람이 시키는 대로 재주를 넘게 만들다니 꽤나 말솜씨가 좋겠지. 어떻게 그게 먹히는지 알아. 우선, 자기가 그걸 믿고 싶었던 거야. '젊은이, 조국이 자네를 필요로 하네.' 그리고 다음 순간에는 잔돈푼만 받고 낯선 사람들을 죽이고 있는 거지."

"경비는 줬어요. 첫 번째만 빼면 경비도 충당이 안 됐지만."

"자기 뒤덮에 걸린 특허권 변호사라. 그런 사람이 배스컴을 열받게 한 이유가 뭘까?"

"전혀 모르겠어요."

"그리고 휠체어에 앉은 노인. 그 망할 놈을 차갑게 만들어줘서 다행이야, 켈러. 그러지 않았다면 우리 자식들이나 우리 자식의 자식들이 러시아어를 쓰면서 자라게 됐을지도 몰라."

"아픈 데 꼬집지 마세요."

"아까의 수사적인 질문에 대한 대가일 뿐이야. 모든 점을 고려해볼 때 배스컴이 정직할 가능성이 백만분의 일쯤은 있을까?"

그는 몇 번이나 생각해보았지만, 답은 바뀌지 않았다.

"아니요."

"어디에서 걸렸어? 상부의 칭찬?"

"그런 것 같아요. 아시겠지만, 전 말도 못하게 기뻤거든요."

"상상은 가."

"꼭대기에 있는 사람이라잖아요. 거물요."

"그런 사람이 도넛을 씹으면서 켈러를 생각했단 말이지."

"나중에 생각해보니 그럴 리가 없는 거예요. 설령 그런 말을 했다고 쳐도, 배스컴이 그 말을 전해주겠어요? 그런 생각이 들고 나서 전체 그림을 봤더니……."

"기울어진 그림이지."

"그래요."

"흠, 배스컴에 대해 아는 단서가 뭐야? 그자의 이름도 주소도 연락할 방법도 모르지. 그러면 뭐가 남지?"

"욕 나오게 없죠."

"오, 그건 모르겠는걸. 우리에게 많은 것이 필요하진 않아, 켈러. 그리고 우리가 확실히 아는 게 있지."

"뭔데요?"

"그놈이 죽이고 싶어 한 세 명을 알잖아. 그게 시작이야."

정장을 차려입고 타이를 매고 단춧구멍에 붉은색 카네이션을 꽂은 켈러는, 메릴랜드 글렌 버니에 있는 제멋대로 뻗어나간 목장 주택의 아담한 개인 서재라고 할 만한 방에 앉아 있었다. 그는 무음으로 TV를 켜놓았는데, 이제는 이것이 TV를 보기에 제일 좋은 방법이라는 생각이 들었다. 침묵이 모든 장면에 반가운 수수께끼의 기운을 더했다. 심지어 광고마저 그랬다.

그는 진입로에 차가 들어오는 소리에 기운을 차리고 문에 열쇠가 꽂히는 소리를 듣자마자 리모컨을 눌러 TV를 아예 꺼버렸다. 그런 다음 앉아서 폴 어니스트 패러가 복도 벽장에 외투를 걸고, 식료품 자루를 부엌에 갖다 놓고, 집안 여기저기를 돌아다니는 동안 끈기 있게 기다렸다.

그가 마침내 서재에 들어왔을 때 켈러는 말했다.

"흠, 안녕, 배스컴. 집이 참 좋네."

켈러는 악당의 삶을 살면서 여러 사람의 삶을 아주 다양한 방식으로 끝냈다. 하지만 그가 아는 한, 누가 겁을 먹어 죽게 만든 적은 없었다. 잠시 동안은 배스컴(본명은 패러)이 첫 번째가 될지도 모른다는 생각이 들었다. 안색이 새하얘진 그는 한 손으로 가슴을 누르면서 자기도 모르게 뒷걸음질을 쳤다. 켈러는 심폐 소생술이 필요하지는 않았으면 좋겠다고 생각했다.

"진정하고, 좀 앉겠나? 놀라게 만들어서 미안하지만 이게 최선일 것 같았어. 신중한 게 최선이잖아?"

"우리집에서 대체 뭘 하고 있다고 생각하는 건가?"

"원래는 십자말풀이를 했지. 그러다가 햇빛이 사그라드니 TV를 켰는데, TV에서 무슨 말을 하는지 모르는 편이 훨씬 낫더군. 상상력 운동에 더 도움이 된달까."

그는 의자에 등을 기댔다.

"원래는 아침 식사 자리에 합석하려고 했는데, 당신이 아침을 나가서 먹을지 어떨지 알 수가 있어야지. 당신이 부엌에 있는 소나무 식탁에서 귀리 머핀과 디카페인 커피를 먹을지 말지 누가 알겠어? 그래서 여기로 오자고 생각했지."

"나에게 아예 접촉하면 안 되는 거요."

패러는 엄격하게 말했다.

"어떤 상황에서도."

"그만둬. 안 먹히니까."

패러는 그 말을 듣지 못한 사람 같았다.

"기왕 여기 왔으니 물론 대화를 하기는 해야지. 마침 당신에게 이야기할 문제도 있었어. 적어놓은 내용을 가져오지."

패러가 켈러 옆을 지나쳐서 책상 서랍 하나에 손을 넣는데, 켈러가 어깨를 잡고 돌려세웠다.

"괜히 곤란해지기 전에 앉아. 총은 찾아서 총탄을 빼놨어. 방아쇠를 당겼는데 철컥 소리만 나면 바보가 된 기분이 들지 않겠나?"

"총을 꺼내려던 게 아니야."

"그렇다면 이걸 꺼내고 싶었을지도 모르겠군."

켈러는 앞주머니에 손을 넣으며 말했다.

"로저 키스 배스컴이라는 이름으로 영국령 온두라스 정부에서 발행한 여권. 혹시 그거 알아? 지도를 찾아봤는데 영국령 온두라스는 찾을 수가 없었어."

"지금 이름은 벨리즈야."

"그런데 여권에는 계속 예전 이름을 쓴다?"

그는 소리 없이 휘파람을 불었다.

"여권이 들어 있던 서랍에서 회사 문서도 찾았어. 케이맨 제도에 있는 팀인데, 그럴싸한 가짜 여권을 만들어준다고. 미국인을 좋아하지 않는 테러리스트에게 납치됐을 경우에 신변 보호를 위해서. 믿어져, 그 사람들이 다른 종류의 가짜 신분증도 제공한다는 거? 수표와 사진만 보내면 NSR 요원으로 만들어준다지. 참 편리하지 않겠어?"

"무슨 말을 하는지 모르겠군."

켈러는 한숨을 내쉬었다.

"좋아. 그렇다면 내가 말하지. 당신 이름은 로저 배스컴이 아니라 폴 패러야. 정부 요원이 아니라 사회 보장국에서 일하는 하찮은 사무직원쯤 되고."

"그건 위장일 뿐이야."

"당신은 결혼을 했었어."

켈러는 말을 이었다.

"아내가 다른 남자 때문에 떠나기 전까지는. 그 남자 이름은 하워드 램즈게이트였지."

"음."

패러가 신음했다.

"그게 육 년 전이었어. 흥분이 식을 만한 시간이지."

"제대로 처리할 방법을 찾고 싶었어."

"그래서 당신은 나를 찾아냈지. 그리고 내가 처리하게 만들었어. 그 수법은 통했고, 그대로만 됐으면 당신이 위험해질 일은 없었을 거야. 그런데 당신은 날 플로리다로 보내 휠체어에 탄 노인을 죽이게 했지."

"루이스 드러커."

"당신 외삼촌을. 자식이 없었으니…… 유산을 누구에게 남겼을까?"

"루 삼촌에게 무슨 인생이 있었나? 몸은 불구에, 움직이지도 못하지, 진통제로 살아가지……."

"우리가 좋은 일을 해준 셈이겠지. 콜로라도에 살던 여자는 당신과 두 집 옆에 살았더군. 무슨 짓을 했기에 당신 목록에 올랐는지는 몰라. 당신을 버렸거나 모욕했을지도 모르고, 그 여자 강아지가 당신 잔디밭에 똥을 쌌을지도 모르지. 하지만 달라지는 게 뭐지? 중요한 건 날 이용했다는 거야. 전국을 돌아다니면서 사람들을 죽이게 만들었어."

"당신이 원래 하는 일 아닌가?"

"맞아. 이해가 가지 않는 건 바로 그 부분이야. 어떻게 화이트 플레인스에 있는 특정 번호를 알았는지는 모르지만 번호를 알아내고는 내가 꽃 장식을 달고 기차를 타게 만들었어. 왜 위장 놀이를 했지? 왜 그냥 돈을 내고 청부하지 않은 거야?"

"그럴 돈이 없었어."

켈러는 고개를 끄덕였다.

"그럴지도 모른다고 생각하긴 했어. 무전취식이나 다름없지. 내가 푼돈으로 이 모든 일을 하게 만들었어."

"이봐."

패러가 말했다.

"사과하고 싶소."

"그래?"

"정말로, 진심으로 하는 말이야. 처음에는, 그 개자식 램즈게이트 때는 뭐, 그럴 수밖에 없었어. 나머지 두 번은 적당한 금액을 지불할 수 있었는데 우린 이미 관계를 확립한 뒤였어. 애국심에서 일을 하는 당신을 그대로 두는 편이 더 안전하고 단순해 보였다고."

"더 안전하다."

"더 단순하고."

"더 싸기도 했겠지."

켈러가 말을 이었다.

"그때는 그렇다고 치고, 장기적으로는 어떻게 보지?"

"무슨 뜻이지?"

"흠, 이제는 어떻게 될까?"

"날 죽이진 않겠지."

"왜 그렇게 확신하지?"

"죽이려면 이미 죽였겠지. 이런 대화는 나누지도 않을 테고. 당신은 뭔가를 원해. 난 뭔지 알 것 같군."

"들이마신 적 없는 분에게 칭찬받는 건가."

"돈이지. 정당한 당신 돈, 내가 정체를 속이지 않았다면 받았을 돈을 원하는 거 아닌가. 안 그래?"

"비슷해."

"비슷하다니?"

켈러가 대답했다.

"내가 원하는 건…… 그 돈에 약간을 더한 금액이야. 내가 국세청이었다면 차액에 대한 벌금과 이자라고 하겠지만."

"얼마나?"

켈러는 숫자를 하나 불렀다. 패러가 눈을 껌벅일 정도로 큰 숫자였다. 패러는 너무 큰 숫자 같다고 했고, 한동안 논의한 끝에 켈러는 금액을 3분의 1까지 낮춰주었다.

패러가 말했다.

"하룻밤 만에 그 돈을 모을 수는 없어. 증권을 팔아야 해. 이번 주말, 아니면 늦어도 다음주 초까지는 현금이 생길 거야."

"잘됐군."

"그리고 당신에게 의뢰할 일이 더 있을 거야."

"일?"

"콜로라도의 그 여자 말인데, 무슨 원한이 있는지 궁금해했지? 여자가 예전에 한 말이 있기는 한데 요점은 그게 아니야. 난 개인 국영보험에서 내가 이차 수령인이 될 방법을 찾아냈어. 설명하기엔 너무 복잡하지만 신통하게 잘 듣게 되어 있지."

"수단이 좋군."

켈러는 일어서면서 말했다.

"말해두는데, 패러, 일주일 정도는 돈을 기다릴 준비가 되어 있어. 장래에 일거리가 더 들어올 전망까지 있으니 말이지. 하지만 계약금 조로 오늘밤에 현금을 일부 받았으면 좋겠군. 집에도 돈을 두긴 할 텐데."

"금고에 얼마나 있는지 보지."

패러가 말했다.

"이만 이천 달러라."

켈러는 지폐 다발에 고무줄을 끼워 집어넣으면서 말했다.

"그러면 어디 보자, 한 건에 오천오백 달러가 되나?"

"다음주면 잔액을 받을 거야. 적어도 잔액의 상당 부분은 받게 될 거요."

패러가 다짐했다.

"좋아."

"그런데 오천오백 달러는 어디에서 나온 거지? 세 명이었으니까, 이만 이천을 삼으로 나누면 칠천하고…… 그러니까."

패러는 얼굴을 찌푸리고 계산을 했다.

"두당 칠천삼백삼십삼 달러인데."

"그런가?"

"그리고 삼십삼 센트."

켈러는 머리를 긁적였다.

"잘못 계산했나? 네 사람분으로 계산한 건데."

"네 번째는 누군데?"

"당신."

"기다릴 마음이 있었다면……."

그는 다음날 도트에게 말했다.

"그놈은 꽤 두툼한 현금 다발을 내밀었을 거예요. 하지만 그놈이 해가 뜨는 광경을 다시 보게 해줄 수는 없었어요."

"그 쓰레기가 다음에 무슨 짓을 할지 누가 알겠어."

"그렇죠. 그놈은 아마추어에 미치광이였고, 이미 절 한 번 속였어요."

"한 번이면 충분하지."

"한 번이면 많죠."

켈러는 동의했다.

“계획을 다 세워놨더라고요. 사회 보장 연금 기록을 조작한 뒤 자기가 그 사람들 몫의 수당을 모을 수 있게 내가 생판 모르는 사람들을 죽이게 만들 작정이었어요. 생판 모르는 사람들을요!”

“자기는 보통 생판 모르는 사람들을 죽이잖아, 켈러.”

“저한테는 낯선 사람이지만 의뢰인에게는 아니죠. 어쨌든, 전 손안에 든 새 한 마리를 갖기로 했고, 그 새는 이만 이천 달러가 됐어요. 없는 것보다는 낫죠.”

“내가 마지막으로 확인해본 바로는 내 의견도 똑같아. 뭐, 어차피 그건 일이 아니었어. 자기는 사랑 때문에 했던 거야.”

“사랑요?”

“나라에 대한 사랑. 자긴 애국자야, 켈러. 결국에는 마음이 중요하다니까.”

“도트가 그렇게 말한다면요.”

“난 그렇게 말하겠어. 그리고 난 그 꽃이 마음에 들어, 켈러. 자기가 꽃을 달고 다닐 사람이라고는 생각하지 않았는데 계속 그러고 다녀도 되겠어. 보기 좋은걸. 뭔가를 더해주고 말이야.”

“품격이겠죠.”

켈러가 말을 이었다.

“달리 뭐겠어요?”

010

켈러의 은퇴

"은퇴? 켈러, 자기가?"

도트는 찌푸린 얼굴로 그를 보더니 고개를 저었다.

"잠깐 마음이 내키지 않을 수는 있겠지. 하지만 은퇴라니? 난 그렇게 생각하지 않아."

"생각중이에요."

"켈러, 자기는 도시 사람이야. 뭘 하려고, 오리건 주 로즈버그로 떠나게? 진흙과 욋가지로 만든 작은 오두막이라도 사게?"

"욋가지요?"

"신경쓰지 마."

"충분히 좋은 마을이었어요. 로즈버그요. 하지만 도트 말이 맞아요. 전 뉴욕 사람이죠. 여기 머물 거예요."

"은퇴는 한다는 말이지."

그는 고개를 끄덕였다.

"계산을 해봤는데 감당할 수 있겠어요. 몇 년 동안 돈을 모아둔 데다 집 임대료도 합리적이에요. 원래 사치스럽게 살지도 않았고요, 도트."

"들이는 돈은 있었지. 여자애를 위해 산 귀고리들을 생각해봐."

"앤드리아요."

"나도 이름은 기억해, 켈러. 아픈 데를 찌를지도 모른다고 생각해서 말하지 않으려고 한 거야."

그는 고개를 저었다.

"앤드리아는 제 삶에 걸어 들어와서, 제 개를 산책시키고, 걸어 나갔어요."

"개도 데려갔지."

"뭐, 녀석도 원래 갑자기 걸어 들어온 셈이니까요. 어느 날 걸어 나갈 줄 알았어요. 한동안은 둘 다 그리웠지만 이젠 둘 다 그립지 않으니까 멀쩡하게 극복했다고 해야겠죠."

"듣기엔 그러네."

"그리고 귀고리에 돈을 많이 들인 적은 없었어요. 어차피 귀고리가 무슨 상관이 있어요?"

"내 말이. 차 더 마시겠어, 켈러?"

그는 고개를 끄덕였고 도트는 두 사람의 잔을 다 채웠다. 그들은 화이트 플레인스에 있는 중국 음식점 안에 있었다. 도트가 노인과 함께 사는 톤턴 플레이스의 크고 오래된 집에서 팔백 미터쯤 떨어진 곳이었다. 켈러가 만나서 점심을 먹자고 제안하자 도트가 이 식당이 어떠냐고 제안했고, 식사는 켈러가 예상한 바와 비슷했다. 음식의 모양새는 중국 요리다웠지만 맛은 평범했다.

켈러가 말했다.

"어르신은 계속 깜빡깜빡했어요. 상태가 좋을 때도 있고 나쁠 때도 있죠."

"최근에는 좋을 때가 별로 없었지."

"알아요. 늦든 빠르든 조치를 취해야 한다는 이야기를 계속했지요. 생각을 해봤는데 제가 해야 할 일은 은퇴 같아요."

"수건을 던지는 거군. 칩을 현금으로 바꾸고 테이블을 떠나는 거야."

"비슷해요."

"그리고?"

"그리고 뭐요?"

"자긴 젊어, 켈러. 남은 인생은 어떻게 보낼 거야?"

"지금과 똑같이요. 다만 한 해에 여덟아홉 번씩 시외로 나가지는 않고요. 그렇게 잠깐씩 방해받은 걸 빼면 이미 몇 년이나 은퇴 생활을 한 사람이나 다름없을걸요. 영화를 보러 가고, 책을 읽고,

체육관에서 운동을 하고, 오래 산책을 하고, 연극을 보고, 가끔 맥주를 마시고, 가끔 여자를 만나고……."

"가끔 있는 자기 개를 가끔 산책시키는 여자 말이지."

켈러는 도트를 쏘아보았다.

"핵심은, 더이상 청부를 받지 않는다는 점만 빼면 그동안 살았던 대로 계속 산다는 거예요."

"은퇴했으니까 말이지."

"맞아요. 어디가 문제예요?"

도트는 생각해보고 말했다.

"거의 통하기는 해."

"거의? 왜 거의예요?"

"자기가 한다는 그 일들. 그건 자기가 하는 '일'이 아니야."

"응?"

"그게 뭐냐 하면, 전화기가 울리기를 기다리는 동안 바쁘게 지내려고 하는 일이지. 진짜 일 사이사이에 하는 소일거리라고. 일이 아예 없다면, 전화가 울리지 않을 거라는 생각에 결국 익숙해지고 나면 그런 다른 일들이 삶 전체가 되고 말아. 그걸로는 충분하지 않아, 켈러. 미쳐버릴 거야."

"정말로 그렇게 생각하세요?"

"전적으로 그렇게 봐."

"무슨 뜻인지는 대충 알겠어요."

그는 인정했다.

"일거리는 평소 생활을 방해하고, 보통은 전화가 울리면 짜증이 나죠. 하지만 아예 울리지 않게 된다면……."

"맞아."

"글쎄, 뭐. 사람들이 일에서 물러나는 건 흔한 일이고, 그중에는 자기 일을 사랑하고 일주일에 육십 시간씩 일하던 사람들도 있잖아요. 그 사람들은 가졌는데 전 못 가진 게 뭐죠?"

도트는 주저 없이 대답했다.

"취미."

"취미요?"

"철저히 몰두할 만한 무언가. 그게 무엇인지는 별로 중요하지 않아. 스쿠버다이빙을 하든 제물낚시를 하든 골프를 치든 마크라메 기술로 뭔가를 만들든……."

도트는 얼굴을 찌푸렸다.

"마크라메가 뭘 만드는 거였지?"

"전 안 하는데요."

"내 말은, 마크라메가 정확히 뭔지 혹시 알아? 종이 반죽 공예 같은 건 아니지?"

"엉뚱한 사람에게 묻고 있어요, 도트."

"혹시 매듭으로 쓰레기 같은 걸 만드는 건가? 내가 엉뚱한 사람에게 묻고 있다는 말은 맞아. 마크라메가 뭐든 자기 취미는 아니니까. 그런 취미가 있었다면 마크라메 기술과 진흙과 윗가지로 오두막도 만들 수 있겠지."

"윗가지로 돌아왔네요. 전 아직도 윗가지가 뭔지 모르겠어요. 어쨌든 상관없어요. 저에게 어떤 종류든 취미가 있다면……."

"어떤 취미든, 정말로 몰두할 수만 있다면. 모형 비행기를 만든다든가, 장난감 경주차를 조종한다든가, 벌을 키운다든가……."

"집주인이 참 좋아하겠네요."

"음, 뭐든 간에 말이야. 뭔가를 모은다든가……. 동전, 단추, 초판본. 가시철사를 종류별로 모으는 사람들도 있다니, 믿어져? 누가 가시철사에도 서로 다른 종류가 있다는 걸 알았겠어?"

"전 어렸을 때 우표 수집을 했어요."

켈러는 기억을 돌이켰다.

"우표첩은 어떻게 됐나 궁금하네요."

"저도 어렸을 때 우표를 수집했습니다."

켈러는 우표 판매상에게 말했다.

"제 수집품은 어떻게 되었을지 궁금하네요."

"세월이 어디로 갔을까 궁금해하는 편이 나을걸요. 지나간 세월도 다시 보고 싶겠지요."

"맞는 말씀이네요. 그래도 이렇게 시간이 지났는데 그 우표첩의 가치가 얼마나 나갈까 궁금합니다."

"흠, 그건 말씀해드릴 수 있어요."

"그래요?"

우표 판매상은 고개를 끄덕였다.

"근본적으로 가치가 없습니다. 오 달러나 십 달러쯤 할까요. 앨범을 포함해서."

켈러는 남자를 유심히 살폈다. 일흔 살쯤 됐는데 머리숱도 풍성했고 파란 눈도 흐려지지 않았다. 하얀 셔츠를 입고 소매를 걷어올렸으며 셔츠 주머니에는 펜 몇 자루와 함께 켈러가 몇십 년 전 기억으로 알아볼 수 있는 우표 수집용 도구인 우표용 집게, 확대경, 천공 계산자•를 꽂아두었다.

남자가 말했다.

"어떻게 아느냐? 흠, 어린 시절 우표첩이라면 수없이 봤는데 다들 비슷비슷했다고 말해둡시다. 부유한 어린아이는 아니었지요?"

"전혀요."

"한 달에 천 달러씩 받아서 절반을 우표에 쓰진 않았지요? 그런 사람도 몇 명 알았거든요. 버릇 망친 어린 망나니들이지만 그런 사람들은 멋진 수집품을 두지요. 손님은 우표를 어떻게 모았습니까?"

"어머니 친구분이 사무실에 날아오는 국제우편물에 붙은 우표를 가져다주셨어요."

그 사람을 기억해낸 켈러는 이십오 년 만에 처음으로 얼굴을 떠올리면서 말했다.

• **천공 계산자** _ 천공이란 우표를 전지에서 떼어내기 쉽게 우표와 우표 사이에 뚫어둔 구멍이다. 천공 계산자는 천공이 몇 개인지 측정하는 도구.

"우표 몇 장은 사기도 하고 같은 게 있으면 다른 아이들과 교환하기도 했지요."

"우표 한 장에 제일 많이 쓴 돈이 얼맙니까?"

"모르겠군요."

"일 달러?"

"우표 한 장에요? 그보다는 적었겠지요."

남자는 맞장구를 쳤다.

"훨씬 적게 썼을 겁니다. 손님이 산 우표는 대부분 한 장에 몇 센트를 넘어가지 않았을 겁니다. 그때 그 정도 가치를 가진 우표는 지금도 그 정도 가치밖에 나가지 않아요."

"이렇게 세월이 지났는데도요? 우표가 별로 좋은 투자는 아닌가 보군요. 그렇지 않나요?"

"한 장에 몇 페니면 살 수 있는 우표는 그렇지요. 보세요, 우표가 얼마나 오래됐는지는 중요하지 않습니다. 흔한 우표는 언제나 흔하고 싼 우표는 언제나 싸지요. 반면에 희귀한 우표는 계속 희귀하고 귀중한 우표는 더 귀중해집니다. 이십 년이나 삼십 년 전에 일 달러 하던 우표라면 지금 두세 배는 나갈 수 있습니다. 오 달러짜리 우표라면 이십 달러, 삼십 달러에서 심지어는 오십 달러까지도 나갈 수 있지요. 옛날에 천 달러였던 우표가 지금 주인을 바꾸려면 만 달러에서 이만 달러, 그보다 더 들 수도 있어요."

"그것참 흥미롭군요."

"그렇습니까? 나야 떠들기 좋아하는 늙은이니 손님이 원하는 것보다 더 떠들고 있을지도 모르겠는데요."

"전혀 아닙니다."

켈러는 카운터에 팔꿈치를 대며 말했다.

"확실히 흥미가 가요."

"자, 수집을 하고 싶다면…… 많은 방법이 있습니다. 우표 수집가의 숫자만큼 많은 수집 방법이 있지요."

월런스가 말했다.

판매상의 이름이 더글러스 월런스였다. 그의 가게는 뉴욕에 몇 안 남은 길거리 우표 상점으로 5번가 바로 동쪽에 있는 28가의 좁은 삼 층짜리 벽돌 건물 1층을 차지하고 있었다. 월런스는 맨해튼 중심가에 블록마다 우표 상점이 하나씩 있던 시절을, 그리고 시내에 있는 나소 스트리트가 온통 우표 판매상이었던 시절을 기억할 수 있다고 했다.

"아직 여기에 있을 수 있는 건 오직 내가 이 건물 주인이기 때문이지요. 그렇지 않았다면 임대료를 감당할 수 없었을 겁니다. 가게는 괜찮으니 오해는 하지 마세요. 다만 요새는 다 주문 판매지요. 직접 와서 사는 사람은 뭐, 직접 보실 수 있습니다. 말할 필요도 없는 일이에요."

그래도 우표 수집은 훌륭한 취미, 취미 중에 왕이자 왕들의 취미로 남았다. 아이들은 아직도 초보자용 앨범에 우표를 끼웠다. 컴퓨터로 편지를 보내는 시대를 맞이하여 수가 줄어들기는 했지만 말이다. 아직도 성인들은 젊거나 늙거나, 부유하거나 부유하지 않거나 자유 시간과 자유재량으로 쓸 수 있는 수입의 상당 부분을 취미에 쏟았다.

그리고 수집 방법은 무수히 많았다.

"소재별 우표 수집은 인기가 있지요. 동물 우표, 새 우표, 꽃 우표, 곤충 우표……. 예를 들어 나비 우표만 해도 시리즈가 줄줄이 있어요. 잠자리채를 들고 뛰어다니는 대신 우표로 나비를 수집하는 겁니다."

월런스는 본보기를 줄줄이 꺼내면서 투명한 방수 시트를 앞면에 씌운 상자 꾸러미를 엄지손가락으로 두드렸다.

"이 중에 어떤 우표는 아주 매력적이지요. 기차 우표, 자동차 우표, 회화 작품 우표……. 나만의 작은 화랑을 꾸며서 앨범에 보관하는 셈이지요. 동전 우표, 심지어는 우표가 그려진 우표도 있습니다. 보이십니까? 19세기 고전 우표가 그려진 현대 우표지요. 보기 좋지 않습니까?"

"분류를 하나 고르는 건가요?"

"흔히 쓰는 말로는 소재를 고르는 거죠. 인기 있는 소재에는 구할 수 있는 목록과 가입할 만한 클럽들이 있습니다. 자기만의 앨범을 고안할 수도 있고, 자기만의 소재를 만들어낼 수도 있지요. 이를

테면 손님 직업에 관련된 우표를 모은다든지요."

암살 우표라. 켈러는 생각했다. 살인자 우표라든지.

"개는 어떤가요."

켈러가 말했다.

월런스는 고개를 끄덕였다.

"인기 있는 소재지요. 개 우표라. 상상이 가겠지만 온갖 품종이 다 있어요……. 여기, 팔 달러에 세금 더한 가격에 스물네 종의 개 우표 세트도 있습니다. 이걸 사고 싶진 않으시겠지만요."

"그런가요?"

"아이들 크리스마스 양말에나 넣어줄 물건이지요. 진지한 수집가라면 원하지 않아요. 어떤 우표는 완전한 세트인 상태에서도 가치가 낮지만 늦든 빠르든 세트를 통째로 사야 하지요. 우표 수집가의 관점에서 보면 이런 묶음 우표들은 많은 경우에 쓰레기입니다. 요새는 모든 나라가 우스꽝스러운 우표들을 발행해요. 수집가들에게 팔자고 색색의 벽지를 톤 단위로 찍어내지요. 어떤 나라들은 말이지요, 그런 망할 곳에서는 한 달에 백 통씩 편지를 발송하지도 않을 텐데도 해마다 수백 종류의 우표를 발행한다 이겁니다. 그런 우표는 여기 미국에서 찍히고 팔리는 거지, 두바이나 세인트 빈센트나 적도 기니나 어디든 수익금 일부를 받는 대가로 우표 발행을 재가해주는 어딘지 모를 나라에서는 빛도 본 적 없답니다……."

가게를 나설 무렵에는 켈러의 머릿속이 윙윙거렸다. 월런스가 두 시간이 꽉 차도록 멈추지 않고 떠든 모든 말을 켈러는 단단히 붙잡았다. 다 기억하기란 불가능했지만, 우습게도 다 기억하고 싶었다. 흥미로웠다.

아니, 그 이상이었다. 매혹적이었다.

그곳에서 일 페니도 쓰지 않았지만, 그는 읽을거리를 한아름 안고 집에 돌아갔다. 주간 우표 신문 최근호 세 부, 월간지 과월호 두 권에 최근 몇 달 동안 열린 우표 경매 카탈로그 몇 개까지 있었다.

아파트에 돌아간 켈러는 커피를 한 주전자 끓여 한 잔을 따른 다음, 주간지 하나를 들고 앉았다. 1면 기사는 신형 접착제를 바른 우표를 고정시키는 합당한 방법에 대해 논했다. '편집자에게 보내는 편지'에서는 수집가 몇 명이 적절한 소인이 아니라 펜과 잉크로 발송을 취소하는 바람에 수집할 만한 우표를 망쳐놓은 우체국 직원에 대한 분노를 터뜨렸다.

겨우 커피를 한 모금 마셨을 때는 차가워져 있었다. 그는 손목시계를 보고 이유를 알았다. 쉬지 않고 내리 세 시간 동안 읽기만 했던 것이다.

"우습죠. 어렸을 때는 우표에 그렇게 많은 시간을 보낸 기억이 없어요. 그때는 바깥에 많이 나가 놀았고 어차피 집중력이 지속되는 시간도 아이답게 짧았죠."

"초파리 수준의 집중력 말이지."

"그렇지만 생각보다 많은 시간과 관심을 기울였던 게 틀림없어요. 계속 알아보는 우표가 나오거든요. 어떤 우표의 흑백사진을 보고 바로 원래 색깔이 어떤지 아는 거예요. 기억이 나니까요."

"잘됐네, 켈러."

"아세요, 전 우표에서 많은 것을 배웠어요. 미합중국 대통령 이름도 순서대로 댈 수 있어요."

"뭘 위해서?"

"이런 시리즈가 있었거든요. 조지 워싱턴은 우리의 첫 번째 대통령이었고, 일 센트짜리 우표에 들어 있죠. 초록색이에요. 존 애덤스는 분홍색 이 센트 우표에 있고, 토마스 제퍼슨은 삼 센트짜리 보라색 우표에 들어갔고, 그런 식이에요."

"열아홉 번째는 누구야, 켈러?"

"러더퍼드 B. 헤이스요."

그는 주저 없이 말했다.

"우표는 적갈색이었을 텐데, 맹세하진 못하겠네요."

"흠, 맹세할 필요는 없을 거야."

도트가 그에게 말했다.

"무슨 이런 일이 있담, 켈러. 아무래도 자기가 취미를 얻은 모양이네. 자기는 거 뭐라더라, 우표 수집가야."

"그런가 봐요."

"멋진 일이라고 생각해. 지금까지 몇 장이나 수집했어?"

"없어요."

"어째서?"

"우표를 사야 하는데, 그전에 정확히 어떤 우표를 사고 싶은지 결정을 해야 해요. 아직 결정을 못 내렸어요."

"오."

도트가 말했다.

"흠, 그래도 마찬가지야. 확실히 훌륭한 첫걸음을 내디딘 것 같네."

"원래는 한 가지 소재를 수집할까 생각했는데요."

그는 월런스에게 말했다.

"제 기억이 정확하다면 손님은 개 이야기를 했었지요."

"개를 생각한 건 제가 개들을 좋아하기 때문이에요. 우표 수집을 할 때쯤에 솔저라는 개를 키우기도 했지요. 다른 소재도 몇 가지 생각해봤어요. 하지만 소재별 수집은 뭐랄까 느낌이 조금, 이걸 뭐라고 해야 하지?"

월렌스는 켈러가 생각해보게 놓아두었다.

"경박한 느낌이란 말이죠."

켈러는 마침내 말을 꺼내고, 표현에 만족하는 동시에 그런 말을 써본 적이 있기는 했던가 생각했다. 대통령을 순서대로 익혔을 뿐 아니라 활용 어휘도 확대한 셈이었다.

"전 소재에 따라 모으는 분들 중에서 헌신적이고 진지한 우표 수집가를 몇 분 압니다만."

월런스가 말했다.

"교양이 넘치기도 하고 말입니다. 그래도 손님 말씀에 동의한다는 말을 해야겠군요. 소재에 따라 수집한다면 우표를 수집하는 게 아닙니다. 우표가 나타내는 소재를 수집하는 거죠."

"바로 그거예요."

"그게 잘못되었다고는 할 수 없지만 손님이 흥미를 둔 건 그게 아닌 거죠."

"그래요, 그게 아니에요."

"그렇다면 한 나라, 아니면 한 무리의 나라들을 수집하고 싶으실지도 모르겠군요. 특별히 끌리는 곳이라도 있습니까?"

"제안에 마음을 열고 있습니다."

"제안이라. 흠, 서유럽은 언제나 좋지요. 프랑스와 프랑스 식민지들, 독일 연방. 베네룩스……. 이건 벨기에입니다만, 벨기에와 네덜란드와 룩셈부르크."

"알아요."

"대영제국도 좋습니다. 어쨌든 대영제국이라는 게 있었을 때는 그랬습니다. 이제는 예전 식민지들은 독립했고 일부는 의미 없는 우표를 트럭으로 발행하는 최악의 범죄자들 가운데 속하기도 하지만요. 우리 나라도 죽은 록 스타들이나 기리는 우표를 발행해서 명성을 망치고 있어요, 맙소사."

"잡지를 읽다 보니 전부 수집하고 싶어졌지만, 비교적 새로운 우표는 대부분이……."

"벽지나 다름없지요."

"그러니까, 월트 디즈니 만화 캐릭터가 들어간 우표라니요?"

"더 말하지 마십시오."

윌런스는 눈을 굴리며 말하더니 카운터를 톡톡 두드렸다.

"그렇지. 손님 생각을 이해할 것 같습니다. 그리고 제가 손님이라면 뭘 할지 말씀드릴 수도 있겠어요."

"부디 그래주시죠."

"저라면 전 세계 우표를 수집하겠습니다."

윌런스는 열의를 갖고 말했다.

"다만 기한을 두는 거죠."

"기한요?"

"지난 삼 년 동안에는 우표가 나온 처음 백 년보다 더 많은 세계 우표가 발행됐습니다. 흠, 첫 백 년을 수집하세요. 1840년부터 1940년까지 세계 우표를요. 고전적입니다. 하나같이 진짜 우표죠. 요란한 방식으로 예쁘게 만들지도 않았고 일반 사진 인쇄가 아니라 음각 인쇄한 우표인데다가 대부분 단색입니다. 하지만 진짜 우표에다 벽지가 아니지요."

"처음 백 년요."

"저라면 십이 년을 늘리고 싶기는 합니다. 1840년부터 1952년까지, 그렇게 하면 조지 6세 발행 우표를 포함시키고 엘리자베스 2세 시대는 뺄 수 있지요. 1952년은 대충 대영제국이 권위를 잃기 시작한 시기예요. 이 기간으로 잡으면 전시 우표와 전후 우표도 다 포함시킬 수 있습니다. 우표 수집 면에서 아주 흥미롭고 수집하기도 굉장히 재미있는 시대가 다 들어가는 셈이지요. 백 년이라는 쪽이 숫자는 좋게 들리지만, 1952년이 정말이지 선을 긋기에는 더 좋은 지점입니다."

무엇인가가 켈러에게 딱 들어맞았다.

"정말 호소력이 있군요."

월런스는 이미 만들어진 수집품을 하나 사서 시작하면 어떠냐고 제안했다. 그렇게 하면 돈을 아끼고 빨리 출발할 수 있을 터였다. 판매상의 뒷방 선반 두 개가 일반적이고 전문적인 수집 우표첩들로 꽉 차 있었다. 월런스는 1840년부터 1949년까지의 세계 우표로 이루어진 세 권짜리 수집품을 보여주었다. 월런스는 앨범을 넘기면서 대단히 진귀한 우표는 없지만 좋은 우표는 많고 상태도 아주 좋은 편이라고 말했다. 카탈로그에 실린 가격으로는 앨범의 수집품을 통튼 가격은 오만 달러에 가까웠는데, 월런스는 거기에 오천사백오십 달러를 붙여두었다.

"깎아드릴 수 있습니다. 오천 달러까지도요. 꽤 좋은 거래이긴 합니다만 다른 시점에서 보자면 우표 한 장에 일이십 센트, 편지를 부치려고 했다면 삼십이 센트까지 정도밖에 써보지 않은 사람에게는 큰 투자인 셈이지요. 시간을 두고 생각해보셔도 좋습니다."

"딱 제가 원하던 겁니다."

"괜찮은 수집품에 가격도 적당하기는 하지만 이 수집품이 특별하다고는 말씀드리지 않겠습니다. 이런 수집품이라면 시장에 많이 나와 있으니 좀더 둘러보시는 것도 나쁘지 않은 생각입니다."

무엇하러?

"사겠습니다."

켈러가 말했다.

켈러는 책상 앞에 앉아서 집게로 우표를 한 장 들어올려 뒷면에 접힌 얇은 힌지•를 붙인 다음, 우표를 새 앨범에 고정시켰다. 월런스가 주는 자극에 못 이겨 질 좋은 새 앨범 세트를 구입한 그는 구입한 수집품에 들어 있던 우표를 체계적으로 새 앨범에 다시 붙이고 있었다. 새 앨범의 질이 훨씬 좋기도 했지만 다시 붙이기 작업의 이유는 그것만이 아니었다.

"그렇게 하면 손님이 우표를 알게 되지요. 우표가 손님 것이 되는 거예요. 그렇지 않고서는 손님은 그저 다른 사람의 수집품에 새 우표를 더할 뿐이에요. 이렇게 하면 손님만의 우표첩을 만드는 셈이고."

월런스는 그렇게 말했다.

월런스 말이 옳았다. 작업은 시간을 들이는 동안 사람을 완전히 빠져들게 만들었으며 우표를 알게 해주었다. 때로는 이전 주인이 우표를 엉뚱한 자리에 붙여놓은 실수를 바로잡으면서 큰 만족감을 누렸다. 그리고 나라별로 새 앨범에 옮기기를 끝내면서 어떤 우표를 가지고 있고 어떤 우표가 필요한지 한눈에 알 수 있게 점검표를 만들 수 있었다.

이제 벨기에로 넘어간 그는 레오폴드 2세 시대까지 이르렀다. 지금 작업하는 우표들에는 작은 꼬리표가 붙어 있었는데 벨기에가 쓰는 두 가지 언어인 프랑스어와 플라망어로 일요일에는 편지가 배달되지 않는다는 내용이 적혀 있었다. (일요일 배달을 원한다면 우표에 침을 묻혀서 봉투에 붙이기 전에 이 꼬리표를 제거해야 했다.) 우표 중에 몇 장은 일요일 꼬리표가 없어 소장할 마음이 덜하기에 켈러는 기회가 오면 다른 것으로 대체해야겠다고 결심했다. 그에 맞춰서 점검표를 준비하자고 생각하고 있는데 전화가 울렸다.

도트였다.

"켈러. 보나마나 우표를 가지고 놀고 있겠지?"

"우표 정리 작업중이에요."

켈러가 말했다.

"그래, 작업. 작업 얘기하니 말인데, 나 좀 보러 오지 않겠어?"

"지금요?"

"자기는 시간제 우표 수집가일 뿐이야."

- **힌지** _ 우표를 대지에 붙이는 용도로 쓰인, 양면에 풀이 붙은 유산지. 우표를 상하게 하기 때문에 현재는 잘 쓰이지 않는다.

도트가 지적했다.

"아직 은퇴한 건 아니거든. 본분을 위한 호출이야."

켈러는 뉴올리언스로 날아가서 택시를 타고 프렌치 쿼터의 가장자리에 있는 호텔로 갔다. 짐을 풀고 도시 지도와 사진 한 장을 들고 앉았다. 사진에는 풍성한 곱슬머리, 짙게 탄 피부, 온전한 치아가 드러나는 미소를 지닌 중년 남자가 보였다. 남자는 챙이 넓은 파나마모자를 쓰고 시가를 들고 있었다. 남자의 이름은 리처드 웍와이어였고, 최소한 한 명, 어쩌면 두 명의 아내를 살해했다.

육 년 전 웍와이어는 유황과 천연가스 덕분에 제대로 성공한 지역 사업가의 딸인 팸 실린과 결혼했다. 폭풍 같은 결혼 생활이 몇 년 지난 뒤 팸 웍와이어는 자기집 수영장에 빠져 죽었다. 짧은 애도 기간이 지나고 리처드 웍와이어는 실린 가족에 대한 지속적인 열정을 과시하며 팸의 동생인 레이철과 다시 결혼했다.

두 번째 결혼 역시 문제가 많아 보였다. 나중에 한 친구가 증언하기를 레이철은 목숨을 잃을까 두려워했으며 웍와이어가 자기를 죽이겠다고 위협했다고 신고하기도 했다. 행실 고치고 예의 바르게 굴지 않으면 성가신 언니를 익사시켰을 때와 똑같이 물에 빠뜨려 죽이겠다고 말했다는 것이다.

실제로 그러지는 않았다. 대신 찔러 죽였다. 가족용 바비큐 세트에 딸린 고기 저미는 칼을 심장에 꽂았다. 적어도 검사의 주장은 그랬고 증거도 꽤 설득력 있었지만 제일 중요한 열두 명의 배심원이 만장일치로 설득되지 않았다. 첫 번째 재판이 불일치 배심으로 끝난 다음, 재심에서는 두 번째 배심원단이 무죄를 선고했다.

그래서 짐 폴 실린은 술을 몇 잔 마신 후 6연발 권총을 장전하고 사위를 찾아 나섰다. 찾아내서는 개자식이라고 부르며 그에게 대고 탄창을 비웠다. 한 발은 웍와이어의 어깨를, 한 발은 엉덩이를 때리고, 또 한 발은 웍와이어의 왼쪽 엉덩이와 함께 있던 여성을 맞췄으며 나머지 세 발은 완전히 빗나갔다.

자수한 실린은 폭행과 살인미수죄로만 기소되었으며 모든 혐의에 무죄를 선고받고 판사에게 강력한 경고를 받았다. 도트는 이렇게 표현했다.

“다시 말해서 ‘저지르진 않았으니, 이제 다시는 그러지 마시오’라는 거지. 그 사람이 다시 시도하지 않는 지점에 켈러 자기가 들어가는 거야.”

부상에서 완전히 회복한 웍와이어는 팸과 레이철 실린과 차례로 같이 살았던 가든 디스트릭트의 저택에서 계속 살고 있었다. 결혼도 다시 했는데 실린이 부상을 입혔던 젊은 여자가 아니라 참 우연찮게도 재심에서 배심원 자리에 앉았던 사랑스러운 젊은 여자를 세 번째 신부로 맞이했다. 그 여자는 총격 사건 이후에 병원에 있는 웍와이어를 찾아가곤 했고, 자연스럽게 다음 단계로 관계가 이어진 결과였다.

"총격 사건은 확실히 워와이어의 경각심을 끌어냈어. 이제는 입주 경호원 두 명을 두었고, 경호원들은 그자의 지갑 속 카드나 다름없어."

도트는 이렇게 말했다.

"그 친구들 없이는 집을 떠나는 일이 없나 보군요."

"그런 모양이야. 의뢰인은 폭발물이라면 성공할지도 모르겠다고 생각했대. 새 마누라와 경호원들까지 휘말려도 전혀 상관없다고 하고. 자기는 별로 내키지 않을지도 모르겠네."

"내키진 않네요."

"드는 기술력은 너무 높고, 너무 시끄럽고, 열기도 심하지. 물론 알아서 하는 거야, 켈러. 시간은 이 주 있어. 의뢰인이 일이 났을 때 나라 바깥에 있고 싶어 하는데, 이 주만 떠나 있을 거야. 자기가 할 수 있다면 이 주 안에도 할 수 있겠지."

보통은 그렇다고 대답했다. 그리고 위층 노인은 어떻게 생각하는지 물었다.

"텔레파시 능력이 있는 게 아니고서야 그 양반에겐 아무 의견도 없어. 전화는 내가 직접 받았고 나 혼자 결정했어."

"어르신이 상태가 좋지 않은가 보군요."

"비교적 좋은 편이야. 그래도 전화는 내가 가로챘어. 뭐하러 일을 망칠 기회를 주느냐고 생각했지. 잘못했다고 생각해?"

"전혀요. 아무 문제 없어요. 문제는 워와이어뿐이에요."

"문제를 풀 시간은 이 주야. 아니면 그자가 세 번째 마누라를 살해할 때까지라고 할까. 어느 쪽이 먼저일까 모르겠군."

켈러는 지도를 살펴본 뒤 사진을 살펴보았다. 윅와이어의 집주소를 보건대 걸어갈 만한 거리로 파악되어 길을 찾을 수 있겠다고 느꼈다. 날씨도 좋으니 나가서 다리를 펴서 나쁠 게 없었다.

윅와이어의 주거지까지 걸어간 켈러는 길 건너편에 멈춰 서서 집을 보려고 했다. 눈에 띄지 않으려고 애써보았지만 장미 가지를 다듬던 여자 하나가 그의 관심을 알아차리고 말했다.

"거기가 그놈이 사는 데예요. 아내 살해범요."

"어."

"그놈이 해트트릭 기록을 세우는 것도 시간문제죠."

여자는 전지가위를 허공에 휘두르면서 말했다.

"새 마누라는 그놈의 불길에 덤비는 나방 꼴이지. 그렇지 않아요? 그렇게 멍청한 여자들이란 말이죠, 다치는 꼴을 보기는 싫지만, 아무튼 애는 안 낳았으면 좋겠어요."

켈러는 일리 있는 말이라고 말했다.

"그놈 장인? 지금 그 멍청이의 아빠 말고, 실린 씨 말이죠. 실린 씨는 신사야. 흥분하는 바람에 조준이 빗나가버린 게죠."

"다음에는 더 잘할지도 모르지요."

켈러는 개의치 않고 말했다. 여자가 말했다.

"듣기로는 말이지요. 혼자 할 수 없는 일도 있다는 걸 깨달았대요. 그래서 전문가를 고용했고, 그 사람이 시카고에서 여기까지 날아와서 폭력단 스타일로 일을 처리하기로 했다지 뭐예요."

맙소사.

윅와이어의 집까지 산책도 즐겁기는 했지만 그만하면 충분했다. 켈러는 세인트찰스 애버뉴 전차를 타고 호텔로 돌아가, 다음날 아침 가든 디스트릭트에 다시 찾아갔을 때는 빌린 폰티악을 타고 방문했다. 그는 사흘이라는 시간 대부분을, 혹은 사흘 중 최악의 시간을 윅와이어의 링컨을 따라다니면서 보냈다. 경호원 한 명이 운전을 하고, 다른 한 명은 조수석에 타고, 윅와이어는 뒷좌석에 앉았다.

정말로 시카고에서 왔다면 딱 이런 일을 처리하는 폭력배 스타일이 있었다. 링컨 옆에 차를 댄 뒤 창문을 내린 후 뒷좌석 옆창문으로 자동화기를 쏘아내면 그만이었다. 윅와이어의 자동차가 강화 옆판과 방탄유리를 썼을 가능성은 별로 없으니 그 정도로 충분할 터였다. 그러면서 앞자리에 앉은 두 멍청이에게까지 총알을 뿌릴 수도 있겠지. 펑! 어떠냐! 이제 어깨들의 도시에서는 일을 어떻게 처리하는지 알겠지!

켈러의 스타일은 아니었다. 이 도시에서 일을 처리할 도구, 그러니까 총과 탄약을 팔 사람을 찾기는 불가능하지 않겠지만 그의 스타일은 아니었다. 그는 뉴욕 사람이었다. 조금 덜 눈에 띄고 조금 더 세련된 방식에 마음이 기울었다.

게다가 아무리 의뢰인이 짜놓은 알리바이가 탄탄하다 해도 경찰은 의뢰인이 청부 살인을 했으리라 생각할 것이다. 전체적으로 덜 전문가처럼 보일수록 짐 폴 실린에게 더 좋았다.

켈러는 프렌치 쿼터를 걸어 다녔다. 진짜 뉴올리언스 재즈를 들을 수 있다는 술집들과 진짜 뉴올리언스 음식을 뽐내는 식당들을 지나쳤다. 그렇게 계속 진짜라고 주장을 해야 한다면 아마 진짜가 아닐 거라고 생각했다. 스트립 클럽 호객꾼 하나가 떠들기 시작하자 손을 저어 물리쳤다. 진짜 가슴이 달린 진짜 여자들에 대해 듣고 싶지 않았다.

정신을 차리고 보니 그는 어느 골동품 가게 앞에 서서 진열창 안에 있는 귀고리를 살펴보고 있었다. 몸을 돌려 위치를 파악한 뒤 호텔로 향했다.

방으로 돌아간 그는 어느새 리모컨이 닳아 없어질 기세로 채널을 바꿔대고 있었다. TV를 끄고 잡지를 하나 집어 들어 페이지를 넘기다가 옆으로 던져버렸다.

문제는 여기에 있고 싶지 않다는 점이었다. 켈러는 아파트에 돌아가서 우표 정리 작업을 하고 싶었다.

그러니까 그가 해야 할 일은 리처드 윅와이어에 대한 제대로 된 접근법을 알아내고 실행한 다음 집으로 가는 것이었다. 뉴올리언스를 벗어나서 벨기에로 돌아가는 것.

어디 보자. 워와이어는 집밖에 많이 나왔고, 경호원들이 언제나 함께 다녔다. 하지만 그의 새 아내는 대부분 집에 있었다. 그러니 켈러는 워와이어가 없을 때 방문해볼 수 있었다.

일단 집에 들어가 새 아내를 외투 거는 옷장에 밀어넣고 가만히 숨어서 워와이어가 돌아오기를 기다렸다가, 눈치채이기 전에 워와이어와 경호원들을 해치울 수도 있었다. 하지만 가혹한 방법인데다 깊은 접시에 담은 피자만큼이나 시카고 스타일이었다. 교묘한 방법이 분명히 있을 것이다……. 그리고 퍼뜩 떠올랐다.

집안으로 들어간다. 3번 아내가 당할 사고를 꾸민다. 이를테면 뒤로 끌고 나가서 수영장에 빠뜨린다고 하자. 아니면 목을 부러뜨리고 계단 아래로 떨어진 것처럼 계단 밑에 둔다고 하자. 죽일 방법은 끝없이 많았고, 어떤 방법이든 간에 그렇게 어려울 리가 있겠는가? 그 여자는 분명히 나그네쥐 정도의 자기 보존 본능밖에 없었는데 말이다.

아무튼 그런 다음에 워와이어가 설명하게 두는 것이다.

시적인 구석이 있는 방법이라서 끌렸다. 아내를 둘을 살해하고도 벌을 받지 않은 워와이어가 정작 자기가 저지르지 않은 살해, 자기가 죽이지 않은 아내 때문에 루이지애나 주의 특별 주사 처방을 받는다니. 깔끔하지 않은가.

나가서 식사를 하고 방에 돌아왔을 때에는 그 계획을 버린 후였다. 몇 가지 잘못된 부분이 있었는데, 그중 으뜸은 불확실성이었다. 배심원들만 빼고는 모두가 유죄임을 아는 상황에서도 유죄 선고를 받아내는 데 성공하지 못했는데 이번에는 그럴 수 있다고 누가 장담하겠는가? 개자식의 행운이 이어질 수도 있었다. 그렇지 않다고 확신할 수가 없었다.

게다가 의뢰인은 웍와이어를 죽여달라고 돈을 냈지 누명을 씌우라고 돈을 낸 게 아니었다. 나이 먹은 의뢰인에게는 시간이 그렇게 많지 않았다. 웍와이어가 마침내 유죄 선고를 받는다 해도, 독극물 주사로 사형이라는 선고까지 나온다고 해도, 그에게는 몇 년이나 항소를 이어나갈 수 있는 돈이 있었다. 복수는 차가울 때 먹어야 제맛이라는 말을 듣기는 했지만 곰팡이가 핀 채로 먹고 싶지는 않을 것이다. 복수 대상이 자기보다 더 오래 산다면 그 복수가 달콤할 수 있겠는가?

켈러는 스스로에게 뭔가 다른 방법을 생각하라고, 무의식이 신경쓰게 두라고 말했다. 그리고 가져온 우표 주간지 최신호를 집어들었다. 그는 정기구독자였다. 페이지를 넘기다 보니 미리 소인된 우표에 대한 이야기에 눈길이 갔다. 그 기사를 읽은 뒤 다른 기사를 반쯤 읽었다. 그러다가 의자에 허리를 펴고 앉아서 주간지를 옆으로 치웠다.

걸렸다. 그는 생각했다.

떠오른 착상을 머릿속으로 돌려보니 이번에는 아무런 잘못된 부분을 찾아낼 수 없었다. 특별한 도구가 필요하지만 구할 수 없을 만한 물건은 없었다. 예전에도 한 번, 미국의 중심부에 있는 소도시에서 같은 물건을 구한 적이 있었다. 아이오와 주 머스커틴에서 찾을 수 있었던 물건인데 그곳에서 하류로 몇백 킬로미터 내려온 여기에서 손에 넣기가 어려워봤자 얼마나 어렵겠는가?

그는 전화번호부를 확인하고 걸어갈 만한 거리에서 구할 수 있을 법한 곳을 찾아냈다. 전화를 걸어보자 그곳에 원하는 물건이 있었다. 통화를 끊고 전화번호부에서 모텔 목록을 찾아본 다음, 확인해야 할 다른 목록을 떠올렸다.

우표 판매상은 오십 대에 접어든 통통하고 어깨가 둥근 사내였다. 그는 버튼다운식 칼라가 달린 하늘색 코듀로이 셔츠를 굳이 단추를 채우지 않고 입고 있었다. 멜빵에 동전이 그려져 있었지만 가게 자체는 온전히 우표에만 바쳐져 있었다. 창문에 전문가다운 글씨로 이렇게 단언하기도 했다.

우리는 동전을 사거나 팔지 않습니다.

"반감이 있는 건 아니에요."

힐데브란트라는 이름의 우표상이 말했다.

"전 풍선껌도 사거나 팔지 않지요. 풍선껌 씹는 사람들은 오지 말라고 창문에 뭘 쓸 필요는 없다는 차이가 있을 뿐이죠. 전 동전에 대해 아무것도 모르고, 동전을 이해하지도 못하고, 동전에는 아무 느낌도 없는데, 왜 제가 그 빌어먹을 물건을 거래해야 하나요?"

켈러의 시선은 저도 모르게 멜빵에 떨어졌다. 힐데브란트는 그 시선을 알아차리고 눈을 굴렸다.

"여자들이란."

대꾸해줘야 할 말 같았지만 켈러는 어리둥절했다. 힐데브란트가 말했다.

"제 아내가 멜빵을 사주고 싶어 했거든요. 제가 평생 수집가로 살았고, 인생 대부분은 또 판매가이기도 했으니까 우표가 들어간 멜빵이면 좋겠다고 생각한 거예요. 몇 년 전에는 우표가 그려진 넥타이를 사주기도 했지요. 미국 고전 우표들, '블랙잭', '뒤집힌 제니', 일 달러짜리 미시시피 횡단 우표……. 멋진 우표들이고, 멋진 넥타이예요. 그래서 넥타이를 매야 할 때면 그걸 매는데, 그럴 때가 자주 있진 않거든요."

"그렇겠군요."

"그런데 우표가 들어간 멜빵은 찾을 수가 없었던 거예요. 그래서 동전이 들어간 멜빵을 사준 거죠. 그 사람에게는 마찬가지니까 말이지요. 상상이 가세요?"

"와."

켈러가 말했다.

"그렇게 오래 봤으면서 우표와 동전이 같다고 생각한다니까요. 흠. 뭐 때문에 오셨든 무슨 말인지 아시겠어요?"

"더할 나위 없이요."

"아무리 그래도 어쩌겠어요? 우리가 여자들 없이 살 수 있나요. 그렇게 치자면 동전 없이도 살 순 없지만……."

힐데브란트는 말을 딱 멈췄다.

"그만하기로 하지요. 뭘 도와드릴까요?"

"업무차 출장을 왔는데요. 시간이 조금 남았는데 우표를 살펴볼 수 있겠다 싶어서요."

"딱 맞는 곳에 오셨어요. 여쭤봐도 괜찮다면, 어떤 우표를 수집하시나요?"

"세계 우표. 1952년 이전입니다."

"오, 좋지요."

힐데브란트가 인정과 존경이 담긴 듯한 목소리로 말했다.

"고전이로군요. 어디 보자, 살펴보실 만한 우표가 꽤 있긴 합니다. 특별히 보고 싶은 나라라도 있나요?"

"오스트리아는 어떤가요? 우연히 가져온 점검표 중에 오스트리아가 있는데요."

"오스트리아라. 여기 좀 앉으시겠어요? 새것과 중고 둘 다 괜찮은 재고가 있어요. 찾기가 점점 힘들어지는 초창기 자선 우표도 몇 장 있고요. 힌지가 붙지 않은 우표여야 하나요?"

"아니, 전 우표에 힌지를 씁니다."

켈러가 말했다.

"제가 딱 좋아하는 수집가시네요. 편하게 계세요. 여기 쓰실 수 있는 집게를 드리지요. 혹시 가져오셨다면 모르지만……."

"짐에 쌀 생각을 못 했습니다."

"어떤 분들은 아예 여행 가방에 여벌 집게를 넣어두기도 하지요. 그러면 언제나 집게를 가지고 다니게 되니까요. 여기 재고 우표첩이에요. 오스트리아제죠……. 그리고 여기 글라신• 한 상자, 역시 오스트리아입니다. 편히 즐기시고, 무엇이든 도와드릴 게 있으면 소리쳐 부르세요."

"윅와이어 씨? 제 이름은 수 엘런인데요, 수 엘런 베이츠요."

"예?"

"기억 못 하시겠지만요. 왜 식당에서, 기억나세요? 제가 칵테일을 가져다드렸는데 절 보고 웃어주셨죠?"

"생각이 나는 것 같은데."

윅와이어가 말했다.

"전 내내 결백하신 줄 알고 있었다고 했더니 다음에 테이블에 갔을 때 종이를 하나 주셨잖아요? 이름과 전화번호가 적힌?"

"그랬지, 음? 그게 언제였소, 수 엘런?"

"오, 좀 됐어요. 용기를 내는데 이렇게 오래 걸린데다가 한동안

• **글라신** _ 포장용으로 쓰는 얇은 반투명 종이.

시외에 가 있기도 했거든요. 돌아와서 집을 얻을 때까지 모텔에 머물고 있답니다.”

“정말이야?”

“이젠 절 기억도 못 하시네요. 아, 진작 전화를 걸었어야 하는 건데!”

“내가 기억을 못 한다고 누가 그래? 기억을 되살려줘봐, 아가씨. 당신 어떻게 생겼지?”

“음, 전 금발이고요.”

“그렇지, 금발이 아닐까 생각했어.”

“날씬한데, 체격이 좀 크달까 그래요.”

“이제 기억이 나는 것 같은데.”

“스물네 살에 키는 170센티미터이고 푸른 눈이에요.”

“내가 알아야 할 문신이나 피어싱은 없고?”

“없어요, 그런 건 싸구려 같다고 생각해서요. 게다가 그런 짓을 했다간 엄마 손에 죽을 거예요.”

“흠, 잡아먹기 딱 좋겠다 싶군.”

“어머, 윅와이어 씨!”

“표현이 그렇다는 거야. 어떻게 하면 좋을지 알아? 직접 만나볼 수 있다면, 그거야말로 남자의 기억을 되살리는 최고의 방법이지.”

“식당이나 그런 곳에서 만나고 싶으세요?”

“그렇게 공개된 장소 말고, 수 엘런. 내 위치상…….”

"오, 무슨 말씀인지 알겠어요."

"모텔에 머물고 있댔나, 수 엘런? 그게 어디지?"

"여보세요, 수 엘런 베이츠입니다만?"

"다시 말씀해주시겠어요?"

"제 이름이 수 엘런 베이츠 같은데요? 금발이고, 눈은 파란 것 같고요?"

"이런, 맙소사."

도트가 말했다.

"켈러, 언제 어른이 되려고 그래?"

"저도 그게 궁금해요?"

"또 전화용 음성 변조기를 쓰고 있군. 제발 부탁인데 빼줘. 목소리가 여자, 그것도 멍청한 여자애 같아."

"뭘 보고 그런 말을 하시는지 모르겠는데요?"

"모든 문장을 질문처럼 만들잖아. 솜씨가 좋다는 점은 인정해야겠어. 딱 쇼핑몰에서 자기 엄마 차를 어디에 주차했는지도 기억 못하는 십 대 머저리처럼 들려."

"흠. 그놈은 절 좋아해요."

"누구? 오, 알겠어."

"모레 그놈을 만날 거예요. 제 방에서."

"그때까지 기다려야 해?"

"그놈이 빠져나오기가 힘들대요."

"점점 더 힘들어지겠지. 흠, 그래도 할 일은 많아서 좋겠네. 며칠 동안 즐겁게 지내기가 어렵진 않을 거 아냐."

"그건 그래요."

"오스트레일리아요."

판매상이 말했다. 그는 힐데브란트보다 한 세대가 어렸고, 그의 가게는 램파트 스트리트에 있는 사무실용 건물 2층에 있었다.

"보실 생각이 있다면, 초기 캥거루 우표를 상당수 갖춰두고 있습니다. 기왕 그쪽으로 간 김에 오스트레일리아 각 주 우표는 어떻습니까? 퀸즐랜드, 빅토리아, 태즈메이니아, 뉴사우스웨일스……."

"그런 우표는 목록에 올려두지 않았어요."

"그렇다면 다른 기회에 보시죠."

판매상이 말했다.

"여기 집게가 있고, 천공을 확인해보고 싶으시다면 여기에 계산자가 있습니다. 또 필요한 물건이 있으면 알려주세요."

"그러겠습니다."

켈러가 말했다.

모텔은 메타리에 있었다. 켈러는 리처드 워와이어와 통화하기 전에 모텔에 전화해서 음성 변조기를 시험해본 뒤 수 엘런 베이츠라는 이름으로 방을 예약했다. 그런 다음 차를 몰고 가서 일주일 치 요금을 선불로 내고 열쇠를 받았다. 그는 방안에 들어가서 서랍장과 옷장에 여자 옷을 넣고 침대를 흐트러뜨렸다.

그는 수 엘런이 워와이어와 데이트를 잡은 시각 한 시간 전이 되어서야 방을 다시 찾았다. 폰티악을 한 블록 떨어져 있는 상점가 주차장에 세워두고 방에 들어가서 버번병을 땄다. 모텔에 있는 유리잔 두 개에 버번 삼십 그램을 나눠 부은 후 한쪽에 립스틱 자국을 남겨서 침대 협탁에 올려놓았다. 깔개에도 버번을 약간 흘리고, 의자에는 그보다 조금 더 흘리고, 병은 열린 채로 서랍장 위에 두었다.

그런 다음에 문의 잠금장치를 풀고 문을 살짝 열어두었다. TV를 켜서 토크쇼로 채널을 돌리고 소리를 낮췄다. 그다음이 어려운 부분이었다. 앉아서 기다리기. 우표 주간지를 가져왔어야 하는데. 이미 샅샅이 읽기는 했지만 다시 읽을 수도 있었으리라. 언제나 처음에 놓친 무엇인가를 찾아내기 마련이었다.

워와이어는 2시에 오기로 했다. 1시 50분, 침대 협탁에 놓인 전화기가 울렸다. 켈러는 얼굴을 찡그리고 보다가 집어 들고 여보세요라고 말했다.

"수 엘런?"

"워와이어 씨?"

"오 분에서 십 분 정도 늦을지도 모르겠어, 귀염둥이. 그냥 알려주고 싶어서."

"기다릴게요. 바로 들어오세요."

켈러는 수화기를 내려놓고 음성 변조기를 풀면서 미리 변조기를 걸고 있을 생각을 못 했더라면 어떻게 할 뻔했나 생각했다. 흠, 쏟지 않은 우유를 두고 벌벌 떨 필요는 없었다.

2시 10분에도 워와이어는 아직 나타나지 않았다. 2시 15분에 문을 두드리는 소리가 났다.

"수 엘런?"

켈러는 아무 말도 하지 않았다.

"여기 있나, 수 엘런?"

워와이어가 문을 밀어 열었다. 문 뒤에서 기다리던 켈러는 워와이어가 방안으로 들어올 때까지 내버려두었다. 누가 보고 있을지 모를 일이었다.

"수 엘런? 아가씨, 어디 숨어 있어?"

켈러는 덩치 큰 남자의 목에 팔을 감고, 조르기 자세로 압력을 가하면서 발로 문을 걷어차 닫았다. 워와이어는 처음에는 어깨를 뒤흔들며 저항하다가 켈러의 품안에 축 늘어져서 앞으로 쓰러졌다.

켈러는 워와이어가 쓰러지게 두고 뒤로 물러섰다가 얼굴을 세 번 걷어찼다. 그런 다음 의식을 잃은 워와이어 옆에 무릎을 꿇고 앉아서 목을 부러뜨렸다. 그는 시신의 양말과 속옷까지 벗긴 다음 침대에 집어넣고 남은 버번 대부분을 시신의 벌어진 입안에 부었다.

의자 하나를 옆으로 쓰러뜨리고는 베개를 하나 집어다가 방 저편으로 던진 후 서랍장의 서랍들을 반쯤 열어두었다. 그리고 음성 변조기와 서랍장과 옷장에 있던 옷가지들을 챙긴 다음, 잊지 않고 워와이어의 바지에서 지갑과 지폐 클립을 꺼냈다.

문은 잠그고 사슬까지 걸었다. 문에 난 작은 구멍으로는 바깥이 잘 보이지 않았지만 워와이어의 링컨 타운카가 시야 가장자리에 주차해 있다는 사실은 확인할 수 있었다. 경호원들은 차 안에서 라디오에서 나오는 끔찍한 음악을 들으며 고용주가 귀염둥이를 쓰러뜨리고 나오기를 기다리고 있을 공산이 컸다.

아니면 반대로 귀염둥이에게 쓰러지든가.

그는 지문이 남았을지도 모르는 표면을 닦아낸 다음 화장실 창문을 통해 빠져나가서 자동차를 세워둔 상점가로 향했다.

호텔로 돌아간 켈러는 여행 가방을 싸고 비행기 일정을 확인했다. 더 붙어 있을 이유는 없었다. 일은 끝났다. 의견을 묻는다면 꽤 깔끔하게 끝나기도 했다.

딱 미인계 공갈 사기가 틀어진 상황처럼 보일 것이다. 수 엘런 베이츠라고 자칭하는 여성이 워와이어를 모텔방으로 꼬여내고 여자의 남자 파트너가 돈을 갈취하기 위해 나타났다. 실랑이하는 과정에서 워와이어는 얼굴과 머리에 상처를 입은 후 사고인지 고의인지로 목이 부러졌다.

그 후에 현장을 다르게 꾸며야겠다는 생각을 한 사기꾼 둘이 윅와이어에게 버번을 부었다. 부검을 하면 내장에서는 버번위스키가 전혀 나오지 않겠지만 말이다. 하지만 일이 터진 후에 두 사람도 정신이 없는 지경이라 겨우 시신을 턴 다음 급히 달아났다.

미진한 부분도 있고 모순점도 있지만 켈러는 누가 그런 부분 때문에 잠을 설치리라 생각하지 않았다. 뭐니 뭐니 해도 그것은 리처드 윅와이어가 최근에 걸어온 삶의 논리적인 귀결처럼 보였다. 뉴올리언스 경찰이나 일반 시민들이나 더 좋은 사람이었다면 그런 일이 일어날 수 없었으리라는 결론을 내리고 싶을 터였다. 생각해보면 그것이 이 문제에 대한 켈러 자신의 견해이기도 했다.

수 엘런의 옷가지를 대형 쓰레기통 하나에 처넣은 켈러는 전화기용 음성 변조기를 다른 쓰레기통에 버렸다. 그리고 소매치기와 핸드백 날치기들의 유서 깊은 전통에 따라 (현금과 신용카드를 뺀) 윅와이어의 지갑을 우편함에 집어넣었다. 카드는 식별할 수 없게 조각조각 잘라서 배수구에 떨어뜨렸다. 순은으로 만들어서 모노그램을 새긴 윅와이어의 지폐 클립은 식별 가능했기에 뉴욕으로 가지고 돌아가서 잃어버리기로 했다. 뉴욕에서라면 누가 발견하든 간직하거나 저당잡히거나 녹이거나 머리글자가 똑같은 친구에게 줘버릴 테니까.

한편 지폐 클립에 가득 끼워져 있던 현금은 이제 켈러의 것이었다. 윅와이어의 지갑에서 꺼낸 돈과 합쳐 천오백 달러에 가까운 총액이라 놀랐다.

그는 멜빵을 한 힐데브란트와 그에게 산 오스트리아 우표들을 생각했다. 사고 싶은 우표가 몇 장 더 있었다. 특히 새것으로 있던 오스트리아 최초의 우표인 '스콧 #1', 일명 크로이처 오렌지가 갖고 싶었다. 실수로 양면 인쇄가 된 그 우표는 카탈로그에 천사백오십 달러로 올라가 있었다. 힐데브란트는 그 우표에 천 달러를 붙였고 켈러에게 구백 달러면 팔겠다고 내비쳤지만, 켈러에게는 앨범에 붙일 자리도 없는 우표를 사기에는 너무 많은 돈 같았다. 게다가 사용한 우표라면 새것의 10분의 1 가격으로 살 수 있었다.

그래도 계속 그 우표를 머릿속에서 몰아내지 못했다. 그리고 이런 예기치 않은 소득이 생기고 보니…….

뉴욕으로 황급히 돌아가야 할 이유도 없고 말이다.

켈러의 아파트 전화가 울렸을 때는 거의 한 달이 지나서였다. 그는 책상 앞에 앉아서 우표 정리 작업을 하고 있었다. 아직도 모든 우표를 새 앨범으로 옮기는 작업을 끝내지 못했지만 꽤 진전을 이뤄서 최근에 스웨덴을 끝내고 스위스를 시작한 참이었다.

수화기를 들자 도트가 말했다.

"켈러, 자긴 너무 열심히 일해. 아무래도 휴가를 가는 게 좋겠어."

"휴가요."

"바로 그거야. 엉덩이 들고 일주일 정도 시외에 다녀와."

"일주일요?"

"그거 알아? 자기가 일하는 방식을 생각하면 긴장을 풀기에 일주일로는 충분하지 않을 것 같아. 열흘은 가는 게 좋겠어."

"어디로 갔으면 좋겠어요?"

"흠, 글쎄. 휴가잖아, 켈러. 어디로 가든 내가 무슨 상관이겠어?"

"제안이 있을지도 모른다고 생각했죠."

"어디든 좋은 곳으로 가. 좋은 호텔이 있는 곳이면 어디든 괜찮겠지. 자기 이름으로 수속을 밟아도 편안할 만한 곳으로."

"그렇군요."

"비행기 표도 사야지."

"제 이름으로 말이죠."

"왜 아니겠어? 신용카드를 써. 그러면 세금 계산에 좋은 기록이 남을 거야."

켈러는 통화를 끊고 등을 기대면서 생각했다. 휴가라니, 맙소사. 그는 휴가를 떠나지 않았다. 어쨌든 사람들이 여행을 가면서 쓰는 의미의 휴가는 아니었다. 그에게는 뉴욕에서의 삶이 휴가이고 여행을 할 때는 어디까지나 업무차였다.

이게 무슨 일인지는 짐작가는 바가 있었지만, 너무 자세히 들여다보고 싶지는 않았다. 그래도 어쨌든 목적지를 골라서 뉴욕을 벗어나기는 해야 했다. 그런데 어디로?

그는 최신 우표 주간지에 손을 뻗어서 페이지를 넘겼다. 그러다가 전화기를 집어 들고 항공사에 전화를 걸었다.

켈러는 지난 몇 년 동안 캔자스시티에 몇 번 갔었다. 맡은 일은 매번 매끄럽게 끝났고, 그 도시에 대한 기억도 좋았다. 그는 그 도시 사람들이 분수대에 미쳤다고 기억했다. 모퉁이만 돌면 분수대가 또 나오곤 했다. 도시에 주제가 있어야 한다면, 분수대 정도면 괜찮은 셈이었다. 분수대는 뭐랄까, 이를테면 원자로의 원뿔 모양보다는 훨씬 마음을 기쁘게 해주니 말이다.

본명으로 여행하고 본인 명의의 신용카드를 쓰다니 색다른 경험이었다. 좋기도 하지만 몸이 노출되어 취약해진 기분이 들었다. 시내의 재건축 호텔에 입실하면서 그는 본명만이 아니라 실제 주소까지 적었다. 이런 일을 생각해본 적도 없었다!

물론 은퇴하면 늘 그러게 될 것이다. 그러지 않을 이유가 없었다. 은퇴해서도 어딘가에 간다면 말이지만.

그는 짐을 풀고 샤워를 한 다음, 넥타이를 매고 재킷을 입고서 경매 카탈로그를 가지러 3층에 있는 고급 객실로 향했다.

방안에는 여섯 사람이 있었다. 두 명은 판매 주최 측의 고용인이었고 나머지는 흥미를 끄는 품목들을 미리 봐두려고 온 잠재적인 경매 참여자들이었다. 접이식 탁자 앞에 앉은 그들은 집게로 글라신 봉투에서 우표를 떼어내어 휴대용 확대경으로 눈을 가늘게 뜨고 살피면서 절취선을 확인하고, 카탈로그 가장자리에 관련 정보를 적었다.

켈러는 카탈로그를 가지고 방으로 갔다. 전부 챙겨온 점검표를 가지고 방에 앉아서 일에 착수했다. 다음날에도 조사해볼 품목들을 전시하고 있었기에 다시 3층으로 내려가서 카탈로그에서 표시해둔 품목들 일부를 검토했다. 우표를 집는 데 쓸 집게도, 눈을 가늘게 뜨고 들여다볼 휴대용 확대경도 가지고 있었다.

그는 나이가 몇 살 위인, 세인트루이스에서부터 경매에 참여하려고 차를 몰고 온 맥어웰이라는 남자와 이야기를 나누게 되었다. 맥어웰은 오직 독일과 독일 주와 식민지들의 우표에만 관심이 있어 두 사람이 경매에서 부딪힐 일은 별로 없어 보였기에, 둘 다 편하게 안면을 익힐 수 있었다. 스테이크 집에서 저녁을 먹으면서 밤늦도록 우표 이야기를 나누다가 켈러는 경매 전략에 대한 훌륭한 조언을 몇 가지 얻었다. 고마운 마음에 계산서를 잡으려고 했지만 맥어웰이 반반씩 내자고 주장했다.

그는 켈러에게 말했다.

"이건 사흘짜리 경매예요. 그리고 당신은 수집 범위가 넓어서 마음을 끄는 품목이 어마어마하게 많을 겁니다. 우표를 위해 돈을 아껴요."

실제로 사흘짜리 경매에 켈러는 사흘 내내 앉아 있었다. 첫 번째 날은 모두 미국 우표였기에 켈러가 참여할 품목이 없었지만 과정 전체가 매혹적이었다. 모든 품목에 우편 입찰이 있었고 대부분은 현장 경매가 이루어졌으며 경매는 놀라울 정도로 빠르게 진행되었다. 관찰자로만 참여할 날이 있어서 다행이었다. 덕분에 진행을 파악할 기회가 주어졌으니.

이후 이틀 동안 그는 경매 참여자가 되었다.

그는 현금을 많이, 쓰려던 계획보다 많이 들고 왔는데도 비자카드로 현금 서비스를 더 받았다. 경매가 끝났을 때 그는 호텔방으로 돌아가서 책상 위에 구입한 품목들을 놓고 앉았다. 습득한 우표와 지불한 가격에 뿌듯하면서도 그렇게 많은 돈을 써버렸다는 사실에 조금은 불안한 기분이었다.

그날 밤에 그는 다시 한번 맥어웰과 저녁을 먹으며 그런 기분을 살짝 털어놓았다. 맥어웰이 말했다.

"무슨 뜻인지 알아요. 나도 그랬던 때가 있었어요. 처음으로 우표 한 장에 천 달러도 넘게 썼을 때가 기억나는군요."

"중요한 전환점이로군요."

"음, 나한테는 그랬죠. 그때 판매상에게 이렇게 말했어요. '이건 참 큰돈인데요.' 그랬더니 판매상이 이러더군요. '그야 그렇지만, 손님이 그 우표를 사는 일은 단 한 번뿐일 겁니다.'"

"그런 식으로 생각해본 적은 없네요."

켈러가 말했다.

그는 우표 경매가 끝난 후에도 호텔에 머물며 매일 아침 식사를 하면서 《뉴욕 타임스》를 읽었다. 목요일에 기다렸다고 할 수 있는 기사를 발견했다. 기사를 몇 번이나 찬찬히 읽고는 전화기를 집어 들고 싶었지만 그러지 않는 편이 좋겠다는 결론을 내렸다.

그는 그날도, 다음날도 캔자스시티에 머물렀다. 몇 시간 동안 눈에 보이는 물건들에는 관심도 기울이지 않으면서 미술관을 걸어 다녔다. 경매에서 보았던 사람을 포함하여 우표 판매상도 몇 명 찾아가 몇 달러를 쓰기는 했지만 마음이 그곳에 있지는 않았다.

다음날 그는 가방을 싸서 뉴욕으로 다시 날아갔다. 그다음 날 아침에는 일어나자마자 화이트 플레인스로 가는 기차를 탔다.

부엌에서, 도트는 아이스티를 한 잔 따라주고 텔레비전 소리를 죽였다. 켈러가 얼마나 여러 번 이 집에서, 이렇게 앉아 있었던가? 하지만 차이가 있었다. 이번에는 크고 오래된 집에 두 사람뿐이었다.

"어르신이 돌아가셨다니 믿기가 힘드네요."

"무슨 말인지 알아."

도트가 말했다.

"난 계속 쟁반에 담은 아침 식사를 갖다주고, 신문을 챙겨줘야 할 것만 같거든. 그러다가 다시는 그런 일을 하지 않아도 되는구나 하고 생각을 돌이키지. 그분은 없으니까."

"정말 오랜 시간을……."

"우리 둘 다 그렇지, 켈러."

"신문에는 자연사라고밖에 나오지 않던데요. 자세한 내용은 없었어요."

"그래."

"하지만 다 자연스러운 일이었다고는 생각하지 않아요. 그랬다면 절 캔자스시티로 보내지도 않았겠죠."

"거기로 갔어? 캔자스시티?"

그는 고개를 끄덕였다.

"꽤 좋은 도시예요."

"하지만 그곳에 살고 싶지는 않겠지."

"전 뉴욕 사람이거든요. 기억하세요?"

"또렷하게."

"자연사라고 나오던데요."

그는 이야기를 유도했다.

"흠, 그보다 더 자연스러울 수가 있을까? 사람이 너무 오래 살고, 진부한 생각에 의지하기 시작하고, 변덕스럽고 신뢰할 수 없어지고, 그러다 보면 자연스럽게 해야 할 일이 뭐겠어?"

"그렇게 나빴어요?"

"켈러. 삼 주 전에 기자가 하나 나타났어. 이제 겨우 면도나 할 정도로 어린애였는데 지역신문에 첫 기사를 실으려고 하고 있었지. 신문 구독 신청이나 받으러 온 앤 줄 알았는데 그게 아니라 그분을 인터뷰하러 왔더라."

"편집장이라면 더 경험 있는 기자를 보냈을 텐데요."

"편집장의 생각이 아니었어. 그 가엾은 애 생각도 아니었고. 그러면 누가 남을까?"

"설마……."

"그 양반이 회고록을 쓸 때가 됐다고 결심한 거야. 모든 비화를 털어놓고, 시체들이 어디에 묻혔는지 말할 때가 됐다고 말이야. 시체 말이야, 켈러. 이미 묻힌 시체들."

"세상에."

"그것도 어디 고등학교 농구 소식지에서 어린애의 이름을 보고는 같이 일하기 딱 좋은 상대라고 판단한 거야."

"맙소사."

"더 말해야 할까? 난 이미 들어오는 전화는 모두 아래층으로 오게 해두고 있었어. 그런데 이제는 그 양반이 직접 거는 전화까지 걱정해야 했지. 켈러, 내 평생 가장 힘든 결정이었어."

"상상이 가요."

"무슨 선택권이 있었겠어? 해야 할 일이었어."

"그런 것 같네요."

그는 아이스티잔을 집었다가 마시지 않고 내려놓았다.

"누굴 시켰어요, 도트?"

"누구라고 생각해, 켈러? 작은 빨간색 암탉이 나오는 동화 알아?"

"아니요."

"흠, 그 이야기를 지금 늘어놓진 않겠지만, 빨간 암탉은 도와줄 동물을 아무도 찾지 못해서, 자기가 직접 했지."

"그러면……."

"맞아."

"맙소사, 도트. 제가 할 수도 있었는데요."

"자기는 반경 팔백 킬로미터 안에도 없었으면 했어, 켈러. 자기에겐 아무도 깰 수 없는 알리바이가 있어야 했어. 누가 우리 관계를 알고 상자를 흔들어서 무엇이 떨어지는지 보려고 할 때에 대비해서 말이야."

"이해는 가지만, 상황이……."

"아니야. 나한테는 쉬운 일이었다는 말을 해야겠네, 켈러. 평생 제일 어려운 결정이었지만 세상에서 제일 쉬운 일이기도 했어. 코코아에 수면제를 타고 얼굴에 베개를 대고 눌러서 깨어나지 못하게 했을 뿐이야."

"부검에 나올 텐데요."

"부검을 해야 나오지. 그 양반 나이도 있고, 단골 의사가 와서 사망 증명서에 서명도 했어. 자기는 그것만 알면 돼. 그리고 화장했어. 그게 유언이었으니까.”

“그랬어요?”

“내가 어떻게 알겠어? 그냥 그렇다고 말했지. 그랬더니 깡통에 재를 담아서 주더라. 이젠 어떤 골치 아픈 사람이 부검을 하고 싶어 해도 그분이 일 때문에 힘들어했다고 말하면 그만이야. 재를 도대체 어떻게 해야 할지 모르겠네. 흠, 분명히 뭔가 생각이 나겠지. 서두를 이유는 없으니까.”

“그래요.”

“내가 해야 한다고는 생각지도 못한 일이었고, 할 수 있다고는 더더욱 생각하지 못한 일이었어. 글쎄, 세상일은 모르는 거지. 그렇지 않아?”

“그러게요.”

“그 일이 머릿속을 꽉 채우긴 했는데 극복하지 싶어. 이 또한 지나가리라, 맞지?”

“괜찮아질 거예요.”

“알아. 사실 지금도 괜찮아. 이제 내가 할 일은 남은 인생에 무엇을 할까 생각하는 것뿐이야.”

“안 그래도 그걸 물어보려고 했어요.”

도트는 얼굴을 찌푸렸다.

“내가 할 일은 아마 은퇴겠지. 그럴 만한 형편은 돼. 따로 모아둔 돈도 있고, 집도 나한테 남겨졌으니까. 팔 수 있겠지.”

"꽤 값이 나갈 거예요."

"그럴 거야. 현금도 있어. 특별히 나한테 남기진 않았지만 어차피 아는 사람은 나뿐이니까……."

"그렇다면 도트 돈이죠."

"물론이지. 그러니까 살아갈 돈은 충분해. 심지어 여행을 다닐 여유도 있어. 유람선을 타고, 편히 앉아서 갑판에서 세상을 보는 거지."

"그렇게 열의 있는 목소리는 아니네요, 도트."

"글쎄, 열의가 없으니까 그렇겠지. 그보다 하던 대로 계속하고 싶어."

"이 집에 남아서요?"

"안 될 것 있어? 업계에도 남고 싶어. 최근에는 거의 내가 운영했잖아."

"알아요."

"하지만 자기가 짐을 싸면 같이 일할 다른 사람들을 찾아야 할 텐데, 내가 접근할 수 있는 사람들은 좋아하는 사람들이 아니긴 해. 그러니 잘 모르겠네."

"백 퍼센트다 싶은 사람들이 아니면 같이 일할 수가 없죠."

"알아. 있지, 역시 은퇴하는 편이 나을까. 내가 자기한테 했던 충고를 똑같이 따르면 될 거야."

"취미를 갖는 거요."

"바로 그거야. 정말로 통했잖아, 안 그래? 자긴 이젠 버젓한 자격을 갖춘 우표 수집가야. 나한테 세 번 말해달라고 하지는 마."

"꿈도 안 꿨어요. 하지만 그게 제 모습이긴 하죠."

"분명히 캔자스시티에서도 우표 판매상을 찾았겠지. 그 도시에 있는 동안 시간을 보내려고 말이야."

"사실은, 애초에 그래서 캔자스시티를 골랐어요."

그는 경매에 대해 살짝 말했다.

"정말 놀라워요. 헐렁한 바지에 지저분한 티셔츠를 입은 사람 옆에 앉아 있었는데, 그 남자가 집게손가락을 몇 번 들어올리더니 우체국장 발행 임시 우표 몇 장에 오만에서 십만 달러를 쓰는 거예요."

"그게 뭔지는 모르겠지만……."

도트가 말했다.

"아니, 말하지 마. 우표 수집이 내 취미가 될 것 같지는 않아, 켈러. 하지만 그게 자기 취미가 된 건 멋진 일이라고 생각해. 이제 자기는 은퇴했다고 할 수 있겠지, 안 그래? 제대로 황금기를 즐길 준비가 된 거야."

"글쎄요."

"글쎄라니?"

"글쎄, 꼭 그렇지는 않아요."

"무슨 문제가 있어?"

"글쎄, 비싼 취미라서요. 꼭 돈을 많이 들일 필요는 없고, 이 센트나 삼 센트짜리 우표를 몇천 장씩 살 수도 있지만, 정말로 진지하게 하자면……."

"돈이 드는구나."

"그래요."

그는 수긍했다.

"유감이지만 지난달에 은퇴 자금을 축내고 말았어요. 생각보다 더 많은 돈을 써버렸죠."

"설마."

"문제는 제가 이 취미를 정말로 즐기는데다 갈수록 더 많이 배워간다는 점이에요. 아무래도 계속 우표에 상당한 돈을 쓰고 싶단 말이죠."

도트는 생각에 잠긴 눈으로 그를 보았다.

"결국에는 은퇴할 준비가 되지 않은 모양이네."

"은퇴할 처지가 아니에요. 이제는요. 별로 그러고 싶지도 않아요. 사실은 가능하면 일을 많이 받고 싶어요. 돈을 쓸 곳이 생겼으니까요."

"우표를 사려고 말이지."

"바보같이 들리겠죠, 알아요. 하지만……."

"아니, 바보 같지 않아. 오히려 기도에 응답을 받은 기분이야. 우린 언제나 손발이 잘 맞았지, 그렇지 않아, 켈러?"

"언제나 그랬죠."

"고려해보던 인물이 몇 명 있기는 한데 그 사람들은 여자 밑에서 일한다는 생각을 받아들이기 힘들어할지도 몰라. 하지만 자기와 나라면 문제가 없지."

"전혀 없죠."

"흠, 우표 수집에 고맙다는 말밖에 못 하겠네. 아이스티 한 잔 더 마시겠어, 켈러? 우체국장 홍보 우표인지 뭔지에 대해 이야기해도 괜찮아. 그래서 행복해진다면야."

"임시 우표예요."

그는 말을 덧붙였다.

"이야기를 들어주실 필요는 없어요, 이미 행복하니까."

작가 정보

●

로런스 블록

Lawrence Block

로런스 블록은 명료하고 군더더기 없는 문체로, 강렬한 캐릭터를 주인공으로 내세운 하드보일드 시리즈들을 내놓아 큰 인기를 얻은 작가다. 그는 알코올중독자 무면허 탐정 및 감상에 젖은 살인 청부업자 등 자칫 비현실적으로 보이기 쉬운 개성 강한 인물들을 공감이 가는 인물로 그려내는 데 능하다.

블록은 단일 작품보다 시리즈로 이어지는 작품을 많이 썼다. 일반적으로 작가들은 하나에서 두 개 정도의 시리즈만 창작해나가지만, 로런스 블록은 이미 오십 편이 넘는 장편소설과 백 편이 넘는 단편소설을 발표한 대표적인 다작 작가로서, 불면증 스파이 '에번 태너' 시리즈, 무면허 탐정 '매슈 스커더' 시리즈, 도둑 '버니 로덴바' 시리즈, 살인 청부업자 '켈러' 시리즈에 이르는 네 개의 시리즈를 거느리고 있다. 그는 훌륭한 작품들을 꾸준히 발표한 공을 인정받아 1994년 미국 추리작가협회의 그랜드 마스터상을 받았다. 이어 십 년 뒤인 2004년 영국 추리작가협회의 카르티에 대거상을 받아 양대 협회의 평생 공로상을 모두 거머쥐는 영예를 안았다.

작가로 성공하기까지

로런스 블록은 1938년 뉴욕 버펄로에서 태어났다. 그는 오하이오 주 앤티오크 대학을 다니던 중, 학교 당국으로부터 "당신은 학교가 아닌 곳에서 더 행복할 사람이다"는 지적을 들은 것이 결정적인 계기가 되어 대학을 중퇴하고 작품 활동에 매진하게 되었다. 재학 당시부터 편집자로 일했던 블록은 1950년대 후반부터 꾸준히 미스터리 전문지에 작품을 투고했다. 사이사이 익명이나 필명을 사용해 포르노 소설 및 레즈비언 소설 등 선정적인 소설을 발표하며 돈을 벌었으며, 1958년 드디어 《맨헌트》 2월호에 본명으로 「네가 잃을 건 없어You Can't Lose」를 실어 십구 세에 작가로 첫선을 보인다.

젊은 나이에 작품을 발표한 것에 이어 삼 년 뒤인 1961년에는 첫 단행본 『모나Mona』를 출간하는 쾌거를 이룬다. 하지만 블록이 인정받는 작가로 자리잡았다는 뜻은 아니었다. 블록은 어릴 적 일에 대해서나 무명 시절 일에 대해 자세히 언급하지 않는 작가지만, 첫 단행본 출간 후에도 본명이 아닌 이름으로 작품 활동을 하여 고료를 버는 생활은 계속되었고 대필 작가로 활동한 적도 있다는 사실은 널리 알려져 있다.

이러한 무명작가 생활은 좀체 끝이 나지 않았다. 본명으로 작품을 발표한 지 이십 년 가까이 흐른 1976년까지도 블록은 문고판으로만 책을 낸, 작품을 인정받지 못한 작가였다.

1970년대 후반 아내와 이혼한 블록은 1976년에 대표 시리즈 중 최고로 오르내리는 '매슈 스커더' 시리즈를 시작했다. 매슈 스커더는 전직 경찰이었던 남자로, 경찰 시절 강도와 총격전을 벌이던 중 사고로 칠 세 소녀를 죽이고 사직을 한 무면허 사립 탐정이다. 그는 죄책감을 이기기 위해 늘상 술을 마시며 뉴욕의 뒷골목의 범죄를 파헤친다. 그리고 드러난 잔인한 진실을 견디지 못해 다시 술을 마시기를 반복한다. 스커더는 항상 맡은 일을 제대로 해내며 사건을 종결짓지만, 범죄의 온상지였던 1970년대의 뉴욕이 적나라하게 폭로되는데다 작품의 전체적인 분위기가 어두운 탓인지 1976년 발표된 시리즈 첫 작품과 두 번째 작품은 크게 주목을 받지 못했다. 같은 해 출간한 세 번째 작품 『죽음의 한가운데In the Midst of Death』가 미국 추리작가협회의 페이퍼백상 후보에 오르기는 했지만, 출판사는 시리즈를 이어나가는 것을 꺼려했다.

블록의 작가 생활에 숨통을 터준 작품은 '매슈 스커더' 시리즈를 잠시 접어두고 새로이 창조한 도둑 버나드 로덴바의 『도둑은 선택할 수 없다Burglars Can't Be Choosers』(1977)다. 십이 세에 이웃집에 숨어들어 냉장고에 있는 음식을 훔쳐 먹은 것으로 도둑 생활을 시작한 버니(버나드의 애칭)는 결코 사람을 죽이지 않는 평화주의자 빈집털이로, 경쾌한 언행과 신사적인 면모로 큰 인기를 끌었다. 이 작품이 처음부터 좋은 반응을 얻으며 소장판으로 출간된 덕에 로런스 블록의 인지도는 수직 상승한다. 이에 힘입어 블록은 '버니 로덴바' 시리즈를 연속으로 발표하여 인기 작가로 자리매김한다. 이후 다시 발표하기 시작한 '매슈 스커더' 시리즈의 네 번째 작품 『어둠 속의 일격A Stab in the Dark』(1981)이 미국 사립탐정소설가협회의 셰이머스 최우수 장편상 후보에 오르고, 시리즈 최고의 걸작으로 꼽히는 다섯 번째 작품 『800만 가지 죽는 방법Eight Million Ways to Die』(1982)이 미국 사립탐정소설가협회의 셰이머스 최우수 장편상을 수상하면서 독자들의 열광적인 반응까지 얻었다. 이로써 블록은 작품성과 대중성을 모두 인정받으며 불안한 작가 생활을 완전히 마감한다.

로런스 블록의 작품 세계

챈들러 이후 하드보일드는 과할 정도로 화려한 묘사가 가득하거나 지나칠 정도로 묘사를 자제하는 양극단으로 나뉜다. 로런스 블록은 그중 후자로, 대부분의 작품에서 대화문 외의 서술문에 많은 문장을 할애하지 않으며 문장을 장식하는 수사 또한 최소한으로 사용한다.

블록은 태어나고 자란 뉴욕을 배경으로 각양각색의 하드보일드 시리즈를 창조했다. 직업상 온갖 곳을 돌아다니는 불면증 스파이 에번 태너를 제외한 다른 시리즈의 주인공들, 사립 탐정 매슈 스커더와 버니 로덴바, 『살인해드립니다』의 주인공 살인 청부업자 켈러는 모두 본거지를 뉴욕에 두고 활동한다.

21세기 들어 뉴욕은 파리와 함께 자유와 예술과 낭만을 상징하는 도시로 꼽히지만, 1994년 루돌프 줄리아니가 시장으로 부임해 획기적으로 범죄율을 낮추기 이전에는 범죄의 도시라 불러도 과언이 아니었다. '매슈 스커더' 시리즈는 줄리아니 시장 이전의 뉴욕을 적나라하게 보여준다. 전직 경찰이었던 사립 탐정이 건조한 목소리로 끔찍한 사회상을 고발하는 이 시리즈는 하드보일드의 전형이라고 보아도 손색이 없다.

한편 도둑 버니 로덴바나 감상에 빠진 살인 청부업자 '켈러' 시리즈는 주인공의 직업상 범죄를 폭로하기보다는 자신들이 저질러야 할 범죄에 얽힌 사건들을 보여주는 하드보일드다. '버니 로덴바' 시리즈는 도둑질을 하러 간 장소에서 예기치 않은 범죄 현장을 맞닥뜨리는 방식으로 이야기가 전개되는데, 밀실 트릭 등 본격 미스터리 요소와 잘 버무려져 있어 하드보일드로만으로는 설명할 수 없는 작품이다.

첫 단편 「솔저라고 부르면 대답함」에서부터 미국 추리작가협회 최우수 단편상 후보에 올랐던 '켈러' 시리즈는 분명한 하드보일드이면서, 정통 하드보일드 공식을 따르지 않는다는 점이 독특하다. 주인공 켈러는 사립 탐정이 아니라 범죄자이며, 감정 묘사가 극도로 자제되고는 있지만 작품 내내 감정에 흔들리는 모습을 보여준다. 그럼에도 이 작품이 언제고 하드보일드로 꼽히는 것은 결코 현실을 포장하지 않는 로런스 블록 특유의 시선 때문이다. 켈러는 특히 자신이 처한 상황을 환상도 비하도 없이 직시하며, 자신의 모순까지도 명확하게 인지하고 바라보는 모습을 보여준다.

한 작품당 일이 개월 정도의 시간을 들이며, 꾸준히 훌륭한 작품을 내놓은 작가는 흔치 않다. 특히 미국 추리작가협회 에드거 최우수 작품상 5회, 앤서니 최우수 작품상 1회, 셰이머스 최우수 작품상 4회, 일본 몰타의 매상 2회 수상에 그 밖에 네로 울프상과 독일의 필립 말로상까지 받은 작가라면 더군다나 말할 것도 없다. 2010년대 들어 작품 활동이 뜸해지기는 했지만, 『골든 슬럼버』 등을 쓴 이사카 고타로가 '켈러' 시리즈를 두고 "내가 쓰고 싶은 것의 최종판일 것이다"라는 말을 할 정도로 로런스 블록은 영미 유럽을 넘어 일본에까지 영향을 미치는 훌륭한 작가이다.

/

작품 목록

매슈 스커더 시리즈

The Sins of the Fathers (1976) — 『아버지들의 죄』(박산호 옮김, 황금가지, 2012)

Time to Murder and Create (1976) — 『살인과 창조의 시간』(박산호 옮김, 황금가지, 2014)

In the Midst of Death (1976) — 『죽음의 한가운데』(박산호 옮김, 황금가지, 2013)

A Stab in the Dark (1981) — 『어둠 속의 일격』(박산호 옮김, 황금가지, 2014)

Eight Million Ways to Die (1982) — 『800만 가지 죽는 방법』(김미옥 옮김, 황금가지, 2005)

When the Sacred Ginmill Closes (1986)

Out on the Cutting Edge (1989)

A Ticket to the Boneyard (1990)

A Dance at the Slaughterhouse (1991)

A Walk Among the Tombstones (1992) — 『무덤으로 향하다』(박산호 옮김, 황금가지, 2009)

The Devil Knows You're Dead (1993)

A Long Line of Dead Men (1994)

Even the Wicked (1997)

Everybody Dies (1998)

Hope to Die (2001)

All the Flowers Are Dying (2005)

A Drop of the Hard Stuff (2011)

The Night and the Music (2013, 단편 및 중편 모음집)

버니 로덴바 시리즈

Burglars Can't Be Choosers (1977)

The Burglar in the Closet (1978)

The Burglar Who Liked to Quote Kipling (1979)

The Burglar Who Studied Spinoza (1980)

The Burglar Who Painted Like Mondrian (1983)

The Burglar Who Traded Ted Williams (1994)

The Burglar Who Thought He Was Bogart (1995)

The Burglar in the Library (1997)

The Burglar in the Rye (1999)

The Burglar on the Prowl (2004)

The Burglar Who Counted the Spoons (2013)

에번 태너 시리즈

The Thief Who Couldn't Sleep (1966)

The Canceled Czech (1966)

Tanner's Twelve Swingers (1967)

The Scoreless Tha (1968)

Tanner's Tiger (1968)

Here Comes a Hero (1968)

Me Tanner, You Jane (1970)

Tanner on Ice (1998)

히트맨 시리즈

Hit Man (1998) — 『살인해드립니다』(엘릭시르, 2015, 미스터리 책장 시리즈)

Hit List (2000)

Hit Parade (2006)

Hit and Run (2008)

Hit Me (2013)

해설

로런스 블록의 '나쁜 녀석들'

'히트맨' 켈러

'추리소설'이라는 말을 들으면, 거의 누구나 머릿속에 명탐정이나 끈질긴 수사관이 지능적이고 잔인한 범죄자를 추적하고 사건을 해결한다는 줄거리를 떠올린다. 그도 그럴 것이 대부분의 추리소설이 '권선징악'이라는 토대 아래 창조되어 있기 때문일 것이다. 하지만 세상 모든 작가들이 똑같은 방향으로 달려가는 것은 아니다. 20세기 초반 프랑스에서 내로라하는 수사관들을 농락하는 괴도 아르센 뤼팽이나 사악함으로 똘똘 뭉친 듯한 악당 팡토마스가 인기를 끌었던 것처럼 범죄자에게도 특출한 매력이 있다면 인기를 끌 수 있음은 자명한 사실이다. 이들은 금품을 노리는 '도둑'이었지만, 시대의 흐름 탓인지 요즘은 주인공이 직업상으로는 범죄자가 아니면서도 살인을 거듭하는 작품 또한 종종 눈에 들어온다. 다만 이들의 표적은 공권력으로 응징받을 가능성이 거의 없는 권력층이나 심증은 있지만 물증이 없어 처벌을 벗어난 교활한 악당 등으로, 힘없는 소시민을 대신하여 단죄한다는 점에서 나름대로의 대의가 있고, 현실에 지친 독자들에게 대리만족을 선사한다.

표지에 나온 이 책의 원제 '히트맨Hit Man'을 보고 이러한 멋지고 의로운 킬러의 모습을 떠올리는 독자가 있을지도 모른다. 똑같은 제목의 컴퓨터 게임도 있고 이를 토대로 만든 할리우드 영화(물론 블록의 작품과는 전혀 관계가 없다)도 있었으니 그런 기대가 있는 것도 당연하다. 그러나 『살인해드립니다』의 주인공 켈러는 그런 예상에서 크게 벗어난 인물로, 그는 지시에 따라 돈을 받으며 살인을 저지를 뿐 멋있는 면이라곤 찾아볼 수가 없다(물론 '멋있는 살인'이라는 말 자체가 모순이긴 하다).

첫 단편 「솔저라고 부르면 대답함」에 등장하는 켈러는 아직 어떠한 사람인지 독자가 파악하기 어렵다. 살인 의뢰를 받고 목적지에 도착한 그는 표적을 찾으면서도 그 마을에 사는 것이 어떨까 하는 상상의 나래를 펼 정도로 '생각이 좀 많은' 인물이다. 다음 작품 「말을 탄 사나이 켈러」에서는 그의 가치관이 조금씩 드러나고, 「켈러의 상담 치료」에 이르러서는 '존 폴 켈러'라는 그의 본명을 비롯해 어린 시절 아버지의 부재로 인한 정신적 상처, 개에 대한 애정 등 과거도 차츰 밝혀진다.

켈러는 뉴욕의 고층 아파트 19층 침실 하나짜리 집에서 혼자 살아가는, 보통 사람들과 별로 다를 바 없는 평범한 도시 사람이다(로런스 블록은 인터뷰에서 "켈러가 소시오패스라고 생각하지 않는다"고 밝혔다). 다만 친구라고 할 만한 사람은 거의 없어서, 기르는 개와 대화를 나누기도 한다. 켈러는 어떻게 청부 살인업자가 되었는가에 대해 자신이 키우던 개 넬슨에게 말한다.

> "이 일을 생업으로 삼을 작정은 아니었어. (중략) 그냥 내가 몇 번 한 일이었지. 내 정체성이 아니라. 그러다가 점점 그게 내 정체성이 되었는데 나는 그걸 깨닫지 못했어. (중략) 그러다가 어느 날 정신을 차려보니 나에게 이미 직업 경력이 생겨 있더군. 그게 사람들을 없애는 일이었던 거야."(본문 157쪽)

고용된 암살자라는 직업이 독특해 보이지만, 이 작품을 읽다 보면 그 환상(?)은 깨어진다. 명령이 떨어지면 당장 어딘가로 출장을 떠나야 하고, 합법적인 일이 아니기 때문에 항상 조심스럽게 행동해야만 한다. 아무나 할 수 없는 일이지만 한편으로는 누군가를 대신하여 손을 더럽혀야만 하는 말단 실무자나 마찬가지인 셈이다. 어려운 일이건 쉬운 일이건 직장 상사의 지시에 군말 없이 따라야만 하고, 때로는 상사의 실수마저 책임져야만 하는 난감한 장면을 보면 마치 현대 직장 사회를 풍자하는 것처럼 보이기도 한다. 항상 높은 곳에서 줄타기를 하는 것처럼 위험한 일을 하며 살아가는 그에게 영원한 것은 없다. 친구이건 반려견이건, 그의 삶에 큰 부분을 차지하던 것마저 결국 포기해야만 하는 서글픈 인생을 살고 있다.

켈러는 어떤 어려운 상황에서든 주어진 임무를 완수할 정도로 임기응변에 능하고 망설임 없이 남을 죽이는 사람이지만, 의외로 선량하고 순진한 면이 있어서 사기꾼에게 꼼짝없이 속아 넘어가기도 한다. 빨리 은퇴하여 안락한 마을에서 살고 싶다는 희망을 품고 있다. 그러나 우표 수집에 취미를 붙이게 되면서 은퇴를 뒤로 미루고 있다.

『살인해드립니다』의 가장 인상적인 점은 작품의 주된 흐름이다. 범죄자를 주인공으로 하는 작품이라면 대개 탐정의 반대 방향, 즉 사건 해결이 아닌 교묘한 살인 방법에 대해 자세한 묘사가 있을 것 같지만, 블록은 이런 점에 중점을 두지 않는다. 심지어 작품 속 '폭력 묘사'마저도 별로 없다. 블록은 사람을 죽이는 이야기를 쓰면서도 자세한 묘사는 거의 없이 슬그머니 독자의 상상에 맡겨버리는, 노련한 글솜씨를 발휘한다. 물론 켈러는 어떻게 자기 임무를 수행할 것인가 궁리하지만, 그의 해결책은 그저 기다리거나 유인하는 정도로 단순하며 보통 사람이 상상할 수 없을 정도의 기발한 아이디어는 없다. 작품 속 살인 임무는 주제가 아닌 소재에 불과하며, 소재를 둘러싸고 벌어지는 켈러의 심리(갈등, 분노 등) 묘사가 작품의 주된 흐름을 이루고 있다. 과장되게 표현하자면, 『살인해드립니다』는 어느 복잡한 심리를 가진 중년 남자가 자아를 찾아가는 이야기이다.

켈러의 탄생

켈러는 다작 작가(오십 편 이상의 장편과 백 편 이상의 단편을 발표했다)로 잘 알려진 로런스 블록의 추리소설에서 등장하는 여러 인상적인 주인공들 중 하나이다. 첫 번째 주인공은 한국전쟁에서 입은 부상으로 불면증에 시달리는 스파이 에번 태너로 1966년 『잠들지 못하는 도둑The Thief Who Couldn't Sleep』에 첫 선을 보인 후 장편 여덟 편에 등장했다. 1970년대 중반 이혼한 블록은 미국을 떠돌아다니면서 작품을 썼는데, 이때 탄생한 인물이 그의 대표적 주인공인 사립 탐정 매슈 스커더로, 『아버지들의 죄』(1976)에서 모습을 드러냈다. 당시에는 나름대로 좋은 평가를 받았지만, 여전히 책의 판매량은 시원치 않았다. 답답해하던 블록은 고심 끝에 새로운 아이디어, 즉 범죄자를 주인공으로 내세운 작품을 떠올린다. 폭력적인 인물보다는 빈집털이가 낫겠다고 생각한 그는 자신이 머무르던 싸구려 호텔 문을 도구로 몰래 여는 연습까지 하면서 새로운 주인공인 도둑 버나드(줄여서 '버니') 로덴바를 탄생시킨다. 『도둑은 선택할 수 없다Burglars Can't Be Chooser』(1977)로 시작된 이 시리즈를 통해 인기를 얻은 블록은 이후 '매슈 스커더'와 '버니 로덴바' 시리즈를 번갈아 발표하면서 베스트셀러 작가로서 자리를 잡았다. 그리고 마지막으로 창조한 주인공이 바로 살인 청부업자 '켈러' 시리즈의 존 폴 켈러이다.

시리즈의 첫 작품집인 『살인해드립니다』에 수록된 단편 대부분의 제목에는 '켈러'가 들어가 있지만 앞쪽의 두 작품에는 빠져 있는데, 그 이유는(눈치채신 분도 있으시겠지만) 이 작품은 원래 시리즈로 구상된 작품이 아니었기 때문이다. 블록은 첫 단편 「솔저라고 부르면 대답함」(1990)을 쓸 때만 해도 켈러라는 인물을 시리즈 캐릭터로 만들 생각이 전혀 없었다고 밝혔다. 이 작품에 만족하고 켈러를 '놓아줄' 생각이었던 그의 머릿속에 어느 날 다시 켈러가 떠올랐다. 블록은 '그가 심리 치료를 받으면 어떨까' 하는 생각으로 글을 쓰기 시작했고, 삼 년 만에 발표한 두 번째 작품인 「켈러의 상담 치료」(1993)는 미국 추리작가협회의 에드거 최우수 단편상을 수상했다. 이 시점에서도 이것으로 마칠까 싶었던 블록은 켈러가 개를 키우는 모습을 묘사하면 어떨까 하는 생각으로 세 번째 작품인 「개를 산책시키고 화분에 물을 줍니다」(1994)를 발표하고, 시리즈를 이어나갈 결심을 한다. 당시 블록은 미스터리 전문 잡지 《암체어 디텍티브》와의 인터뷰에서 다음과 같이 말했다.

> "지금 당장 시간이 생긴다면 하고 싶은 일이 있습니다. 「솔저라고 부르면 대답함」이라는 이야기가 있어요. 이 년 전쯤 《플레이보이》에 게재됐는데 어느 생각 많은 암살자에 관한 이야기입니다. 그 후 그 인물에 대한 단편 세 편을 더 썼는데 나로서는 매우 놀라운 일이었습니다. 왜냐하면 사실 첫 단편만으로 완전하다고 생각했었기 때문이지요. 이야기가 길어져서 지금은 3분의 1쯤 완성된 상태입니다. 비록 완전하지는 않지만 전체적으로 이어지는 스토리가 있는데, 책으로 묶이면 좋겠습니다. 남아 있는 단편 중 한두 편은 어떤 이야기로 이어질 가능성이 많은지 알지만 나머지는 써나가면서 알아가게 될 것 같습니다."

인터뷰에서 밝힌 것처럼 블록은 잡지와 단편집에 켈러가 등장하는 작품을 꾸준히 쓰면서, 1998년 발표한「켈러의 은퇴」까지 열 개의 작품을 묶어『살인해드립니다』를 출간한다. 그중에는 또 다른 에드거 최우수 단편상 수상작인「현장의 켈러」(1997)도 포함되어 있다.

켈러의 이야기는 각각 읽어도 흥미로운 이야기이지만, 한 권의 책으로 묶이면서 마치 하나의 장편소설 같은 느낌으로도 이어진다(과거 다섯 편 정도의 단편이 번역되어 켈러를 기억하는 분도 있겠지만, 산발적인 소개 탓에 아마도 뚜렷한 인상을 가진 분은 별로 없을 것 같다).『살인해드립니다』에 수록된 유기적으로 이어지는 이야기 열 편을 통해 켈러의 대인 관계와 심리의 흐름, 그리고 작업 환경(?)의 변화에 이르기까지, 그동안 파악하기 어려웠던 켈러의 모습이 머릿속에 그려질 것이다.

블록이 밝힌 바에 따르면, 〈켈러〉라는 제목으로 영화 시나리오까지 나왔지만(블록은 시나리오에 만족했다고 한다) 아쉽게도 제작까지 이어지지는 않았다.

하나 더 덧붙이자면, 블록도 켈러처럼 우표 수집이 취미라고 한다.

블록의 주인공들

독자들은 블록에게 다음과 같은 질문을 자주 한다. "당신의 주인공들 중 작가와 가장 닮은 사람은 누구입니까?" 블록 자신이 밝힌 바로는 버니 로덴바와 가장 가까운 것 같다고 한다. 유쾌하고 유머러스한 부분이 가장 흡사하다는 것이다. 작가의 인간적인 성격과 작품의 분위기가 반드시 일치할 필요는 없는 것처럼, 블록의 작품은 시리즈에 따라 각각 대조적인 분위기를 풍긴다. 그가 창조한 이들의 공통점이라면, 주인공이면서도 일반적인 '멋진 영웅' 같은 존재와는 거리가 있고 남들보다 내면에 커다란 어두운 면이 있다는 점이다.

'매슈 스커더' 시리즈는 분위기가 어두운 쪽에 속한다. 매슈 스커더는 알코올중독자이자 어두운 과거(수사중 그가 쏜 총에 맞아 어린 소녀가 죽었다)를 가진 인물로, 그는 뉴욕이라는 대도시의 뒷골목에서 일어나는 잔인하면서도 서글픈 사건을 해결해나가며 고전적인 하드보일드의 전통을 이어가고 있다. 시리즈가 진행되면서 스커더는 많은 사건을 해결하고 알코올중독을 극복하지만, 전처를 비롯해 주변 사람들을 여럿 잃는다. 스커더의 나이는 어느덧 칠십 대에 접어들었으며, 새로운 사건을 맡는 대신 과거의 사건을 회상한다.

'버니 로덴바' 시리즈는 대칭점인 밝은 쪽에 있다. 점잖은 서점 주인이지만 밤에는 도둑이 되는 로덴바를 주인공으로 시리즈는 경쾌하고 유머러스한 분위기로 진행된다. 스커더와는 달리 로덴바는 시리즈가 진행되어도 나이를 먹지도 않고 별다른 변화도 없다는 점에서 약간 비현실적이기도 하지만, 블록을 성공으로 이끌어준 작품이다. 영화로도 제작되었는데, 놀랍게도 백인 남자인 로덴바를 흑인 여배우 우피 골드버그가 연기했다.

신문에서 불면증에 관한 기사를 읽은 블록이 '잠들지 않는 주인공'이 있으면 흥미롭겠다는 생각으로 탄생시킨 '에번 태너' 시리즈는 로덴바 시리즈 이전의 밝은 쪽 작품이다(경찰소설의 대가 에드 맥베인은 에번 태너가 자신을 모델로 했다고 농담 섞인 주장을 했는데, 그 이유는 태너의 이름이 맥베인의 또 다른 필명이자 본명인 에번 헌터와 같으며, 자신에게 불면증이 있기 때문이라는 것이다. 물론 블록은 태너의 모델이 따로 없으며, 에드 맥베인에게 불면증이 있다는 사실은 전혀 몰랐다고 한다).

켈러가 등장하는 작품은 누군가의 죽음이 끊임없이 이어진다는 점에서 어두운 쪽에 가깝지만, 의외로 유머러스한 장면도 있으며 온갖 사악한 인간 군상을 보여주는 스커더 시리즈만큼 암울하지는 않다. 켈러 시리즈는 블록이 앞서 발표한 시리즈와 차이점이 몇 가지 있다. 스커더나 로덴바, 태너 등은 블록이 처음부터 시리즈 캐릭터를 염두에 두고 뚜렷한 개성을 부여해 창조한 인물로 모두 장편소설을 통해 등장한 반면, 특별한 인물 조형 없이 등장한 켈러는 단편에서 처음 등장했다는 점이 다르다. 더욱 큰 차이는 앞의 작품들이 모두 일인칭 시점이지만 '켈러' 시리즈는 삼인칭 시점으로, 마치 누가 그를 끊임없이 쫓아다니면서 카메라로 촬영하고 있는 것처럼 철저한 켈러 위주의 묘사로 이루어지고 있다. 켈러는 『살인해드립니다』 이후에도 계속 활약하고, 이 시리즈의 다섯 번째 단행본인 『히트 미Hit Me』(2013)에서는 뉴욕을 떠나 허리케인 카트리나로 황폐해진 뉴올리언스에 자리를 잡았는데, 여전히 우표 수집을 하며 암살자로 일하고 있다.

아쉽게도 켈러의 뒷이야기는 미지수이다. 블록의 최근작이기도 한 『히트 미』는 어쩌면 그의 마지막 작품이 될지도 모른다. 『히트 미』의 출간

직후 가진 인터뷰에서, 블록은 "다음 책을 뭘 쓸 것인가에 대해 아무 생각이 없습니다"라고 밝혔다. 올해로 칠십칠 세의 고령이 된 이 거장의 작품은 최근 이 년 동안 볼 수 없었다. 같은 인터뷰에서 "쓸 준비가 되면 돌아올 것입니다"라고 여운을 남긴 것처럼, 새로운 작품이 나오길 바랄 따름이다.

마지막으로 로런스 블록과 '켈러' 시리즈와의 개인적인 작은 인연을 소개한다. 물론 직접 만나거나 편지를 주고받거나 했던 것도 아니고, 언제나 약간씩 일이 꼬였으니 '있을 뻔'했다고 표현하는 것이 옳을지도 모르겠다. 이십 년쯤 전인 1995년, 모 신문사 문화부 기자의 추천으로 '화제의 추리작가'라는 거창한 제목의 짤막한 글을 싣게 되었는데, 이때 고심 끝에 선택한 작가가 바로 로런스 블록이었다. 원고지 대여섯 장 분량의 짧은 글이었지만 아마도 로런스 블록이라는 작가의 신상이 우리나라의 매체에 소개되기는 이때가 처음이었던 것 같다(당시 출간되었던 『백정들의 미사A Dance at the Slaughterhouse』(1991)에 실린 작가 소개에는 출생 연도와 대표작 정도만 적혀 있었다). 거의 알려지지도 않은 작가를 선택했던 탓에 신문사 사람들의 마음에 들지는 않았는지, '화제의 추리작가'는 연재로 이어지지 못하고 아쉽게도 단발로 끝나고 말았다.
그로부터 삼 년이 지난 1998년, 모 출판사에서 추리 · SF · 판타지 등 이른바 장르 소설 전문 잡지를 창간한다는 계획을 세웠는데 그 작업에 기획 위원으로 참여하게 되었다. 창간호에 어떤 작품을 실을 것인가 궁리하다가 일단 그해의 에드거 최우수 단편상 수상작이었던 「현장의 켈러」를 추천했다. 비싸지 않은 비용으로 쉽게 게재 계약이 이루어졌고, 기획에 참여했던 다른 분이 작품이 실린 미국 성인 잡지 《플레이보이》를 구해 번역을 마친 작품을 읽어볼 수 있었는데 말 그대로 명불허전, 깊은 여운이 남는 예측불허의 훌륭함에 감탄이 나왔다. 하지만 계약과 번역까지 마친 이 작품은 출판사 사정으로 잡지 기획이 중단되는 바람에 결국 빛을 보지 못했다. 세기가 바뀌고서야 우리나라 독자들의 손에 들어오게 되었으니, 무척 오래 걸렸지만 기쁠 따름이다.

박광규(추리소설 해설가, 전 《계간 미스터리》 편집장)

살인해드립니다
Hit Man
/

1판 1쇄 2015년 10월 16일 / **1판 2쇄** 2020년 8월 10일

지은이 로런스 블록 / **옮긴이** 이수현 / **펴낸이** 염현숙

책임편집 김세화 / **편집** 임지호 / **아트디렉팅** 이혜경 / **본문조판** 이정민 / **그림** 윤선미
저작권 한문숙 김지영 이영은 / **마케팅** 정민호 정진아 함유지 김혜연 김수현
홍보 김희숙 김상만 지문희 우상희 김현지 / **제작** 강신은 김동욱 임현식 / **제작처** 영신사

펴낸곳 (주)문학동네 / **출판등록** 1993년 10월 22일 제406-2003-000045호 / **임프린트** 엘릭시르

주소 10881 경기도 파주시 회동길 210
문의 031-955-1918(편집) 031-955-3579(마케팅) 031-955-8855(팩스)
전자우편 editor@elmys.co.kr / **홈페이지** www.elmys.co.kr

ISBN 978-89-546-3756-5 (03840)

엘릭시르는 출판그룹 문학동네의 임프린트입니다.

잘못된 책은 구입하신 서점에서 교환해드립니다.
기타 교환 문의: 031) 955-2661, 3580